中国古代大案探奇录

包青天

沧浪濯缨

吴蔚◎著

中国民主法制出版社

图书在版编目（CIP）数据

包青天 / 吴蔚著 . ——北京：中国民主法制出版社，2012.12

（中国古代大案探奇录）

ISBN 978-7-5162-0198-5

Ⅰ.①包… Ⅱ.①吴… Ⅲ.①侦探小说—中国—当代 Ⅳ.① I247.5

中国版本图书馆 CIP 数据核字（2012）第 278478 号

图书出品人　刘海涛

出版统筹　乔先彪
责任编辑　董　理
责任印制　姜　婷
发行总监　杨光捷
责任校对　姚丽娅
装帧设计　史国娇

书　　名　包青天
作　　者　吴　蔚 / 著

出版·发行　中国民主法制出版社
地　　址　北京市丰台区右安门外玉林里 7 号（100069）
电　　话　010－63055259（总编室）　63057714（发行部）
传　　真　010－63055259
http://www.npcpub.com
E-mail: mzfz@npcpub.com
经　　销　新华书店
开　　本　32 开　880 毫米 ×1230 毫米
印　　张　12.25
字　　数　380 千字
版　　本　2013 年 2 月第 1 版　2019 年 1 月第 2 次印刷
印　　刷　北京中兴印刷有限公司
书　　号　ISBN 978-7-5162-0198-5
定　　价　39.00 元

内 容 简 介

宋仁宗即位初年，内有刘太后把持朝政，外有西夏崛起后不断扩张，大宋内外交困，危机重重。名臣晏殊因忤逆刘太后被贬为应天知府后，在南京举办了一场盛大宴会。觥筹交错之际，离奇血案发生，更牵扯出一系列的怪案。南京留守之子包拯不畏艰险，一心要查明真相。世情错综交织，公道自在人心……

目　录
CONTENTS

历史，著名的“茶马古道”即来源于此。

夜色深沉，万籁俱寂。天地间尽被无尽空濛的静谧所占据，意念愈发显得刻意。虚幻缥缈的黑暗中，渐有一种深邃妖娆的神秘力量，缓缓牵动着思绪。忽然间，他心底深处涌出一股很悲凉的感觉。其实仔细回想起来，已经很久没有什么让他感到值得欣喜的事情了。

无论生前多么骄横，拥有多少财富，他现在只是一具冰冷的尸体，再也不会有任何知觉。闹里有钱，静处安身；来如风雨，去似微尘。世人所在意的功名、钱财、利禄，终究只是生不带来、死不带走的身外之物，生前能够轻清于世、安宁淡泊，该是多么可贵。

轻纱般的月华笼罩在性善寺这座百年古寺上，斑驳的墙壁、雕花的窗棱都沾染着乳白的宁静，显出亘古的静谧来，幽绝冷绝。清冷的夜风中浮漾着山花的馨香，淡如游丝，凉爽怡人。月白风清，如诗如画。

大宋城市之内虽然废除了汉唐以来的夜禁制度，但仍然保留有城禁。南京的开门时间定在五更一刻，这是因为性善寺的僧人每日五更一刻敲钟起床，上殿诵经，性善寺钟声响起时，南京东大街钟楼上的大钟也会应声而响，各城门士卒以此钟声为开门信号。

煽动士卒围着长官高呼“万岁”是惯用的铲除政敌的手腕，已有先例。寇准在宋太宗时以二十九岁年纪出任枢密使，惹来天下人嫉妒。有一日骑马上街，忽然涌来一群暴民，对其下跪，大呼“万岁”。由于事件来得突然，如飘风迅雷，寇准愕然，不知该如何应对，由此被对手弹劾去职。

正逢莲花湖中的荷花盛开，莲叶接天，宝莲映日。荷塘种了不少品种的荷花，满塘白的、红的、粉的，开得正艳。最名贵的要数夜舒荷，也是荷花的一种，一茎四莲，均是大如海碗，其叶夜舒昼卷，此刻正在如水月光下竞相舒展，比起普通一蒂一莲的荷花，别有一番风情。

汴河是人工河流，并非这一带的唯一的交通河道，沿途亦有不少

龙图包公，生平若何。

肺肝冰雪，胸次山河。

报国尽忠，临政不阿。

杲杲清名，万古不磨。

——《孝肃包公遗像赞》

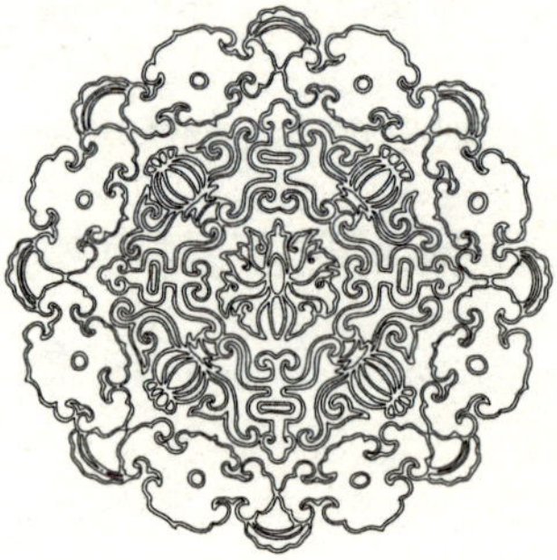

引子

澶渊之盟无疑具有宏观而开阔的历史意义——每年的三十万岁币换来了边境安宁，塞垣之下，有耕无战，禾黍云合，甲胄尘委，养生葬死，各终天年，一派和平景象。直到西北西夏崛起后不断地扩张领土，边境和平的局面便再一次被打破了。

公元[1] 960年，后周禁军统领赵匡胤发动陈桥兵变，正式登基当上了皇帝，史称宋太祖。因其人由归德军节度使发家，归德军治所宋州[2]，于是定国号为“宋”，史称北宋，同时改归德军为宋州[3]。宋州由此成为大宋的发祥地，即“龙潜之地”，荣耀无比。

伴随着圣运，龙潜之地通常会同时有宝物祥瑞出现——如汉高祖刘邦在出生成长之地泗水边得到斩白蛇剑，该剑后来成为大汉镇国之宝；又如唐高祖李渊起兵于晋阳，在晋阳宫中得到玉龙子[4]，视为大唐国瑞，帝帝相传。然大宋开国以来，始终不闻有瑞宝一说，是为罕事。

倒是宋州民间有种说法——传闻宋太祖赵匡胤黄袍加身后，先后出兵平定荆南、湖南、后蜀、南汉、南唐等国，所向披靡，凯歌高奏，如得神助，最终坐拥江山，是因为他得到了唐代名将张巡留下的兵法。

张巡，邓州南阳[5]人氏，唐朝开元二十九年（741年）进士，自小博览群书，有过目不忘之才。安史之乱时，叛将尹子奇率十三万大军围攻睢阳。当时叛军兵锋极盛，河北、河南均为叛军所据，唐军补给完全依赖于长江、淮河流域地区，守住睢阳，便能阻遏叛军向江淮方向深入，保证江南的完整。睢阳如若失守，运河交通便被就此截断，后果不堪设想，可谓“一城危，天下危也”。时任真源县令的张巡受命于危难之时，与睢阳太守许远合兵镇守睢阳，以区区六千士兵相抗，与叛军进行了殊死拼杀。

张巡虽是文人出身，却通晓战阵兵法，且用兵不依古战之法，指挥

[1] 公元纪年是国际通用的纪年体系。532年，基督教僧侣狄奥尼西提出，应从耶稣基督诞生之年开始纪年。后来人们就以传说中的耶稣诞生之年为元年，公元元年以前称为公元前。中国古代纪年比较复杂，有干支、太岁、生肖、帝号、年号等，吴蔚系列小说一律采用公元纪年，习惯上用庙号（古代帝王死后追尊的名号）来称呼皇帝，以后不再赘述。

[2] 宋州：今河南商丘。宋州在宋代历史上地位极为特殊，既是北宋的发祥地，也是南宋的开国都城，宋高宗赵构即在此登基称帝。

[3] 归德军治所宋州，此处宋州是城池名。改归德军为宋州，此处州为行政区划，与军、府平行，通俗说，将名叫“归德”的军改为名叫“宋”的州。

[4] 泗水：《汉书》载秦设泗水郡，郡治相县（今安徽淮北）。泗水之名来自于当时境内淮河、沂水、濉水、泗水四条主要河流。晋阳：今山西太原。“斩白蛇剑”故事参见《大汉公主》，“玉龙子”故事参见《大唐游侠》。

[5] 邓州南阳：今河南南阳。

作战都是临敌应变，应机立办，先后导演出了火烧叛军、草人取箭、出城取木、诈降借马、鸣鼓扰敌、削蒿为箭、火烧蹬道等一幕幕精彩好戏。其以弱抗强，以寡敌众，在对抗中所表现出的计谋智慧，已经达到《孙子兵法》中所说的“无穷如天地，不竭如江河”的境界，为中外战争史上所罕见，令人叹为观止。

虽然这场惊天地、泣鬼神的睢阳保卫战最终因内无粮草、外无援兵、敌众我寡而失败，但它却仅以区区两县几千兵力，坚守要塞长达一年之久，有力地遏止了叛军南下，为大唐王朝反攻赢得了宝贵的时间。当时的翰林学士李翰等人认为：“张巡蔽遮江淮，沮敌势，天下不亡，其功也。”

张巡在城破后被叛军残酷杀死，其“守一城捍天下”的壮举却很快传开，由此而名扬天下。为了纪念张巡，各地百姓自发建庙立祠祭祀。唐肃宗下诏追赠张巡为扬州大都督，封其为邓国公，史称张中丞，将其画像置于凌烟阁上；又免除张巡守卫过的雍丘、睢阳两城徭役、兵役两年。

随着光阴的流逝，张巡被日益神化：道教尊其为“保仪尊王”，成为收灾降福、惩恶扬善、统领神兵的大神；许多产茶之地视张巡为茶叶保护神，称之“尪公”，并定五月二十五日张巡生日这一天为“尪公诞”，举行“迎尪公”祭祀仪式。

张巡在民间尤其是宋州的地位如此崇高，甚至到了被朝野敬若神明的地步，即使后来出自宋州的赵匡胤成为大宋开国皇帝，声名也未能超过他。张巡当年以区区几千兵力坚守睢阳，共经历大小四百多战，斩叛将三百余人，累计歼敌人十余万，堪称中外战争史上的奇迹，其用兵如神的故事早是家喻户晓。自唐代安史之乱以来，宋州当地一直流传着《张公兵书》一说——据称张巡在城破前将自己平生所学和用兵心得记录下来，制成一部兵书，委托心腹藏在一个妥善之处。然而，叛军攻破睢阳后大肆屠城，负责藏书的心腹也与张公一起死难，兵书下落遂成历史之谜。

不少人相信传说是真，来宋州寻求《张公兵书》者不绝于路。晚唐传奇英雄人物张议潮[1]归唐后，到宋州祭祀同出南阳张氏的张巡，特意召来当地人询问张巡遗书一事。连远在敦煌的张议潮都是自小仰慕《张公兵书》，可见兵书一说流传如何之广了。

宋朝建立后，宋州一跃成为龙潜之地，关于太祖皇帝赵匡胤的种种神奇故事应运而生，不少均与张巡有关，最传奇的当数赵匡胤得《张公兵书》一事。无论传说是否为真，不容忽视的事实是——原先唐朝时已经在宋州城中修建了纪念张巡、许远的双庙，历代均有修葺。大宋开国后不久，宋太祖赵匡胤又亲自下诏在南门外修建了忠烈祠，专门祭祀张巡一人，似是多少从侧面印证了传闻。

人们揣测赵匡胤之所以对兵书一事秘而不宣，一是因为他本人就是武人出身，有“名将”之称，不愿意再额外沾张巡的光，以免损害雄才伟略的形象；二来大宋自立国之日起，便是以“重文轻武”为国策，堂堂开国皇帝，总不能一边“杯酒释兵权”，一边公称镇国之宝是《张公兵书》。

然而，随着大宋对外军事上的节节失利，人们又开始怀疑这种说法的真实性。

大宋虽轻而易举地结束了自唐末而形成的四分五裂的局面，使中原又归一统，但这种统一只是相对意义上的，它非但没有取得汉唐的极盛武功，甚至都没有完成真正意义上的国土统一，中国始终存在着多个政权并立的状况——南有大理，西有党项，北有契丹，以及后来的女真和蒙古——此即所谓的“金瓯缺”[2]。多政权并立的复杂局面一直贯串着整个大宋王朝，由此造成中原始终处在外族的威胁之中，外患最为强烈。

大宋立国之时，北方契丹人创建的辽国已然十分强大，国土面积甚至远远超过了中原。尤其是后晋皇帝石敬瑭为求得军事援助，主动将燕

[1] 张议潮：唐朝沙州敦煌（今属甘肃）人，郡望南阳。张议潮出生时沙州已被吐蕃统治多年。由于亲身经历了吐蕃人的残暴统治，他自少年时便胸怀大志，阴结豪杰，于大中二年（848 年）率众起义，成功驱逐吐蕃，收复了敦煌，并派使者往长安献表归唐。唐朝遂在沙州建立归义军，授张议潮为归义军节度使。后入朝，死于长安。

[2] 金瓯是古代一种盛酒的器皿，常用来比喻国土，语出南北朝时的梁武帝：“我国家犹若金瓯，无一伤缺。”（《南齐书·卷三十八·朱异传》）

云十六州割让给辽国。燕云十六州所处的地势居高临下，易守难攻，一直是中原的屏障，具有重要的军事地位。石敬瑭的出卖之举，等于是将北边险要之地拱手让给了契丹，整个中原地带门户大开，以骑兵见长的辽国军队可以沿着幽蓟以南的坦荡平原直冲河朔，一直到大宋京师开封，八百里平川，中间没有任何关隘和险要之地可以阻挡骑兵大兵团的冲击。无论谁执掌中原政权，都会感到强大的压力和深重的危机。因而赵匡胤一当上皇帝，便信誓旦旦地道："今之勍敌，正在契丹。"可见，在大宋开国皇帝的心目中，早已经将辽国视为可怕的劲敌。

然而在几次意图收复燕云十六州未果后，赵匡胤意识到辽国此时已坐大一方，早非昔日的游牧部落。即使宋军能够如愿以偿地夺回燕云，却并没有从根本上伤及辽国的军事实力，战争的策源地依然在契丹一方，辽国随时都可以发起反扑。而宋军一旦出兵，需同时从河南、山东之地征调大批兵饷，兴师动众，远远不及契丹直接从蒙古、辽东南下方便。因而，纵然有收复燕云之地的雄心，赵匡胤还是采取了隐忍防守的姿态，下令在开封附近广植树木，以此应对契丹铁骑疾驰而至的威胁。

甚至，赵匡胤还想到用一种更为消极的方法来收复燕云十六州——不是靠武力，而是靠金钱。为此，皇帝一改中国历史上历代王朝"抑商"的传统，宣扬"多积金、市田宅以遗子孙，歌儿舞女以享天年"，大肆鼓励商业和经济，以此博民富，并在内府库专门设了一个"封桩库"，相当于一个专款专用的小金库，赵匡胤还说："俟满五百万缗，当向契丹赎燕蓟。"打算等到小金库的钱积累够一定数量了，就用这些金钱去赎回燕云十六州的失地，"以二十匹绢购一契丹人首。其精兵不过十万人止费二百万绢，则敌尽矣。"

燕云既失，中原无论攻守均处在劣势，辽国反而是悬在头上的一把利剑，任何胸怀天下的皇帝，都不可能对此危机视而不见。开宝九年八月，大宋立国已经十六年，国强民富，赵匡胤终于正式将北伐收复燕云十六州的计划提上日程。这一次，几近倾举国兵力，派出大将党进、潘美、杨光美等分五路攻北汉太原[1]，如此大规模出师，昭显了赵匡胤的势在必得之心。太原城在宋军的攻势下，已经岌岌可危，辽国立即派南府宰相耶律沙、冀王塔尔率兵赶来救援。

就在宋辽两军对峙的关键时刻，赵匡胤在扑朔迷离的"斧声烛影"中离奇死去，最终带着壮志未酬的遗憾离开了人世，时年五十岁。他生前大力抑制武将、收回兵权，却想不到祸起萧墙，皇位随即落入弟弟赵光义之手。十月，赵光义即位为帝，是为宋太宗，随即下令北伐的宋军回师。

赵光义在重重迷雾中即位后，大有得位不正之名，因此也有着要超越兄长的万丈雄心，一心要实现兄长未能完成的收复燕云十六州的梦想。太平兴国四年，公元979年正月，赵光义决定挥师北伐，首要目标就是北汉，其次便是契丹手中的燕云十六州，结果却出乎所有人的意料——在皇帝御驾亲征的督促下，宋军一举攻克了北汉，但随即与辽军对仗中遭受重大挫折，宋军一败涂地，赵光义本人也中箭受伤，乘坐一辆驴车狼狈逃命。还是北汉降将杨业及时赶到，杀退了追击的辽兵，才救了大宋皇帝一命。

此战开宋朝与外族作战屡战屡败的历史。宋军之惨败失去的还不仅仅是众多将士的生命，还有大宋君臣收复幽云诸州的信心，从此，宋朝再也无力、也没有信心发起对辽国的进攻，改取守势。

既然燕云十六州收复无望，中原又无险可守，赵光义不得不采纳了户部郎中张洎的"来则备御，去则勿追"的建议，在西起保州的西北，东至泥沽[2]海口，利用这一带水网交织的地理特点，挖通河渠塘泺，筑堤蓄水，大种榆柳，构建了一条东西九百里、纵深六十里的水障地带，开塘泺以限马足，并在其间设二十八寨、一百二十五铺，派兵戍守，以此作为防线，来阻遏辽军铁骑的进攻。此举标志着北宋对辽国已经由攻势转为一种纯粹的被动防御。

[1] 宋初，北方除了辽国外，在辽与宋朝之间还有个北汉刘氏，是五代十国中唯一没有被宋朝统一的政权，一向依附于辽国，都城太原。

[2] 保州：今河北保定。泥沽：今天津东南塘沽附近。

公元1000年，纪元史上的第一个千禧年，中国在位的皇帝是宋真宗赵恒，大宋开国以来的第三位皇帝。

在这个不平凡的年头里，中国发生了一些不大也不小的事。与之前宋太祖赵匡胤开国平定天下，之后北宋灭于金、南宋灭于蒙古相比起来，这些事显得太微不足道，很难引起史家的特别注意。但这些事无不和前后的局势有紧密而微妙的联系。甚至可以说，这一年，正是大宋帝国的一个缩影。

正月，辽国军队大举南侵，兵锋极锐，一路进抵瀛州。宋真宗赵恒御驾亲征，车驾屯驻在大名府[1]。

自古以来，皇帝御驾亲征非同小可，但到宋朝却有所不同。大宋开国皇帝宋太祖赵匡胤出身行伍，武艺精绝，是三十二势长拳的创造者，当上皇帝后犹自亲身南征北讨，可以说是以武为生。之后是其弟宋太宗赵光义，宋太宗小兄长十二岁，早在宋朝立国前，就已经是一员猛将，一手策划了陈桥兵变，当上皇帝后雄风不减，亲自率军讨平了北汉，虽然在与辽国的对垒中屡次大败，自己亦挨了辽人两箭，但毕竟也是在战场上出生入死的帝王，有别于一般的皇帝。真正有本质变化的是从宋真宗赵恒起始，自他开端，皇帝们都是长于深宫妇人和宦官之手，从来没有见习过兵仗，对打仗有着本能的畏惧。宋真宗之所以起意亲征，是因为他耳朵根子极软，极受人撺掇，旁人一提到太宗皇帝中箭之仇，便热血沸腾，决议报仇。加上宋真宗小时候喜爱玩打仗的游戏，常常让小内侍们扮作部将，自己当元帅，指挥摆阵或冲杀，也引来长辈们的赞叹。而今有机会真正成为指挥千军万马的统帅，何尝不想大显身手呢？

然而，现实全然不同于游戏，真正的战争是以消耗双方将士的血肉为代价，残酷得令人发指。到达前线后，宋真宗一见到辽军来势汹汹，一下子慌了神，急派亲信侍卫马军都指挥使[2]范廷召前去迎敌。

---

[1] 瀛州：今河北河间。大名：今河北大名。

[2] 北宋军制，枢密院为总理全国军务的最高机构，简称“枢府”，长官称枢密使。枢密院只有发兵之权，并不真正统率军队。朝廷中央主力军队为禁军，分别由殿前司和侍卫亲军马军司、侍卫亲军步军司统领，合称“三衙”，互不统属。

范廷召以勇壮闻名，曾一箭射穿三只飞鸟，时有“名将”之称。他率领步骑兵万余人赶到前线后，立即结成方阵御敌。辽梁王耶律隆庆率精锐骑兵来回疾冲，宋军阵势被打乱，结果一败涂地。

范廷召见情况不妙，急忙向驻扎在附近高阳关的都部署康保裔求援。康保裔闻警，即率精锐出发，黄昏时到达瀛州西南裴村一带，与范廷召相约于次日共同夹攻辽军。然而，就在当天半夜，胆怯怕死的范廷召悄悄率部逃走。第二天清晨，康保裔才发现其部孤立无援，已陷入辽军重重包围之中。部将见敌军势大，均劝康保裔易甲逃跑。康保裔坚定地道：“古人云：‘临难不求苟免。’今天正是我为国效死之日！”遂披甲上马，大呼出战，与辽军激战数十合，奋力拼杀，终因兵尽矢穷而战死沙场。

辽军得胜后士气大涨，自德、棣渡过黄河，大肆抢掠淄、齐一带，然后从容离去。一向好脾气、好性子的宋真宗也被辽军的肆意挑衅深深激怒了，罢免了畏敌不肯出战的宋军主帅傅潜，命大将王荣率五千骑兵追击辽军。王荣胆怯怕死，一连好几天都托故不肯出发，一直等到辽军过了黄河后，才装模作样地出师。只有范廷召一军追击到撤退的辽军，在莫州[1]以东大败辽军，夺回了大批辽军在宋境掠夺的物资。

真宗皇帝生平的第一次亲征终以宋军大败而草草收场，未能实现儿时的英雄梦想。此灰头土脸的结局对四年后《澶渊之盟》的缔结产生了极为深远的影响。

回到京师后，宋真宗为掩饰宋军节节败退的难堪，对英勇战死的康保裔大肆褒奖，两日不行朝会，以示哀荣。又下诏追赠康保裔为侍中，赐其家属金银五千两，封八十四岁的康母为陈国太夫人，追封康妻为河东郡夫人，恩加诸子官职，以其子康继英为六宅使、顺州刺史，康继彬为洛苑使，康继明为内园副使，幼子康继宗为西头供奉官，长孙康惟一为将作监主簿。对康保裔身后之事极尽恩宠。

与此形成鲜明对照的是，导致康氏孤军奋战、全军覆没惨剧的始作

[1] 德：今山东德州。棣：今山东惠民。淄：今山东淄博南。齐：今山东济南。莫州：今河北任丘北。

俑者范廷召非但没有受到处罚，反而升职为禁卫军殿前都指挥使，加官检校太傅，位极人臣，荣耀无比。而怕死惧战的宋军主帅傅潜则被逮捕审讯，判了死刑，最终特赦后免官流放。

就算范廷召莫州之战有功，也该与瀛州之过相抵，为何会与傅潜境遇如此不同？人们对此百思不得其解。

在第一个千禧年里，除了强大的对手辽国外，令宋真宗烦恼不堪的人还有西北党项首领李继迁。

就在这年九月秋高气爽的季节，宋朝灵州知州李守恩和陕西转运使陈纬押运数量巨大的粮草过瀚海[1]的时候，被李继迁率军拦劫，李守恩、陈纬二人均力战而死，所运粮草全部为党项军所夺。在这之前，李继迁与大宋时战时和，与辽国也是时战时和，长期在两个大国之间周旋要挟。显然，这是一个懂得在夹缝中生存、并趁机攫取最大利益的人。

这就是中国在第一个千禧年的状况与所处的境地。尽管在这一年的九月，神卫水军[2]队长唐福研制出火器，向朝廷献上了火箭、火球、火蒺藜等火药武器，但也掩饰不住大宋帝国在这一年多少呈现出的几分悲剧色彩。

公元1004年，宋真宗景德元年，这是中国历史上不能被忘记的一年。

从这一年的正月开始，便有十分不好的兆头，宋朝京师开封连续三次发生了地震，这是非常罕见的现象。

与大宋周旋多年、令人头疼无比的党项首领李继迁正好死在了这一年。两年前，李继迁集合所有人马，联合蕃部，倾全力进攻宋土灵州。灵州知州裴济用指血染红奏书，表示十万火急，请求宋朝派兵增援。结果大宋出兵迟缓，六万援军还没赶到，灵州已然城破，裴济战死。李继迁占领灵州后，改名为西平府，作为党项的都城，还扬言道：“我将借此

[1] 灵州：今宁夏灵武县附近。陇州：今陕西陇县。瀚海：今宁夏灵武以南。
[2] 宋时神卫军为水军，故名。

为进取之资，成霸王之业。”踔厉风发，壮志凌云。

大宋既然无力收复灵州，干脆与党项议和，正式承认了李继迁对银夏四州的统治。李继迁对宋作战胜利后，又将目光投向河西，结果惨败在吐蕃六谷部酋长潘罗支之手，左眼球被射破，败退回灵州后不久便因箭伤发作死去，时年四十一岁。但党项的威胁并没有就此解除，李继迁长子李德明继位。大宋软弱，无力应付，只得采取绥靖政策，封李德明为西平王、定难军节度使，后加封为夏王。而李德明表面臣服于宋朝，又同时接受辽国“夏国王”的封号，继续在大宋和辽国之间周旋。

李继迁死的这一年，他的孙子李元昊还不满周岁。伴随着党项李德明、李元昊的崛起，西夏[1]逐渐成为宋朝西北的心腹大患，由一只夹缝中生存下来的小狼成长为真正的天狼。

这一年，还是宋朝“积弱”的开始。

这一年的闰九月，辽国国主辽圣宗耶律隆绪和太后萧燕燕亲自率二十万大军大举攻宋，一路势如破竹，直至澶州[2]城下，与都城开封仅一河之隔。京师大震，宋朝廷上下慌乱不已，甚至有大臣提出迁都之议。新任宰相寇准力排众议，在其极谏之下，宋真宗赵恒勉强同意御驾亲征。

此时辽军孤军深入中原腹地，供给线长，粮草不继，已经无力持久。相反，由于真宗皇帝亲临澶州前线，宋军士气高涨，集中在澶州附近的军民多达几十万人。宋军更是用床子弩射杀了辽军先锋萧挞凛，[3]极大地动摇了辽军军心，局势明显对宋方有利。宋真宗却没有抗敌的决心。早在他离开京师的时候，就暗中派出了大臣曹利用前往辽军大营与辽太

[1] 西夏的称号自李德明称“夏国王”时已经出现，但作为正式国号则始于李元昊。宋宝元元年（1038年）十月，李元昊在大臣野利仁荣等人拥戴下，正式即皇帝位，建国号为大夏，史称西夏。为避免混乱，本书从此处开始一律称西夏。

[2] 澶州：今河南濮阳。澶州西有湖名澶渊，澶州也称澶渊郡。

[3] 床子弩即为弩炮，往往联装两张弓或三张弓，利用多弓的合力发射箭矢，劲力远胜于单弓。宋太祖开宝年间，魏丕曾对床子弩作了改进，射程又大为提高，“旧床子弩射止七百步，令丕增造至千步”，宋一步合1.536米，千步有1536米，是古代射远武器所达到的射程最高纪录之一。萧挞凛：辽太后萧燕燕族兄弟，擒获名将杨业之人。

后萧燕燕议和。萧燕燕正担心辽军处境不利，腹背受敌，同意议和。

寇准坚决反对议和，主张乘势出兵，收复失地，如此，“可保百年无事”。宋军将领宁边军都部署杨延昭[1]也坚决主战，上疏提出乘辽兵北撤，扼其退路而袭击之，以夺取幽燕数州。但由于宋真宗倾心于议和，致使宋臣中的妥协派气焰极为嚣张。这些人联合起来，攻击寇准拥兵自重，甚至说他图谋不轨。寇准在这帮人的毁谤下，被迫放弃了主战的主张。

于是，在辽军兵势受挫、宋军已经明显占据优势的情况下，宋辽两国的和谈就此开始，最终签订了《澶渊之盟》。大致的内容是：宋辽约为兄弟之国，辽圣宗年幼，称宋真宗为兄。宋尊辽太后萧燕燕为叔母；双方各守现有疆界，不得侵轶，并互不接纳和藏匿越界入境之人；宋每年给辽提供“助军旅之费”绢二十万匹、银十万两，称为“岁币”；双方于边境设置榷场，开展互市贸易。

当时大宋极其富有，朝廷的年岁收入折算银绢大概为七千万两 / 匹，三十万“岁币”不过是一笔小数目。谈判前，宋真宗甚至告诉使臣曹利用说：“必不得已，一百万也可。”意思是说，只要不割地，能讲和，辽国就是索取百万钱财，也可以答应。

曹利用承旨后，刚从皇帝行宫出来，就被一直守候在门外的宰相寇准拦住。寇准问明情况后，警告曹利用说：“虽然有圣上旨意，但你去交涉，答应所给辽国银绢不得超过三十万。否则，你一回来我就要砍你的头！”曹利用悚然而惊，喏喏应命而去，果然以三十万银绢谈成。

好笑的是，和议达成后，宋真宗询问结果，曹利用伸出三个指头。宋真宗误以为给了辽国三百万，大吃一惊，说：“太多了！”但想了一想，又认为谈判既已成功，也就算了，又说：“三百万就三百万吧。”

后来，宋真宗了解只给辽绢二十万匹、银十万两，合计数才三十万，不到宋年财政收入的千分之五，大大低于早先的估计，不禁大喜过望，重重奖赏了曹利用，甚至写诗与群臣唱和，以此来庆祝。

[1] 杨延昭：名将杨业之子，《杨家将》中杨六郎的原型。

对大宋而言，《澶渊之盟》显然是个屈辱性的条约，既承认辽国政权的存在，又开“岁币”之滥觞，导致此后两宋之积弱，使大宋繁荣的局面江河日下。但从长远眼光来看，它无疑具有宏观而开阔的历史意义——自太祖皇帝开国、定都开封以来，肩背之虑实在河北，契丹占据燕云居高临下之势，如大宋脊背芒刺。澶渊和议既成，每年三十万的岁币换来了边境安宁，此后百余年间，辽、宋不曾兵戎相见，两国长期保持友好往来，经济文化交流得到加强。大宋虽然失了颜面，亦乐得安得现状。于是，塞垣之下，有耕无战，禾黍云合，甲胄尘委，养生葬死，各终天年，一派和平景象。大宋承平岁久，不再厉兵秣马，无视军备和边防。《张巡兵书》的传说，也渐渐湮没在历史的红尘里。

凡事必有利弊，即使是在宋真宗一朝，《澶渊之盟》也被认为是奇耻大辱，朝野对此非议不已。事关个人荣辱，却又苦闷无计，宋真宗便不断上演“天书”“封禅”[1]等自欺欺人的闹剧，又大肆祭祀孔子、老子，并尊崇道教，大造道观，耗资巨大，以至岁出日增，劳民伤财，百姓不服，不但没有能够“镇服四海，夸示外国”，反而沦落为历史笑柄。这位运气不佳的懦弱皇帝余生都在《澶渊之盟》的浓重阴影中度过，晚年又在内外事务上完全受制于精明能干的皇后刘娥，情形如同唐代唐高宗、武则天，可谓惙怛伤悴，欢少愁多。

天禧四年（1020年）六月，宋真宗得了疯瘫病，无法上朝，政事多由皇后刘娥主持。皇后亲信一党翰林学士钱惟演和参政知事[2]丁谓权势熏天，胡作非为，宰相寇准和翰林学士李迪等正直大臣对此深以为忧。

宋真宗自知一病不起，想将皇位传给太子赵祯，却是有心无力。宦官周怀政将皇帝的心思秘密告诉了宰相寇准。某日，寇准觐见皇帝后请求屏除外人，对宋真宗道：“皇太子是万民所仰，愿陛下考虑到后继之事，

[1] 封禅（shàn）：古代帝王在太平盛世或天降祥瑞时为祭拜天地而举行的大型典礼，多在泰山举行。但自古封禅要先有“天端”，于是宋真宗伪称夜见神人降“天书”于承天门。有大臣名叫孙奭，当面问宋真宗道：“以愚臣所闻，天何言哉！岂有书耶？”宋真宗默然不答。

[2] 参政知事：相当于副宰相。宋代宰辅（执政中枢）大臣指宰相、参政知事、枢密院长官枢密使、副使（称枢相）及三司（总管全国财政的最高机构，号“计省”）长官三司使（称计相）。钱惟演：吴越王钱镠之子，其妹嫁给了刘娥兄刘美（实为刘娥前夫），丁谓则是钱惟演的姻亲。

传位给太子，并挑选端方正直的大臣来辅佐。丁谓、钱惟演是奸邪之徒，千万不能让他们辅佐少主。”宋真宗当即点头同意。

寇准出宫后立即密令翰林学士杨亿草拟表章，由太子参政监理国事，并打算任用杨亿辅政，替代丁谓，由此架空皇后刘娥一党。

这是相当重大的应变行动。杨亿深知事关机密，非同小可，连夜亲自撰写书稿。然而，纰漏却出在了寇准本人身上。寇准十九岁即中进士，又娶宋太祖皇后宋氏之幼妹为妻，少年显贵，“性豪侈，喜剧饮”，结果喝醉酒后不小心泄露了机密。丁谓得知后，立即将此事报告给皇后刘娥。刘娥遂赶来当面向宋真宗兴师问罪。宋真宗畏惧妻子，谎称不记得先前与寇准的谈话。

此情此景，与当年唐高宗召上官仪起草废后诏书最终不了了之一模一样。略微不同的是，上官仪迅速被武则天处死，而大宋开国皇帝宋太祖立有祖训：“非谋反死罪，不得诛杀士大夫。”有此家法在前，刘娥虽恨寇准入骨，也难以置其于死地，最终矫诏将其放逐到边远之地雷州[1]。

寇准一派失利，导致形势急转直下。宦官周怀政一向依附寇准，更是感到深重的危机，惶恐不安之下，联络亲信，决定铤而走险，发动武装政变杀死丁谓，迎回寇准为宰相，再奉宋真宗为太上皇，罢刘皇后预政，传位给太子赵祯。结果，这件事被周怀政手下人告发。丁谓知道事情紧急，立即换上便衣，乘坐妇人用的车辆，连夜找枢密使曹利用商量对策。周怀政最终被处死。皇后刘娥大获全胜，一跃成为大宋帝国的实际统治者。

乾兴元年（1022年）二月，宋真宗终于在郁郁寡欢中撒手西去。临终前，已经不能开口说话的皇帝向病榻前的众大臣打手势示意，先用手指了指自己的胸，又伸出五指，再伸出三指。群臣都不知道是什么意思。后来有人大胆猜测，认为皇帝的意思是想让八弟泾王赵元俨摄政并辅佐太子。刘娥得知此事后，立即派人对群臣解释道：“官家所示，仅指三五日病可稍退，别无他意。”

[1] 雷州：今广东海康境。

赵元俨闻讯后大为恐惧，知道自己已经成为刘娥当权的障碍，立即闭门谢客，不再参闻朝中之事，以此来避祸。

宋真宗身故后，民间传说中用狸猫换来的太子赵祯即位，时年十三岁，是为宋仁宗。因年纪尚幼，由太后刘娥临朝称制。这位打花鼓出身的妇人不仅美貌多智，而且有着堪比男子的勃勃野心，趁机把持朝政，排除异己，任用亲信，小皇帝完全成了摆设。最为关键的是，赵祯并非刘娥亲生之子，而是夺自宫女李红玉之手，朝野上下人尽皆知，唯独赵祯一人被蒙在鼓里。大宋时局似乎多少有了新的危机，不少有识之士担心刘娥会成为武则天第二，最终以刘氏取代赵氏。

内忧未平，鼙鼓复兴——在订立《澶渊之盟》后，大宋北部边境晏然无事，直到西北西夏崛起后不断地扩张领土，边境和平的局面便再一次被打破了。

西北望，天狼亮[1]。边声连角起，铁骑卷陇疆。

[1] 天狼：星座名。在中国古代传说中，天狼星主侵掠。屈原《东君》诗中有“青云衣兮白霓裳，举长矢兮射天狼”之句。

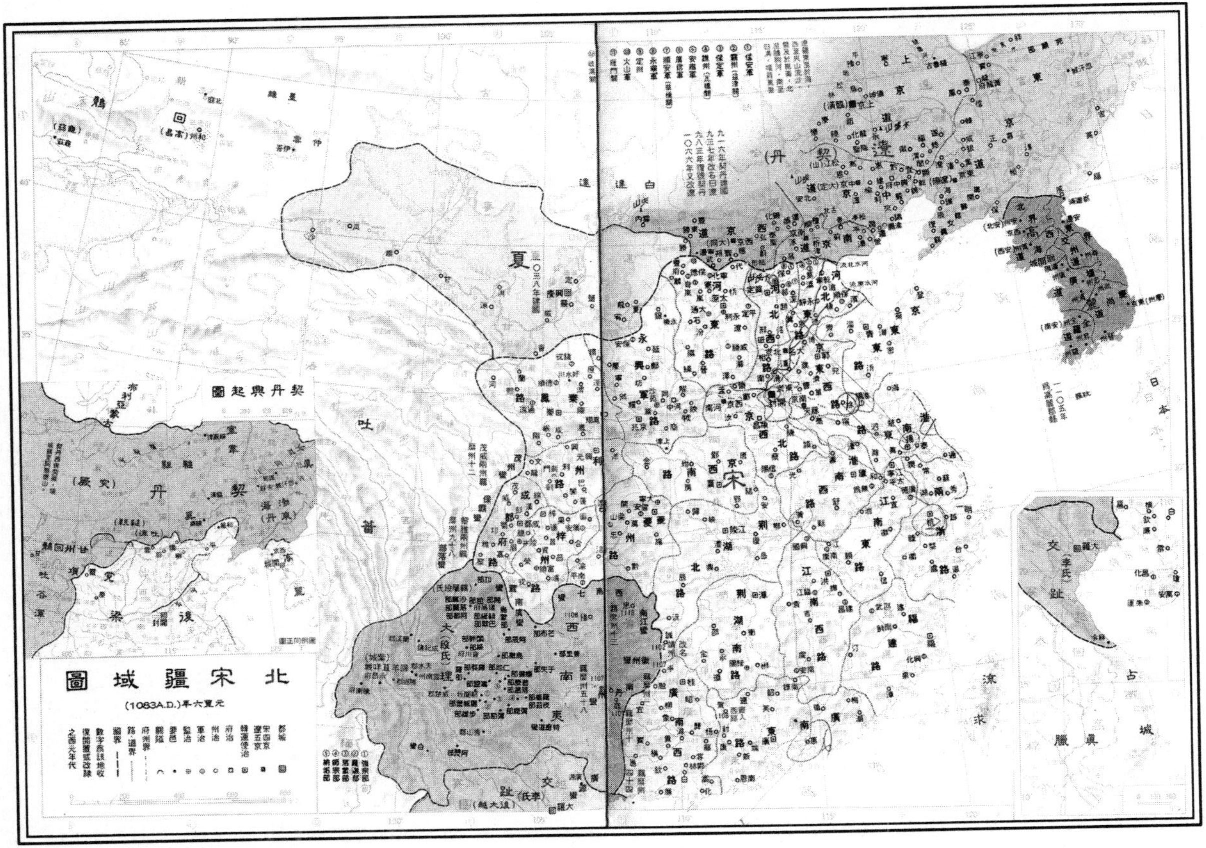
北宋疆域圖
元豐六年(1083A.D.)
契丹興起圖
宋
夏
契丹(遼)
大理(段氏)
交趾(李氏)
吐蕃
回鶻
高麗
日本
流求
占城
真臘

第一章

东风昨夜

席间正在玩击鼓传花行酒令——将一枝粉色海棠依次在宾客间传递，鼓声一停，持花者须得立即拆白道字，即将一个字拆成一句话，要求拆字恰当，对答敏捷工整，答不上来者则要罚酒一杯。这是一种在酒宴上极为流行的拆字游戏，精于此道者每每将其与蹴鞠、捶丸、围棋、双陆等娱乐并提，以自我夸耀。

东风昨夜回梁苑，日脚依稀添一线。
旋开杨柳绿娥眉，暗拆海棠红粉面。
无情一去云中雁，有意归来梁上燕。
有情无意且休论，莫向酒杯容易散。

——晏殊《木兰花》

宋州古名商丘，又称睢阳，战国时为宋国国土，汉朝时为梁王刘武之封地，自古以来就是江淮重镇。汉文帝时七国之乱爆发，梁王刘武坚守睢阳，牵制叛军西行，使得名将周亚夫得以有机会袭击叛军的后路，从而一举取胜。隋唐以来，由于汴水[1]经过睢阳，睢阳的战略地位愈发突出，江淮之上游，为汴洛之后劲，是大运河的咽喉要地，直接关系南北大局，是兵家必争之地。

自从宋州之“宋”字成为大宋的国号后，宋州声名愈发显赫。景德三年（1006年）二月，宋真宗赵恒发布诏书道：“睢阳与区平台旧壤，两汉之盛并建于戚藩，五代以还荐升于节制地，望椎于征镇疆理按于神州，实都畿近辅之邦，乃帝业肇基之地。用彰神武之功，旦表兴王之盛，宜升为应天府。”

如此，升宋州为应天府，府治宋城，下辖宁陵、楚丘、柘城、下邑、

[1] 汴水：也称汴河，为通济渠的一部分，主要部分位于今河南开封一带。通济渠是隋朝隋炀帝大业元年（605年）人工开凿的一条水渠，总长度约为两千里，完工后成为沟通黄河、淮河和长江的干道，连接贯通了从长安（今陕西西安）到扬州的水路，对南粮北运有重大意义。

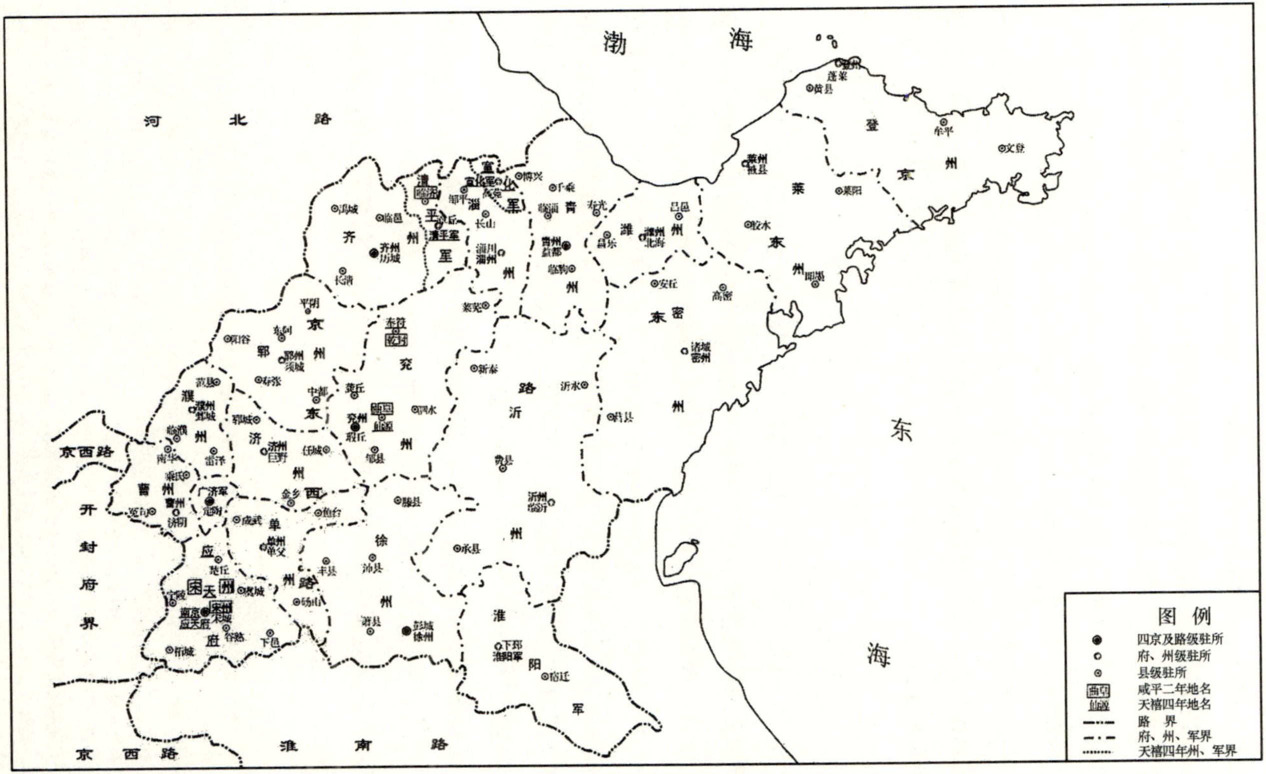

咸平二年（999年）及天禧四年（1020年）京东路图

谷熟、虞城六县[1]。同时，京东路[2]路治也设在这里。

大中祥符七年（1014年）正月，宋真宗封泰山、祠后土、祭老子祠之后，决定将应天府再次升格，建为南京，并下旨修建一座归德殿，作为新南京的主殿。宋州自此成为北宋陪都，与首都东京开封、西京洛阳、北京大名合称“四京”，风光无限。其时，南京到东京开封只有三百五十里，是距离京师最近的陪都。

与宋州同度崛起的还有睢阳学舍。五代时期，宋州名儒杨悫在睢阳当地教授生徒，宋州楚丘人戚同文从学，娶杨悫胞妹，又承师志，在睢阳城东兴建学校，称“睢阳学舍”。宋太宗太平兴国元年（976年），戚同文以七十三岁高龄随同长子戚叔维赴任随州[3]书记，终病逝在随州，学舍事业就此中断。

到了宋真宗大中祥符二年（1009年），宋州富商曹诚出三百万巨资在睢阳学舍旧址建学舍一百五十间，聚书一千五百卷，博延生徒，讲习甚盛。精明的曹诚又通过应天府上书朝廷，请求以学舍入官。宋真宗大为赞赏，正式赐额为“应天府书院”，由戚同文之孙戚舜宾主持，曹诚担任助教。这所由民间人士一手创建的书院自此得到朝廷的正式承认，取得了官学的地位，声名大震，与嵩阳书院、岳麓书院、白鹿洞书院并称为“天下四大书院”，四方学者，辐辏而至。

现任书院主教范仲淹便是昔日睢阳学舍的学生，他在二十出头时慕名来应天求学，昼夜苦读，五年未尝解衣就枕。因为家贫，每天只煮一锅粥，凉了以后划成四块，早晚取食二块，再切一些腌菜佐食，如此苦

[1] 宋城：今河南商丘。宁陵：今河南宁陵东南。楚丘：今山东曹县东南。柘城：今河南柘城。下邑：今河南夏邑。谷熟：今河南虞城县谷熟镇。虞城：今河南虞城。

[2] 宋代地方实行州（或称府、军、监）、县二级行政制度。全国州县又划归为若干个路，由中央派出转运使（全称某路诸州水陆转运使，其官衙称转运使司，俗称漕司，掌财赋，兼理治安民政、监察官吏）、提点刑狱使（其官衙称提点刑狱司，掌司法、监察）、提举常平使（其官衙称仓司，赈灾、盐铁茶酒之榷，兼察吏治）分掌权力，互不统辖而又职责交错，彼此监督，直接对皇帝负责。有些路还设立经略安抚使，称帅司，掌军政，兼理民政。但路级官署职权虽大，却没有地方行政权，并不直接统属州县，州县仍由中央直接统辖。有宋一代，不仅地方官的任免由皇帝控制，而且路、州、县的军、政、刑、财诸权尽收于中央，中央对地方的控制达到了前所未有的程度。

[3] 随州：今湖北随县。

读四年，功夫不负有心人，终获大成，于大中祥符八年（1015年）登进士第。顺利步入仕途的范仲淹不忘应天教导之恩，娶宋州人氏李昌言之女为妻，在应天安家落户。范母病逝后，范仲淹辞官在家居丧，新任应天知府晏殊重视教育，特延请范仲淹到应天书院掌学主教。南京人文愈加昌盛，学子相继登科，而魁甲英雄，仪羽台阁，盖翩翩焉，未见其止。应天书院一跃成为天下书院之首，其良好的治学学风吸引了天下莘莘学子，甚至不少官宦也慕名将子弟送来书院习读。

今日是法定的乾元节[1]，也是应天书院的特殊日子，应天知府晏殊在义字街应天府官署举办了一场盛大的宴会，座上宾客正是从书院精挑细选出的一批优秀学生。

古人认为"国之大事，在祀在戎"，即将祭祀仪礼与用兵作战视为国家头等大事。然大宋自立国以来，汲取前朝武夫专横跋扈的教训，优文臣而忌武臣，宋太祖赵匡胤即以"人生驹过隙尔，不如多积金帛田宅以遗子孙，歌儿舞女以终天年"之语，夺取了众武将的兵权。太宗皇帝赵光义即位后，进一步深化推行崇文抑武，更是下诏将皇宫中的"讲武殿"更名为"崇政殿"。"杯酒释兵权"的国策直接导致了宴饮享乐之风的大肆盛行，宴饮声妓之乐成为社会的流行时尚。官僚士大夫乐于其中，相聚宴饮，合乐终日。诸多名臣热衷于夜宴，多有风流佳话。如北宋三大名臣之一的寇准[2]最好剧饮，每宴宾客，多阖扉脱骖，酣酒高歌，喧哗达旦。且夜宴时不点油灯，只点价格昂贵的蜡烛。几年前，寇准骤然失势被贬，跟其好宴饮不无干系，倘若不是醉酒误事，朝政大权绝不至于落入妇人手中，大宋该是另一番局面。寇准罢职后，后人至其官舍，只见厕溷间烛泪在地，堆积如山。

应天知府晏殊也是生平惟喜宾客，未尝一日不宴饮，自到南京上任以来，聚宴不断，但像今晚这样专门为应天书院学生在知府官署举办大型宴会，还是头一次，堪称别开生面。

[1] 宋制，皇帝生辰为法定节日，四月十四日是宋仁宗赵祯生辰，称乾元节。

[2] 宋兴以来，公认功绩最大的三位名臣是赵普、寇准、张咏。寇准、张咏、潘阆等人故事参见同系列小说《斧声烛影》。

华丽的晚宴正在举行——灯红酒绿，玳筵罗列。细酒肥羊，觥筹交错。讴歌谐谑，琴瑟铿锵。

按照惯例，此类聚宴属于官方性质，购置酒菜果肴、聘请歌妓乐舞等费用均由朝廷所赐公使钱[1]支出，如果不够，还可动用其他经费。这场宴会规模不小，堂中放置了二十来张长方形桌案，宾客均环桌而坐，一桌至少十人，本来还算宽敞的大厅立即显得狭小起来。

出席宴会者除了书院学生及府学提学曹诚等教官外，还有路、府、县各级重要官员，如京东路转运司转运使韩允升、副使范雍，提刑司提点刑狱公事康惟一等；府级官员有知府晏殊、南京通判文洎、南京留守包令仪等；县级官员有宋城知县吕居简等。吕居简虽然只是个县令，但宋城是陪都南京所在地，称赤县，级别很高，他的官秩甚至比南京通判还要高。

一些本地的乡绅名流及寓公[2]也应邀出席，如大茶商崔良中及其侄子崔槐，寓居在南京的前武昌令董浩、前太子洗马许仲容、正在许家做客的翰林学士石中立，以及赴任正好路过南京的庐州知州刘筠等。可谓济济满堂。当然也有一点儿小小的遗憾，书院主教范仲淹因母丧在身，不能出席这场豪华夜宴。

除了文臣之外，在座的还有两名武官，兵马监押[3]曹汭和横塞军指挥使[4]杨文广。

大宋素来重文轻武，武官地位不高，但这曹汭来历非同一般，是当

[1] 公使钱：又称公用钱，宋各路、州、军及刺史以上的特别费用，专用于宴请及馈送，类似今招待费。庆历四年（1044年），环庆路都部署兼知庆州滕宗谅因任意使用公使钱被弹劾，谪守巴陵郡，在岳州重修岳阳楼，其友范仲淹因此写下《岳阳楼记》。

[2] 官员守选或待缺期间，如不回故里，而寄居外乡，在当地被称为“寓公”。

[3] 兵马监押：州（府）级军事统兵官，统率驻守本地的禁军和厢军。北宋军队分禁军、厢军、乡兵和蕃兵四种：禁军为中央军队，由从各州挑选来的精壮士兵组成，待遇优厚，装备精良，训练有素，一半屯驻京师开封，另一半分驻边防和要地；厢兵为地方守军，是各州（府）将精锐选进禁军后留下的士卒，供地方官府役使；乡兵则是按户籍抽调的壮丁，或临时招募来的地方兵；蕃兵是边区少数民族组成的军队，招募来守卫边防，数量很少。

[4] 横塞：禁军番号。“指挥”是北宋军队最重要、最普遍的军事编制单位，每指挥五百人，统兵官称指挥使。指挥下一级编制是都，一都一百人。都级武官马兵长官是军使和副兵马使，步兵是都头和副都头。

今大宋最高军事长官枢密使曹利用的亲侄子。曹利用因同辽国谈判缔结《澶渊之盟》有功而得宋真宗信用，步入中枢大臣行列。而今宋仁宗年幼，太后刘娥用事，只尊称曹利用“侍中”，而不敢直呼名字，由此可见刘太后对其功勋旧臣身份亦有敬畏之心。因为这一层关系，曹汭是在座许多人想要巴结的对象，应天书院助教曹诚不顾年纪和身份，多次上前敬酒攀认曹汭为同宗，便是明证。

指挥使杨文广则是名将杨业之孙、杨延昭之子，广颐方额，绰有丰神，以武艺精绝闻名于当世，其所率横塞军隶属于马军司，驻扎在西五十里与开封府交界的宁陵。他今日凑巧来南京公干，被曹汭临时拉了来府衙赴宴。

酒已过三巡，正是娱乐时分。因今日的主客是学生，府署没有像往日宴会那样请当红的歌妓来歌舞助兴，只佐以文字游戏来活跃气氛。席间正在玩击鼓传花行酒令——将一枝粉色海棠依次在宾客间传递，鼓声一停，持花者须得立即拆白道字，即将一个字拆成一句话，要求拆字恰当，对答敏捷工整，答不上来者则要罚酒一杯。这是一种在酒宴上极为流行的拆字游戏，不仅要对汉字非常熟悉，而且对汉字结构也必须精通，精于此道者每每将其与蹴鞠、捶丸、围棋、双陆等娱乐并提，以自我夸耀[1]。

首轮鼓点停下时，海棠落在一名叫沈周的书院学生手上。他亦是官宦子弟，父亲沈英在京师开封任职。其人面如冠玉，长相清秀，颇有文弱书生之气。他看起来胸有成竹，不假思索，张口即道：“春日三人行。”

“春”字拆开即是“三”“人”“日”。这字拆得不错，时过清明，算得上暮春，亦十分应景，众人一齐鼓掌叫好。沈周之前并不如何慌乱，此时得到赞赏反倒有些腼腆起来，红了脸，垂下头去。

第二轮鼓点停下时，海棠恰好落在知府晏殊手上。众人一齐会意地笑了起来，等着看这位五岁能诗、十四岁时就因才华横溢而被朝廷赐为

[1] 拆白道字在宋朝极为流行，不光用在酒宴上，人们甚至在日常对话中也习言拆字。如支持变法的宋神宗曾问大臣叶涛道：“自山路来，木公木母如何？”涛曰：“木公正傲岁，木母正含春。”木公，松也；木母，梅也。

进士的大名士如何出口成章。

晏殊微一沉吟，即道："山石岩下古木枯，此木是柴；白水泉边女子好，少女真妙。"

话音刚落，大家便不约而同地大声喝彩。倒不是众人有意拍晏知府马屁，这的确是一副对仗工整的对联，意境完美，而拆白道字的运用尤为妥帖，极符合晏殊的身份。更令人拍案称绝的是，举办宴会的大厅名"岩泉"，据说初建时地下有一岩一泉，由此得名，对联中正好嵌入了"岩泉"二字。

晏殊自少年起即享有盛名，除了这次因忤逆太后刘娥旨意被贬出中枢外，仕途一直一帆风顺，为人却是难得的平和，没有丝毫傲气，只微微一笑，便将手中的海棠递向一旁的南京通判文洎。

鼓声咚咚，不疾不缓，再度停下时，海棠传入一名二十来岁的学生手中。与在座的白脸书生相比，他的容貌甚是奇特，面色红得有些发黑，且宽阔的额头上有一个青色的月牙形状的凸起肉记。最怪的是，他总是表情严肃，正襟危坐，与晚宴的欢快气氛甚不相称。海棠传到他手中时，他还是那副不苟言笑的表情。

晏殊一直刻意留意着座上学生的情形，认出那黑脸学生是南京留守包令仪的公子包拯，见他面色凛然，担心他答不出来而令包留守当众丢了面子，正要亲自出面解围，包拯身旁的同学文彦博却已主动有所援助，附耳过去，欲出言提点时，坐在包拯另一侧的学生张源已然有些不耐烦起来，伸出手来，低声催促道："包拯，你要是答不上来，不如将海棠让给我。"

包拯摇了摇头，朗声吟诵道："日月明朝昏，山风岚自起。石皮破仍坚，古木枯不死。可人何当来，意若重千里。永言詠黄鹤，志士心未已。"

这是一首典型的拆字诗，拆"明"字为"日""月"；拆"岚"字为"山""风"；拆"破"字为"石""皮"；拆"枯"字为"古""木"；拆"何"字为"可""人"；拆"重"字为"千""里"；拆"詠"字为"永""言"；拆"志"字为"士""心"。字拆得虽不及晏殊"岩泉"之对联工整巧妙，却是以诗抒怀，表达出不凡的志向和胸襟，单是这份眼界，就要远远高出晏殊之作。席间不少有识之士心中称奇，登时对这黑脸包拯刮目相看。

南京通判文洎正坐在包拯之父包令仪身旁，侧头笑道："令郎出口成章，志向高远，将来必成大器。"包令仪忙道："不敢当。犬子无状，哪里比得上令郎沉穆有度，进退有礼。"

文洎之长子即坐在包拯身侧的文彦博，自小有"神童"之称。他还是孩童时，与伙伴儿一起踢球，意外将球踢进了柳树下的深洞里。有人出主意用棍子掏，有人要用铁锹挖开树洞，文彦博却想了妙法子，即往树洞中灌水。结果在水的浮力下，球自动漂出了深洞。当时文彦博才是个三四岁的小孩子，却有如此智慧，一度传为佳话，为人津津乐道。

文洎正要自谦几句，却见长子与包拯双双站了起来，一起往外走去。一愣间，鼓声又响了起来。

今晚宴会的主角虽是应天书院学生，但毕竟在座的名宦不少，学子们个个使出浑身本事拆字，力求在"新""奇"上下工夫，好引得席间达官贵人的瞩目。

学生张源更是道："晏相公原先的出题太过简单随意，不如我们来玩些难度大的，方才显出真本事。"

另一学子宋祁是本地有名的才子，很不喜欢张源挑衅倨傲的态度，应道："有题目尽管出。"

张源洋洋道："再行酒令，规定要一字拆三字，两字合一字，末接唐诗一句，要求有韵，而且要前后成句。我先来作令。"微一思索，即道："轟字三个車，余斗字成斜，車車車，远上寒山石径斜。如何？"宋祁道："这有何难？我来接令——酒，品字三个口，水酉字成酒，口口口，劝君更进一杯酒。"

出令妙，接令也妙，席间众人登时大声鼓掌叫好。一时间，众学子争相接令，展露本领，仿若万花齐放，斗艳争奇，好不热闹。

按照知府晏殊事先的授意，务必要让每一位学生都有展示才华的机会，所以这场拆白道字的游戏有意拖得很长。不少无干之士如翰林学士石中立、指挥使杨文广等先后离席，或出去方便，或稍作休憩，或散热醒酒。最先离席的包拯和文彦博却始终不曾再进来，文泊料想二人刻意如此，转头去看包令仪，对方似是一样的想法，正微微摇头叹息。

文泊问道："包公事先将今晚宴会之实情告知令郎了么？"包令仪点了点头，又道："临出发前，内子将缘由告诉了他，本是期待他在宴会上有个好的表现。唉，实在不该先透露给他的，这孩子的个性太过刚硬。"

原来今晚晏知府主持召开的宴会不光是奖励有为学子那么简单，同时还是一个选婿大会——晏殊要从在座学生中为长女选一位夫君。而一些出席宴会的官宦乡绅，如应天府学提学曹诚、大茶商崔良中、前武昌令董浩、前太子洗马许仲容等，家中均有待嫁之女，均是有目的而来。

晏殊虽年仅三十多岁，却已是两朝重臣——他少年早孤，却是聪明好学，有"神童"之称，小小年纪被举荐进京。景德二年（1005 年），年仅十四岁的晏殊与来自全国各地的千名考生同时入殿参加考试，从容应试，援笔立成，受到真宗皇帝的嘉赏，赐同进士出身，授其秘书省正事，留秘阁读书深造。成人后，文章赡丽，应用不穷，尤工诗词，闲雅有情思，更是因谨厚勤学得以参预机密，君臣私交极好，真宗皇帝常常亲自写方寸小纸条向他咨询疑难事宜，更委以辅佐太子赵祯的重任，担任东宫升王府参军。赵祯即位为皇帝后，晏殊因东宫旧臣的身份被迅速擢升为枢密副使，以三十二岁的年纪登上执政大臣高位。自大宋开国以来，只有名臣寇准曾在宋太宗一朝以二十九岁年纪出任枢密副使、以三十二岁年纪出任参政知事，如此年轻即位列宰辅者，晏殊是第二个。然而晏殊却很不满意，因为其顶头上司正是不学无术的张耆。

宋真宗赵恒还是襄王身份时，得到了以打花鼓谋生的蜀中女子刘娥，宠爱异常。宋太宗赵光义得知儿子小小年纪便沉溺于女色后，勒令赵恒将刘娥逐出襄王府。父命难违，皇命更不可违，但赵恒实在舍不得娇媚可人的刘娥，于是表面将刘娥送回蜀中老家，但暗中却派人将其送到亲信幕僚张耆的家里。张耆悄悄安排家人悉心照顾刘娥，而自己每天都睡在襄王府中，以避嫌疑。后来赵恒即位为皇帝，立即将刘娥接入后宫，封为嫔妃。张耆也官运亨通，一路青云直上，但其人粗鄙吝啬，竟然在家中设置店铺，自己家里所需的百货都要从自己的店铺购买。他还为家人看病，并出售药材，十分荒唐可笑，被传为笑柄。然而刘娥却念念不忘当年照顾之恩，以太后身份执掌大权后，任命张耆为枢密使，正好是晏殊的上司。晏殊认为张耆为人平庸，既无战功，又无谋略，不该坐享如此中枢重职。刘娥由此对晏殊极为不满，寻机罢其枢密副使，贬斥出朝，出知应天府，但时人均相信这位年纪轻轻的大名士重回中枢是早晚之事。

大宋时尚以当官为荣，皇帝被称为“官家”，官吏被称为“官人”，权贵之子称“衙内”，年轻男子称“小官”或“小官人”，富豪称为“员外”，医师称为“郎中”“大夫”，巫师相士唤作“助教”“巡官”，茶坊酒肆跑堂的伙计叫做“博士”，甚至连娼妓也雅称为“录事”，京师开封城中妓院集中之处也称为“录事巷”。男子无论当官与否，回到家中，妻子都要尊称其为“相公”或“官人”[1]。在这样的风气下，能与晏殊这等宰辅级别的人物攀亲，是无上荣耀之事，对尚无功名在身的书院学生而言更是如此，难怪人人争先了。

包令仪之子包拯今年二十五岁，文洎之子文彦博十八岁，即使没有这场选婿宴会，也都到了该婚娶的年纪。尤其包拯是包家唯一的独子[2]，自三年前第一任妻子张婉病逝后，一直不肯再行续娶。包令仪这次带着包拯来南京赴任，又送他入应天书院读书，本意是要让爱子多见识一下外面的世界，多些年轻人该有的热情，广阔交游也好，放浪形骸也好，总之不要再那么老成古板。今晚晏知府召开选婿大会，虽然乍然听起来有些荒唐，但却不失为一个好机会。按照包令仪夫妇的想法，也不一定要跟晏殊或是哪位权贵结亲，只要能给儿子寻一位门当户对、温婉贤良的好妻子，让他安定下来，参加科举考试，顺利步入仕途就好。哪知道包拯口中不说，心里还是反感这场晚宴，竟在刚以拆字诗崭露头角的时候便起身离席，再也不肯进来了。

[1] 员外、郎中、大夫、助教、巡官、博士、录事均为官名。相公是对宰相等高级官员的尊称。

[2] 包拯本有两兄分别名为包播、包振，均早殁。

文泊也觉得长子今晚的行为颇为怪异，眼见文彦博即将成为坐席上唯一未曾拆字的学子，保不齐日后会遭人闲话，说他是倚仗父亲荫庇才得到出席知府宴会的资格，并无真才实学，忙招手叫过身后侍奉的门客张尧封，低声嘱咐道："去寻公子和包公子回来。"张尧封应了一声，转身离去。

文泊素与包令仪交好，既是左右无事，便随口问道："包公看好在座的哪位学生？"包令仪道："嗯，文公以为呢？"

文泊道："宋郊、宋祁兄弟才思敏捷，出口成章，若是精心雕琢，他日入翰林、登龙图，不在话下。张方平俊朗飘逸，如鹤舞长空，姚嗣宗豪迈奔放，有英雄气概，二人若肯专心习读书，必能成为栋梁之才。"一边说着，一边打量包令仪的反应。包令仪只是微笑，并不表态。

文泊续道："不过这些人还不能称为国之名器，那洛阳学子富弼张口能文，胸有大度，有宰相之器，将来必能成就一番事业。"包令仪这才动容，连声应道："不错，不错，我也看好富弼呢。"

这场晚宴本是选婿之会，既然待选者是应天书院的学生，才学自然是最重要的因素。他二人所议论却是与婚姻之事无关，全在品度在座学子的未来了。

文泊又笑道："还有一人，也不容小觑，那就是令郎包拯……"

一语未毕，府学提学曹诚已扶着儿子曹丰走了过来，拱手招呼道："文公，包公。"

曹诚是本地最大的富商，十余年前又出重金重建学舍，应天书院有今日天下书院之首的局面，其人功不可没。文泊和包令仪都是儒士，虽有些见不惯曹诚今日在宴席上对枢密使曹利用的侄子曹汭极尽吹捧巴结之能事，但对其散财兴学之举仍极是佩服，当即起身招呼。略微寒暄几句，包令仪见曹诚欲言又止，便自去找庐州知州刘筠说话。

曹诚这才问道："适才一直站在文公身后的那位年轻人是谁？"文泊愣了一愣，朝后打量了一眼，这才回过神来，道："那是老夫的门客张尧封。"

曹诚道："噢，原来是文公的门客。"失望之色一闪即逝，又笑脸问道：

"张公子可曾娶亲？"

文洎知道曹诚有一幼女名曹云霄，擅长音乐歌舞，艳丽无双，是南京有名的美人，被曹氏视为掌上明珠。今晚知府大宴，曹诚出了不少力，显然目的与晏殊一样，预备为爱女选一佳婿。可此刻听他语气，竟是相中了张尧封。文洎很是惊异，但又不便明言询问，只得道："尧封尚未娶亲。"

曹诚道："张公子家世如何？"文洎道："张氏原是吴人，也算是吴地名门望族，吴越王归宋后，张家迁居河南，家道开始中落。而今尧封父母双亡，只有一兄尧佐在世，还是布衣寒士。"

曹诚"噢"了一声，沉思片刻，随即笑道："无妨，无妨。曹某看这位张尧封张公子气度非凡，虽然暂时栖居文公门下，然而只要假以时日，将来必成大器。曹某膝下有一女名云霄，尚未出嫁，姿色也还过得去，堪可配张公子。不知可否劳烦文公屈尊做一回冰人，居中说项撮合？"

曹云霄芳名倾动四方，多少豪门权贵子弟上门求亲未果，曹诚却肯主动将爱女嫁给一名地位卑贱的门客，尽管文洎早已隐约猜到对方用意，但听到曹诚直言不讳地说了出来，还是惊讶得合不拢嘴，半晌才讪讪道："曹教授美意，文某替尧封感激不尽。不过尧封并非文某子侄，婚姻大事怕还是要他自己做主。"

曹诚笑道："张公子父母双亡，文公是其主上，等同于其父母，儿女婚姻还不是父母一句话？"

文洎一向颇看重张尧封，知其才学不低，不过是贫苦无依，才勉强投于自己门下栖身，心道："看情形，曹教授非但不似玩笑，而且嫁女的意志甚是坚决。我虽不理解他为何瞧不上满堂才子，独独选中了尧封，但对尧封本人而言，总是一件大大的好事，且不说曹家女儿才貌双全，他有了岳父一家作依靠后，从此也可以安心读书，来日好博取功名。"心中略一权衡，当即应道："那好，我一会儿问问尧封的意思，若是他本人同意，那这桩婚事就算定下了。"

曹诚喜滋滋地道："好，那曹某等着文公的好消息。"又命儿子曹丰敬了文洎一杯水酒，这才颤巍巍地离去。

文泊虽然应承替曹氏和张尧封做媒，但心中疑惑不减，不待坐稳，茶商崔良中却又端着酒杯过来敬酒，还笑问道："怎么不见令郎文衙内？"文泊道："崔员外问的是犬子彦博么？噢，他出去方便了。"

崔良中笑嘻嘻地道："文公该知道今晚宴会的目的，其实就是晏知府想为他家女儿寻一门好亲事。我和曹诚曹教授也打算沾沾晏知府的光，打算趁此机会为自家爱女选一佳婿。不过文公可曾听过那曹云霄的一些风言风语？虽然貌美如花，却是为人轻佻，品行有亏。"

文泊愕然问道："崔员外忽然提到这些做什么？"崔良中笑道："崔某是个生意人，不懂官场上的虚礼，有话就直说了——曹云霄性格轻浮放荡，非文衙内良配。倒是崔某的女儿都兰，英气豪爽，有男子之风，堪可配令郎。"

文泊起初大感困惑，愣了一下，随即醒悟过来——崔良中多半以为曹诚刚才来找自己是想将曹云霄嫁给文彦博。他知道崔、曹两家争斗已有多年，想不到居然连嫁女一事也是不能避免，忙解释道："崔员外误会了！曹教授适才只是过来闲话，根本没有跟文某结亲之意。"

崔良中"啊"了一声，登时闹了个大大的红脸，他脸皮倒也真厚，立即讪笑道："崔某也只是开个玩笑，文公千万别放在心上。"侧头看了席间一眼，迅疾转身，往厅外走去。

文泊心头疑云不免更重，正巧张尧封进来，低声禀道："寻不到公子和包公子。"

文泊料想儿子是刻意回避，挥手道："算了，不必再去管他。"转头见曹诚正目不转睛地瞧着自己，显然是有所期待，只得道："尧封，你过来，我有话问你。"当即说了府学提学曹诚欲以爱女相嫁之事。

张尧封又惊又喜，问道："文丈[1]所言的曹教授爱女，是曹云霄小娘

---

[1] 丈：宋代文人雅士之间的通用称谓，有尊敬和亲昵之意。多用于称呼年长和位尊者，通常与排行连称，如范仲淹被称为"范六丈"。

子[1]么？”文泊道：“正是。”

张尧封“啊”了一声，再也说不出来一个字，只傻傻地瞧着文泊，又转过头去，远远地瞧着曹诚。曹诚见他如此神色，料想是高兴得傻了，当即点了点头。

文泊问道：“尧封，曹教授等着听回话，你可愿意娶曹教授的女儿为妻？”张尧封结结巴巴地道：“愿意……太愿意了……可为什么是我呢？文公子比我年轻，也比我……这可是曹云霄小娘子……这个……实在太令人意外了。”

文泊道：“总之我也不十分清楚曹教授为何选中了你，你实在想知道的话，可以直接去问你未来岳丈。”

张尧封却是没那个胆子，正迟疑间，曹诚已然蹒跚走了过来，笑道：“张公子可否同意娶小女为妻？你放心，我也绝不会让你上门做倒插门女婿，我会单独为你们置办一所大宅子，应天也好，洛阳也好，开封也好，地点随你挑。”

张尧封忽然觉得死去的父母显灵了，好运瞬间天降，砸得他晕乎乎的，除了诚惶诚恐地连连点头、憧憬想象着曹云霄的花容月貌外，他记不起来任何事情。遽然间，眼前人影晃动，人人争相往外涌去，又有人扯了扯他的衣袖，他这才从晕眩的美梦中回过神来——厅外大概发生了什么大事，正有激烈的呼喝打斗之声——忙跟着曹诚、文泊一起往外赶去。

拥出来看时，竟是指挥使杨文广与一名身穿黑色劲衣的年轻男子正在徒手打斗。二人各自武艺不弱，火光中，但见一灰一黑两条人影倏忽贴在一起，倏忽分开，稍微站得近些，便能感到“嚯嚯”拳风刮面。

这是一场难得一见的好戏！杨文广是名将后人，用于教习宋军的梨花枪正是出自其家传绝学杨家枪，但自订立《澶渊之盟》以来，大宋久无战事，并没有多少人真正有机会见识传闻中天下无双的杨门功夫。那

[1] 宋代称呼在室女（未嫁女）为“小娘子”，称呼已婚妇女为“娘子”。“小姐”一般是对散乐路歧人和妓妾等地位低微的女性的称呼。只在区别人家的长女和次女时，才称长女为“大姐”，称次女为“小姐”。

黑衣男子虽然较杨文广年轻，才十八九岁年纪，却有一股子初生牛犊不怕虎的狠劲儿。二人势均力敌，各使出看家本事。围观的人们看到这精彩绝伦的一幕，竟不忍心出言喝止。甚至有人以为这不过是晏知府特意安排的另外一场助兴节目。

直到正在府署附近巡视的宋城县尉楚宏听到动静，率领武装弓手闯进来，举箭对准那黑衣男子，众人这才知道他是盗贼，逃脱了弓手追捕后又翻墙夜闯知府衙门，结果被正在庭院中散步的指挥使杨文广发现，这才动起手来。

楚宏喝令弓手举箭，又怕误伤杨文广，忙叫道："小杨将军，你且退开。"

较量武艺，最难得的在于棋逢对手，对于高手尤其如此，所以即使是生死对头，也极易产生惺惺相惜之情。杨文广正斗得兴起，怎肯轻易罢手，非要在拳脚上跟对方分出个高下不可。楚宏见他不肯退下，只好顿箭不发。

包令仪赶出来时，一眼认出那黑衣男子来，忙叫道："楚县尉，且慢！建侯，还不快些住手！"

原来那黑衣男子名叫张建侯，邓州南阳人氏，是包令仪夫人张氏的侄孙。他今日新到南京，天黑前入城，本是有急事赶来府署，却被府吏卒阻挡于门外，不得不翻墙进来。与杨文广动上手时，他大可以表明身份，但他见到对方身手极是了得，正是梦寐以求的对手，竟忍言不发，一心要在招式上分个高低。此刻听到祖姑父出言喝止，才不得不停了手，退开两步。他一退让，杨文广便也收手，往后退开。

闻声赶来的包拯挤过人群，扶住张建侯，问道："之前不是来信说还要过七八日才能到南京么？怎么只有你一人？家母和小游呢？"

张建侯道："乘船比乘车快许多，所以早到了。祖姑姑和小游都还在城外船上呢，我是天黑前一个人赶进城的。"

他在辈分上比包拯要低一辈，是包拯已故妻子张婉兄长张贤之子，该叫包拯姑父，但二人一起由包母张灵抚育长大，情若兄弟，说话也是极其随便，毫无长辈、晚辈之分。

包令仪斥责道："既然如此，你该在城外陪同祖姑姑，明日一道进城。为何连夜闯进府署来捣乱？"

张建侯自幼父母双亡，由包令仪夫妇抚养长大，得到的宠爱尚在包拯之上，听祖姑父语气颇重，不由得有些气恼起来，气呼呼地道："小子不是有意闯进官衙来捣乱，我是实在气不过！况且我也不知道祖姑父和姑父在这里！"

包拯知道自己这内侄自幼不好读书，只好舞枪弄棒，却素来以侠义自居，绝不至于无理到夜闯应天府官署，忙问道："到底出了什么事？"张建侯愤然道："寇相公灵柩就停在城外，寇夫人因付不起排岸司的过关钱而不得不滞留在河卡外，而这些个大官人却花着公款聚在这里胡吃胡喝，听说仅仅是为了替晏知府的女儿找个好男人。"

这话极是无礼，但晏殊却连难堪都暂时顾不上，抢过来捉住张建侯的手臂，急切地问道："小公子说的寇相公，可是前宰相寇准？"

包拯忙介绍道："这位就是晏知府。"张建侯道："不错，正是晏知府你亲拟制书、驱逐出朝的寇准寇相公。"

当年宋真宗为皇后刘娥所制，寇准设法夺取刘娥大权不成，反被罢免宰相职务，罢相制书即由晏殊起草，此事天下尽知。晏殊虽只是奉刘娥之命行事，但也因此招来不少非议。他听了张建侯极尽讥诮的话，默然无语，竟转身往内堂去了。

在场人士无不面面相觑，不知这隆重开场的盛大晚宴要如何收局。

留守顾名思义为留守京城，自隋唐以来，就是陪京和行都的最高长官，总理军民、钱谷、守卫事务。然而大宋却不一样，自太祖皇帝"杯酒释兵权"以来，留守跟节度使一样成为虚衔，名义虽尊，却无任何实权。而且此职务通常由地方行政长官兼任，若是只单任，那就是典型的闲职了。堂堂晏知府甩手而去，起因者正是亲眷张建侯，当此情况下，南京留守包令仪更不好开口了。

通判是大宋立国后新设的官职，用意在于加强对地方官吏的监督和牵制。南京通判，实际上是朝廷安插在府州应天府中的耳目，是典型的实职，但毕竟只是八品官秩，文洎也不便出面说话。

众人便一齐望着京东路转运使韩允升。韩允升出身名门，父亲韩崇业是开国名将韩重赟次子，母亲是秦王赵廷美[1]之女玄阳公主，伯父韩崇训更是一代名将，在世时多次击败党项首领李继迁，因战功升任枢密院次长官。然而韩允升个人经历却颇为坎坷，他幼年时受外祖父赵廷美牵累，与父母一同被关押在房州，赵廷美死后遇赦放还，直到宋真宗即位后才入朝为官。年幼时的忧患生涯养成他沉静少言的性格，此刻无数目光饱含期待，尽落在他身上，他依旧是一言不发，只不断捋着胡须，似是若有所思。

翰林学士石中立是个爽直性子，大声道："主人都负气走了，咱们还留在这里做什么？你供人女边著子，争知我门里挑心？大伙儿散了吧。"

他后面一句"你供人女边著子，争知我门里挑心"意思是你同别人相好了，怎知我心中多愁啊。其实也是两句拆白道字，拆的是"好""闷"二字。"好闷"，倒也是极符合此情此景。

石中立生父石熙载早在大宋立国前就是宋太宗赵光义心腹，真正显达也是在赵光义登上皇位后，当年太宗皇帝御驾亲征北汉，石熙载以枢密副使从征，因攻克太原有功，回师后即升任枢密使。石中立以父荫入官，有文才却不尚名利，为时人所敬重。他任职郎官的时候，常常和同僚们一起参观皇家园林中蓄养的狮子。主管蓄养的人说："一头狮子每天要喂五斤肉。"郎官们收入不高，一年难得闻几次肉香，听了连连咋舌，纷纷叹息道："原来我们这些人连一头狮子都不如。"石中立接茬道："这是当然，我们都是员外郎，'园外狼'的待遇怎能和'园中狮'相比呢？"众人闻言无不捧腹大笑。

如此开朗诙谐的性格，又与世无争，自然令石中立处处受欢迎。他其实并不是真正受邀出席的宾客，只不过凑巧来了南京，被朋友临时拉

[1] 赵廷美：宋太祖赵匡胤和宋太宗赵光义之弟。宋太宗在可疑的"斧声烛影"中即位后，为安定人心，令宋太祖和赵廷美的子女均与自己的子女并称为皇子皇女。然而等到宋太宗坐稳皇位后，即下手铲除弟侄，赵廷美被诬陷谋反，囚禁于房州（今湖北房县）。房州古称房陵，以"纵横千里、山林四塞、其固高陵、如有房屋"得名，和均州（今湖北丹江口）一样，因靠近武当山、地处偏僻而成为历史上著名的流放之地。赵廷美后死在房州，年仅三十八岁。宋真宗即位后，追复皇叔赵廷美为秦王。

来赴宴。但此刻众人需要的并不是应天知府或是南京留守的命令，仅仅只要一句首倡之议，哪用得着管开口的人是主是客？当即各自呼啦啦地散开。

石中立又叫道："喂，老韩，水路是你转运使的管辖范围，你也该管管你的手下，排岸司那帮人向来往客商打秋风惯了，眼下都勒索到寇相公遗孀身上了。寇相公好歹也是你韩家的姻亲，别人管不了，或是不想管，你难道还要袖手旁观么？"

韩允升伯父韩崇训的妻子是定国节度使宋偓[1]之女，因此韩崇训和太祖皇帝赵匡胤、寇准均是连襟，论起亲戚来，寇夫人宋小妹也算是韩允升的叔母，确实说得上是韩家的亲眷。韩允升却还是那副木讷的表情，只微微颔首，也不答话，转身去了。

石中立走过来问道："小哥儿，你和寇相公是什么关系？"张建侯道："什么关系也不是啊。我和妹妹护送祖姑姑去南阳省亲，又回了趟庐州，这才动身来南京，在盱眙弃车换船，刚走没多远就遇上水盗打劫。那些贼人当真可恶，打不过我，就设法弄沉了我们的船，多亏寇夫人的大船经过，及时出手相救，又好心搭乘我们到南京。听说她是因为陆路不便且不太平，特意绕远走水路——先走的海路，然后到杭州钱塘换船走河道，自扬州入大运河——为的就是要顺利将寇相公灵柩运回华州下邽家乡安葬。[2]哪知道沿途河卡明知道船上装的是寇相公的棺木，还一个劲儿地伸手要钱。"

寇准少年成名，虽荣华富贵四十年，却是为官清廉，没有置办任何田园邸第，出入常寄居于僧舍，有人称他是"有官居鼎鼐，无地起楼台"。昔日辽国使者来到中原，特意问寇准道："您是'无地起楼台'的相公吗？"可见寇准廉名之远播。他死在贬所雷州后，因家无余财，其妻宋小妹上奏书请求朝廷拨予公款，以从雷州搬运寇准灵柩回故土安葬。宋小妹原

[1] 宋偓是后唐庄宗李存勖的外孙，妻子是后汉高祖刘知远的女儿，入宋后官至定国节度使。他有女十五人，长女即宋太祖赵匡胤皇后（开宝皇后），其他女婿出名者有韩崇训、寇准、王德用。

[2] 自开封往东，汴河依次流经陈留、杞县、宁陵、商丘、夏邑、永城、宿县、灵壁，由盱眙达于淮河。华州下邽：今陕西渭南县。

名宋娥，小名小妹，后来因避当今太后刘娥名讳，改以小字为名。她是宋太祖皇后宋氏亲妹，算得上皇亲国戚，朝廷倒是准奏给予了一笔拨款，但一路北上都不太平，不断有地方官员刁难或是恶霸地痞滋事。寇准虽然在权力的争斗中败下阵来，但其人刚直正义，在朝野间素有清誉，死后还遭到如此对待，只有一种可能——这是太后刘娥故意派人所为。当年她还只是普通嫔妃时，寇准便坚决反对立她为皇后，又曾大公无私地惩治贪赃枉法的刘氏宗族。宋真宗病危时，身为宰相的寇准更是预谋夺取刘娥大权。一切的作为，无不令刘娥怀恨在心，即使在寇准身故后，也不能释怀。

张建侯又道："我们的行囊在盱眙时丢失了，也没法帮助寇夫人，祖姑姑便让我先进城找祖姑父取钱。路过应天书院的时候，我听那些书生们议论，说今晚应天府动用公款大开宴席，为的是要替晏知府选女婿。当时我就气不过，进城就打听知府所在，却被一群弓手拦住，说我是平民，不能佩带兵刃[1]，强行收去佩刀。又说我天黑了在大街上鬼鬼祟祟，形迹可疑，要将我逮捕到县衙拷问。我好不容易才摆脱他们，一路寻来知府衙门，却又被那些小吏挡在门外，逼不得已，我才翻墙进来的。"

石中立道："小哥儿一点都没错，你做得对极了。不过眼下城门已经关闭，你出不去了。这样，明天一早你去给寇夫人送钱，我和你一道去，如何？"

张建侯却丝毫没有将这位翰林学士放在眼中，道："官人这么老迈，一定走得慢，我可不耐烦等你，官人想要祭拜寇相公，自己去就行。"

包令仪忙斥道："建侯不可无礼，这位是石学士。"

石中立却是极爱张建侯的爽直，连声道："无妨，无妨。小哥儿不知道，我有个天大的难处，要是老头子我一个人去，必定会被寇夫人挡在门外。"

原来宋小妹出身名门，宋氏跟唐代名相宋璟同族，祖父宋廷浩娶后

[1] 宋代律法，不准士庶之家私自拥有武器。即使是军人，日常也不准携带武器，只有在当值、训练、出征时才临时发放武器，称为"授甲"，完事后即刀枪入库。唯有官员例外。

唐庄宗之女义宁公主，父亲宋偓娶后汉高祖刘知远之女永宁公主为妻，长姊宋氏是开国皇帝赵匡胤的皇后。而北汉开国皇帝刘崇是后汉高祖刘知远的亲弟弟，因而论起辈分来宋偓是北汉皇帝刘继元的姑父，宋小妹则是刘继元的表妹。太平兴国四年（979 年），太宗皇帝赵光义亲率大军出征北汉，北汉皇帝刘继元内外交困，不得已出城投降，北汉遂告灭亡。枢密副使石熙载奉命焚毁北汉都城太原，不等城中官民转移，便派兵四处纵火，不但千年古城化为一炬，还烧死了许多无辜的百姓，几乎每家每户都有亲人葬身在大火中。太原人氏深恨石熙载，至今提起其名字来都恨得牙痒痒的。宋氏亦有不少亲族死于大火之中，宋小妹本人曾当面指着鼻子质问过石熙载，愤恨之情溢于言表，石熙载虽然已经过世，但以宋小妹恩怨分明的性格，未必就能对其子石中立轻易释怀。

张建侯听了经过，道："啊，那我更不能带石学士去了。寇夫人的脾气，石学士该是知道的。"

包令仪见侄孙口无遮拦，忙道："拯儿，你带建侯先回去。"包拯应了一声，道："我们走吧。"

走出几步，张建侯问道："姑父，祖姑父生气了么？"包拯道："没有。父亲绝不会生你的气。"

一旁文彦博接道："你祖姑父可能有些气恼，但没有生气。说实话，我们大伙儿都很高兴终于有人来搅了这场无所谓的宴会，而且义正词严，晏知府半个字也说不出来。建侯，你是叫建侯吧，我倒想不到包拯会有一个武艺这么好的侄子。"正好走到灯光亮处，蓦然留意到张建侯手上有血迹，忙叫道："呀，你受伤了！"

张建侯一愣道："受伤？没有啊。"文彦博道："那你手上和衣襟上怎么有血迹？"

张建侯道："哟，难道是我不小心伤了那位武官？这可太不好意思了。"忙转头去寻人，正好杨文广走过来，闻声应道："我没受伤。"

张建侯听说对方就是名将杨业的孙子杨文广，愈发认定他是为了颜面不好意思承认受伤，忙上前道："抱歉，实在抱歉，是我失手。小杨将军伤在了哪里？"

杨文广正色道："我是的确没受伤。大丈夫伤则伤矣，无须遮遮掩掩。"特意转了个身子，展示衣衫上并无血迹，又道："小哥儿武艺很好，若是从军，定可大有作为。"

话一出口，随即想到张氏既然跟南京留守包令仪是亲眷，必是出自南阳张氏，与唐代名将张巡同族，如此名门子弟，怎么可能自贬身份加入军队受刺字之辱[1]呢？微微叹息一声，拱手辞去了。

张建侯道："这位小杨将军为人倒是好得很，一点儿架子都没有。姑父，你说是也不是？"

包拯面色凝重，追问道："你手上的血到底是从哪儿来的？"张建侯道："我也不知道啊，我没受伤，小杨将军也没受伤，这血……"蓦地想起一事来，"哎哟"了一声，道："我翻墙进来时绊到了什么东西，软软的，害得我摔了一跤，黑灯瞎火地看不清楚，我也没多留意，会不会……"

包拯忙问道："在哪里？"张建侯道："就在东边花园的拐角处。"忙领头朝花园赶去。

应天书院学生沈周素来与包拯和文彦博交好，见这几人神色紧张、行踪神秘，亦跟了过来。

到了花墙下，却见花丛中漆黑一团，什么也瞧不见。还是沈周心思缜密，事先向吏卒索要了一个灯笼，举灯一照——只见墙根下横躺着一名中年男子，仰面朝天，正是大茶商崔良中。

众人大吃一惊。包拯抢上前一探鼻息，叫道："崔员外还活着。"

沈周的父亲沈英官任大理寺丞[2]，他曾多次见过父亲审案，熟悉办案流程，见包拯俯身欲抱起崔良中，忙阻止道："事涉凶案，先不要动他。快，快去叫人来。"文彦博道："我去。你们先守在这里。"飞一般地去了。

张建侯极是意外，"呀"了一声，道："这么说，适才是这位崔员外绊

[1] 宋代当兵要在脸上刺字，通常是将军队番号刺在额头上，一是当做标识，二来是兵士逃走便于追捕。

[2] 宋代大理寺为中央审判机关，负责办理天下所奏的疑案。通常设丞六人，从六品上，"掌分判寺事，凡有犯皆据其本状以正刑名"，即主管审理刑狱。每当一丞判决案件，其余五丞共同署名，如有不同意见，则写明异议和保留理由，交由大理寺详断。

倒了我，我身上的血就是他的吧？”

包拯问道：“你在墙外时，可听到墙内有什么动静？”张建侯道：“没有啊。我是偷偷进来，怎么可能听到里面有动静、还偏要从这里翻墙呢？”

沈周博学多艺，懂些医术，略一检视伤口，即道：“看崔员外胸腹伤处，血液才刚刚开始凝结，他遇刺应该还没有过多久，很可能恰好在建侯翻墙之前。”

等了片刻，大批吏卒和一些尚未离开府衙的官吏们纷纷赶来。崔良中的侄子崔槐正到处寻找叔叔，忽惊见叔叔横躺在血泊当中，忙上前扶住，叫了数声，始终不见回应，不知道是死是活，一时手足无措，不知道该怎么办才好。

应天府推官上官佖惊见府衙中出了血案，吓得不轻，急忙命人协助崔槐将崔良中抬走救治。又见提刑司提点刑狱公事康惟一还在这里，忙道：“府衙出了这么大的事，下官不敢擅断，有请提刑官人来断处这件案子。”

康惟一是路级官员，按照制度，凡是京东路的狱案都属于他的管辖范围。他明知道崔良中遇刺一案肯定不简单，上官佖是有心推脱，还是慨然应道：“好，提刑司接了这桩案子。”招手叫过宋城县尉楚宏，道：“你带几名弓手赶去保护崔良中。一旦崔员外醒来，立即问出凶手的名字，再速来禀报于我。”楚宏道：“遵命。”

康惟一道：“包留守，这位张公子是尊夫人的亲眷，对么？”包令仪道：“正是。不过康提刑大可秉公执法，无须有任何顾忌。”为示意自己无私，当即拱手告辞离去。

张建侯愕然道：“听提刑官人的语气，莫非怀疑是我行凶杀人？”康惟一道：“你虽有来寻晏知府晦气的理由，却不走大门，偏要翻墙进府。身上又有崔良中的血迹，如果你不是最大的嫌犯，还能有谁？”

张建侯道：“笑话！我根本就不认得这个什么崔员外，才刚刚看到他的尸首……哦，他还没死，在刚才看到他躺在那里之前，我从来都没有见过他，我为什么要杀他？”康惟一道：“也许是你翻墙进来时，正好被崔良中看见，你怕他叫喊泄露你的行踪，一时心急，想要动手杀了他。”

张建侯道：“我站在大门外叫了半天都没人理，这才不得已翻墙进来，我巴不得大伙儿都知道呢，还怕什么泄露行踪！”

康惟一面色一沉，道：“总之目下你是最大的嫌犯，来人……”

沈周忽道：“学生有句话，不知道当讲不当讲？”康惟一道：“讲。”

沈周道：“学生适才看过崔员外伤口，他胸腹之处被刺了两刀，看情形应该是匕首一类的短兵器所伤，虽然刺中要害，但入刃不深，并没有伤及肺腑，所以崔员外只是重伤，失血而昏迷，并没有当场死去。”

康惟一道：“那又如何？”沈周道：“适才众人亲眼所见，张建侯武艺高强，如果是他行凶，对付崔员外这种普通身手的中年男子，绝不至于一刀杀不死人，还要补上第二刀。”

沈周的推断合情合理，一旁不少围观者都点头赞同，但康惟一却别有看法。他本人是名门子弟，其祖父康保裔在与辽军作战中力尽而死，朝廷多次赠赏追封，民间百姓亦尊其为“康公”“康王”，是大宋举国敬仰的民族英雄。他素来以祖父为楷模，做官力求公正严明，绝不行贪赃枉法之事，以无愧祖上英名。而目下凶案中受害者一方是天下最大的茶商崔良中，嫌疑犯则是南京留守包令仪的亲眷，正是向世人展示他康惟一不徇私情、不畏权贵的大好机会，因而也不愿意多听沈周的辩论，依然板着脸道：“这不过是你主观的臆想推测，怎么能成为为杀人疑犯开脱的证据？来人，速将张建侯拿下了，带回提刑司监狱监押，明日一早开堂审案。”

张建侯是个火暴性子，怎肯受如此冤枉，立即倒退几步，拉开架势，预备以武力拒捕。

包拯道：“等一下，我有话说。”他早看出康惟一预备拿下张建侯好来个下马威，也不待对方同意，迅疾道：“行凶首先要有凶器。建侯的佩刀，之前已经为楚县尉缴去，各位看他身上可还有匕首之类的短兵刃。”走上前去，亲自搜索张建侯全身，连靴子都脱下来看了，果然并无兵器。

包拯道：“有人可能会说建侯在行凶后将凶器扔了，这也是有可能的，这就请提刑官派人搜索全府，寻找凶器。但我还有一条佐证，能够证明建侯与此案无关。大家看，这里是适才崔良中崔员外躺着的地方，这一片草倾向墙根，说明崔员外是被人拖着扔在这里，这里并不是他一开始遇刺的地方。”

众人一看，草地上果然有一条重重拖曳的痕迹，似是从西面凉亭假山方向而来。

包拯又道：“这里偏僻黑暗，所以建侯选择了从这里翻墙而入。他本来是要来找晏知府兴师问罪，按照常理，进来后，会立即朝灯火通明的宴会厅方向而去。如果撞见崔员外，也该是在西面方向，怎么会反而往东面园子深处走去呢？”

文彦博接道：“所以一定是有人在东面假山下对崔员外下了手，凶手当时以为崔员外已经死了。那假山也算得上是府衙的一处名胜，常有人来，凶手怕人发现后无法脱身，就将崔员外一路拖到墙根，藏在了花丛后。这样即使有人发现，也是第二天一早的事了，而那时凶手早已离开应天府署，甚至已经离开南京。却不料天不遂人愿，偏偏张建侯翻墙时踩到了崔员外的身子，导致此案提早暴露。”

他是南京通判之子，不看僧面看佛面，康惟一不得不认真听了一回，沉吟问道：“照文公子这般推断，凶手就在今晚的宾客当中了？”

文彦博道：“嗯。凶手大概料不到崔员外中了两刀还没有死，他一定会设法逃之夭夭，或是再次杀人灭口。好在提刑官深谋远虑，已然派楚县尉去保护崔员外。若是提刑官在南京各城门加派人手，将出城人员与今晚宾客名单对照，一定可以顺利缉捕凶手。”

他的话中既有适度的吹捧，又有合理的提示，听起来令人愉悦，康惟一铁板一块的脸色总算缓和了下来，道：“本司正要这么做。”转身走出几步，又回身道：“张建侯，你依然有杀人行凶的嫌疑，没有本司的许可，你不可离开南京城。”

张建侯道：“你这是什么提刑官……”文彦博忙道：“我和包拯愿意联名为张建侯作保，提刑官大可放心。”康惟一听说，这才放心去了。

包拯让张建侯将外衣脱下，交给吏卒作为证物，这才谢道：“多谢彦博和小沈。”沈周和文彦博均笑道：“我们也没帮上什么忙，不过实话实说而已。”

商丘历史悠久，春秋时就是宋国的国都，虽不及京师开封富丽宏伟，却也是一座规模很大的城池：城四面环水，外有外城，内有宫城；外城周十五里四十步，东有两座城门，南称“廷和”，北称“昭仁”；西面也有两座城门，南称“顺城”，北称“回銮”；南有一门，称“崇礼”，另有两座水门；北有一门，称“静安”；内城宫城周围二里三百六十步，大门称“重熙”“颁庆”。虽称宫城，却只是象征性的称号，并没有修建真正的宫殿，里面的大屋中供奉有太祖皇帝和太宗皇帝的圣像。

虽然成为了陪都南京，但商丘城中的许多街道还是按照惯例以某字街命名，譬如城池南北中心大街称礼字街，应天府、府学、文庙等官署机构位于城中心的义字街，宋城县衙位于城西南的例字街，兵马府位于城东南的君字街等。应天书院则位于城外风光秀丽的南湖湖畔。大宋制度，京都天黑时即关闭城门，不得开启。众人回不了书院，便一齐往包府而来。包府位于城西北的习字街，是权贵富人的集中居处，崔良中及范仲淹等都居住在这一带。

习字街和礼字街交界的街角处有一棵老皂角树，高达数十丈，须得三人方能合抱。太祖皇帝赵匡胤任归德军节度使时，曾在此树拴马，马将树干啃伤，伤处居然长成了一个可以容纳一人的大洞，但树木不损，依旧冠盖如云，枝叶繁茂。因而皂角树方圆一带都被视为福地。

路过崔府时，官府正好派人送崔良中回来，大门处人声嘈杂。除了崔良中之侄崔槐和宋城县尉楚宏外，宋城知县吕居简也夹杂在护送的人群当中。吕居简是已故宰相吕蒙正之子，其妹吕茗茗新嫁给了崔槐，因而吕、崔两家算是极亲近的姻亲。

崔良中的女儿崔都兰和侄媳吕茗茗闻声迎了出来。崔都兰生得一张马脸，面色发黄，姿色平常。她对父亲遇刺昏迷一事明显流露出惊愕大于悲伤的神情，只愣在那里，似在神思。倒是纤弱秀气的吕茗茗相当殷勤，抢上前去扶崔良中的担架。

张建侯甚是心急，赶过去问道：“崔员外醒了么？可曾说出凶手的名字？”吕居简应道：“还没有。小哥儿不必烦心，清者自清，浊者自浊，何必将他人言语放在心上？况且小哥儿身旁有几个聪明绝顶又有侠肝义胆的朋友，称得上是大福之人。”

张建侯登时转忧为喜，道：“这位大官人说得太对了，那么我也放心了。但若是崔员外说出了凶手的名字，还是要及时告诉我一声。我替崔员外去教训那坏小子，谁叫他害我也成了杀人疑凶。”吕居简道：“这是自然。”

张建侯这才宽心去追包拯几人。

一行人进来包府时，厅堂中灯火正明，不独包令仪尚未歇息，文洎竟然也在此处。

文彦博道：“父亲大人如何也来了这里？”文洎道：“实在是因为崔良中这件案子实在奇怪得很，我怀疑跟之前的两件事有关。”当即说了今晚曹诚和崔良中先后来找自己的事。

众人闻言，不由得面面相觑，一齐去看文彦博。文彦博连连摇头道：“这不关我的事啊。曹教授相中的是尧封，崔员外只是看到曹教授跟家父交谈，便误以为曹教授相中了我做女婿，崔、曹两家事事相争，所以崔员外才匆忙赶来跟家父提亲，却不想只是误会一场，所以又立即改口称那只是玩笑。”

包拯问道：“文丈可曾留意到崔良中发现弄错了之后去了哪里？”文洎道：“我亲眼看见他转头看了一眼曹诚坐席，随后疾步出了宴会厅。”

沈周道：“如此推断，崔良中遭人暗算，一定是在出厅后，在建侯翻墙进来前。”

张建侯道：“既然曹、崔两家水火不相容，会不会是曹诚借宴会鱼目混杂之机对崔良中下了手？”文洎道：“这不可能。我因为心中奇怪曹诚这样势利的人为何独独选中了尧封做女婿，所以一直刻意留意着他，我可以肯定，他一直待在宴会厅里，并没有出去过。”

沈周道：“曹诚年纪已大，对付身材比他高大的崔良中并不容易，会不会是他的儿子曹丰？”文洎道：“这我有印象，曹丰当时并不在宴会厅中。尧封回来后，曹诚再来找我，也是独自一人扶着拐杖来的。”

沈周道：“发现崔良中中刀昏迷在墙角后，许多人都赶来观看，却是不见曹氏父子，他们应该是已经离开了府署。”文泊道：“嗯，曹氏父子当时带着从人和尧封一道走了，说要单独小饮一杯，还邀请了兵马监押曹汭。”

张建侯道：“这么分析起来，那曹丰的嫌疑着实比我大多了，应该立即让那个什么康提刑官把他抓起来拷问。姑父，你说是也不是？”

包拯摇了摇头，道：“动机不对。”张建侯道：“什么动机不对？”包拯却不肯再说。

还是文彦博道：“今晚知府宴会跟选婿有关，曹诚和崔良中两人膝下各有待嫁之女，这两人的注意力一定集中在这件事上。大家都奇怪为什么曹诚相中了家父的门客张尧封，但也许这正是引崔良中入瓮的幌子。不管怎样，崔良中今日在家父面前彻底失了颜面，他脸皮再厚，也不可能心无芥蒂。这嫌隙，自然要算在曹诚身上。”

张建侯还是不懂，道：“然后呢？”文彦博道：“若是今晚的被害者是曹诚，自然以崔良中嫌疑最大。但偏偏被害者是崔良中。曹氏已然占尽上风，又何须再多杀人一举呢？须知杀人是重罪，若是事发，即使有枢密使曹利用曹相公做靠山，曹氏也一样要杀人偿命，这就是包拯所说的动机不对了。”

包令仪道：“好了，夜也深了，我已命人收拾好了房间，大家各自去睡吧。是不是曹氏所为，过了今晚即可见分晓。”

沈周独自在南京求学，平日住在书院中，时常也会与包拯一道回来包家小住，包家有他的房间。文彦博见人多热闹，也极想留宿在包府，明早好同包拯等人一起去拜祭寇准灵柩。

文泊道：“也好。你替我向寇夫人致歉，说我身子不适，不便相见，但有奠仪奉上，愿夫人一路顺风，及早将寇相公归葬乡里。”

文彦博猜想父亲是顾及前程，不愿意因为拜祭寇准一事而得罪刘太后，心中颇觉失望，转念又想道：“人死不能再复生，祭拜不过是个形式，父亲大人保了前程，自然可以做更多有为之事。”当即恭恭敬敬地将父亲送出大门。

张建侯心中犹自惦记着祖姑父那句“是不是曹氏所为，过了今晚即可见分晓”，跟出来扯住文彦博道：“你别走，我今晚要跟你睡。”文彦博笑道：“好啊，我本来就没打算走。”

张建侯道：“那你要先告诉我为何祖姑父说过了今晚就可见分晓。”文彦博笑道：“你怎么不直接去问你的祖姑父或是姑父？”张建侯道：“他们父子两个的性格，一定要有十足把握才肯明说，我是问不出什么来的。”

文彦博道：“你倒是了解包拯性格。好吧，我讲给你听——曹诚是本地土生土长的乡绅，堪称地头蛇，却被崔良中这个外来者后来居上，两家各有靠山，争斗多年，这是众所周知之事。如果今晚委实是曹氏一方下手暗算崔良中，且不说崔良中人还没死，就是官府也早晚要怀疑到曹氏头上。所以正如我对康提刑官所言，真凶今晚必定会有所行动，或是逃走，或是再次杀人。如今崔良中身边有弓手守护，杀人灭口自然是不可能了，那么凶手只剩下逃走一条路可走。”

张建侯恍然大悟，道：“也就是说，如果明日一早发现曹丰不见了，那么他一定就是凶手，对不对？”文彦博笑道：“对。”

张建侯歪着脑袋发了半天呆，忽然问道：“我想知道一件事，你怎么这么聪明？”文彦博笑道：“我还想知道你怎么武功那么好呢！”

张建侯道：“那这样，你教我破案，我教你武功。”文彦博笑道：“学武就免了，这又不是一朝一夕的事，我怕吃苦。你想学破案，跟在包拯身边，还怕学不会么？他也许不及我聪明伶俐，但却心思缜密，胜我百倍。”

张建侯歪着脑袋想了想，道：“也是。不过我还是喜欢你，比喜欢我姑父多些，他太严肃。”文彦博笑道：“咱们两个年纪一般大，当然更容易亲近些。”

两人一起哈哈大笑，携手进房，往一张床上睡了。

次日，包令仪携带众人一早出门，预备赶去城外汴河关卡处拜祭寇准棺木，慰问寇夫人宋小妹，顺便接回妻子张灵。

到南门时，却见城门被横木拦住，拥堵了许多人，有争吵不休的，有高声怒骂的。城墙上则站满了全副武装的兵士，剑拔弩张，气氛甚是紧张。

文彦博远远一见便道："坏了，这些人多半是应天书院的学生。他们昨晚歇宿在府学官署里，一大早自然要回去城外的应天书院。我告诉康提刑官，要重点盘查昨晚参加过知府宴会又着急出城的人，眼下他们包括我们自己都有逃跑嫌疑，都是行凶嫌疑犯了。"

此情此景，当真有点作茧自缚的意思。但既然话说在了前头，也无反悔的嫌疑。众人只得一边等在城门处，一边请守卫城门的都头派人去提刑司请示。

都头派出的兵士尚未回来，便见宋城县尉楚宏快马驰来，出示盖有提刑司大印的公文，叫道："康提刑官有命，真凶已经找到，正是曹丰。他们这些人都没有嫌疑了，放他们出城去吧。"

都头这才挥手命人打开横木，放一干人出去。

虽然早有所预料，但众人见到楚宏示意手下下马往城门处张贴绘有曹丰容貌的通缉告知时还是吃了一惊。

张建侯上前询问究竟。楚宏道："有几名吏卒作证称昨晚亲眼见到崔良中崔员外和曹丰在宴会厅外争吵，如果不是旁人劝阻，两人还差点儿动了手。今日一早，提刑司派人到曹府提曹丰到公堂问话，曹府却交不出人来，搜遍整座宅子也没有找到，所以能够肯定曹丰是畏罪潜逃。提刑司遂签发了公文告示，悬赏缉拿曹丰。"

崔良中遇刺一案迅速侦破，张建侯也再无嫌疑，只是众人都觉得此案似乎进行得太过顺利，太在人意料之中，太过顺理成章，反而感觉有什么不对劲儿的地方。

但曹丰莫名消失是事实，若是他问心无愧，又何必藏头缩尾地躲避官府呢？也许正是昨晚崔良中向文泊提亲失了面子后，以为这是曹氏故意设下的圈套，出厅后怒找曹丰对质，曹丰自然是大肆冷嘲热讽。结果争执之下，曹丰错手杀了崔良中。当晚知府衙门中宾客云集，他本有可能浑水摸鱼逃过一劫，哪知道更大的祸患还在后头——崔良中重伤未死。曹丰得知消息后，担心崔良中清醒过来说出自己的名字，不得不连夜逃窜。他当然不可能半夜出城，一定还躲在南京城中的某个地方。只要找到了他，抑或等崔良中清醒过来，一切便真相大白。

文彦博心中很是为张尧封感叹：大概他刚以为天上掉下大元宝，寻了一门好亲事，可以娶到绝色美人曹云霄，哪知转瞬间曹氏便摊上了祸事。如此际遇，不可谓不离奇。话说回来了，既然曹氏出于某种缘由认定张尧封为佳婿，昨晚宴会的目的已经达到，为何还要冒事发后家破人亡的危险杀死大有来历的崔良中呢？这完全说不通啊。嗯，要知道事情的经过和究竟，只能回去后找到张尧封好好谈上一谈了。

第二章

梁合古意

中国茶文化自唐代开始兴起，不仅中原人把茶列为『开门七宗事：柴、米、油、盐、酱、醋、茶』之一，以肉食为主、需要靠茶消化油腻的边疆少数民族部落也发展到了『不可一日无茶以生』的地步。中原产茶，却缺少良马，于是自唐玄宗时代起，中原开始了以茶易马的历史，著名的『茶马古道』即来源于此。

白云无赖帝乡遥，汉苑谁人奏洞箫。
多难未应歌凤鸟，薄才犹可赋鷦鹩。
瓢思颜子心还乐，琴遇钟君恨即销。
但使斯文天未丧，涧松何必怨山苗。

——范仲淹《睢阳学舍抒怀》

商丘有着数千年的历史，非但商朝在这里建都，“商人”“商品”“商业”等词汇都是发源于此，所以商丘又被誉为“三商之源，华商之都”。悠远绵长的岁月并没有令这座城市老态龙钟，反而呈现出一种古朴安详的风貌来。城内的石板大街，两旁的房屋，道路边的大树，都浸润着幽静和从容，而真正有活力、有灵气的地方则在南城外。

风景名胜大多都位于城南。城外西南十里处有青陵台[1]，台上建有离宫，为春秋时宋国国君康王偃所筑，著名的“相思”故事就发生在这里。唐代诗仙李白在其名诗《白头吟》中写道：“覆水再收岂满杯，弃妾已去难重回。古来得意不相负，只今惟见青陵台。”

西南五里处则有著名的火神台，是中国历史上最早的观星台。传说上古五帝之一帝喾的两个儿子阏伯和实沈不睦，经常相互厮杀。帝喾无奈之下，就派阏伯到商丘主管东方的商星，派实沈去大夏管理西方的参星。此后，兄弟二人尽职尽责，死后成为商、参二神。在星空中，商星和参星遥遥相对，一个升起，另一个就落到地平线以下，唐代大诗人杜

[1] 青陵台：青陵台及相思树故事（见第五章）在东亚和东南亚流传极广，深入人心。今河南商丘青陵台为日本友人石中胜思先生捐资兴建。

应天府城池图

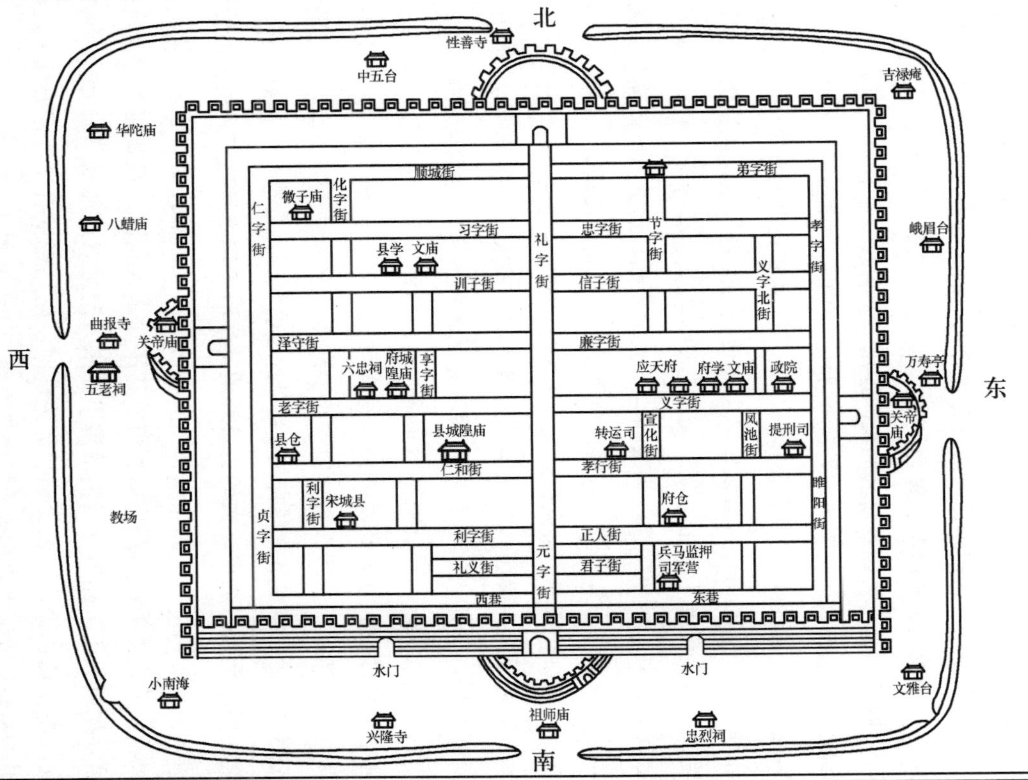

北
南
东
西
性善寺
中五台
吉禄庵
华陀庙
八蜡庙
峨眉台
曲报寺
关帝庙
五老祠
万寿亭
教场
小南海
兴隆寺
祖师庙
忠烈祠
文雅台
水门
水门
顺城街
弟字街
微子庙
化字街
仁字街
习字街
礼字街
忠字街
节字街
孝字街
县学
文庙
训子街
信子街
义字北街
泽守街
廉字街
六忠祠
府城隍庙
享字街
应天府
府学
文庙
政院
老字街
义字街
县仓
县城隍庙
转运司
宣化街
凤池街
提刑司
仁和街
孝行街
利字街
宋城县
府仓
睢阳街
贞字街
利字街
正人街
礼义街
元字街
君子街
兵马监押司军营
西巷
东巷

甫名句“人生不相见，动如参与商”即出自此典故。阏伯最初来到封地后，在商丘选择了一块高岗台地作为住处，一是管理火种，方便人们可以随时取到火；二是祭祀火星并观察火星的运行，以便及时地告知人们防灾避祸并适时地播种收割。此即后世所称阏伯台，又名火神台。

商丘城东南一里处有纪念孔子的文雅台。高台四周有池环绕，台上建有祠庙殿宇。大门东侧院内有春秋时宋国的司马桓魋伐檀的“檀树坑”，纪念亭中的孔子传教像石碑为唐代大师吴道子亲刻。

城南二十里处则是著名的梁园遗址。昔日汉文帝封爱子刘武于商丘，刘武在封地修建了宏伟壮观的高台园林，即世称“梁园”。园中建有离宫，雕龙剔柱，金碧辉煌，房舍林立，几乎可以和京师长安的未央宫媲美。各种花木应有尽有，姹紫嫣红，飞禽走兽，无奇不全，风景优美，名冠诸侯，成为闻名天下的景观。天下名士如邹阳、公孙诡、枚乘、司马相如等均是刘武的座上客，为梁园写下大量诗赋。到了后世，慕名前来游园的文人雅士不计其数，如唐代诗人李白、杜甫、高适、王昌龄、岑参、李贺等，以致留下“梁园虽好，不是久恋之家”的千古名诗。

岁月无情，梁园久历风霜，大多残破，入宋时只有清凉寺因历代均尚有修缮，保持得比较完好。清凉寺又名清冷台，也是梁园盛景之一。原台高达数丈，上面建有殿台楼阁。台西有池，名“渌池”，水质清澈，池中鱼游浅底。池畔松柏遍地，绿树成荫。登上高台，环顾四野，青黛翠秀，飘然欲仙。因大殿建筑多用香椿木，台上蚊虫极少。大宋开国皇帝赵匡胤任归德军节度使时，也极爱这里的风景，常常在台上乘凉避暑。

相比于这些历史悠久的古迹胜地，汴河堪称正当盛年。隋朝大业年间，隋炀帝杨广为了巡游方便，发动河南淮北诸郡民众开掘了一条名为通济渠的大运河，自洛阳西苑引谷、洛二水入黄河，经黄河入汴水，再循春秋时吴王夫差所开运河故道引汴水入泗水以达淮水。因大运河主干在汴水一段，因而习惯上也称之为汴河。隋炀帝征召了数百万民夫，民夫们不分昼夜地在水中劳动，疫役交加，死亡者高达三分之二。

极具讽刺意义的是，汴河凿通后不久，隋朝便灭亡了。唐代诗人皮日休有《汴河怀古》一诗吟诵道：“尽道隋亡为此河，至今千里赖通波。

若无水殿龙舟事，共禹论功不较多。”李益则有《汴河曲》一诗怀古：“汴水东流无限春，行人莫上长堤望。隋家宫阙已成尘，风起杨花愁杀人。”唐代诗人罗邺亦有《汴河》诗云：“炀帝开河鬼亦悲，生民不独力空疲。至今呜咽东流水，似向清平怨昔时。”均是凭古伤今的名作。

隋朝开挖的大运河以洛阳为中心，西通关中盆地，北抵华北平原，南达太湖流域，东至淮海，使海河、黄河、淮河、长江、钱塘江五大河流得以沟通，对南北物资的交流起了极为重要的作用。在这条烟波浩瀚的河流上，舟船如织，日夜往来，穿梭不息。两岸土地肥沃，物产富饶，城镇林立。

商丘自古为战略要地，隋唐之后更是因汴河自此经过而得以成为中原枢纽，地理形势至关重要——南控江淮，北临河济，彭城居其左，汴京连于右，形胜联络，足以保障东南，襟喉关陕，为大河南北之要道。此即古所称“四战之地”，当取天下之日，商丘有所必争，及天下既定，而守在商丘，则岌岌焉有必亡之势。昔日安史之乱，名将张巡坚守商丘，以保证唐军运河供给通道畅通。因城池被围日久，守军无粮，曾被迫吃人充饥，城中妇人、男子老弱均被吃食殆尽，所食人口多达二三万。等到最终因无援兵相助而陷落时，商丘几成一座空城。诗人高适曾作祭文道：“寂寂梁苑，悠悠睢水[1]，黄蒿连接，白骨填委。思壮志于冥寞，问遗形于荆杞。列祭空城，一悲永矣！”从中亦可以看出经过安史之乱后，商丘遭受到了多么惨重的破坏。

大宋定都开封后，汴河成为京师经济的生命线，每年通过这条河运送往东京的大米多达数百万石，各种物产物资更是不可胜数。商丘不仅因是太祖旧藩而身价倍增，更由于近可屏蔽淮徐、远可南通吴越而成为京师的东南门户，四方舟车之所会，无不以商丘为腰膂之地。

汴河码头一带，集中了不少店铺和露台瓦市，有零售的，有批发的，也有专做中转的。货物有广东珠玉，蜀中清茶，洛下黄酷，安邑之枣，江陵之橘，陈夏之漆，齐鲁之麻，姜桂藁谷，丝帛布缕，鲐鳖鲰鲍，酿

[1] 梁苑：即汉梁孝王刘武所筑梁园。睢水：流经睢阳城南，为古代鸿沟支流之一。

盐醯豉，米麦杂粮等，无所不有，不可殚纪。

码头的出口处，则坐着许多人，有杂作挑夫，有经纪行贩，挑着盐担，歪着车子，等在那里出卖劳力，拉几个散活儿。也有唱曲儿的，也有说闲话的，也有做小买卖的。商旅辐辏，冠盖络绎，竟是比商丘城中还要繁华热闹。

包拯等人就地在南门外雇了大车。来到汴河码头时，寇准夫人宋小妹乘坐的大船刚刚通过了排岸司关卡，大约是张建侯昨夜到应天府署大闹了一场后，终于有人出面干预了。船缓缓靠岸，尚未停稳，船舱中钻出一名红衣少女，朝众人挥手大叫道："这里！包拯，在这里！包拯！"天真活泼，娇憨可爱。

文彦博很是惊讶，问道："这位小娘子是谁？"张建侯笑道："是我同胞妹妹张小游。"

既然是张建侯的亲妹，辈分就比包拯低了一辈，她却直呼长辈的名字，也算十分罕见了。文彦博转头去看包拯的反应，却见一向正统的他似并不以此为意，居然还举起手来，向船上回招了一下。

等船夫搭好船板，包令仪带头登船，道："南京留守包令仪求见寇夫人，请代为通传。"

张小游笑道："祖姑父可以暂且放下官场上这一套，寇夫人不喜欢这些，她和祖姑姑在船舱中等着见你呢。"包令仪道："是。"转头命众人先等在船头，自己独自进去船舱。

张建侯一个箭步抢上船来，道："妹妹，昨晚城中发生了大事，你可错过精彩好戏了。"迫不及待地要将昨晚的事情讲给妹妹听。

包拯刚刚一脚踏上船板，便仿若遭受雷击一般缩了回来，迟疑着站在那里。

跟在他后面的文彦博很是奇怪，问道："你怎么了？"包拯道："唔，我……"

张小游将兄长一把推开，抢过来拉住包拯的手，笑道："我姑父怕水。"

原来包拯十来岁时曾不小心掉进了家乡庐州的河里，差点溺死，救他的居然是比他小许多的侄女张小游。事后包拯大病一场，原本白皙的脸色也变成了现在这副深红得发黑的样子，从那以后他多少有些畏水。文彦博听说一向刚拗的包拯居然怕水，惊异之余，不由得转过头去，与沈周相视会心一笑。

上得船来，站在船头等了一会儿，便有仆人出来，引着几人来到寇准灵柩前拜祭。包令仪又将众人一一引见给寇夫人宋小妹。

宋小妹四十余岁的样子，一身衰服，愈发显得面容清癯。她一个娇弱妇人，膝下无子无女，却要在丈夫故后将灵柩万里迢迢运回故里，可谓十分不容易。但她的哀戚并不浓重，言谈举止间显出一股从容的大家风度。她礼数周全，甚是客气，对每个人都一一道谢行礼，到包拯面前时，特意多问了一句："你就是小游从河里救上来的包拯？"

包拯道："是，让夫人见笑了。"料想宋小妹既然连这件事都知道，想必张小游与她一路相伴，甚是亲密，讲了不少自己的事情，不由得颇为窘迫。幸好宋小妹只问了这一句话，便转了话题。

祭拜完毕，包令仪招手叫过包拯，道："寇夫人雇佣的大船有些毛病，要停在码头进行修补，怕是要花费一些时日。船上空间狭小，生活多有不便，我已经邀请了寇夫人到我们家暂住。你这就和建侯、小游先赶回家去准备，我和寇夫人还有你母亲随后就到。今晚在家里设个简单的晚宴，为寇夫人接风洗尘。嗯，你要是愿意，把沈周和彦博也一并叫上。"

包拯应了一声，行礼退了出来，将安排告知同伴。文彦博听说宋小妹要停在南京几日，还预备住进包令仪家中，不禁皱了皱眉头。

张小游眼尖，瞧在眼中，很是不满，问道："寇夫人是住我们家，又不是住你家，你有什么不高兴？"文彦博道："我哪有不高兴啊？"张小游道："那你皱什么眉头？"

文彦博见她与其兄张建侯性情相近，莽撞好胜，与她争执只是徒费口舌，便干脆住了口。

张小游却还是不肯放过，道："瞧你这人，敢做不敢当。"包拯道："小游，不可对文公子无礼。咱们赶紧走吧。"

沈周有意落在后头，叫住张小游，低声告知道："文彦博其实是好意。

寇相公虽然身故，仍是贬官身份，又与当今太后有隙，别的官员回避寇夫人尚且来不及，包丈却要接她到家中，彦博是担心会因此影响包丈的仕途前程。”

张小游想了一想，道："还真是如此呢。咦，你这人心肠倒是挺好的，还特意告诉我缘由。”沈周道："嗯，谢谢小娘子夸奖。”张小游道："什么小娘子大娘子的，叫我小游好了。”

沈周道："小游难道一点儿也不为包丈担心么？”张小游很不屑地道："这有什么好担心的？做官、前程什么的，我祖姑父从来也没有真正放在心上过。我们包家从祖辈开始，从来就是淡泊名利。”

她口中所称的祖辈，即指包氏先祖申包胥。申包胥姓芈氏申，是春秋时期楚国大夫，与另一楚国大臣伍子胥友善。伍子胥因父兄冤案逃离楚国时，曾愤然道："我必灭楚。”申包胥回答说："我必存楚。”公元前506年，伍子胥率领吴国主力攻打楚国，一直攻入楚都郢，楚昭王出逃。伍子胥遂掘楚平王墓鞭尸。申包胥对伍子胥的举动十分憎恶，派人责备伍子胥说："子之报仇，其以甚乎！吾闻之，人众者胜天，天定亦能破人。今子故平王之臣，亲北面而事之，今至于僇死人，此岂其无天道之极乎！”伍子胥回答道："为我谢申包胥曰，吾日暮途远，吾故倒行而逆施之。”申包胥遂决意完成昔日“存楚”的誓言，跋山涉水，历尽艰辛来到秦国，请求秦哀公出兵援救楚国。秦哀公并不答应。申包胥便站在秦庭中哭了七天七夜，滴水不进，哀声不绝。他的忠诚与坚毅深深打动了秦哀公君臣。秦哀公惊叹道："楚有贤臣如是，吴犹欲灭之。寡人无臣若斯者，其亡无日矣。”答应发兵车五百乘前往楚国救援，并亲自赋《无衣》之诗："岂曰无衣，与子同袍。王于兴师，与子同仇。”在秦国军队的帮助下，楚人赶走了吴军，顺利收复了郢都。楚昭王因申包胥有复国大功，欲予重赏。申包胥却辞谢道："吾为君也，非为身也。君既定矣，又何求？”拒受赏赐，带一家老小逃进山中隐居，安静地度完余生。从此，申包胥被列为中国的忠贤典范。其后人取其字“包”为姓，迁徙至庐州居住，包拯即申包胥三十五世孙。

沈周见张小游搬出申包胥的典故，再无话说。不料张小游话锋一转，

趙太丞家
解

又很不屑地指着文彦博的背影道："那姓文的小子，自以为聪明绝顶，为了前程，事事要考虑周全，却不知道他的先祖正是死在'名利'二字上。"

文氏原本姓敬，是唐代名臣敬晖[1]后人。武则天执政晚年，大臣张柬之与敬晖等五人发动兵变，逼迫武则天退位，拥立唐中宗复位，为匡复唐朝基业立下不世之功。事后五大臣均被封王，敬晖被封为平阳王。然后不久后武三思重新执掌朝政大权，五大臣包括敬晖均被残酷杀死。到五代时，文彦博曾祖父因避后晋高祖石敬瑭讳，改其姓为"文"，取的即是"敬"字一半。后晋亡后，复姓敬，至北宋立国，因避翼祖赵敬庙讳又重新改姓为文。

家族、个人的命运往往与时势紧密相连，沈周听张小游拿包拯、文彦博二人的祖先事迹做对比，虽有牵强之感，却自有感触，别有一番滋味在心头。

张小游又道："再说了，我们一船人遭强盗抢劫，若非寇夫人及时搭救，我们现在人还不知道在哪里呢。请救命恩人回家住几天，当今太后还能有什么意见？顶多也就是不让我祖姑父做官了，正好我们可以回庐州老家种地去。"

她快人快语，寻常人在意的荣华富贵全然不放在眼里，对世俗名利轻视之心犹胜包氏父子，说得又极有趣，沈周不禁笑了，亦很为对方爽直豁达的气度折服。

路过崔良中府邸时，正好撞见应天府医博士[2]许希珍出来。

沈周生平孜孜好学，曾向许希珍学习针灸之术，忙上前问道："崔员

[1] 敬晖故事参见同系列图书《璇玑图》。

[2] 宋承唐制，州郡设医博士。宋仁宗嘉祐年以前，医博士负责医政，而无教育医生之责。仁宗嘉祐六年（1061 年）设州医学后，医博士改称医学博士，大州增设助教，始负责教育医生。医官也分官阶，除俸禄外，还依官阶享受免役、刑赎、任子等待遇。公服与文武官的类似，有绿、绯、紫（宋初另有青色）等色，但作为伎官，医官除经特许者一般不能佩鱼，宋徽宗政和年以后取消了此项限制。因医官性质特殊，其医术直接与性命相关，皇室成员及达官贵人都有求于他们，因此医官往往受到特殊的优待。有的医官一年之内连升数阶，有的医官本着绿公服，未着绯公服而直接着了紫公服。

外醒了么？”许希珍摇了摇头，道：“没有对症的解药，崔员外怕是永远也醒不了了。”

原来许希珍昨晚奉命为崔良中诊治，当即发现伤者昏迷不醒并不是因为伤势太重、失血过多，而是中了毒。也就是说，刺中崔良中的匕首上涂抹有毒药。那毒药毒性极重，崔良中本该当场死去。但他既是茶叶巨商，日日与茶打交道，本人亦嗜茶如命，无茶不欢，而茶偏偏能化解百毒。昔日神农氏尝遍百草方，才发现茶叶清热解毒，极适合作饮品，视其为南方嘉木。当然，茶叶并不是真正意义上的解药，但崔良中长年累月地饮茶，体内自形成一股抗体，抵消了毒药的部分毒性，又被张建侯阴差阳错地发现，救治及时，这才得以活命。

众人闻言自然大吃了一惊。沈周这才恍然大悟，道：“难怪崔良中身上的刀伤那么浅，凶手大约有把握见血即死，所以刀入体内并不深。”

包拯一直一言不发，忽然插口反问道：“既然匕首上涂了毒药，凶手只要轻轻刺中对方，对方即会中毒而死，那么凶手为什么还要多刺一刀呢？”

许希珍道：“包衙内问的问题，的确是个很大的疑点，其实以那毒药的毒性，只要划破一点儿皮即可致人死命，偏偏崔员外身上中了两刀。”当即说了那毒药非同小可，霸道异常，不仅他见所未见，闻所未闻，查遍医书也未能了解到底是何方神物。

通常出现这种情况，只有两种可能：若非来自域外的奇毒，就是宫廷秘药。域外奇毒是指外国或是番夷少数民族部落炼制的毒药，如西南大理国的有孔雀胆，还有蛊毒、尸毒等各种匪夷所思的毒药。宫廷秘药则是指藏于皇宫大内中的毒药，如传闻唐宫中藏有秘药美人醉和化骨粉，美人醉能令人中毒死后颜色栩栩如生，化骨粉则可以当场化掉死者的皮肉，尸骨无存，达到毁尸灭迹的效果。大宋朝最著名的迷药当属牵机药，人中毒后，头部向前抽搐，最后与足部佝偻相接而死，状似牵机，由此得名。昔日南唐后主李煜即是被太宗皇帝赵光义以牵机药赐死，死状极其悲惨。此后，仅“牵机药”三个字，便足以令人心悸。

曹丰虽然是本地大乡绅兼府学提学曹诚的独子，但究竟只是个普通人，即使是他竭力巴结讨好的兵马监押曹汭，也难以得到如此奇药，倒是枢密使曹利用还有可能利用位处中枢的便利得到。可曹利用到底有没有卷入其中呢？

许希珍出身于医学世家，生平对自己的医术极为自负，他未能弄清楚崔良中所中毒药的毒性，亦无对症解药，不免深以为憾，对众人殷殷关切的案情反而毫不在意，不愿意再多谈，拱手告辞。而包拯等人心头疑虑更重，一种不知名的奇毒的出现，竟然登时令案情再度扑朔迷离起来。

曹、崔两家各显神通，相争多年，积怨甚深。南京城中人人都知道曹诚的后台就是当今枢密使曹利用，兵马监押曹汭在南京城中的私宅及几房侍妾即是曹诚慷慨相赠。曹诚原本是商丘本地最大的富商，兴建睢阳书舍后，以学入官，名利双收，好不春风得意。十余年前，淮阳茶商崔良中来到商丘定居，大肆经营汴河码头一带的商肆，抢走了曹氏不少风头和利益。两家针锋相对，多有冲突。曹诚为了压过崔氏，千方百计地攀上了枢密使曹利用。哪知道崔良中背后也有不小的靠山，与他同时出道贩茶的拜把兄弟马季良娶了太后刘娥兄长刘美之女。随着刘娥一步步登上权力的顶峰，马季良愈发飞黄腾达，而今已然是龙图阁直学士。崔良中仗着马季良的庇护，每每以极小的代价从东京榷货务拿到大批提货单[1]，凭提货单到南方榷货务换取茶叶后再高价卖出，获利巨大。既然财源滚滚，他便动用大批金钱在南京买地买屋，大兴土木，嚣张不可一世，俨然有强龙过江、要彻底压过“地头蛇”曹氏的意思。

直到去年，崔良中独子崔阳与人斗茶[2]败阵后忿恨自杀，崔良中中

[1] 宋代实行榷茶制，即对茶叶进行专卖：朝廷在南方产茶地区设置山场，又在茶叶集散地设立管理专卖的榷货务（分别是江陵府、真州、海州、汉阳军、无为军、蕲州蕲口，共六处）。先由官府预支“本钱”给茶农，茶农收获茶叶后，一部分作茶园租税缴纳官府，剩下的全部卖给官办山场，不能自由销售。山场再输送到榷货务。官府收购的茶叶，一部分是“官鬻”，主要是用于对辽、西夏的贸易，普通老百姓不能染指；另一部分“通商”，即卖给茶商。茶商先运送钱帛到东京榷货务（总管六大榷货务），换取提货单，再凭提货单到南方六大榷货务提取茶叶现货。

[2] 唐代称茗战，宋代称斗茶，是每年春季新茶制成后，茶农、茶客们比试新茶优良次劣、排名顺序的一种比赛活动，具有很强的胜负色彩。参加斗茶的人，要各自献出所藏名茶，轮流品尝，以决胜负。比赛内容包括茶叶的色相与芳香度、茶汤香醇度，茶具的优劣、煮水火候的缓急等，经过集体品评后，以具备上乘者为胜。

年丧子，受了不小的打击，行为这才有所收敛。最近他所做的最大的事，就是设法寻回了失散多年的女儿崔都兰，宠若掌上明珠。明眼人都看得出来，崔良中失去了儿子，不愿意万贯家财将来落入懦弱的侄子崔槐之手，所以预备找一个精明能干的女婿上门，倚为新臂膀。如此，就难怪他极力撺掇应天知府晏殊搞什么选婿大会了。而为女儿曹云霄选一如意郎君对曹诚也同样重要，因为选到一个好女婿，非但等同于得到一个好儿子、一个好帮手，而且我之所得，即敌之所失也。

可事情怪就怪在这里——张尧封是南京通判文洎的门客，容貌、才学均非上乘，昨晚出席知府宴会的应天学子大多数都强过于他，为什么曹诚偏偏选中了他？为什么崔良中一定要跟曹诚争呢？这件事会不会才是曹丰杀死崔良中的真正原因？也许是因为崔良中明确表现出要跟曹家争夺张尧封当女婿，而以崔氏目下的财势，曹家很难占到上风，所以曹丰起了杀机，干脆杀死对手，一了百了。

那么，张尧封到底有什么奇特之处，居然值得南京两大富商为他相争，值得曹丰为他冒险杀人？

不但众人百思不得其解，就连文彦博与张尧封相处时日不短，对其人了解甚深，亦实在想不出他有什么过人之才。转念想到自己堂堂名门俊公子，相貌、才学均是上上之选，居然被父亲门下的食客盖过了风头。虽然他从没有想过要娶那花貌惊人的美人曹云霄为妻，但相比于张尧封之抢手，风头出尽，未免生了相形见绌之感。

张小游见众人困惑不已，忙问了经过，不禁轻嗤一声，笑道："你们都是群书呆子，没有听过'匹夫无罪，怀璧其罪'的老话么？那个叫什么张尧封的，不一定要有绝世的容貌，惊世的才华，他只要拥有一块像和氏璧那样令人垂涎的绝代之宝，天下想要他当女婿的人肯定多得是。"

众人闻言尽皆愣住。过了好大一会儿，文彦博才道："哎呀，还是小游聪明，当真一语惊醒梦中人！张尧封住在我们家里，我还算了解，他财物不多，如果一定要说宝物，那就是他有一本《茶经》，据说是世上唯一的陆羽真迹，是他祖父流传下来的传家之宝。"

包拯点点头，道："陆羽《茶经》确实也算得上是一件宝物，尤其崔良中是天下有名的茶商，原版《茶经》对他价值很大。”

中国茶文化自唐代开始兴起，不仅中原人把茶列为“开门七宗事：柴、米、油、盐、酱、醋、茶”之一，以肉食为主、需要靠茶消化油腻的边疆少数民族部落也发展到了“不可一日无茶以生”的地步。中原产茶，却缺少良马，于是自唐玄宗时代起，中原开始了以茶易马的历史，著名的“茶马古道”即来源于此。

《茶经》即诞生于这样的历史背景下，为唐代复州竟陵[1]人氏陆羽所著，共分三卷，论述了茶的性状、品质、产地、采制和烹饮方法及用具等，是中国第一部、也是最完备的茶学专著。陆羽也因为此书而被誉为“茶圣”“茶宗”“茶祖”“茶仙”“茶神”等。

唐代末年，唐朝急需大批战马应付平叛，便与回鹘商议以茶易马之事。不料回鹘答复说，不以马匹直接换取茶叶，而愿用一千匹良马交换一部陆羽撰写的《茶经》。当时陆羽早已亡故，而《茶经》一书流传还不广泛。朝廷焦急万分，只得下诏在民间征集。最终，陆羽同乡皮日休献上了一本《茶经》的手抄本，解了朝廷的燃眉之急，唐朝廷用这本《茶经》顺利换到了马匹。唐朝灭亡后，皮日休南下投靠了吴越王钱镠，张尧封祖先本是吴地望族，因机缘巧合从皮日休手中得到陆羽真迹《茶经》也是极有可能之事。

到了天水一朝[2]，以茶易马依旧是朝廷头等大事，而少数民族地区如辽国、党项等对茶与大宋对良马的渴求同样强烈。由于茶叶可以解乏，弥补蔬菜之不足功效，很多人饮茶成了习惯，并且对茶产生了一定程度的依赖，甚至到了“一日无茶则滞，三日无茶则病”的程度。

有则广为流传的故事是——党项人李德明继承首领之位后，一改其父李继迁的对外作战策略，重新对大宋俯首称臣。其子李元昊相当不以为然，多次劝父亲不要再臣服大宋，为此还发了一番宏论：“吾部落实繁，

[1] 复州竟陵：今湖北天门。

[2] 天水一朝：宋朝之代称。天水（今甘肃天水）是赵姓之郡望。郡望是“郡”与“望”的合称，“郡”是行政区划，“望”是名门望族，“郡望”连用，即表示某个姓氏同宗同族人的显耀地或发祥地，如小说中提及的张巡、张议潮均郡望南阳。赵姓望族曾聚居天水郡，故天水成为赵姓代称。

财用不足。苟失众，何以守邦？不若以所得俸赐，招养蕃族，习练弓矢。小则四行征讨，大则侵夺封疆，上下丰盈，于计为得。”李德明回答儿子说：“吾久用兵疲矣，吾族三十年衣锦绮，此宋恩也，不可负！”李元昊当即说：“衣皮毛，事畜牧，蕃性所便，英雄之生，当王霸耳，何锦绮为？”面对咄咄逼人的儿子，李德明最终答了实话，道：“无锦绮，可。无茶叶，不可。”

即使彪悍桀骜如党项人，也不得不在茶叶面前低头。西夏向大宋称臣，其实是为了获得贸易和交换物资的机会，而最最重要的物资也不是铜铁，而是茶叶。正因为茶叶直接关系到国计民生，所以像崔良中这样能以低价拿到大批提货单的茶商才能获得暴利。如果他再有《茶经》在手，更是能批量印制后以书代茶，牟取更大利益。

文彦博道：“可这还是说不通。陆羽《茶经》对崔良中固然是一件宝物利器，可对曹氏却并没有那么重要。最先看上张尧封的，明明是曹诚曹教授。”沈周道：“也许曹氏只是要抢先将《茶经》握在手中，以它来要挟崔良中。对茶商而言，那可是圣物。”

包拯插口道：“不对。”他一直默不作声，似在沉思，忽然开口，倒吓了众人一跳。

文彦博问道：“有什么不对？”包拯道：“我们几个都是应天书院的学生，受教于曹教授门下，该了解曹教授一向极爱他的女儿云霄小娘子。他是做了一些攀附权贵的事，也有些执迷于与崔氏争斗，但断然不会仅为了得到《茶经》要挟崔员外，就用女儿的终身幸福来做交换。”

文彦博道：“嗯，分析得有道理。可如果不是为了《茶经》，曹教授又看中张尧封哪点呢？”

张小游道：“瞎猜有什么用？那个抢手的紧俏宝贝不是你们文家的门客吗？直接找到他问清楚不就完了。”文彦博道：“也对。”转身即见到张尧封正匆匆行来，不由得大喜过望，道：“当真是说曹操，曹操就到。”

张尧封神情甚是焦急，道：“文公子，我有事找你。曹府……”沈周忙道：“等一下，我们还是换个地方说话。”

众人一直停留在崔府门前，却见一名紫衣女子正站在门槛后，冷冷打量着众人。她长得浓眉大眼，端庄中流露出一股英气，目光中充满狐疑的味道。若不是她一身婢女打扮，旁人根本瞧不出她会是一名侍女。

张小游见那女子敌意甚重，问道："那女子是谁？干嘛用那样奇怪的眼光看着我们？"包拯道："是崔都兰的贴身婢女慕容英，听说是从小跟她一起长大的。"

慕容英见众人目光一起投射过来，撇了一下嘴，转身便跨过门槛去了。

张小游"咦"了一声，道："难怪人说崔家骄横跋扈，连婢女都是如此张狂。"

包拯却不欲再生事端，道："走吧，崔员外昏迷未醒，咱们在他家大门前交头接耳，难怪别人起疑心。"带头进来家中，吩咐仆人为寇夫人及从人准备房间、张罗晚宴，自己领着众人来到书房。

张尧封忍耐了许久，一进来就迫不及待地抓住文彦博的双手，道："文公子，你一定要救救曹府。"

文彦博愕然道："我如何能救得了曹府？"张尧封道："目下官府认定是曹丰员外伤了崔良中员外。曹丰虽然失踪，下落不明，但这件案子疑点极多，文公子聪明绝顶，为我生平仅见，还望你能查明真相，还曹府一个清白。"

文彦博道："那好，你既要真相，我来问你话，你要如实回答。若是言语有得罪之处，彦博也是情非得已。"张尧封道："公子有话尽管问，尧封不敢隐瞒。"

文彦博道："昨晚宴会被建侯闹了一场后，你去了哪里？"张尧封道："曹教授父子邀请我去曹家小酌，我跟文丈招呼了一声，就跟他们一道走了。"

文彦博道："只有你们三个人离开知府衙门么？"张尧封道："不，还有兵马监押曹汭曹将军。当然，还有曹教授的从人、车夫等。"

曹诚在宴会上一眼相中了张尧封，当晚就邀请他回府，足见诚意。到曹府后，曹诚命人备宴治酒，还命儿媳妇戚彤和女儿曹云霄出来敬酒。张尧封早听闻曹云霄国色天资，美貌无双，堪称"南京第一美人"，一见之下，当场呆若木鸡，真是做梦也想不到会有如此艳福，能够娶到如此天仙般的佳人。待到曹云霄端酒盈盈走到面前，闻见她身上的馨气，愈发心旌摇荡、不胜陶醉。当即对曹家死心塌地，赌咒发誓要对曹云霄好一辈子。席间大伙儿兴致都很高，一直在谈要如何办一场风风光光的婚事。饮得半醉不醉时，曹诚便命仆人扶张尧封到客房睡了。直到今天早上官府的差役找上门来，曹府上下才知道昨晚崔良中在知府衙门遇刺之事。

沈周道："张兄如何能肯定曹教授是今日早上才知道崔员外遇刺？"张尧封道："我当时人就在曹府，亲眼看见曹教授脸上惊愕异常的表情，那是断然做不得伪的。他听说官府怀疑是曹丰下的手，声音都在发抖，连声道：'不可能，这不可能。'当听说曹丰不见了踪影时，当场就晕了过去。"

文彦博道："果真如此的话，曹教授应该是毫不知情。那么曹丰半夜失踪，曹丰妻子难道没有发现么？"

曹丰妻子名叫戚彤，即是应天书院始创者戚同文之孙女。

张尧封答道："听戚彤娘子说，昨晚她的孩子有些发烧，她放心不下，过去睡在了孩子房中，并没有跟曹丰睡在一起。"顿了顿，又道："虽然曹丰失踪了，但我也不认为是他杀人。昨晚我们几个都喝得醉醺醺的，若是他刚刚杀了人，他怎么还会有心情喝得下酒？"

张建侯道："这还不简单，他知道自己的匕首上涂有剧毒，以为崔良中死定了，当然可以放心喝酒。结果散席后，他从什么地方听到了风声，得知崔良中还活着，吓得魂不附体，所以连夜逃走了。"

张尧封道："这个……也不能因为曹丰人不见了就断定是他杀人啊，也许他去了别的什么地方。"他本人也觉得自己的辩解太过无力，声音逐渐小了下去，到后面几个字时，已是几不可闻。

包拯却道："张兄说得极是，官府认为曹丰是凶手，仅仅是因为有人看见他跟崔员外争吵，紧接着他又失了踪，但并没有真凭实据来定他的罪。"

张尧封大喜道："包公子也相信曹丰不是杀人凶手？"包拯道："不，我只是说目前没有实证证明曹丰杀人，并没有说他不是凶手。"

沈周道："既没有目击证人，也没有找到凶器和毒药等物证，控告难以进行，所以提刑司才急需捕获曹丰，以口供来定案。"

包拯道：“张兄，有一件事极为关键，我必须得冒昧问你一句，你可知道曹教授为什么选上了你做女婿？”

众人其实心中都想知道曹诚为何看上了张尧封这么个门客，但又觉得直接问出来太过伤人，有所犹豫，想不到最后还是由包拯问了出来。

张尧封面色一红，嗫嚅道：“我自己也很意外，忍不住问了曹教授，他说他无意间在宴会上见到我，觉得我眼睛细长而有深光，是大贵人之相，所以决定将爱女相许。”

张小游道：“这种骗小孩子的话你也相信？曹诚答应将宝贝女儿嫁给你，是不是让你用那本陆羽《茶经》作为聘礼？”

张尧封极为愕然，愣了一愣，才红着脸道：“没有啊。曹教授根本不知道我手中有陆羽真迹呢，从始至终，他提都没有提过《茶经》两个字。你们怎么会这么想？”

文彦博忙道：“张兄千万不要介意，并不是我们刻意要这么想，只是觉得事情太过巧合。”当即说了昨晚曹诚和崔良中先后来找父亲文洎提亲之事。

张尧封回过味来，讪讪道：“曹教授选中了我是没错，可崔员外向文丈提亲的却是文公子你呀。”

当真是一语惊醒梦中人。沈周道：“哎呀，我们完全忽视了这点啊。这说明崔良中根本不知道张兄手里有陆羽《茶经》，甚至他根本就不知道曹教授选中的是张兄。他跑出大厅与曹丰争执，不过是因为在文丈面前丢了面子。”

包拯沉吟道：“这里面还有一个很关键的问题，那就是曹教授嫁女到底是不是为了张兄手里的《茶经》？如果是，他又是什么时候知道《茶经》在张兄手上的？”

文彦博道：“以曹教授昨晚积极的态度来看，他应该是昨晚在宴会上无意中知道的，不然他早在宴会之前就主动笼络尧封了。”话一出口，便意识到有些不妥当，忙对张尧封解释道：“噢，我的意思是，如果曹教授真的是意在《茶经》的话。”

包拯道：“这就更不合常理了。”

昨晚知府大宴华宾云集，人情汹汹，可以说热闹得很，也混乱得很。曹诚既是打定主意为爱女寻觅佳婿，必定会聚精会神地观察在座学子，品度外貌才学。张尧封因为寄人篱下，为人低调，从来没有透露过手中有陆羽原版《茶经》，知道此事者寥寥无几，曹诚不可能恰好在昨晚宴会上打听到这件事，再临时起意要将女儿嫁给《茶经》的主人张尧封。

即便真的有人在晚宴上告诉曹诚，说南京通判文洎门客张尧封有原版《茶经》，曹诚觉得可以利用《茶经》来对付崔良中，动了心思，不惜牺牲女儿的终身幸福，赶过来向文洎提亲，那么他开口询问的必然是门客张尧封如何如何。但事实是，寒暄过后，曹诚开门见山地问的是侍奉在文洎背后的年轻人是谁，文洎回答说是门客张尧封后，曹诚似是颇为失望，说了一句："原来是文公的门客。"由此可见，在昨晚宴会之前，曹诚既不认识张尧封，也没有听过其名字，只是纯粹从外表上相中了张尧封，所以才赶来提亲。而曹诚眼中的外表，显然不是以五官端庄英俊来衡量，而是有没有贵人之相。

包拯简略分析了经过，众人都深为其推断折服，连连称是。文彦博心中却颇不是滋味：原以为曹、崔两家争抢张尧封，不过是为了他手中的《茶经》，现在看来完全是为了他这个人，自己自小就有的才子风头完全被一名食客盖过去了。

沈周涉猎广泛，所学甚杂，道："我曾经读过《麻衣相法》[1]，里面有专门的'相眼法'，确实提过眼细长而有光润者是贵人之相。"

张小游歉然道："看来曹家还真是看上了张公子的人，而不是为了什么《茶经》。张公子，不好意思啊，适才我言语太过鲁莽。"

张尧封自己反倒半信半疑起来。张氏原是江南大族，自入宋后家道日益中落，他少年时又父母双亡，愈发穷困，兄长张尧佐离家出走，张家只剩下他一人，再也支撑不下去了。几经辗转，勉强投到文氏门下当门客，生活才算安定下来，不再为一日三餐发愁。但他目下已经二十五

[1] 相法是以人的面貌、五官、骨骼、气色、体态、手纹等推测吉凶祸福、贵贱夭寿的相面之术。《麻衣相法》全称《麻衣相法全编》，传说是宋初大相术家陈抟的师傅麻衣道者所作。该书在民间影响极广，有"看过麻衣相，才能来把人打量"的说法。

岁了，还只是个依附于文家的落魄门客，无法自立，这就是所谓的大贵人之相么？曹家到底看上了他什么，肯将天人般的女儿曹云霄下嫁？

他心头的疑云越来越重，旁人愈分析曹诚嫁女仅仅是因为他的面相，他不以为中肯，反倒愈发觉得曹家可能是别有用心。而他身上最值钱的物事就是陆羽所著的《茶经》了，当初兄长张尧佐与他反目出走，也正是因为这本茶书。自己的亲兄长尚且觊觎家传之宝，意图高价卖掉，更何况曹姓外人呢？一时间，脸涨得通红，又是激愤又是失望，道："我要当面去问曹教授。如果他确实想要《茶经》，我就直接送给他好了，用不着拿云霄小娘子来换。"当真赌气起身，往外走去。

众人不由得面面相觑，不知道为何旁人尽皆释然，独独张尧封又起了疑心，认为曹氏嫁女是为了他手中的《茶经》。

包拯忙道："我们不妨一起去，正好当面向曹教授问个清楚。"张建侯道："可是家里有贵客来，寇夫人很快就该到了。"包拯道："曹教授是我等师长，一日为师，终身为师，现下他家里出了大事，我们不能坐视不理。父亲、母亲大人还有寇夫人都会谅解。"

张小游道："哥，你和我留下准备待客不就完了吗？让他们几个忙去。"

张建侯心中其实极想跟随包拯前去查案，但转念想到寇夫人是难得的贵客，不能有丝毫怠慢，只得同意妹妹的建议，勉强留在家中。

包拯、沈周、文彦博三人便跟着张尧封往曹府赶来。到街口时，正好遇到应天书院主教范仲淹。

范仲淹字希文，出生于苏州，出生次年生父即病逝，其母谢氏生活无依，不得不改嫁山东淄州长山县富户朱文翰。范仲淹也改名朱说，在朱家长大成人。少年时的范仲淹读书就十分刻苦，常去附近山上的醴泉寺寄宿读书，吟诗作文，慨然以天下为己任。他二十岁时，与朱氏兄弟发生口角，意外得知自己原来是范家之子，这些年来一直是靠继父的关照度日。范仲淹因此受到极大刺激，经过思考后，决心脱离朱家，自树门户，待将来卓然立业，再接母归养。于是毅然辞别母亲，来到当时的睢阳学舍求学，昼夜读书不息，实在疲惫得不能支持，就以冷水洗面，继续苦读。

大中祥符七年（1014年），迷信道教的宋真宗率领百官朝拜老子故里，车驾路过商丘，全城轰动，人们争先恐后地观睹天颜，只有范仲淹一人闭门不出，仍然埋头读书。有个要好的同学特地跑来劝他："快去看，这是个千载难逢的机会，千万不要错过！"范仲淹只随口说了句："将来再见也不晚。"便头也不抬地继续读他的书了。

次年，范仲淹进士及第，在崇政殿参加御试时，见到了年近五旬的真宗皇帝，后来还荣赴了御赐的宴席。步入仕途后，范仲淹恢复范姓，自朱家迎回母亲赡养。因其妻李氏是应天人氏，范家一直安顿在南京，范母谢氏也是病逝安葬在这里。

多年的苦读生涯令范仲淹有极高的文学素养，他通晓经学，尤长于《易经》。现任应天知府晏殊年纪比范仲淹小，还是孩童时就享有大名，成人后更是被天下人视为大宋文坛领袖，但他生平最看重范仲淹，对其人品学问极为佩服，到应天上任后，凑巧范仲淹因丧母回到南京，居家服孝，便极力邀请范氏主持应天书院教务。原先的书院主教戚舜宾已然病逝，助教曹诚也升任府学提学，忙于官场应酬，加上年纪已大，无暇理会书院事务，范仲淹遂慨然应命，制定教务，捧书讲读，孜孜不倦。他主持应天书院后，择生只有品德和学业上的基本要求，没有年龄、身份和地域的限制，生徒来源广泛，院生可以随意流动，不受地域、学派限制。与别的书院不同的是，应天书院要求教师作表率，每当给诸生命题作赋，范仲淹会先作一篇，掌握试题难度和着笔重点，使诸生迅速提高写作水平。由于范仲淹在道德学问上堪为表率，应天书院学风蔚然。

为了理事方便，范仲淹甚至抛下城中妻儿，搬到书院学舍居住。因还在为母亲服丧，他没有参加昨晚的宴会，刚刚才听说曹诚家中出了事，匆忙从书院赶进城，预备前去曹府探望。

包拯等人均是范氏学生，历来视其为楷模，对其人极是尊敬，一齐躬身行礼，叫道："范先生。"范仲淹道："嗯。你们也是去曹府的么？很好。"

一句"很好"，表达了对包拯几人的赞赏。曹诚是应天书院长官，范仲淹本来还想约上几位教官一齐来探望，都被众人以各种理由推脱，显然是因为曹丰惹上了人命官司，旁人避之不及、唯恐沾身，他只得独自一人前来。而包拯、沈周、文彦博这几名学生明明是官宦子弟，深知内中的干系和风险，却能不避嫌疑前去曹府，着实难得。师生几人遂联袂往曹府而来。

曹府位于城东北的忠字街，宅邸面积极大，占据了整整半条街。曹府大门处聚集了许多人，不少是提刑司的差役，正吵吵闹闹，喧嚣不已。

原来提刑官康惟一派了人来逮捕府学提学曹诚。这是官府的一贯做法，对于逃亡的重犯，往往将其家属逮捕拘禁，以逼迫犯人自行投案。宋初名臣张咏知益州，有乡农杀耕牛[1]避罪亡逸，张咏派人拘捕了其母亲，乡农还是不肯自首。十日后，张咏命人放了其母，改拘其妻。仅仅过了一夜，乡农便来到官府投案。此即张咏判词所云“倚门之望何疏，结发之情何厚”。

曹丰妻子戚彤却挺身而出，将众公差挡在门外，声称公公有病在身，难以起床，她愿意以身相代。差役奉有严令，不肯通融，一定要带走曹诚。

兵马监押曹汭私宅是曹诚赠送，与曹诚宅第毗邻。他闻声赶来，厉声斥责差役，称曹诚有提学官职在身，有刑赎[2]的特权，自身犯法尚有回旋的余地，更何况行凶的只是其子？差役们虽不敢回嘴顶撞于他，却也不肯就此退去。

范仲淹上前道：“曹丰既然已连夜弃家逃走，可见是下定了决心，断然不会因为父亲或是妻子被拘便重新回头。”

领头差役道：“可要是曹教授也跟着逃跑了怎么办？小的可担不起这个责任。”

范仲淹道：“曹诚建造书院，造福一方百姓，有目共睹，范某愿意以身家性命为曹教授作保。各位，你们不像那些大官人，他们都是在这里做几年地方官后就会离开，或是升迁，或是转迁，曹家是兴是衰、是死

[1] 宋代杀耕牛是重罪。

[2] 指犯罪后向国家缴纳一定数目的钱物，便可减刑。

是活跟他们没有关系。但你们不同，你们都是本地人氏，都有后代，如果你们还希望自己的子孙能在天底下最好的书院得到最好的教育，请听范某一言，暂且退去吧。”

这番话说得真挚恳切，连范仲淹自己都深为动容。全场登时鸦雀无声，连一声咳嗽也不闻。

过了好大一会儿，领头的差役才道：“范先生说得极为在理，下吏回去后，一定会将先生原话转告给康提刑官。”

他明明知道长官康惟一对姓范的一向都没有好感，因为当年导致他祖父康保裔孤军无援战死的罪魁祸首就是范廷召，还是向范仲淹鞠了个躬，带领手下转身便走。

戚彤上前裣衽行礼，谢道：“多谢范先生及时解围。曹将军、范先生、几位公子，请进去说话。”

包拯正要跟随众人进府，忽见一旁横塞军指挥使杨文广正朝自己招手，心念一动，走过去问道：“小杨将军是叫我么？”杨文广点点头，道：“有一件事，不知道跟曹丰失踪有没有关系？”

原来他与曹汭关系友善，每每来南京公干，并不住在公家驿馆，而是借住在曹汭私宅中。昨晚知府宴会散后，曹汭去了隔壁曹诚家继续饮酒，他独自回来曹汭家就寝。到半夜时，喝醉了酒的曹汭被隔壁曹诚府上仆人送了回来，他起身安顿好曹汭，自己却再也睡不着，便起来在庭院中散步。曹汭家的小花园与曹诚家中的大花园两两相通，中间仅隔有一条水沟。当他正在水沟边徘徊时，意外见到对面曹诚花园中有一条黑影闪过，速度快得惊人。他是军人，反应比寻常人敏捷得多，忙喝叫了一声。那黑影当即奔他而来，大约是想杀他灭口。一交手，便各知对方武艺不弱。那黑衣人见一时间难以取胜，又怕惊动众人，扬手打出了暗器。杨文广见到火星闪耀，揣度应该是火器，忙滚地避让开去。那暗器果然是一枚火蒺藜，“啪”的一声炸开，威力颇大。等他再起身时，那黑衣人已经不见了踪影。

包拯道：“火蒺藜？那不是军用装备么？”杨文广道：“正是。正因为如此，我当时认为那有一身好武功的黑衣人一定是军人，潜入这里是想要对付曹汭，所以我也没有警示曹教授府上，而是立即回去，安排侍从加紧巡查，在曹汭房间布置了守卫。不过那黑衣人始终没有再来，大约知道自己行踪已经暴露。今日一早，我叫醒曹汭，告知他此事，他治军严厉，对待下属颇为苛刻，也认为一定是哪名受过处罚而心怀不满的军士前来报复，并没有太当回事。但我听说曹教授府上出了大事，曹丰牵扯命案、连夜潜逃，感觉事有蹊跷，这也许不是巧合。”

包拯道：“将军认为那黑衣人可能跟曹丰失踪有关？”杨文广道：“这我可不敢肯定。我只是觉得昨晚曹丰在知府宴会上杀人已然十分奇怪，完全不合情理。久闻他与戚家娘子恩爱万分，就算真是他行凶，身为男子，怎么可能抛下老父妻儿独自逃生呢？况且他有名有姓，算得上是这南京城中的头面人物，人人认得他相貌，又能逃到哪里去？”

包拯道：“小杨将军的意思，似乎并不相信曹丰会行凶杀人？”杨文广道：“其实我是什么看法并不重要，我又不是司法官员。事实是，曹丰只是人不见了，既没有证据证明他杀了人，也没有证据证明他没有杀人。”

包拯蓦然得到某种提示，全身登时一震。

杨文广却没有留意到对方的异常神情，道：“另外还有一件怪事，我适才因为想到昨晚黑衣人出现可能跟曹丰失踪有关联，特意赶去提刑司将昨晚与蒙面人交手的事告诉了康提刑官。结果康提刑官十分冷漠，不但不命书吏做笔录，还让我不得再对他人透露此事。我猜想也许因为火蒺藜是军备武器的缘故，提刑官不便过问兵马监押之事，也不愿意将事情复杂化。”

包拯道：“既然小杨将军已经得到提刑官嘱咐，为何还要违令将这件事告诉我？”杨文广道：“杨某担心内中另有隐情，令清白的人无辜蒙冤。昨晚包公子吟诵拆字诗：‘石皮破仍坚，古木枯不死。’杨某印象十分深刻。包公子为人，我信得过。况且这件案子牵涉到府学提学曹教授，他名义上是你恩师，你绝不会袖手旁观。还有你那位内侄张公子，虽然有些莽撞，却跟你一样，一身浩然正气。”

包拯点点头，道：“多谢小杨将军信任。我可以向你保证，包某一定竭尽全力找出真相，不会让无辜者蒙难。但如果真是曹丰行凶杀人，我也不会顾念师门恩情，势必要将他绳之以法。”

杨文广欣慰一笑，道：“好，那我就告辞了。包公子有事需要帮忙的话，可以派人来宁陵军营找我。”包拯道：“是。将军多保重。”

目送杨文广上马，直到人骑消失在视线中，包拯这才进来曹府。却见众人正等候在厅堂里，范仲淹和戚彤并不在当场，只有曹府管家陪同在一旁。

文彦博道：“小杨将军跟你说了些什么？”包拯道：“这个……我们回去再说。范先生人呢？”文彦博道：“曹教授只愿见范先生和曹汭两人，所以曹夫人陪他们进去了。”

包拯道：“也好。管家，我想去看看曹公子的房间，可以么？”管家迟疑道：“这个……”

正好戚彤出来，闻言道：“包公子是好意，不碍事，我带你们去。”亲自引着包拯往内庭走去。

文彦博等人料想包拯要去寻找关于曹丰失踪的线索，忙跟了过去。

曹丰夫妇的居室很大，布置得也相当华丽，帷幔重重。只是房间里一片狼藉，似是被人翻寻过。

戚彤道：“这是提刑司派来的官差所为，说是要寻找我夫君用以杀人的凶器和毒药。”沈周深为叹息，道：“即使有线索，也完全给毁了。”

戚彤道：“各位公子想知道什么，可以直接问我。我今早醒来后，先安顿好孩子，再回来房间，却是不见夫君在床上。问了婢女，也不知道去了哪里。以为他去了前院，寻过去还是不见人影。门仆也说，没有见过少主出去。正觉得奇怪时，官差就找上门来了。”

沈周曾听父亲讲过如何勘验案发现场，忙问道：“那么娘子最早进来房间时，可有发现什么异样？”

戚彤道：“嗯，我进来的时候，房门大开着，里面一切如常。只有床上的被子掀开了，看起来就是夫君平时起床后的样子。官府的人声称我夫君是畏罪潜逃，但柜子里的金银珠宝什么也没有少。各位应该知道，我夫君一向生活富贵，吃不得苦，他若要逃走，怎么可能身上不带金钱呢？”

文彦博道：“不错，是这个道理。那么娘子是不相信曹丰员外杀人了？”戚彤斩钉截铁地道：“当然不相信。我夫君身上从来不带刀，什么匕首、毒药之类，我更是闻所未闻。再说了，他有什么理由一定要杀崔良中崔员外呢？崔、曹两家争斗多年，但只是在生意上、利益上有所冲突，也不至于到要杀人的地步。”

包拯道：“可是曹丰员外的确连夜离家出走了，连门仆都没有惊动，娘子认为是什么原因呢？”戚彤道：“这个……我实在猜不到。”

她遭逢巨变，丈夫曹丰失踪，公公病倒，小姑子曹云霄空有貌美之名，遇事毫无主见，她不得不以曹家媳妇的身份挺身而出，成为家中的主心骨，奔波忙碌。然而到了此刻，再也支撑不住，颓然坐在圆凳上。众人见她脸色苍白，胸口剧烈起伏不止，显是身心俱疲，只得让婢女扶她去歇息。

沈周道：“这实在有些奇怪，曹丰连夜出逃，连门仆都不知道，难道是翻墙出去的？张兄，依你看……”转身却不见了张尧封，竟然不知道什么时候离开了。

文彦博道：“尧封应该是暗中去会他的未婚妻了。先不管他，小沈提醒得有理，就算曹丰半夜逃走，也断然不会翻自家的墙出去。如果不是那门仆说了假话，就是……”

沈周已然会意过来，接道：“就是曹丰借道另一边的曹汭府上溜走了，抑或是他现下人就藏在曹汭那里。不如我们一会儿直接问曹汭。”

包拯道：“不，曹汭没有牵扯进这件事。”当即说了指挥使杨文广的一番话。

按照杨文广的描述，曹汭被送回家时他就醒了过来，当时酒宴新散，曹丰也应该还在曹府家中，这一点不难向曹府众仆人验证。而杨文广安顿了醉酒的曹汭后，就来到两曹相通的花园，不久后发现了黑衣蒙面人，在水沟边与其交手。黑衣人逃走后，他立即布派人手加强了曹汭府上的巡视，他本人也一夜未睡，直到天亮。在这样的情况下，曹丰想要悄无声息地自曹汭府上溜出，实比从自家溜出要难上千百倍。

沈周瞪大了眼睛，道："居然还有这样的事！那黑衣人会不会就是曹丰？"文彦博道："当然不会。小杨将军武功何等了得，曹丰若是有跟他对仗的本领，何须用毒药杀人？"

包拯道："听小杨将军说，那黑衣人身手矫捷，武功不比他差多少，有那样一身功夫，一定是自小习武，勤学苦练。曹丰生于富豪之家，自小生活在仆人婢女的包围中，若是他会武，早就在南京传扬开了。那黑衣人一定不是曹丰！"

沈周道："事情越来越奇怪了，曹丰人不见了，又凭空多出了一个黑衣人。这……这到底是怎么回事？"

包拯道："先不管那黑衣人，也许正如小杨将军所言，他闯入曹府，只是想要对付曹丰。但曹丰不可能平地消失，如果没有人看到他出去，那么就只剩了一种情况，他人还在曹府中。"

文彦博道："对，如此推测最合情合理！而且我猜想曹丰也不是半夜得到消息溜走，而是今早官府寻上门来时才仓促躲了起来。曹府这么大，他藏在暗处，外人绝难发现。"

沈周道："这么说，戚彤刚才是在对我们说谎？我看不像啊。"包拯沉吟道："猜测无益，不如找机会当面直接问她。"

文彦博道："你没有见到戚彤愿意替公公曹教授坐牢么？她的性格软中带硬，即使知道曹丰下落，也绝不会吐露半分的。"沈周道："有理。彦博，不如由你出面，让张尧封去问曹家大姐曹云霄试试。"

三人正在低声商议，有仆人奔过来叫道："范先生出来了，有请几位公子出去。"

几人忙赶来前院，却见曹汭正拱手告辞出去，范仲淹尚留在堂中。

文彦博上前问道："范先生见到曹教授了么？他老人家可还好？"范仲淹道："恩师受的打击不小，需要好好静养。我代他谢谢你们几位的好意。"他发迹前受教于应天书院，尊奉曹诚为师长，终生不渝。

范仲淹道："关于曹丰这件案子，我问了恩师，他说曹丰绝不会杀人，他们父子昨晚参加宴会的目的，就是要为云霄小娘子选一门好亲事。"

沈周道："先生可有问曹教授为何选中了张尧封？"范仲淹道："嗯，

恩师说他花重金聘请了一名江湖相士，名叫王青，将其装扮成仆从带进了宴会，预备用相术来挑选女婿。”

相术在中国有着极为悠久的历史，先秦时便已风行于社会。通常是由相士通过观察人的面貌、五官、骨骼、体态、气色、语言、举止等，看出其人的善恶、忠奸、贤愚，并由此推知其过去未来的吉凶、祸福、贵贱等。到汉代时，相术甚至步入了政治，女相士许负曾受命给汉初帝王、大臣看相，预言无不应验。五代末年，天下出了两个非常有名的相士：麻衣道人与陈抟。麻衣道人是陈抟的师傅，生平事迹不显，只留下《麻衣相法》一书流传于世。陈抟的名气则要大得多。他周游天下时，在关中华山遇到了当时还是平民的赵匡胤，陈抟一见到他，断定他将来必定拥有天下，于是指点他去从军。之后赵匡胤因战功赫赫，步步高升，最终发动兵变，黄袍加身。陈抟得知消息后，抚掌长笑道：“天下自此定矣。”

自陈抟以来，相术愈发风行于世，不少人以此为职业，靠看相谋生。曹诚不知道如何起了利用相术选婿的主意，他自己最先看上的是沈周，认为其人文雅可亲，但那相士王青极力反对，告知这人虽有官运，却是克父克子之命。曹诚对这王青极是信任，简直到了言听计从的地步，遂就此作罢。王青又称在座学生中，唯富弼有宰辅之相，可惜曹诚知道应天知府晏殊事先已相中富弼为婿，不敢与其相争，只能退而求其次。王青便又推荐了宋郊、宋祁兄弟。恰在此时，南京通判文洎命门客张尧封去寻儿子回来，王青一眼留意到张尧封，登时大为惊叹，称此人为大厅众人中面相最贵者，将来必为王侯。曹诚深信不疑，为避免节外生枝，立即起身去与文洎寒暄，询问张尧封姓名家世，及时定下了婚事。

众人这才知道事情的前因后果，虽然觉得曹诚以府学提学之尊，仅凭相士之言便定下宝贝女儿的终身大事，如此行事未免轻率可笑，却也为他操心女儿婚姻的良苦用心感动。

范仲淹也很是感慨，叹道：“我真不知道恩师居然还好相术这一套。方塘之鉴形可识，方诸之鉴心始得。相形何如更论心，以貌取人当有失。君不见，虞皇、项籍两重瞳，成汤、曹父皆九尺。”

包拯道：“曹教授可曾提到曹丰与崔良中崔员外的争吵？”范仲淹道：

"曹丰告诉过曹教授，说他昨晚方便回来时，崔良中在宴会厅门前将他堵住，称曹氏父子合谋算计他，他不会就此善罢甘休。曹丰莫名其妙，崔良中却辱骂不休，二人差点儿动了手。"

沈周道："崔良中生气是因为他冒昧向文丈提亲丢了面子，他认为是被曹教授刻意算计了，其实是他自己误会，怪不得曹教授，也怪不得曹丰。"

文彦博道："如此推算起来，崔良中并不在意谁来当他的女婿，他只是要跟曹家争。曹家相中了谁，他就要立即抢过来。如此行事，当真霸道得可以。只苦了他自己的女儿，那位崔都兰小娘子亦是十分可怜了。"忍不住叹息一番。

范仲淹道："话说到这里，我正好有一事相求。你们几个都是书院最聪明、最出色的学生，希望你们能找出事情背后的真相。无论曹丰杀人也好，没杀人也好，都要设法找到他，给恩师一个交代。本来恩师家中有事，该我自己出面，可我家中……"

他遭逢母丧，妻子李氏又新生下次子，加上长子亦尚在襁褓之中，应付应天书院的日常事务已然吃力，确实没有多余的精力来调查曹丰的案子。

文彦博人最机灵，立即接话道："范先生放心，曹教授既是先生的恩师，又是我等的恩师，我们一定会尽全力找到曹丰。"范仲淹道："好。你们还要等张尧封么？那我先走了。"

几人刚将范仲淹送出门，张尧封就匆匆从内庭出来。他当真是与曹云霄偷会去了，不过却不是他主动求见佳人，而是曹云霄派婢女暗中将他叫了进去。本来像她这样的未婚大家闺秀，不便私召男子相见，然而曹家忽遭大变，家中没有男子可以当家做主，她已与张尧封有婚姻之约，向未婚夫私下求计也算不上太过越礼。

张尧封脸色怪异，低声道："我可能知道曹丰藏在哪里了。"文彦博道："是曹府么？我们早就猜到了。"

张尧封道："曹府？不，不是曹府，是……"见左右尚有曹府仆人，忙将到口的话缩了回去，道："走，先离开这里再说。"

四人出来曹府时，外面日已过午，居然已经是未时[1]了。各人均没有吃午饭，饥肠辘辘，遂就近寻了家饭馆坐了，预备要些酒菜，边吃边谈。

宋代商业发达，朝廷鼓励官民享乐，城市风情浓郁，茶楼酒肆都是面朝大街，且多为重重叠叠的高楼[2]。这家饭馆名“望月楼”，位于忠字街和礼字街的十字路口，是南京最豪华、最气派的酒楼。酒楼的主人姓樊，但不常在南京，据说他在朝廷中很有点根底儿，连大茶商崔良中扩张商业最疯狂之时，也没敢打望月楼的主意。

楼门对面就是太祖皇帝赵匡胤系过马的福树老皂角树。门前排列着黑漆木条互穿而成的杈子，用以阻挡车马。门首则扎缚成彩楼欢门形状，两边各设一根朱红华表柱，未进酒楼，便能感受到华贵气魄。

与大多数酒楼不同的是，望月楼的正楼上下两层都被用作了客房，真正吃饭饮酒的地方则在楼后的园子里，称作“望月园子”。这是一座典型的庭院园林式酒楼——院中廊庑掩映，东、西各排列着小阁子，各有单独的名字，如“丛玉”“夹竹”“报风”等。五步一室，十步一阁，吊窗花竹，各垂帘幕。修竹夹牖，芳邻匝阶，良卉喷香，佳木秀阴。一入其中，便令人感到心旷神怡。

文彦博一进楼便向迎客的跑堂后生道：“博士，要双泉。”

之所以偏爱这间名叫“双泉”的阁子，倒不是因为它正好位于庭院中间，是一间独立的雅室，两面环水，窗外有小桥流水的景致，而是他成人后写过一首《双泉》的诗：“长剑并弹霜气豪，白虹半折秋云高。濯缨洗耳更何处，世人回看轻鸿毛。”畅述生平之志，一直视为得意之作。凑巧望月园子中有一处名为“双泉”，每每他来这里饮酒，都会习惯点名要那间阁子。

那跑堂后生姓林，唱了个喏，道：“不巧得很，双泉已然有客官占了。对不住了，文衙内。”

---

[1] 未时：午后1点—3点。

[2] 在古代中国，城市是作为政治、军事中心出现，自宋以来，用于市的功能发生了重要的转变，渐渐转向商业中心。而宋代之前，高楼都是建于皇宫内府中，专门供普通民众娱乐的高大楼房到宋代才普遍出现。

文彦博道："这不奇怪，现下已然过了正午，许多客商习惯午睡后再吃午饭，兴许是我们不巧赶上了。"跑堂后生道："也不是，是住在二楼一位名叫黄河的客官长包了这间阁子。"

文彦博大是奇怪，道："只听说有富商在望月楼长包房间的，长包阁子倒还是第一回听说。"

跑堂后生做的是迎来送往的营生，口齿极是伶俐，笑道："那位黄公子跟文衙内一样，也极爱'双泉'的清静，可有时候他下楼来吃饭，'双泉'往往被别的客官占了，他便干脆出重金包下了'双泉'。只要他人还在南京，'双泉'就归他一人使用。文衙内，虽然你是常客，但我家主人说了，望月楼能屹立百年不倒，靠的就是一个'信'字，怕是你这一阵子都不能进'双泉'了。不过咱们望月楼不独有'双泉'，其他阁子的风景也不错。而且说实话，咱望月楼最厉害的本事是菜肴鲜美，风景倒还在其次。各位公子说是也不是？"

众人一起笑了起来。沈周道："我们又没有说不去别的阁子，你倒是说出来这么一大串由头。"

跑堂后生道："那敢情是，小的就知道几位公子是最明白事理的人。"引着几人随意进了一间阁子。又问道："公子们想吃点儿什么？糖醋溜鱼、鹅鸭排蒸、烧臆子、还元腰子、炕肉、干脯、鸡皮麻饮、麻腐菜……"

他推介的全是望月楼最出名的招牌菜，如排在第一的糖醋溜鱼全称是糖醋软烟鲤鱼焙面，此菜选用本地鲤鱼，融合面粉烹制而成，鱼体依稀透明，集鲜、香、甜、酸、咸五味，甜酸对比适度，咸味隐而不现，入口鲜，回味香，鲜美无比，奇香袭人，闻者垂涎。

文彦博知道沈周为人随和，包拯则对食物一向不在乎，便道："我们都饿了，还是尽快上些容易做的菜，胡芹干、豆干、扒猴头、干脯各来一大盘，再要四份焦饼，四份面汤。"

他点的并不是望月楼的招牌菜，而是极具地方风味的特色菜：胡芹是一种空心芹菜，因产于柘城县胡囊乡而得名，茎壁内厚，脆嫩可口。当年赵匡胤任归德军节度使时极爱吃此菜，后来当上了皇帝，特意将商丘胡芹列为贡品。民间曾也有"喜有车马临门第，胡芹贡酒宴佳宾"的美句，称赞胡芹的美味。豆干是以优质黄豆作干料，辅以有草果、凉姜、桂皮、丁香等十余种磨制加工，再将成块的豆腐挤压出水，放入鸡汤锅里蒸煮。出锅后的豆干为正方形薄块，色泽黑红，五香味浓，香而不腻，是佐餐下酒之佳品。猴头名猴头菇，是一种天然真菌，产于河南伏牛山，历来被称为“素中荤”“植物肉”。唐代安史之乱时，唐军乏粮，便有士卒往山林中采食猴头。焦饼则是用大豆磨碎后在锅上烘烤而成，是商丘地方上的传统名吃。

跑堂后生笑道：“好咧。文衙内明明是随父宦居于商丘，点菜却比咱本地人还要地道。”又问道：“还要多烫一壶林酒[1]么？”文彦博道：“不必。你先去吧。”

等跑堂后生打帘出去后，张尧封才道：“适才在曹府人多眼杂，不方便说话。事情是这样，我听云霄说，她兄长很可能逃去了他的情妇那里。”

几人闻言极是吃惊。文彦博道：“曹丰居然还在外面养有情妇？她叫什么名字？”张尧封道：“云霄小娘子也不知道。”

原来自从曹诚散财兴学以来，就将大部分精力放在了应天书院上，曹家生意的账务交给儿媳妇戚彤处理。近一年来，戚彤发现账上有几笔不明去向的巨额支出，都是由丈夫曹丰亲自从账房领取。她觉得蹊跷，询问过丈夫，曹丰却支支吾吾，不肯明言。曹云霄与嫂子感情很好，知道这件事后，暗中告诉戚彤道：“上次我去庙里还愿，轿子经过礼字街时，我从轿帘里看到哥哥站在街角跟一名戴着帷帽的妇人说话。开始还以为是媒人[2]，后来见两人神态甚是亲昵，忙命轿夫停下轿子，叫了一声，那妇人立即转身走了，简直跑得比兔子还快。我问哥哥那人是谁，哥哥

[1] 林酒是历史悠久的传统名酒，早在商朝“宋城沽酒”即闻名天下。西汉时期，丞相萧何衣锦还乡，喝过林酒后赞不绝口，连称：“美哉，林酒也。”后有文人雅士作诗记其事道：“郑侯还乡马蹄疾，路经林河清香溢。琼液洗却征人惫，香列名酒数第一。”东汉末年，枭雄人物曹操爱酒如命，以这一地区酿酒经验为基础，总结整理出酿酒专著《九酿法》。

[2] 帷帽：源自西域的一种帽子，流行于唐宋代妇女中，亦称“席帽”，是一种高顶宽裙的笠帽，在笠帽的周围垂下一层纱帛制成的围帛，下垂及颈，遮住头部，以障风尘。宋代婚俗，一桩婚姻先要由媒人往来通言。有身份的媒人都是戴帷帽，拖裙到颈，着紫色套服。

却说谁也不是。嫂子，我敢向你打包票，哥哥一定是在外面有了女人，那些金钱都是给那女人购置房产、仆从用的。”戚彤听后无语，从此再也不提这件事。由于她的隐忍和宽容，夫妇之间始终得以相安无事。眼下曹丰失踪，出走时又没有带走任何财物，照曹云霄看来，兄长一定是逃去了情妇家。

张尧封道：“如果曹丰还躲在家中，不可能连云霄也瞒过，她自己也着急找到兄长，想问个明白呢。”

文彦博道：“那么关于那个情妇，有没有可以追查的线索？”张尧封道：“没有。曹夫人自己都不愿意管丈夫外室之事，府里还有谁愿意多管闲事呢？”

一时也想不到别的办法，遂等饭菜送上来，匆匆吃了。

出来庭院时，正遇上跑堂后生引着两人过来。那林后生是个热心人，招呼道：“文衙内，这位就是包下‘双泉’的黄公子。这位是他的从人。”忙为双方引见。

那位名叫黄河的男子身长五尺余，圆面高额，戴着黑冠，穿着一身长袖绯衣，虽然才二十岁出头，却彪悍强健，顾盼有威，极有豪侠的气概。众人一见之下，便暗中各自喝了声彩。

黄河略略抱了抱拳，道：“小弟姓黄，单名一个河字，这位是小弟的从人，姓杨名守素。”

文彦博便报了己方姓名，试探着问道：“黄公子到南京是游玩还是公干？”黄河道：“算是游玩吧。小弟听说南京每年在五月二十五日尪公诞时有斗茶大会，荟萃天下茶道名家，神往了很久，今年是特意赶来看斗茶大会的。”

文彦博道：“原来如此。距斗茶大会还有一些时日，商丘名胜不少，愿黄兄游览尽兴。”黄河道：“有心。多谢。”遂拱手作别。

离开望月楼后，文彦博几人仍然对适才那富家公子黄河印象深刻。

张尧封道：“这位黄公子气度非凡，一定不是普通人。”文彦博开玩笑道："如果能请来相士王青，说不定一眼能看出这位黄河公子是什么人。"

张尧封明明是寄人篱下的处境，却因为相士一语而改变命运，虽然庆幸自己能够因此与南京第一美人曹云霄定亲，但毕竟自己与相士所言的王侯之相还差十万八千里，听文彦博玩笑，不由讪红了脸，急忙告辞，自行回去文府。沈周、文彦博则跟随包拯回来包府。

拐上习字街时，远远见到一名四五十岁的男子正在崔府大门前探头探脑地张望。沈周一眼认出那人来，道："那不是府学的刻书匠人高继安么？"

应天府学负责应天全境的教育，需要大批图书作为课本，因而建有专门的书坊，聘请刻书匠人主持，自行刻书印书。这高继安是南京本地人氏，雕版手艺一流，但出活儿奇慢，府学提学曹诚实在不能忍受，新近又花重金从天下刻书中心杭州聘请了一名叫毕升的匠人。这毕升不知道用了什么新法子，制书又快又好，竟然后来居上，替代高继安成为新任官书坊主持。高继安自曹诚重建应天书院便开始主持书坊，本有元老资格，结果反而沦落为毕升下属。

正疑惑高继安为何会出现在崔良中门前，而且神态如此神秘，忽见崔府大门洞开，奔出来几名健壮的男仆，反扭住高继安手臂，强行往门内拖去。

高继安一边挣扎，一边大叫，忽转头见到包拯一行人，如遇救星，忙道："包公子、文公子、沈公子，救救我，快救救我！"

众人奔过去喝止仆人，问道："做什么？"一名仆人道："这老汉鬼鬼祟祟地在门前窥望，小的们疑心他跟主人遇刺有关，正要将他带进去交给我家小娘子审问个清楚明白。"

沈周忙道："你是新来的么？居然不认得高司务，他是应天府学的刻书匠人。"高继安忙道："正是正是。我跟崔员外认得，还帮你们崔府刻印过族谱呢。刚刚是凑巧路过贵府，有心进去探望，但又见大门紧闭，心中略微迟疑，所以才有所误会。"

那仆人闻言，又见有旁人作证，便命人放开高继安。高继安虚惊一场，再也不提“探望”二字，忙不迭地谢过沈周几人，一溜烟小跑去了。

沈周却是突发奇想，提议道：“我们去看看崔员外如何？”

他生平对医药兴趣极浓，听医博士许希珍说崔良中刀伤之余，身上还中了罕见的奇毒，不免极想亲眼一见。

文彦博忙道：“这不好。我们跟崔良中非亲非故，忽然前去探访，徒令让旁人起疑。而且应天书院上下向来对崔氏非议极多，我们跟他亲近，恐怕要犯众怒。”包拯却道：“好。”拔脚走进崔府大门，请门仆通报。

文彦博见状，只得和沈周一道跟了过来。

等了一会儿，崔良中侄子崔槐亲自迎了出来，谢道：“几位公子有心，不妨先进来小坐。”

崔良中是天下第一大茶商，为人最好排场。其结拜兄弟马季良在京师汴京有处私家园林，号“马季良园”，是开封有名的探春赏花盛处，声名不亚于秦王赵廷美之玉春园。他也立志要修筑一座不亚于马季良园的园子，花费巨资在庭院中挖了一个巨大水池，引水灌池，植满荷花，取名“莲花湖”。湖上修建了玲珑别致的曲桥，岸边种满垂柳，画桥如虹，流水似带。每到夏季，还有“荷花红粉绽，杨柳绿荫横”的美景，算得上是南京风光最旖旎的私家园林。

崔府待客的花厅临池而建，此刻荷叶新展，无穷碧绿，十分养眼。崔槐引着三人进来花厅坐下，命人奉茶。

花厅正堂墙上还挂着一幅楷书，却是唐代才子元稹的《一七令》：

茶。
香叶，嫩芽。
慕诗君，爱僧家。
碾雕白玉，罗织红纱。
铫煎黄蕊色，碗转麹尘花。
夜后连陪明月，晨前命对朝霞。
洗尽古今人不倦，将知醉乱岂堪夸！

此赋茶词是元稹和好友白居易聚会时所作，形象描绘了茶的来源、采制、品性、烹饮和功过等诸方面知识，挂在崔良中这样的大茶商家中，倒也十分贴合身份。

其实茶诗真正写得好的是本朝前任宰相丁谓，文追韩愈，诗似杜甫，被人誉为“今日之巨儒”。有《煎茶》一诗写煎茶过程，内中道：“轻微缘入麝，猛沸却如蝉。罗细烹还好，铛新味更全。”又有《北苑焙新茶》一诗写品茶的色、香、味：“头进英华尽，初烹气味醇。细香胜却麝，浅色过於筠。”俱是绘声绘色，形象之极。崔良中还特意花重金托人求了一幅丁谓的手迹，一度四处炫耀，悬挂在厅堂最显眼处。可惜丁相公太过聪明，名利之心太重，竟然要与刘太后争权，最终机关算尽，失势被贬。此后，崔良中也绝口不再提“丁谓”二字，丁公手迹自然也被取下了。

文彦博见那幅《一七令》楷字古朴典雅，诗中有笔，笔中有诗，自有一股才子的风流蕴藉，料想必是元稹原作。花厅靠近荷塘，时时侵染水气，其实对字画多有损伤，猜测崔良中不过是出于炫耀，才有意将元稹真迹挂在这里，心中颇感到惋惜。

崔府素来欢喜以茶道待客，花样百出。等了一会儿，几名婢女鱼贯进来，先在各人案边摆上一副砚格。又有人取来新摘下的荷叶，放在砚格上，一名男仆提着一把大铜壶进来，将铜壶中的茶水倒入其中。一名婢女手持一枚玉簪，用簪子刺莲叶中心，让它们与莲叶长柄相通，再将叶柄弯过来，如象鼻一般，一一交到包拯几人手中，说道：“请公子拿着这个饮吸凉茶。”

沈周最喜新奇事物，看得目不转睛，听婢女说要用荷叶叶柄饮茶，愈发觉得有趣，笑道：“这是甚么喝法？好生奇怪。来，让我先来尝尝这有趣的凉茶。”

崔槐道：“这叫碧筒茶。据说这样饮茶，茶味杂莲香，香冷胜于冰。”

沈周忙吮吸了一口，但觉荷香入脾，茶中有凉，凉中蕴茶，清新爽气，忍不住赞道：“好巧妙的心思！”崔槐道：“这是我堂兄崔阳想出来的。他生平最好茶道，最好出奇。”

崔阳即是崔良中独子，自负是天下第一茶道高手，去年在“尫公诞斗茶会”上与人斗茶败阵，激愤之下自杀，也是一件憾事。

包拯却对茶道一类毫无兴趣，略略吸了一口，即起身道：“多谢崔公子招待。不知可否方便带我们到崔员外床前一见？”

崔槐为难地道：“家叔尚在昏迷中，怕各位见也是白见。而且府中现下由我堂妹崔都兰当家，她性情冷淡，不喜外人，更不愿意外人去打扰家叔。之前应天知府晏相公曾派人来探望，都被她拒之门外了。”

文彦博起初反对探视崔良中，但既然已经进来了，少不得要想法子达到目的，忙指着沈周道：“这位沈周沈公子是当世名医，精通医术。如果能让他看看伤势，说不定能有办法让崔员外及早醒过来。”

崔槐原是淮阳人，是崔良中长兄之子。其母裴德淑出身于著名的绛州闻喜裴氏[1]，是故灵州知州裴济之女。灵州被党项人攻陷后，裴济死难。消息传入中原，身怀六甲的裴德淑当堂小产，生下崔槐后即死去，因而崔槐实为遗腹子。他五岁时，父亲又病故，改由其叔崔良中抚养长大。虽然是叔侄之亲，但毕竟还是有寄人篱下之嫌，加上崔良中长年在外，崔妻对待崔槐也不如何亲昵，由此养成他懦弱隐忍的性格。目下崔良中昏迷不醒，其妻和其子均已亡故，按道理应该由他这个自小在崔府长大的侄子来主持大小事务，而不应该轮到来到崔家才几个月时间的崔都兰。然而崔槐终究还是软弱，即使母亲、妻子双方均出自显赫名门，也不敢与庶出的堂妹崔都兰相争，而今他反倒像是崔府的外人了，凡事不敢随意拿主意，加上他也不相信年纪轻轻的沈周会是什么当世名医，只迟疑不答。

沈周道：“文兄有些过誉了。我不一定能找到令崔员外醒转的办法，但我略通针灸之术。令叔卧病在床，陷入昏迷，全身血脉不通，长此以往，就算最终能找到解药解毒，也会成为废人。须得不时施以针灸之术，助他打通经脉。”

这番话跟之前医博士许希珍的嘱咐倒是一致，崔槐又多信了沈周几

[1] 闻喜：今山西闻喜。闻喜裴氏自三国以后人才辈出，晋代的裴徽、裴楷父子，南朝宋史学家裴松之，隋光禄大夫裴仁基、唐名臣裴度等就是其中的代表。

分，但心中似乎还是不大情愿，踌躇很久，终于道："那好吧，我领几位公子进去。但若是都兰出面阻止你们见家叔，我也没有办法。"当即领着众人来后院探望崔良中。

崔良中虽然读书不多，却爱附庸风雅，其内院居所是他特意请应天知府晏殊所题，名"兼隐"。庭院中花木争荣，翠竹扶疏，极见清幽。只是房门外守着四名男仆，面色不善，手中各执棍棒，挺身将房门挡得严严实实。众人一见之下便感到不解，不知道崔府为何会如临大敌，安排这么多人守卫在崔良中门口。

崔槐猜到众人心思，苦笑着解释道："这是都兰的意思，她怕那害了叔叔的恶贼会再来杀人灭口。"沈周道："官府已经确定凶手是曹丰，而曹丰也已经畏罪潜逃，还有必要这样么？"

背后有人接话道："有没有必要我说了算，轮不到外人来发话。"

众人回过头去，崔良中的女儿崔都兰面罩寒霜，正带着婢女急急走过来。

崔都兰姿色平常，但打扮得却甚是华丽，头上装饰着珠翠，穿着一身销金衫子加长裙，大约是心急之下走得太匆忙，差点儿被裙角的珠带[1]绊倒。身后的婢女慕容英忙伸手去扶，却被崔都兰将其手甩开，恨恨地提起裙幅来，一手便将玉珠等饰物扯掉。

文彦博心道："早闻崔都兰是崔良中与开封樊楼酒妓野合所生，果然没有半分大家闺秀的气质。要是真比女儿的话，崔良中可是要大大输给曹诚了。"

崔都兰顺手将饰物抛到一边，上前几步，冷冷问道："你们是什么人，来我家做什么？"不待回答，又厉声斥责崔槐道："堂兄，你是不是闲得发慌了，码头上有那么多生意你不去管，总赖在家里做什么？"崔槐道："我……"

沈周忙道："小娘子勿怪，是我……"崔都兰道："你什么……"目光

[1] 宋代妇女行不得露足，为避免举步时裙幅散开，左右各有金玉饰物压住裙角。

中寒意森森，逼视之下，竟然令沈周打了个寒战。

文彦博道："小娘子，我们其实是出于好意……"崔都兰毫不客气地打断道："这里不需要你们的好意。阿英，送客！"

婢女慕容英上前向众人做了个"请"的手势，道："各位这就请回吧。"

沈周道："我们是来为崔员外治病的，总没有将大夫拒之门外的道理。难道小娘子不希望尊父早日好起来么？"崔都兰道："南京城中大夫多得是，不稀罕你们几位。"

崔槐道："都兰，这位是包公子，是南京留守包公之子，就住在隔壁，是我们的邻居。这位文公子是……"

崔都兰极不耐烦地道："我对各位的来历身份没任何兴趣，权贵也好，权贵之子也好，都请回吧。"

慕容英道："我家主人已经下令，各位若还是要赖在这里，莫怪我无礼。"

崔槐忙道："几位公子，不好意思，我先送你们出去。"

众人料不到这崔都兰如此不通人情世故，简直像座又冷又硬的冰山，拒人于千里之外，只得转身出来内庭。正好遇见一名中年虬髯男子率着众多侍从直闯进来。崔槐登时如获救星，忙上前叫道："马叔叔，你来了！你……你得到家叔不幸遇刺的消息了么？"

那虬髯男子正是龙图阁直学士[1]马季良。他是茶商出身，年轻时与崔良中一起跑江湖贩茶，是拜把兄弟，感情极好。后来他娶了太后刘娥兄长刘美之女，从此平步青云。

此人为人颇为有趣，他没有读过多少书，但自小就羡慕那些学富五车、笔下汗青的史官，靠岳父刘美的荫庇入仕后，不求荣华富贵，不求

[1] 龙图阁是北宋皇宫阁名，约建于宋真宗咸平四年（1001年），地点位于会庆殿西侧。内中收藏有宋太宗御书、各种典籍、图画、宝瑞，以及宗正寺所进宗室名册、谱牒等。景德四年（1007年）置龙图阁直学士，三品官，为虚衔加官，用以加文学之士，备顾问，与论议，以示尊宠。包拯后来即加领此官，所以世称"包龙图"。宋朝大肆加强中央集权，官制和其他朝代有很大不同，有"官""职""差遣"之分。其中官名只表示官位和俸禄的高低，叫做"正官""寄禄官"，简称为"官"。一些文官还有学士、直阁等头衔，是一种荣誉称号，叫做"贴职"，简称为"职"。而担任的实际职务叫做"差遣"或"职事"，有实际权力。但前边还要加上"判""知"等限制词，表示官职仅是暂时的，随时可以撤换，如"知县"就是临时做县长官。如果官员没有"职"，就是吃国家闲饭的人。

高官厚禄，只有一个心愿——那就是入史馆担任史官。但大宋制度，进入史馆为官需要考试，马季良的斤两自然远远不够。刘娥为了帮助侄女婿达成心愿，指派主考官晏殊等人当场替马季良答卷。这就是考官代笔学生答卷的旷古奇闻。在晏殊等人的“帮助”下，马季良终于如愿以偿，顺利进了史馆，还当上了龙图阁直学士。他飞黄腾达以后，对其结拜哥们儿崔良中没少照顾，助其在榷茶制度中获得了诸多便利。

中国是茶的故乡，早在商代就开始栽种茶树。到汉代时，茶叶已发展成为商品，盛行于巴蜀地区。传说诸葛亮南征时，手下将士因瘴气中毒，纷纷晕倒，情况万分危急。当地蛮濮人闻讯前来相助，送姜茶汤解毒，并让众将士将茶叶含在口中，以避染瘴气。诸葛亮看到茶叶有如此神效，即命王平、吕凯率军士以当地蛮濮人为向导，到山中采育茶子。茶因具有药理功能，得以引入中原。

在很长时间内，茶都是作为一种奇药，而并非饮料。隋朝隋文帝杨坚小时候患头痛病，有僧人告知，山中有茗草名茶，煮而饮之当可治愈。隋文帝饮茶后果有奇效，重重封赏了僧人。于是时人竞相进献茶叶，用以邀功。当时进士权纾撰文刺讽“穷春秋，演河图，不如载茗一车”，即指此事。

唐朝以后，茶的饮料功能逐渐居上，饮茶之风遍及全国，成为风尚，上自宫省，下至邑里，茶为食物，无异米盐。周边少数民族也酷好饮茶，回纥和吐蕃商人经常“大驱名马，市茶而归”，大量运入中原的名茶。由于茶叶成为了人们日常生活的必需品，还是对外贸易中的重要商品，种茶、贩茶也随之成为有利可图的行当。唐代诗人白居易在《琵琶行》中有“商人重利轻离别，前月浮梁买茶去”之句，即是当时贩茶是热门买卖的生动写照。唐朝廷也看到了茶叶贸易的巨大利润，不愿意放弃这块油水，遂自从唐德宗开始征收茶税，以增加中央财政收入。刚开始只是在产茶州县的商运要道设官抽税，后来开始对茶实行专卖，即所谓的“榷茶”。由于茶叶步入寻常百姓家，榷茶收入成为朝廷的重要财源。唐文宗时，朝廷每年矿冶税的总收入还抵不上一个中等县的茶税，由此可见茶税之丰厚。

后周开国皇帝柴荣年轻时曾与邺中巨商颉跌氏一道在江陵贩茶，是中国历史上唯一一位做过茶商的皇帝。他贩茶完全是为了敛财用作军费，茶利之巨大，可见一斑。

宋代继承发展了唐代的榷茶制度，比唐代茶税更为苛刻：茶叶一律由官府统一收购，不允许茶农与商人私下交易。私卖茶叶在宋代称为“伪茶”，若敢伪茶，无论官民，处罚极其严重。太祖皇帝赵匡胤亲自诏令天下：“主吏私以官茶贸易及一贯五百，并持杖贩易、为官私擒捕者，皆死。”当时茶叶官府收购价为腊茶每斤二十钱到一百九十钱不等，片茶每斤自六十五钱到二百零五钱不等，散茶[1]每斤自十六钱至三十八钱五分。一贯五百只能买七斤最好的片茶，一旦私下交易被发现，就是弃市死罪，可见刑罚之重。

太宗皇帝赵光义即位后，为笼络人心而重定法条，略有减轻：“凡贩卖私茶一斤者杖一百；贩卖私茶二十斤以上者弃市；盗官茶贩鬻十贯以上黥面，配本州牢城；巡防士卒私贩茶叶，依本条罪加一等；聚众持杖贩私茶并拒捕者，处死。”但伪茶依旧是重罪。

官府将所有茶叶垄断后，一部分用来对外贸易，另一部分用于通商民用，即批发卖给茶商，再由茶商作为中间渠道加价卖给普通百姓。茶商要取得茶叶实货，需得到京城向榷货务交纳数目不小的钱帛，换得提货单，再凭提货单去南方六大榷货务提货。之所以如此，是因为宋代主要通行货币为铜钱和布帛，铜钱单个价值小，一万钱相当于十两白银的价值，重量却高达一百斤，而布帛虽轻，却是体积庞大，运输起来非常麻烦，且容易引起盗贼的注意，朝廷就用提货单的办法将运输的工作转嫁给了茶商，同时还可以有效地防止州县地方中饱私囊。

崔良中在马季良的帮助下，以低价获得提货单后，将大量茶叶收入自家囊中。其他茶商到东京榷货务用高价买到提货单后，却在南方榷货

[1] 宋人制茶不同于唐人——唐人制茶，即摘即炒；宋人却是摘下芽茶后蒸熟焙干，称为散茶；茶叶蒸熟后榨去茶汁，再研磨成粉末，放入茶模内压制成饼状，称为片茶，不仅被宋人视为茶之上品，也是北方契丹、党项等最喜爱的茶种。腊茶是以茶制成茶饼，在饼面上涂上一层薄薄的珍膏油，称为“腊面茶”或“腊茶”。

务换不到足够数量的茶叶，最终不得不出高价向崔良中购买茶叶。如此几年下来，崔良中积累了巨额财富，靠着雄厚的实力一跃成为天下最大的茶商。

昨晚崔良中在应天府署遇刺，崔槐本能地怀疑是曹氏派人下的手，既然曹氏倚仗兵马监押曹汭和枢密使曹利用做靠山，崔槐自然也要将消息报告给崔氏的靠山马季良。今日一早便派人快马驰往京师开封。商丘距离开封三百五十里，快马加鞭，也得二三日才能到达，即使马季良得到消息后立即动身赶来南京，也是五日后的事情了。哪知道早上信使才出发，下午马季良就到了崔府，实在令崔槐既意外又惊喜。

马季良道："我正好有事来南京，进城时才知道义弟出了事。他人在哪里？"崔槐哽咽道："在内室里。"

马季良闻言，径直往兼隐内院而去。月门处的仆人还想要阻拦，被马季良怒目一瞪，便退开了。

文彦博道："我们要不要也跟进去看看？"他一提议，包拯和沈周便各自点头，转身重新进了内院。

几人心中疑惑很多，尤其是对那崔家大姐崔都兰甚感不解。她本是昔日崔良中在开封樊楼一夜风流留下的结果，但直到近年，崔良中才偶然得知樊楼叶姓酒妓当年曾为自己生下了一个女儿，取名叶都兰，也没有太当回事。等到亲生之子崔阳自杀死后，忽然异常怀念那素未谋面的女儿，派人想方设法打听到叶都兰的下落，接她来南京与自己同住，令其认祖归宗，改叶为崔。那崔都兰生母叶姓酒妓早已在华州家乡穷困潦倒而死，崔都兰无依无靠，在街里坊间乞讨过活，若是像她这般冰川般的性格，岂不早就该活活冻饿而死？她跟父亲崔良中感情淡漠尚情有可原，然父亲尚在病中，她进来崔府不过几个月时间，便刻意贬低堂兄崔槐地位，俨然有要接手控制崔家上下的意思，如此行事作风，实在不像是常人所为。

马季良闯进内院时，崔都兰尚在庭院中与慕容英说话，见众人闯了进来，面色登时一沉，刚要开口，崔槐抢上来道："这位是叔叔的义兄马龙图。"

崔都兰亦是久闻马季良大名，料想没有本事与其相争，便不再说话，默默让到一边。

马季良还是第一次见到崔都兰，见状大是不满，别说他官位显赫，就凭他跟崔良中是结义兄弟，比亲兄弟还要亲，她也该上来行跪拜大礼，不料却半句话也没有，倒像是哑巴了一样。只是他心中挂念义弟，一时还顾不上教训这素昧平生的侄女，抢上台阶，几步跨入房中。

内室金碧辉煌，宛如宫殿，墙壁上挂着细纱帷幔，上面装饰着珍珠、玛瑙、琥珀、犀角、象牙等各种贵重物品。房门边上还挂着一张大弓和一壶金色羽箭，颇引人注目。崔良中仰面躺在象牙床榻上，双目紧闭，眼窝深陷，面色发青，乍然一望仿若僵尸一般，情状凄凉，与室内的珠光宝气浑然不相衬。

马季良见到当年一起走江湖、闯天下的结拜兄弟不死不活，跟死人无异，一时悲从心来，坐在床边，握住崔良中的手，含泪叫道："兄弟，你醒醒，大哥来看你了！"连叫数声，始终不见义弟回应，终于潸然泪下。他虽然是靠裙带关系登上高位，名声不佳，但此刻流露出手足情深，情深意切，旁人亲见，无不动容。

马季良将崔良中的手放好，回过头来，咬牙切齿地道："是曹家人下的毒手，对么？"崔槐道："是。不过曹丰已经畏罪潜逃了。"

马季良冷笑道："跑得了和尚跑不了庙。曹丰人是跑了，他父亲、他妻子、他儿子不都还在么？哼哼，我要让他们血债血偿。"语调阴冷之极。旁人听在耳中，不禁打了个寒战。

包拯见马季良极伤心崔良中之惨状，料想他必定会利用权势地位对曹家大肆报复，当即上前道："马学士，崔员外遇刺一案缺乏物证，目下断定是曹丰所为怕是有些武断了。"

马季良不耐烦地道："你是谁？这里轮得到你说话么？"崔槐忙介绍了包拯几人，又道："昨晚全亏几位公子机灵，及时发现了遇害的叔叔。医博士说，若是任由叔叔躺在墙根下，怕是捱不到次日一早的。"

马季良面色登时和缓下来，道："原来如此。"起身向包拯几人作揖道："马某替义弟谢过几位救命之恩。"

众人见他行事豪爽，无不暗暗称奇：他虽有不学无术之名，要靠晏殊助考才能入史馆为官，但人着实义气，恩怨分明，倒跟传说中的“马草包”形象大相径庭。

文彦博忙道：“马龙图不必多礼，我们几个不过是误打误撞碰上了。”马季良道：“有恩就是有恩，这恩情马某改日必定相报。不过我义弟遇刺这件事，姓曹的决计脱不了干系，既然我人来了这里，这件事就由我马某一力承担，不必劳烦几位衙内再多费心思了。”

包拯料想马季良坚持认为曹家牵连其中不过是因为崔、曹以往宿怨极深，正待要讲出几条关键的疑点，以阻止他立即兴师报复曹氏，恰在此时，沈周惊叫道：“崔员外……崔员外他的手在动。”

众人一齐向床榻望去，果见崔良中的手指弹了两下，缓缓张开了眼睛。

马季良大喜过望，抢过去握住义弟的手，道：“兄弟，你可算醒了！实在太好了，老天爷有眼！”

崔良中道：“义兄，凶手不是曹……不是……”

马季良极是愕然，忙追问道：“那凶手到底是谁？”崔良中道：“是……是……”蓦然瞪大了眼睛，重新昏死过去。

第三章

物物遂生

夜色深沉，万籁俱寂。天地间尽被无尽空濛的静谧所占据，意念愈发显得刻意。虚幻缥缈的黑暗中，渐有一种深邃妖娆的神秘力量，缓缓牵动着思绪。忽然间，他心底深处涌出一股很悲凉的感觉。其实仔细回想起来，已经很久没有什么让他感到值得欣喜的事情了。

一曲新词酒一杯，
去年天气旧亭台，
夕阳西下几时回？

无可奈何花落去，
似曾相识燕归来。
小园香径独徘徊。

——晏殊《浣溪沙》

包拯几人出来崔府时，外面最后一抹夕阳正从西方依依不舍地沉沦下去。晚霞映照着天空，为棉花朵一般的白云披上了一层艳丽绚美的薄纱，虽则遥远，却又仿佛触手可及。此情此景，令人心醉，顿生留恋时光之意。当绯红彻底消失于天际时，暮色悄然降临了。

到包府大门前时，却见大门左右停了几辆车马，似是有宾客到访。

文彦博道："这些人一定是来拜访寇夫人的。"

包拯不及回答，张建侯已然健步奔了出来，问道："你们怎么去了那么半天？崔良中的案子可有新的进展？"文彦博笑道："当然有，最新的进展就是崔良中亲口说不是曹家人害的他。"

张建侯大奇，急忙问道："那真凶是谁？"文彦博摇了摇头，道："仍然是个谜。崔员外来不及说出真凶的名字，便重新昏晕了过去。"

包拯问道："寇夫人到了么？"张建侯道："早到了。你们前脚走，祖姑父后脚就陪着寇夫人到了。"

文彦博指着外面的车马道："这些该是那些来拜见寇夫人的官员的

吧？”张建侯嘻嘻一笑，道：“错。这些人全是来提亲的。”

文彦博一时愕然，转头去看包拯。包拯摇了摇头，道：“提亲不过是个幌子。”张建侯笑道：“姑父素来不怎么通人情世故，这件事倒是一猜即中。”

几人遂进来见客。宾客倒真来了数位，有翰林学士石中立、前武昌令董浩、前太子洗马许仲容、庐州知州刘筠。还有一名姓竹名渊夫的文士，四十来岁年纪，既是许仲容的亲戚，也是刘筠的至交挚友，风度翩翩，颇有林下之风。

文彦博心道：“父亲大人果然没来，唉。”虽能体谅父亲的难处，但内心深处还是不免有少许失望。

众人先一起来后堂拜见宋小妹。宋小妹自称是女流之辈，又有夫孝在身，不便见外客，只隔着帘子向众人拜谢，便由张小游陪着转回内室去了。包令仪自陪着客人回到厅堂饮茶谈天。

先闲话一阵。朝政通常是男人最好的话题，尤其而今刘太后当政、仁宗皇帝等同于傀儡，大宋未来的命运如何，西北边疆是和是战，无一不是天下人关心的热点。董浩、许仲容致仕在野已久，刘筠原是翰林学士，本有可能登上宰辅大臣高位，但与人争权失败，新近才被排挤出朝，几人各有对朝廷不满之处，但考虑到包拯等人在座，这几位年轻学子将来终究是要走科举之路入仕，因而不便当着他们的面议论朝政混乱、时日是非，只得转而闲聊日下南京最热门的话题——崔良中遇刺案。

张建侯心直口快，先说了出来：“原来之前提刑司弄错了，曹丰并不是凶手，这可是崔良中亲口说的。”

竹渊夫很是惊奇，道：“听说崔员外中了奇毒，医博士许希珍束手无策，无药诊治，怎么他突然间醒了过来？”文彦博道：“只醒了一下子，一句话都没来得及说完，便又重新晕厥了过去，有可能是回光返照。”

沈周道：“依我看，崔员外中的这种奇毒最初是致命的，但跟他体内的茶素混合后，大约毒性起了变化，由致命变成了麻痹，令他身不能动，口不能言。”

刘筠很是好奇，问道：“沈公子是说，崔良中并不是当真昏迷，他只是被麻痹了？”沈周道：“看情形应该是这样。他跟马季良马龙图兄弟情深，马龙图的到来刺激了他，他一时克服了身体的麻痹，说出了几个字。”

回想当时情形，马季良正与包拯等人交谈，声称要向曹氏报复。崔良中遽然醒来，第一句话即是：“义兄，凶手不是曹……”，而事先并没有人问过他关于凶手的问题。那么只可能是他表面处于昏迷状态，其实神志是清醒的，他听到了众人的对话，知道马季良弄错了凶手，情急之下，居然说出话来。可惜他中的毒毒性太重，终究还是没有来得及说出真凶的名字。但无论如何，曹丰不是凶手已然可以肯定。

刘筠道：“如果不是曹丰行凶，他为什么要躲起来？”文彦博道：“也许曹丰躲起来跟崔员外的案子并无关系，我们正在设法找他。现在的问题是，曹丰不是凶手，那么凶手又会是谁？昨晚宴会那么多人，要一一排查，实在太难。”

石中立狐疑道：“我说你们几个不好好读书、准备科考，管崔良中这档子闲事干嘛？”文彦博忙解释道：“学生们之前关注此案，是因为事涉曹家，曹教授是我等座师，自然不能袖手旁观。”

石中立道：“那么现在崔良中已经亲口说了跟曹丰无关，你们可以不必多操心了。要老夫说，实在因为这崔良中坏事做得太多，是老天爷让他中了这个什么奇毒。”

包拯道：“不对。”他一直默不吭声，忽而来这么一句，大家均觉得奇怪。

石中立道：“什么不对？”包拯道：“老天爷可能会打雷劈人，但绝对不会令人中毒。”

众人闻言一齐笑了起来。包令仪知道石中立性情古怪，生怕他难堪，忙道：“拯儿，你先进去见你娘，她有话要对你说。”

包拯应了一声，行礼告退，来到内堂拜见母亲，问道：“寇夫人呢？”包母张灵道：“寇夫人在海上、水上漂泊了两个多月，又是弱质女流，一路劳顿，我让小游送她早去歇息了。拯儿，来，坐下，为娘有话对你说。”包拯道：“是。”紧挨着母亲往卧榻上坐了，心中有所预感，莫名紧张起来。

包母道："你是个好孩子，为娘知道你对婉儿用情很深，但人死不能复生，活着的人终究还是要往前看的。"她叹了口气，颇为早逝的亲侄女兼媳妇张婉惋惜，又道："你父亲同我商议过了，决定为你再定一门亲事。董浩董公的女儿董平知书识礼，温婉贤达，刚好比你小两岁，堪称良配。董公也早早相中了你，有意将爱女嫁给你，你可愿意？"

包拯胸口"突突"直跳。他心中其实很明白，这一次，他不可能再逃避婚事。他也听过董平的芳名，知道对方是个才貌双全的大家闺秀，但不知道为什么，他心中总有那么一点儿不情愿的感觉。但他无法当面拒绝母亲，只低头不语。

包母其实知道儿子的真实心意，却佯作不察，笑道："你既不吭声，那么为娘就当你默认了。再过几日，就让你父亲派人请媒人来，选个日子替你们双方互换草帖，再定下帖子。你若实在不放心，可以亲自去过眼。实在不满意的话，就送些礼物与董平小娘子压惊，也就算了。"

草帖就是写下议亲双方男女的生辰八字，看是否吉利、是否相克，彼此满意后，再写一个更细的帖，叫"定帖"，上面写着各自曾祖、祖父、父亲三代名讳、职业，议亲的是第几位子女、父母在不在堂、家有多少财资、主婚的是哪位尊长等。定帖后是相媳妇，通常是选一个环境幽雅之地如酒楼、园林等，请女方过来，由男方亲人或媒人来相看女方，也有男子亲自来看的，唤作"过眼"。如果新人中意，男方即以金钗插于冠鬓中，叫"插钗"；倘若不如意，即送二匹彩缎，美其名曰"压惊"。

包拯只是默不作声。包母便道："你既没有意见，就先去吧，将预备定亲的好消息告诉你的同伴去。"

包拯行了个礼，退了出来，却不愿意再去前堂。他心中有些茫然，不知不觉间，便徘徊到张小游的房前。

忽听见背后张小游的声音道："你是在找我么？"包拯吓了一跳，道："嗯，这个……"

张小游笑道："是不是祖姑姑突然给你定了亲事，吓坏了你？"包拯"啊"了一声，道："你……你都知道了？"

张小游道："我早知道了啊。昨晚姑姑托梦给我，说祖姑父已经为你定了下一桩好婚事，她很替你高兴。当然了，你如果娶位新夫人，我也很开心。当年姑姑托梦给我，要我发誓一生一世好好照顾你，我答应了她。你如果娶位新夫人，我的担子就卸下了，总算有人来替我照顾你。怎么，你不高兴么？”

包拯愈发意兴阑珊起来，沉默了一会儿后，用一种他自己也不能理解的懒洋洋的腔调答道：“嗯，还好啦。你先去安顿祖姑姑吧。”转身往前院而来。

却见石中立正扯着沈周站在甬道上喋喋私语，亦是在谈婚论嫁。

石中立道：“你这小子我最赏识，别人都是拆字述平生之志，唯独你一张口称‘春日三人行’，淡泊名利，很合老夫的心思。所以老夫劝说许仲容许公将爱女许愿许配给你，如何？”沈周红着脸道：“石翰林和许公青眼有加，晚生实在三生有幸。只是婚姻大事非同小可，自当由父母做主。”

石中立道：“哎，我又不是不认得你父亲沈英。只要你点个头，过几天我回去东京，就将定亲的事告诉沈公，他早盼着抱孙子了，决计不会反对的。”沈周一时不知道该说什么才好，只得嗫嚅道：“全凭石学士做主。”

石中立道：“那好，这事就这么定了。”乐滋滋地进来厅堂，朝许仲容点点头，示意沈周已然同意了。

包令仪见包拯后脚进来，便道：“拯儿，你和建侯带文、沈二位公子到便厅用餐，我们几位老朋友还有些事情要谈。”

包拯意甚怏怏，勉强应了一声，引着沈周几人到便厅坐下。

张建侯笑道：“虽然小游已经陪寇夫人用过晚饭了，但这样的场合不能少了她，不然她明天非埋怨我不可。”招手叫过仆人，命他去请张小游一道来用餐。

哪知道一会儿仆人回来禀告道：“小游娘子说太累，已经睡下了，请几位公子自己尽兴。”张建侯挠了挠头，道：“奇怪，小游这么早就睡，真是破天荒头一遭。”

他的心思都在崔良中遇刺奇案上，也顾不得去多想妹妹为何不愿意来凑热闹，问道："既然不是曹丰行凶，那么真凶是谁呢？昨晚宴会上那么多人，要一个个排查的话，未免太费劲了。"

沈周道："可以先粗略筛选一遍人选。那凶手之所以用毒，是因为他没有武力杀人的把握，如此，这人一定是身材、力气均不及崔良中的瘦弱男子，或是老年男子，或是女子。这一点，从崔良中的伤口深浅程度也可以得到验证。"

文彦博道："而且毒药并非唾手可得之物，凶手既然将涂了毒药的匕首带在身上预备行凶，一定是处心积虑，早有准备。所以，要重点调查那些跟崔良中有仇有怨的人，这样，范围就小多了。包拯，你以为呢？"

包拯恍若未闻，文彦博又叫了他一声，他才回过神来，想了一想，道："崔良中原是淮阳商人，来南京安家落户，为了发展商业大肆买地占街，强取豪夺，不独与曹家冲突，还得罪了许多本地的小商贩，他的仇家不少。要一个个排查仍然困难。我倒是有一个想法，之前杨文广将军曾说过一句话：'曹丰只是人不见了，既没有证据证明他杀了人，也没有证据证明他没有杀人。'眼下已经由崔良中亲口证实曹丰无辜，他根本无须潜逃，我在想，会不会是凶手跟曹丰有什么关系？"

文彦博道："啊，你是说，曹丰知道崔良中遇刺后官府会立即怀疑到曹家头上，而事实上，他知道真凶是谁，为了保住凶手，他有意失踪，给官府造成畏罪潜逃的假象？"包拯点点头，道："如果不是崔良中意外醒来，的确没有证据证明曹丰没有杀人。"

文彦博道："不错不错，只有这样推测，才能解释得通曹丰明明没有杀人，却突然莫名失踪，甚至连家人也不知会一声。"

沈周道："可到底是什么人对曹丰那么重要，令他甘心抛妻弃子呢？难道是他妹妹曹云霄提到的那名情妇？"张建侯道："沈大哥适才不是说凶手力气弱、可能是女子么，那么很可能就是这情妇啊。"

文彦博道："不管怎样，一定要设法找到曹丰。各处城门都贴有通缉他的告示，他不可能就此逃走，人一定还在南京城中。"

几人正商议要如何设个陷阱引曹丰出来，有仆人进来禀告道："有客到访。”

那客不是别人，却是崔良中的结义兄弟马季良。

众人均大感意外，马季良将随从留在厅外，独自进来坐下，道：“马某特意赶过来，是有一件事要告诉你们。我和义弟初跑江湖时，花重金打造了一对匕首，我二人各带一把，从不离身，即使是睡觉，也要放在枕边，多年来已成习惯。但我适才反复找过义弟房间，并没有发现匕首。听崔槐说，昨晚赴宴时，义弟还特意将匕首别在腰间，但自从他受伤被抬回来时就不见了。凶案发生在应天府官署中，非同小可，昨晚出事后，差役肯定仔细搜索过官署内外，既然称没有发现凶器，所以我推测应该是凶手将匕首带走了。”

沈周道：“那匕首是不是宽不及一寸？”马季良道：“是。”从腰间解下一柄精巧的匕首，给众人观看。那匕首白刃如霜，手柄则是黄金打造，雕刻着细密的鱼鳞纹，一望便是贵重之物。

马季良道：“这应该算得上一条追寻凶手的重要线索吧？”文彦博道：“这的确是一条很重要的线索。不过马龙图为何不去官府，而是要赶来告诉我们几个学生呢？”

马季良道：“因为你们走后，范仲淹即登门拜访，告知我义弟的案子未必表面看起来的那样，也未必是官府宣布的结果，他已经让书院最好的学生暗中调查此案。范先生是马某尊敬的人，他的建议我当然要听。”

原来马季良进城时，正好被范仲淹看见。范仲淹远远见到马季良怒容满面，猜测其匆忙赶来必是为崔良中遇刺一事。他原来在睢阳书舍就读的时候，就对马季良、崔良中同生死、共患难的兄弟情义多有耳闻，料想马季良冲动之下，会立即对曹氏大肆报复，所以等到天黑之时，身着便衣赶来崔府求见。当时范仲淹尚不知道崔良中已清醒过来一次，说出凶手并不是曹氏。马季良见范仲淹连夜赶来，猜到其来意，他既已得知凶案与曹丰无关，自然不会再如何如何，但却由此生出一计——那就是官府正通缉曹丰，外人都跟范仲淹一样，尚不知道事情与曹氏无干，这倒是可以令真凶放松警惕，不会仓促逃离南京，所以他赶来包府，一是要嘱咐包拯等人不要说出去，二来也是要请几人暗中调查这件案子。

文彦博道：“我们几个只是应天书院的学生，马龙图当真信得过我们？”马季良道：“当然，范先生信任的人，马某没有理由信不过。”

这人倒是有几分江湖豪气，只是入史馆当史官实在有点名不副实，也不知道他为什么明知道会被天下人嘲笑，还非要当这个龙图阁直学士不可。

包拯依旧是那副宠辱不惊的神色，道：“既然信得过我们，那么也不多说闲话了。马龙图，我们需要好好检查一下崔员外的身子，最好要有经验丰富的老仵作在场，请你行个方便。”

马季良闻言怫然作色，怒道：“我信得过你们，那是看在范先生的面子上，可你说话也要有个分寸。我义弟人还没有死，用得着仵作验尸么？”

沈周忙道：“马龙图息怒，包拯说话向来简练，他是没有解释清楚。想来马龙图已然了解，崔员外重伤昏迷是因为身中奇毒，并不是因为那两处刀伤。”

马季良道：“那又如何？”沈周道：“马龙图的匕首刃口大小符合崔员外的伤口，而崔员外的匕首又在案发后消失不见，所以很可能那两处刀伤是凶手用崔员外的匕首所刺，行凶后又将匕首带走了。”

马季良道：“那又如何？”沈周道：“匕首不光是崔员外的防身之物，还代表着他与马龙图的结拜之情，是不可能事先淬上毒药的。”

马季良道：“那是当然。我义弟爱惜匕首，如同自己的左右手一般。”沈周道：“如果这样的话，凶手应该是用别的带毒凶器先刺中了崔员外，再用崔员外本人的匕首补刺两刀，本意是要掩饰原来的伤口。”

马季良更是大惑不解，道：“既然原先的凶器淬了剧毒，凶手为什么还要费力多此一举呢？”包拯道：“因为最早的那处伤口形状一定很特别，很容易追查到凶手身上。马龙图，这就是我为什么希望你能同意让仵作好好检验一下崔员外的身子。”

张建侯一直听得云山雾罩，这才恍然大悟道：“啊，这就是所谓的伤上伤，对吧？”

马季良的脑子远没有这几人灵光，隔了好半晌才反应过来。他生平最敬慕那些聪明的读书人，眼见这几人足不出户，仅凭一柄匕首就能推断出众多追凶的线索，登时佩服得五体投地，连声道："好，好。"一拍大腿，道："我这就派人去寻最好的仵作来。"

沈周道："不必打听了，宋城县令吕居简的手下冯大乱是南京城里最有名的老仵作。"

马季良道："咦，你怎么知道这些？你是大理寺丞沈英的二公子，对不对？"沈周道："是。"马季良道："你这断案的水平，可不亚于尊父，我看你也可以当大理寺丞了。"沈周道："马龙图见笑了。"

马季良道："男子汉大丈夫，有水平就是有水平，怎么还像女孩子家红脸？"摇了摇头，道："事不宜迟，我这就派人去请冯大乱。等他的工夫，几位公子不如先跟我一起过去崔府，也许还能发现其他有用的线索。"

文彦博问道："马龙图这次来南京，会住在崔员外家么？"马季良道："当然，我和良中是结拜兄弟，情同手足，来南京不住在他家，不是让外人看笑话么？"

文彦博道："可是那位崔都兰小娘子，性子似乎有些冷淡。"马季良道："她自小没父母管教，不怎么懂事，你们不用理会她。等我义弟醒了，我就让他赶紧给她寻个婆家，给她一份丰厚的嫁妆，打发她早些离开崔家。"言外之意，对崔都兰很是不喜。

包拯便派仆人去跟父亲禀报了一声，自己与同伴跟随马季良出来。

外面夜凉如水，繁星满天。晚风掠过耳际，带着不知名的甜香，颇有心旷神怡之感。

星星是世间最神奇的精灵，有着最美丽的清辉。星空的诱惑千古不变，自人类诞生的那一刻起，就开始了仰望的旅程，产生种种浪漫的遐想。古人将星星划为三垣二十八宿。三垣指紫微垣、太微垣、天市垣。二十八宿按东、北、西、南四个方位分作四组，每组七宿，分别与四种颜色、五种四组动物形象相匹配，叫做"四象"，如东方苍龙为青色，北方玄武为黑色，西方白虎为白色，南方朱雀为红色等。

自古以来，星空浩瀚伟大，神秘而不可知，令人景仰敬畏。出于对公道和正义的渴望，人们往往会主动地拟人化星辰，以表达良好的心愿。

如木星司命，被视为福星，《五星二十八宿图》中所描绘的金、木、水、火、土五星和二十八位星神形象，排在众星之首的就是福星。

饶有意味的是，唐代以后，福星的形象由原始的太岁凶煞变成了刚直的清官。唐代德宗皇帝在位期间，湖南道州一直有进贡侏儒的义务，供皇帝和王公贵族们猎奇玩耍。地方官为了讨好皇帝，将幼童放在瓮中喂养，以摧残身心的方式培养侏儒。这种残忍的做法延续了很长时间，成为道州百姓头上挥之不去的噩梦。直到公元790年前后，谏议大夫史阳城因直言进谏而被贬为道州刺史。他走马上任后的第一件大事，就是罢了道州进贡侏儒的恶俗。皇帝迫于强大的舆论压力，不得不废止进贡矮民之事，此即白居易所言“道州水土所生者，只有矮民无矮奴”。道州人民为了感激父母官史阳城，在道州建庙供奉。在逐渐的流传中，阳城庙变成了福神庙，福神像变成了真实的史阳城像。星官消除天灾，好官免去人祸，天上的福星与人间的好官渐渐合而为一，清官身份的福星从此诞生。

滚滚红尘中，人生如戏，沧海桑田，谁又能挡得住岁月的侵蚀？人事代谢，代代无穷，日月推移，寒来暑往，时光不停地流逝，形成了从古到今的历史。然而星光却是永远的清朗明亮，秉承了天地精华，化身为浩然正气，磅礴凛冽，万古永存。即使是动荡不安的灵魂，也能在这沉寂安详的星空中找到抚慰，得到安息。大道之行，天下公心，这岂不正是代表着人间正道永存？每每包拯彷徨之际，只要仰望星空，便有所感悟。

众人进来崔府兼隐院，却见崔良中房门前都换上了马季良自己的侍从，腰间都佩带着兵器，全副武装。包拯等人均是心细之人，一眼便留意到，不由得十分疑惑。

马季良也是个直爽性子，招呼几人入堂坐下，道：“我这是情非得已。今日我到了义弟府上，发现全府上下大多只听崔都兰的，居然没什么人理会崔槐。我那侄子性格虽然懦弱了些，可毕竟是自家养大的，知根知底，不像那崔都兰，分明是个野丫头。尤其不能容忍的是，她对义弟毫不关心，不端茶倒水地侍奉在床边，脸上丝毫不见忧色。唉！”

还有一层意思，他没有明说出来——崔氏家财万贯，富可敌国。他怀疑崔都兰并不如何关心崔良中的生死，甚至还暗中盼着父亲早死，这样她便可以名正言顺地以未嫁女儿的身份继承全部家业。

家家有本难念的经。原先崔良中之子崔阳在世，自然是崔家巨额财产唯一的继承人。崔阳自杀身亡后，按理该轮到侄子崔槐，他在崔家长大，跟崔良中亲子无异。但不知道怎的，崔良中始终认为崔槐性格不类己，难以守住家业，尤其自他娶了新夫人后，更是觉得如此。崔槐妻子吕茗茗是已故宰相吕蒙正之女，其众多兄长均在朝中为官，宋城县令吕居简便是其亲兄之一。吕茗茗本人重财贪利，嫁入崔家后伸手不断要这要那，穿着金的还要银的，有了银的还要玉的。虽然崔家完全负担得起一个败家媳妇，但崔良中千方百计娶她过门，本是因为她是名门之后，现任参政知事吕夷简又是其堂兄，却料想不到其性情为人如此，由此愈发不愿意将家业传给崔槐，所以才千方百计地寻到崔都兰，迎回南京，本意是为女儿招一个倒填门女婿，将来将家产全部传给女儿、女婿。但他这辛苦寻回的女儿非但姿容平常，也没有任何才干，居然连字都不大认识，性情又如冰山一样，可以说百无是处。崔良中为此烦恼不堪，还写信向马季良抱怨过。马季良的意思是，女儿终究是别家的，况且崔都兰在外面野了二十年，跟崔家毫不贴心，远不如崔槐靠得住。崔槐妻子人虽然贪婪了点，但她毕竟是前宰相之女，身份显赫，崔家也不缺那几个钱。崔良中虽觉得义兄说得有理，但还是不喜欢崔槐夫妇的性格，便决定先为崔都兰寻到一位夫婿，观察一段时间，再决断家产之事，哪知道女婿还没有寻到，自身就出了大事。

马季良的言语虽然是点到即止，但文彦博等人瞬间便明白过来，只是清官难断家务事，众人也不便发表意见，只能佯作不懂。

马季良领着众人进来内室，命侍从打了一盆热水，亲自坐在床榻边，一边用毛巾热敷崔良中胸腹伤处，一边拆下裹住伤口的绷布。等到伤处完全露了出来，沈周先凑了上去，伤口因涂抹了药膏，已然开始愈合，但仍然能看出原来的形状——中刃处虽皮肉外卷，却是齐整如缝，可见那柄匕首是柄利器，锋锐之极。

沈周虽然看过父亲沈英办案，但只是熟悉制度流程，并没有多少实地经验，更不要说验伤、验尸了。他仔细看了半天，又举灯照过，还是看不出有什么异常，只得就此放弃。

众人遂出来内室，一边饮茶，一边等待。等了半个多时辰，终于见到侍从领着冯大乱进来。那冯大乱大约六十多岁年纪，衣裳邋遢，头发凌乱，双目无神，脸带红晕，显然是刚饮过酒，一进来便懵懵懂懂地问道："官人叫小老儿来做什么？"

马季良便带着他进来内室，指着床榻道："麻烦冯翁验一下我义弟的伤处。"冯大乱道："咦，是崔员外。他死了么？"

一旁侍从斥道："崔员外还好好活着呢，不准胡说八道。"冯大乱愕然道："没死叫小老儿验什么？小老儿可是仵作。"

沈周忙道："久闻冯翁大名，听说你眼光犀利无比，凡是你验过的伤痕从不出错。今晚冒昧请来冯翁，就是想请你看一下崔员外的伤处有何奇特之处。"

冯大乱道："这位小衙内倒是客气得很。可惜，我老了，双目混浊，哪里还谈得上什么眼光犀利无比。现在我只要一看到伤啊血啊什么的就头晕。"

马季良本是商人出身，见这老头东扯西拉的，料想他不过是要借机敲诈一笔，当即道："只要冯翁肯出力，马某愿意以重金酬谢。"

冯大乱道："唉，这位大官人不知道，小老儿家本来是在君子街西巷，就在南门边上，可崔员外要在那里盖什么茶楼、商铺、妓院，强行将小老儿和邻居们迁到了老字街。迁也就迁了，可那房子一下雨就漏水，小老儿……"

马季良总算听明白了，慨然道："好，只要这件事一了结，马某自掏腰包，为冯翁重新建造一座大房子。"冯大乱却仍然是那副晕迷迷的样子，叹息道："小老儿有新房住了，可邻居们呢？小老儿于心不忍啊。"

马季良露出愠色来，但转头见到崔良中毫无生气地躺在床榻上，如同死人一般，还是强忍不快，道："好，我答应你，会为你们老字街的住户各修一座新房子。”

冯大乱这才微露笑容，顺手拍了拍文彦博肩膀，道：“文衙内，你听见了吧？”

文彦博这才知道这看起来醉醺醺的老仵作是真人不露相，然其胆敢当面讹诈刘太后身边的大红人马季良，即使马季良不会追究，日后崔良中醒来也未必肯善罢甘休。他不愿意就此得罪马季良，也不回答，只默不作声。

还是包拯应道：“我们都听见了，马龙图身居高位，言必果，诺必行。冯翁，这就请验伤口吧。”

冯大乱这才往铜盘中洗了手，走到床榻前，一掀开薄被，立时神色肃然，仿若完全变了一个人。

沈周忙举灯到一旁照明，问道：“我刚才反复瞧过这里，觉得这里的皮肉要比旁处糙一些，可又不是很明显，会不会是凶手先用发簪之类的尖细凶器刺中了这里？”冯大乱斥道：“笨啊，你。你们不是说凶器上淬了剧毒了吗？发簪得用手拿，凶手不怕自己中毒么？笨死了。”

众人本对这似醉非醉、似傻不傻的冯大乱心存疑惑，此刻他一语相驳，便立即令人刮目相看。

沈周呆了一呆，道：“冯翁说得极是。那么这淬毒凶器一定是有刀鞘的。可崔员外的匕首已然十分小巧，要想掩盖伤口又不着痕迹，凶器必须是一柄刃口比它小得多的匕首，天下有这样的匕首么？”

文彦博道：“会不会是小孩子玩耍的那种小折刀？”冯大乱闭上眼睛，神思了一会儿，转头斥道：“你就更笨了。小孩子的折刀是单刃的，能刺人么？你看这伤处皮肉平滑，可见那淬毒凶器必然也是十分锐利的。”他道：“要我说，这一定是一种极小的刀，刃宽不过食指盖，而且反复淬过火，锋利之极。”

包拯道：“我有个疑问，想要请教冯翁。”冯大乱道：“你这位小衙内有担待，请教不敢当，你说。”

包拯道：“如果这凶器当真十分罕见的话，连冯翁也辨认不出来，那么凶手又何必用崔员外的匕首多补两刀，刻意掩盖住伤处呢？”

张建侯道："哎，我要说，我要说，凶器可能并不常见，但它一定是某人的独门兵器。譬如昨晚跟杨文广打斗的黑衣人，我们大家都不知道他是谁，但他亮出了火蒺藜。火蒺藜罕见吧？但它是军队的配备，所以由此可以推断那黑衣人是军人身份。"

冯大乱道："呀，你这个小哥儿最聪明，你提醒我了，我大概能猜到凶器是什么了。不是你们平常所想的匕首那类兵器，而是工具。手工艺人都需要刀具，木匠需要刨刀，玉工需要刻刀……"

文彦博和沈周异口同声地道："是高继安！"

冯大乱挠了挠头，奇道："我还没有说到刻书匠呢，你们怎么就想到高继安了？"

沈周道："因为之前我们在崔府大门前见过高继安，而且案发地点应天府署与他工作的地点府学衙门相邻。崔员外遇刺地点在假山一带，假山翻过去正好是府学书坊。"

马季良问明高继安的身份，便一边命人送冯大乱回去，一边派侍从赶去高家捕人。

包拯道："马龙图且慢！我们有言在先，除非有确凿证据，否则不可以胡乱抓人，不然只会打草惊蛇。"

马季良道："你们已经推测出凶器是刻刀，这难道还不是证据么？"包拯道："这只是推测，虽然合情合理，但还没有取得实证。如果能从高继安手中找到淬毒的刻刀和崔员外的匕首，这才是实证。"

马季良问道："那你想要我怎么做？"包拯道："我们先暗中调查高继安，一边寻找他谋害崔员外的动机，一边设法寻找实证。"

马季良很是不解，道："只要派人把他抓起来，搜查审问，一切不立即清楚了吗？"文彦博道："那么马龙图有没有想到，高继安不过是个刻书匠人，怎么会有谋害崔员外的胆量？况且他使用的毒药极为罕见，又是从哪里得来的？"

马季良这才恍然明白过来，道："你们是说，高继安背后还有主谋？"文彦博道："是。所以要请马龙图少安勿躁，不要着急抓人。"

马季良道："也好，就听你们的。"他虽然能放心将案子交给包拯等人调查，但还是忍不住要表达自己的看法，道："高继安是府学提学曹诚的手下，这件事难保曹氏没有卷入其中，要不然那曹丰为何莫名失踪？"

沈周道："曹教授新请了蕲州[1]匠人毕升来主持府学书坊，高继安正为此衔恨曹教授，怎么可能与曹氏勾结杀人？"

马季良怀疑曹诚不过是出于本能的厌恶，听沈周这么一说，也就相信了，道："既是毒药难得，必有朝廷高官卷入其中。"沈周道："马龙图是皇亲国戚，旁人没有法子，你却有法子。与其胡乱猜测，何不设法查明奇毒来历，设法谋到解药？"

马季良道："不错，我今晚就写封家信，明日一早送去东京，让内子设法请一名太医来南京。"

众人便一道出来内室，预备就此散去。

张建侯习武之人，耳目要比寻常人灵敏许多，忽然听到房顶上有极细微摩擦声，当即叫道："房上有人！"正要抢出堂去捉贼，却被包拯一把拉住，道："你先留在这里守护崔员外，免得是有人刻意调虎离山。"

一群人一窝蜂地拥到内庭中，仰头望去，果见厢房屋脊上人影憧憧。

马良中勃然大怒，叫道："反了，简直反了！来人，点火！快点火！快上去捉住那贼人！"

但那房顶有好几丈高，人力难以攀越，哪能说上就上？侍从忙赶去取梯子。马良中气得跳着脚骂道："废物！一帮废物！"

却见张建侯抢出堂来，手中握着一副弓箭，飞快地张弓搭箭，一箭便将屋顶的人影射下来。那人腿上中箭，重重坠地，闷哼一声，却是女子声音。众侍从举火围了上去，果然是名年轻的青衣女子，居然就是崔都兰的贴身婢女慕容英。

马良中极是惊讶，命人扶她站起来，问道："怎么是你？是崔都兰派你来偷听我们说话的么？"慕容英倒甚是镇定，将箭羽折断，又掸了掸身上的土，道："不是。真实情况，我说了官人也不信，所以还是不说为好。"

[1] 毕升为活字印刷术发明者，关于其籍贯，历代多有争议，因其在杭州刻书扬名，多有人认为其为杭州人。然而根据近年来的考古发现（1990年秋，毕升墓碑于湖北英山草盘地镇五桂墩村睡狮山麓出土），已经可以确认毕升为蕲州蕲水（今湖北英山）人氏。

马良中道：“不见得，你不妨先说来听听。”慕容英道：“那好，我就如实讲给官人听。适才我到隔壁水院水井提水，意外看到崔员外房上有人影闪动，我当即想，这一定是真凶来杀人灭口了。不瞒各位，我略略会些武艺，想当场捉住那凶手，于是便沿着水院中的桐树爬上了角房房顶，打算自厢房绕到兼隐正堂屋顶，抓住那凶手。但我人才刚到厢房顶上，你们就都出来了。我知道事情不妙，担心马官人误会，所以想要原路退回角房，却被人莫名射了一箭，掉了下来。”

马良中显然不能相信她的话，问道：“你既然知道那贼人很可能就是真凶，为什么不叫人帮忙捉凶？”慕容英道：“我若一叫，那人立即就逃了。他在屋顶，我在隔壁院中，怎能追得到他？况且我也略略有些私心，我知道马官人不喜欢都兰小娘子，想借这件事来立功。”

马良中道：“那么你看到的那名凶手呢？”慕容英道：“你们这么多人拥出来高喊捉贼，我心中着慌，再看那边时，凶手已然不见了人影，大概是跳下房顶逃走了。”

正好侍从过来禀报道：“院子内外都仔细搜过，没有可疑发现。”

马良中愈发不能相信慕容英的解释，但他这次并没有武断地下结论，转头去看包拯几人，意在征询意见。

包拯道：“英娘所言……”文彦博重重咳嗽了声，道：“夜色已深，我们几个也该告辞了。马龙图，请早些安歇。”不容包拯说完，扯了他衣袖径直出去。

马良中道：“哎，你们这是……”沈周拱手道：“告辞。”

张建侯虽不明所以，亦赶紧将手中的弓箭塞到马良中手上，道：“这是我刚才从崔员外卧房墙上取下的，情非得已，请恕冒昧之处。还要劳烦龙图官人代还回去。”转头见慕容英额头尽是冷汗，他那一箭虽然未射中要害，但毕竟是穿腿而过，剧痛是免不了的，但慕容英却毫不出声，不由得对这刚强坚毅的女子多了几分佩服，歉然道：“抱歉了，小娘子，我实在不知道屋顶上的人是自己人。”慕容英道：“这不能怪公子。”

张建侯道：“小娘子可有金创药？”慕容英道：“自然是有的，不敢有劳公子费心。”张建侯闻言，这才转身去追同伴。

崔槐夫妇、崔都兰等都已听到动静赶来兼隐院，却被侍从拦在院门外。

崔槐见包拯等人深更半夜从叔叔内院出来，极是惊异，问道："你们几位在这里做什么？"文彦博道："这个……嗯，一会儿马龙图自会告诉你们。"拉扯着包拯急走出来。

直到出来崔府，文彦博才松开手。包拯似乎不大高兴，但也没有多说什么。

张建侯很是奇怪，道："姑父话还没有说完，这么着急离开做什么？难道是因为那慕容英在说假话，彦博你认为不便当面拆穿她？其实我看马官人自己根本就不相信慕容英的解释。"

文彦博道："不管慕容英动机如何，但适才潜伏在房顶的人一定不是她。你是习武之人，你可以自己想象一下，如果让你从正室房顶到厢房房顶，在那么短的时间内能办得到么？"

张建侯觉察到房顶上有人，自然是因为听到正室上方有动静。他性情急躁，随即喊了出来。众人瞬间拥出房中，四下张望，这才发现东厢房顶上有条人影，也就是婢女慕容英了。兼隐院正屋坐北朝南，虽是标准的三楹[1]，但每楹比寻常屋子要大许多，几近五楹。东西两边厢房也各有三楹。慕容英被众人发现时，正好站在东厢房的房顶正中，距离正屋尚有一段距离。屋脊不比平地，寻常人站都难以站稳，即使是身怀武艺之人，行走也是极不容易，还要小心不被人发现，更是难上加难。

张建侯一经提醒，便立即会意过来，道："对，即使是我，也不能办到。而且厢房与正屋并不相连，中间有一大空当，在那样的情况下，不可能不被人听见而凭空腾越而过。这么说，慕容英所说的是实话了？"

文彦博道："嗯，很难讲。这里面还是有许多不能解释的地方，即使慕容英没有说谎，她也肯定隐瞒了什么。唯一能肯定的是，在崔良中房顶的人并不是她。包拯耿直，不愿意说谎，我不让他说出证实慕容英解释有理的话，是有意要让她觉得我们已经开始怀疑她，来一招打草惊蛇，

[1] 楹（yíng），量词，古代计算房屋的单位，一间为一楹。

再来一招引蛇出洞。”

沈周道：“嗯，慕容英这女子跟她主人崔都兰一样可疑：一个身怀武艺，在自己家中飞檐走壁；一个冷若冰霜，对自己父亲的病情无动于衷。”

张建侯却蓦然想到一事，道：“如果慕容英所说是实话，就算只是部分实话，她看到了有人伏在崔良中房顶，认为那是昨晚在知府衙门行刺崔良中的凶手，那么真凶很可能是崔府内部的人。”

沈周道：“为什么这么说？”张建侯道：“因为按照慕容英所言，那凶手当时伏在崔良中内室房顶上，这句应该是真话，我当初就是听到头上有响动才惊叫出声。但大伙儿出去后，只发现了东厢房上的慕容英，却不见凶手人影，理所当然他是溜下房顶了。我出声示警后，马龙图的侍从立即围了内院，但搜索后却没有发现凶手踪迹，那么只有一种可能，凶手就是崔府内部的人！他从房顶下来后，坦然混入下人当中，所以才没有留下任何痕迹。”

包拯蓦然惊醒，忙道：“建侯提醒得极对，我们应该很快就可以找出这个人。走，赶紧回崔府去，晚了就来不及了。”

张建侯道：“崔府上下少说也有百十来号人，刚才拥在院子中的侍从、仆人、婢女加起来总也有几十号人，怎么查？一个个抓起来拷问么？”

包拯道：“那倒不必。你可记得当时慕容英从屋顶上掉下来后，衣服上尽是大块大块的黑灰色？那是瓦灰。南京已有一段时间没有下雨，房顶瓦砾上积有不少尘土。人在房顶，不可能直立行走，须得将身子匍匐下来，所以她身上沾了大量的瓦灰。”

张建侯这才明白过来，道：“那么在崔员外房顶窥测的凶手身上也应该有瓦灰。”

几人正欲转身进来崔府时，却见马季良带着几名侍从出来，离得老远便朝众人挥手，匆匆奔过来道：“慕容英所说是实话。我刚刚派人搭梯子上正堂房顶看过，确实有人到过的痕迹。既然那真凶能不露痕迹地从我们眼皮底下消失，应该是崔府里面的人了，对也不对？”

他以堂堂龙图阁学士之尊，深更半夜地在大街上向几名后生小子征询意见，情形着实有些可笑。但这人全然不是传说中的草包学士，当真有两下子，居然也立即想到真凶很可能是崔府内部的人，想来当年他与崔良中一道闯荡江湖时也经历了不少磨难风波。

张建侯道："对，对。我们也刚想到这一点，正要去找龙图官人呢。"忙说了包拯想到的瓦灰一事。

马季良道："我已经派人将今晚到过兼隐院的下人全部拘禁起来了，不过没有想到瓦灰这件事。好在人都关在房里，我这就回去，一个一个地检查他们的衣服。"

文彦博不解地问道："既然马龙图已想到真凶可能就是崔府中人，为何还要赶出来找我们？"马季良叹道："本来按照我的性子，就要立即对这些人严刑拷打，逼问出真凶来。但这里到底是崔府，我究竟是个外人，不好在义弟昏迷不醒的时候擅自对他的下人动刑。若是交给官府，又怕闹出更大的风波来。"

他知道崔良中虽然有财有势，但在南京声名并不佳，这次遇刺后，市井坊间多有奔走相庆、幸灾乐祸之人。起初官府怀疑曹丰行凶，提刑司派差役到曹府拘禁曹诚，以逼迫曹丰投案自首，却被应天书院主教范仲淹几句话轻易化解，范仲淹的一番话更是在南京城中广为传诵，愈发显得崔氏不得人心。在这种情况下，当然愈低调行事愈好，出一点点漏子，只会招致更多外人起哄，徒然令崔氏难堪。像真凶实出自崔府这样的事一旦传出，南京士民定会愈发为曹氏的无辜被疑而愤愤不平，那么崔氏的名声就愈发江河日下了。所以马季良将今晚到过兼隐院的下人都关押起来，却并未有任何后续动作，而是赶来追包拯等人，实是期待能有个不事张扬的法子直接找出凶手。

文彦博等人都是聪明人，立即明白了马季良的心思。

包拯道："既是有了明确线索，足以令马龙图寻找真凶，我们不如分头行事。"马季良道："好，我这就回去查所有下人的衣服。高继安那条线索则交给你们几位负责。"包拯道："好。寻找真凶的话，先从当晚跟随崔员外到过应天府署的从人入手。"

马季良愣了一愣才反应过来，道："多谢指教。"一想到真凶近在眼前，义弟遇刺一案即将水落石出，又是欣喜，又是愤懑，忙不迭地转身去了。

张建侯道："我们现在去哪里？是要去找高继安么？"包拯道："当然。"

几人当中，沈周身子最为单薄，不禁抱怨道："现在已经快半夜了，明日一早再去不行么？我可是困也困死了。况且现下不是已经肯定真凶是崔府内部人么？说不定跟高继安无关呢。"

包拯道："高继安来过崔府，凶器又是刻刀，他肯定有所关联。今晚崔府出了这么大的事，虽然马龙图刻意压制，不让消息传出，但人多嘴杂，万一张扬开去，高继安闻风逃走，那岂不糟糕？"顿了顿，又道："不过我们不用耗费这么多人力。小沈，你和彦博先回我家歇息。我和建侯两个人去寻高继安，看能不能有所发现。"

沈周道："这不好吧，我们几个一向是共同进退，要去就一起去。"

文彦博却道："包拯说得有理，没有必要都跑去找高继安。沈周，我们两个先去包拯家中睡觉，等他回来，让他睡觉，我们接着找线索，岂不更好？"沈周闻言，只得同意。

包拯遂与张建侯赶去节字街寻高继安。刚到礼字街口，便遇到了带着弓手巡逻的宋城县尉楚宏。

楚宏上前拦下二人，问道："两位公子大半夜的还在大街上，行色匆匆，可是有什么要紧事要赶去办？"

张建侯因为初入城时即被楚宏收缴腰刀，至今不曾归还，对其印象不佳，不服气地道："我们就爱半夜在大街上闲逛，如何？这也犯法了么？"

大宋不似汉唐有夜禁制度，入夜后，市井坊间往往热闹异常。楚宏被张建侯一问，也无话可答，只得退开。

包拯却道："我们得到一条关于崔员外遇刺一案的线索，正赶着去查个明白，楚县尉不忙的话，不妨跟我们一道。"楚宏先是一愣，想了一想，才点头道："好，我随包公子去。"态度极为沉静，毫无破案立功的急躁，甚至连线索是什么也没有追问。

张建侯很是不解，低声问道："姑父为什么要叫上他？万一查到实证，功劳岂不成他的了？"包拯道："我们又不是官，有什么功不功的？

楚县尉是个勤勉的好官，你见到几个像他这样日日夜夜亲自巡视全城的县尉？”

张建侯这才不吭声了。

节字街是南京手工艺人的集中居住区，也有一些商铺。虽然夜色已深，依旧有不少人在街道边的摊子上饮酒作乐，不时有欢笑浪语。到了高继安家，正好门前月桂树下有两名男子点着灯笼下双陆，听闻众人来找高继安，一红脸男子笑道：“老高今晚不在！瞧，屋里的灯一晚上没亮过。”

包拯道：“大哥可知道他去了哪里？”红脸男子道：“我看见有个妇人把他叫走了，还问了一句，他也没答，不知道去了哪里。”另一白脸男子笑道：“还用问么？当然去了那妇人家里。”

包拯顾不上理会后一人的调笑，忙问道：“这是什么时候的事？那妇人多大年纪？长得什么样子？”红脸男子道：“嗯，应该是天黑后不久吧，我正在摊子上吃晚饭呢。那妇人戴着帷帽，看不清面孔。年纪嘛，我猜大约三四十岁？不过她不是第一次来找老高，应该是老相好了。”

张建侯道：“那妇人既来过多次，难道每次都是戴着帷帽么？你一次也没看到她的面目？”红脸男子道：“是啊，这不奇怪啊。她如果不是专项说媒的媒人，就一定是不愿意旁人看到她的真面目了。”

白脸男子：“其实也是有点奇怪，老高浑家死了好几年了，他手头也很有几个钱，完全可以再娶一房老婆，这妇人既不是媒人，又老来找他，肯定是对他有意，男欢女爱，何必偷偷摸摸，见不得光？要我说，她多半是有夫之妇。”转头见到一身公服的楚宏，不禁“哎哟”一声，问道：“是老高犯事了么？”

包拯见再也问不出来什么，便将楚宏叫到一边，道：“之前发现的线索跟高继安有很大关系，他有可能只是被人叫走，但更可能是逃走了。事情紧急，我想进去高家，搜索更多证据，还请楚县尉行个方便。”

楚宏这才问道：“包公子所称的线索是什么？”听包拯说了大致情形，沉吟道：“虽然不算什么实证，但足以传讯高继安。好，我带包公子进去。”当即打亮火折。

高家大门没锁，一推即开。院子甚小，除了窗下散种着几株牡丹外，甬道两旁的空处都摆满了大木盘，盛放着清水，里面浸泡着枣、梨、黄杨等各种木材，显是刻版的材料。

楚宏先跨入堂屋，举火点燃灯烛，这才招呼包拯进去。

张建侯眼尖，一眼见到窗下牡丹丛边有新土刨出，赶过去用手挖了几下，将浮土拨开，赫然露出一柄精巧的黄金匕首，跟马季良的那柄匕首一模一样。忍不住欢笑一声，道：“哈哈，找到了，这不是实证是什么？崔员外的匕首在这里！呀，下面还压有刻刀。”

那是一柄精细刻刀——乳白色的圆形骨质杆身，粗不及小指；两头有刃，一头扁平如切刀，一头尖细如剑尖。刻刀用作雕版，属于特殊工具，制作工艺复杂，刀体通常用钢，比普通刀剑要坚韧耐用许多，刻刀的价值全在刃上，因而两头刃上均配有皮质护套。

众人忙赶过来围观。包拯一见便道：“不错，这正是我们要找的东西。”

楚宏忙道：“公子再四下看看，也许还会有什么别的发现，我派两名弓手留在这里帮你。我先赶回县衙，调派书吏和吏卒来记录现场，再请吕县令发出通缉告示，以防高继安明日一早逃出城去。”包拯见他办事敏捷周到，令人放心，便点头道：“好。”

楚宏道：“只是有劳两位公子要在这里多耗一会儿了。”包拯道：“不要紧，这就请楚县尉快去办事吧。”转头见张建侯正玩弄那刻刀凶器，忙叫道：“建侯，快放下刻刀，上面有毒。”

张建侯便将凶器原样丢进土坑中，等候官府派人来取证。又问道：“姑父，崔员外好歹也是南京城中的头面人物，这高继安不过是个刻书匠，他为什么敢在老虎头上捉虱子呢？”包拯道：“嗯，这个问题问得好。我们再好好找找，看看有没有别的线索。”命弓手守在院中，自己和张建侯进屋搜索。

高继安是刻书匠人，大约有手工艺人细心爱整洁的天性，屋里屋外一应物事收拾得整整齐齐，吃穿用度井井有条，虽然不是大富大贵，也称得上是小康之家。

家中正屋一间，卧室一间，还有一间类似于读书人书房的书坊。坊中摆有一张长长的台案，上面摆满雕版使用的工具，如各种形状、大小的刻刀、铲刀、刮刀、凿子、木槌等。还有印版固定夹具、固定纸张的架子，以及各种规格的刷子，麻雀虽小，五脏俱全，完全就是一个小巧的手工作坊。

夹具上有一块已经上样[1]的木板，虽是反文，却依稀可以辨认出是唐代名将张巡的《守睢阳作》一诗：

接战春来苦，孤城日渐危。
合围侔月晕，分守若鱼丽。
屡厌黄尘起，时将白羽挥。
裹疮犹出阵，饮血更登陴。
忠信应难敌，坚贞谅不移。
无人报天子，心计欲何施。

写这首诗时，张巡已经知道睢阳无力再守，但他却没有流露出沮丧，豪气中带着柔情，悲壮得几近凄凉，惨烈堪与后世岳飞的《满江红》媲美。

张建侯道："呀，看起来高继安正要刻印一本《张公文集》呢。"

张巡虽然死去已有二百多年，但其人声名不衰，在商丘一带更是被民间神化，地位崇高，刻印他的文集也不是奇事。

包拯、张建侯二人将堂屋、卧室、书坊都细细翻过一遍，不见有异常之处。又来到厨下，厨具甚少，只有一个橱柜和一口水缸，看起来有些空空荡荡。灶上大锅盖着盖子，灶台上干干净净，没有寻常人家烟熏

[1] 雕版印刷分为写版、上样、刻版、校对、补修几大步骤。写版是请善书之人书写，使用较薄的白纸，按照一定的格式书写。上样就是将写好并校正无误的版样，反贴于加工好的木板上，并通过一定的方法，将版样上的文字转印到木板上。刻版是关键工序，是刻去版面的空白部分，并刻到一定的深度，保留其文字及其他需要印刷的部分，最后形成文字凸出而成反体的印版，即今人所称"凸印版"。刻版完成后再经过校对、补修，校正无误，最后交付印刷。

火燎之味道，也没有任何油腻之物，显然主人不常开火做饭。

张建侯道："除了干净，没有出奇之处啊。"包拯道："干净难道不是出奇？"

想了一想，走到灶台边，揭开瓮缸[1]的盖子，却见里面并无一滴水。人可以不做饭，在外面买现成的食物，但居家生活不能没有热水。这高继安明显是个洁净之人，难道不用热水洗浴么？即使习惯用冷水，他房中摆放着不少茶叶罐，难道泡茶也不用热水么？

包拯甚感疑惑，又到外面院子中，发现檐下摆着一个简易铜炉，旁边堆满柴禾，应该是专门烧水用的，这才释然。但心中仍然觉得有什么不对劲，重新回到厨下，俯身往灶口看了一眼，里面积了许多柴灰。当即心念一动：厨房中一根柴禾都没有，灶口前也没有添火时坐的小板凳，灶里却有这么多灰，而且那灰的形状并非自然燃尽，明显有人拨弄过的痕迹，岂不是不同寻常？

一念及此，当即挽起袖子，伸手往灰里掏去，手一入灰，便触碰到硬物，心头一喜，知道自己猜测没错。忙将那物事取出来，掸去灰烬，却是一个油布包着的小包，长方形，约是一本书的大小。

张建侯问道："收藏得这么隐秘，到底是什么？"

包拯便将油布一层层解开。油布包得极紧，足见里面物事之贵重。他拆得小心翼翼，张建侯已然等不及了，胡乱猜测道："像是一本书，该不会是传说中的《张公兵书》吧？"一提到《张公兵书》，立即满脸通红起来。

难怪他激动，他非但出自南阳张氏，而且祖先与张巡同属一支，算得上是张巡的旁系子孙。一想到祖先留下的传奇兵书很可能就在眼前，按捺不住焦急，连声催促道："快！快点！"

包拯奇怪地看了张建侯一眼，对内侄如此异想天开的想法感到极为诡异，问道："你怎么会认为里面包的是《张公兵书》？难道是因为见到高继安在刻印《张公文集》么？"

[1] 一种盛水的容器，镶嵌在灶膛边，注口在灶台上，可以利用灶膛的余火加热缸内的水。

张建侯道："不是，不是。噢，我还没有来得及告诉姑父，这次我和妹妹陪祖姑姑回南阳省亲、拜祭祖先，在张氏宗墓遇到了一对中年夫妇，相公名叫张望归，夫人名叫裴青羽，你猜那张望归是谁的后人？你一定想不到！"包拯道："张议潮。"

张建侯不禁咋舌，连声道："啊，姑父是怎么猜到的？真是神了，你连他的人都没有见过呀！"包拯道："他的名字叫望归，可想而知，是盼望回到家乡的意思。张氏一系，最著名的望归人氏就是张议潮的子孙后代了。"

唐代安史之乱后，国力日衰，逐渐丧失了对西域的控制权，河西一带也被吐蕃占领。然敦煌虽百年阻汉，没落西戎，而人物风化，一同内地。唐代大中二年（848年），张议潮在沙州发动起义，汉人纷纷响应，争相与吐蕃军拼命，沙州由此收复。三年后，张议潮收复河西，主动归唐。唐朝于是在沙州建立归义军，统领河西十一州，授张议潮为归义军节度使。张议潮死后，其侄张淮深统领淮西，但由于不肯派儿子到长安为人质，唐朝廷对其不能放心，不授予节度使旌节，其实是不支持张淮深当节度使，从而引发了归义军内部的权力争夺，归义军的辖境缩至瓜、沙二州。唐朝灭亡后，张氏子孙张承奉建立金山国，却抵挡不住回鹘的进攻，最终被迫取消国号，臣服于回鹘，从此张氏彻底丧失了在河西地区的威望。沙州另一大族曹氏曹仁贵趁机发动兵变，取代了张承奉，又恢复归义军称号，仍称归义军节度使。此后，归义军政权一直把持在曹氏家族手中，而今当权者名叫曹贤顺，同时与大宋和辽国保持着友好通使关系。张望归夫妇便是新近跟随出使大宋的使者团入境的。

包拯随口问道："那位张望归先生是预备到中原定居么？"张建侯道："他倒是有这个想法，可他夫人不同意，好像很不喜欢我们大宋的样子。对了，他们夫妇说了，想来南京拜祭忠烈祠，也不知道到底来没来。如果遇上，我一定将姑父介绍给他们认识。"

油布包终于打开了，并不是《张公兵书》，甚至不是一本书，而是一叠相同大小的厚纸。

张建侯心情登时由艳阳高照转为坠落冰窟，脸色一下黯淡下来，沮丧地叹了口气。包拯却是颜色大变，失声道："这些……这些都是伪造的交引！"

张建侯道："交引是什么？"包拯道："就是类似提货单的文书，可以凭它到榷货务换取茶叶。"

张建侯道："可是提货单都是由东京榷货务开具，听说一式三份，分称甲、乙、丙，骑缝间均有盖印，东京榷货务自留甲份，乙份给茶商，丙份由朝廷发往南方六大榷货务。茶商去提茶叶，须得将手里的提货单交予官吏，两份凭证合印无误，方能提出茶叶。高继安私刻文书，就算能伪造官印，可榷货务没有底单，他怎么可能骗过官吏呢？"

包拯道："这些文书自然不能直接到六大榷货务提取茶叶，但却可以到东京榷货务换取提货单，跟朝廷新实行的'入边'制度有关。"

自西夏李继迁夺取灵州、不再臣服大宋以来，西北局势紧张，大宋在边关屯驻了大量军队，边军需要大量粮食，往前线运粮是一项十分繁重的任务，耗费浩繁。为了减轻负担，朝廷想了一个办法，即鼓励老百姓自己出钱出力将粮食运到边境，称"入边趋粟"，简称"入边"。驻军收到粮食后，给输粮者开具文书，称为"交引"。老百姓可以凭借交引到东京榷货务换取茶叶的提货单。对普通百姓而言，茶叶可以跟布帛、粮食一样折税，实际上有货币的作用。"入边"政策实行以后，很多老百姓都踊跃往边关送粮，朝廷由此省却了一大笔采购、运输物资的额外支出。但由于边区粮食价格高，中原粮价不过十几文，西北地区高达一千文，老百姓换来的交引价值很高，而他们往往没有实力做茶叶生意，便干脆将其卖掉，譬如卖给崔良中这样的大茶商，这样经过转手后，就容易造成弊端和漏洞。

张建侯道："姑父怎么知道这些交引是伪造的？"包拯道："交引是特殊用纸，既厚且韧，一般都是由朝廷印制好样式后发往边关，再由边军根据所运粮食多少折算成茶叶斤数，在空白处添上籍贯和姓名，发到入边者手中。入边者得到交引后自边关返回，因是辛苦所得，必然会贴身妥善收藏，不可能一点折痕都没有。可是这些交引很新，看起来就跟刚印制出来的一样。而且这每一张交引都可以换取一千驮[1]茶叶的提货单，价值不菲，如果不是伪造的，早该拿去换茶卖钱了，藏在灶灰中做什么呢？”

张建侯道：“可交引上的人名、籍贯看起来很真啊，你看这张眉州青神[2]人氏陈希亮，我知道青神那个地方，当地真有很多姓陈的。这是造假的没错，可还确实有鼻子有眼睛，煞有其事。”

包拯蓦然得到了提示，忙将一叠交引交给张建侯，自己跑回灶口。那灶口小，脑袋无法伸进去，他便挽起袖子，伸手入灶膛，将灶灰全部扒出来。

张建侯好奇道：“姑父还要找什么？”

包拯不答，只是一点一点地摸索。终于在靠近灶口的内壁上摸到了一块活动的火砖，他慢慢将火砖取下来，从小洞中掏出一个竹筒来。竹筒中插着一卷纸，取出来一看，却是一叠皱巴巴的交引，最上面一张写着眉州青神陈希亮的名字，然而价值却只有五十驮。

原来是有人自入边者手中买下了交引，又将这些原版交引交给高继安，令其照葫芦画瓢，重新刻造一份新的文单，入边者的姓名等均不改变，唯一的变化是将原先交引的价值夸大十倍、数十倍。可这些原版交引合起来算的话，原先价值已然很高，绝非普通商人的财力所能承受，高继安绝没有这个能力，他有的只是刻书的手艺，一定是另外有人聘请了他。而策划这件事的人，不但有雄厚的财力资本，而且还是胆大包天了。

张建侯立即明白了过来，道：“原来是这样。难道高继安是在替崔良中刻印假交引？呀，崔良中‘天下第一茶商’的名号原来是这么来的。”

包拯心中最先想到的也是崔良中，但目下并没有指向这位大茶商的直接证据，高继安和崔良中的唯一联系，只是在高继安家中发现了行刺崔良中的凶器。但这批交引牵扯到的茶叶数目如此巨大，除了“天下第一茶商”崔良中，谁还有能力染指呢？不是他指使高继安造假，又是谁呢？

[1] 一驮茶为一百斤，按当时市价，大约值二十五至三十贯左右（一贯等于一千钱，约值白银一两），茶马交易中可易马一匹。

[2] 眉州青神：今属四川。

张建侯道："可我就不明白了，高继安既然跟崔良中是一伙儿，为什么他还要刺杀自己的主顾呢？即使是他起了贪念，自己想霸占这批交引，他也没有能力脱手啊。"包拯道："嗯，这个……"

恰在此时，只听见外面有人叫道："高继安回来了！喂，有官府的人在这里，你还不快跑！"

包拯忙将两叠交引重新用油布包好，收入怀中，这才赶出来查看。两名弓手已闻声追出大门，二人也紧跟出来，查看究竟。

三更已过，外面是黑漆漆的夜，大街上行人稀少，没有灯光，全然只能凭两边住户一两扇窗子透出的烛火照明，微弱而呆滞，好似惺忪眼睛的目光。昏昏暗暗中，一切都影影绰绰，看不清楚本来的样子。近处有草虫的哼哼唧唧声，远处则有人呼喊，夹杂着一两声狗吠，显得空旷而遥远。

张建侯还想去追高继安，可也不知道该往哪个方向去，只好陪着包拯站在大门前张望，道："看来高继安傍晚时离开只是有事被人叫出去了，他还不知道自己已经暴露。"包拯道："嗯，如此才合情合理。不然高继安如何能知道我们已然请了仵作，从崔良中伤口验出了端倪？"

等了一会儿，弓手们气喘吁吁地跑了回来，告道："没有追到人。"

包拯道："算了，反正夜间城门关闭，他出不了城。天亮前，缉拿他的告示就会贴遍大街小巷，他寸步难行，逃不掉的。"

弓手这才留意到包拯一脸灶灰，土头土脑的，完全变了一副模样，不禁一愣，想笑却又不敢笑出来。

在院子中等了小半个时辰，楚宏率领书吏、差役重新赶来，告知道："我回去县衙将案情禀报了吕县令，吕县令立即签发了告示，已派人知会各城门守军，并禀报了应天府、提刑司。明日一早，城中就会展开大搜捕，高继安决计逃不掉的。"

包拯道："只怕这件案子不是这么简单。"将自灶灰中搜到的一真一假两叠交引交给楚宏。

楚宏愣了半晌，才道："这件案子看起来背景复杂，楚某须得回去禀报上司，再作决断。”转头催促书吏道：“快些为包、张两位公子录下证词，好让他们早些回去休息。”

书吏应了一声，正要询问经过，忽听得弓手在里面叫道：“土坑里少了刻刀！”

包拯大吃一惊，忙奔到窗下花丛边，只见土坑中只剩了那柄黄金匕首，那柄至关重要的凶器刻刀却是不见了。众人见状，无不惊讶之极。

张建侯挠头道：“不对呀，我明明放在这里的，就在匕首边上。这里又没有别人进来过，怎么会不见了呢？”

楚宏便质问手下道：“会不会是你们不小心动了，又掉在哪里了？”弓手慌忙辩解道：“刻刀只有张公子动过，听说刀上有剧毒，他扔回土坑后，小的们看都没敢多看。”

楚宏还要命人仔细搜寻刻刀，包拯摇头道：“不必了，我们适才中了调虎离山之计，刻刀被贼人窃走了。”

他已然明白过来，那刚才在外面警示高继安逃走的人，并不是真的发现了高继安的踪迹，而是要有意引众人出去。弓手闻声，立即追了出去。包拯和张建侯听到喊声，也赶快跟出了大门，虽然没有就此离开高家，却一直站在院门口等消息。而那贼人一直躲在暗处窥测，趁院中无人，神不知鬼不觉地窃走了刻刀。

如此看来，高继安已然逃走无疑，之前来找他的帷帽妇人多半就是来通风报信的。可这冒险窃走刻刀的贼人又是谁？跟高继安是什么关系？他又是如何悄无声息地进出高家，从包拯、张建侯的眼皮底下取走刻刀的？

包拯说了大致情形。楚宏极是不解，困惑地道：“凶器已经被发现，证实了是高继安向崔员外行凶，铁证如山，为什么还有人要偷走刻刀？如果是想销毁物证，为什么只单偷走刻刀，却留下匕首呢？”

张建侯抢着答道：“我能猜到原因——因为刻刀上有毒。既然仵作可以由伤者伤处推测出真正的凶器是刻刀，再联系到刻书匠人高继安，那么刻刀上的毒药也一定可以联系到什么人，所以贼人将它盗走了。换句话说，高继安只是一个小卒子，是他动手向崔员外行凶没错，但他背后还有主谋，那毒药一定能联系到主谋身上。”

如此推测确实有道理，连包拯也转过头来，惊异地看着内侄。

张建侯不好意思地解释道：“不是我聪明，我只是照猫画虎地想到的。”

楚宏道：“听说医博士许希珍几次为崔良中崔员外诊治，也判断不出他中的毒是什么。就算官府得到刻刀，结果还不是一样么？”

只听见背后有人道：“这全然不一样。崔员外中毒药已深入体内，跟他体内的血液以及茶叶积淀混杂在一起，毒药起了反应，就会发生变化，若是事先不知道是什么毒药，很难搞清楚药性。但刻刀上的毒药等于是源头，查明药性的可能性要大许多。”

回头一看，却是沈周站在院门口。他虽然勉强同意回包府歇息，但真躺到床上时，却根本睡不着，一直竖着耳朵听外面的动静，盼望包拯快些归来。见其久久不回，愈发担心起来，遂干脆披衣起床，见文彦博房中没有动静，便自己一个人摸黑出了包府，一路寻来高继安家中。

楚宏忙命把门的差役放沈周进来，道：“如沈公子所言，那么窃贼盗走刻刀就是这个道理了。”命书吏记录下现场情形、录下包拯几人口供，再派人留守高家，自己则带着两叠交引赶回宋城县衙向长官禀报。

包拯几人出来高家时，已然是凌晨时分，天虽然还没有亮，远处却间或有鸡鸣声。

半路上，沈周问明了事情经过，不由得极是懊恼，道：“当初我真该和你们一起来高家的，多一个人多一份力，也许不用着了那贼人的道。”包拯道：“不必自责，怪只怪贼人太处心积虑。”

张建侯向来自负武功了得，今晚却接连遭受挫折，先是在崔良中家中让房顶的真凶逃脱，接着又在高继安家中被贼人从眼皮底下盗走关键证物，自己居然丝毫没有察觉，既气愤又沮丧，恨恨道：“这两人千万别落在我手里，不然一定要让他们难看。”

沈周疑惑道：“今晚可真够邪门儿的。就算南京城中藏龙卧虎，一夜之间，哪里能冒出来那么多飞檐走壁的高手？”

包拯道：“应该是同一个人。刚刚窃走刻刀的贼人，一定就是今晚慕容英见到的屋顶上的人影，也就是所谓的真凶，其实就是高继安背后的主谋，或是主谋的手下。”

张建侯道：“可真凶不是已经被马龙图困在崔府中了么？”包拯道：“也许我们都弄错了。”蓦然想到什么，脚下也加紧了步伐。

张建侯道：“什么弄错了？哎，沈大哥，他怎么老是不把话说完？”其实张建侯比包拯低一辈，按理该叫沈周“叔叔”，但大家年纪相差不大，他又是礼仪粗疏之人，便“大哥”“大哥”地叫，也没有人在意。

沈周也是愣了一会儿，才回过神来，道：“你姑父的意思是，很可能我们之前推断有误，那真凶早已经逃离了崔府。”

包拯如此推测，自然不是凭空瞎猜，而是有重要理由：众人今晚才根据仵作冯大乱的检验判断出凶器是刻刀，由此联系到刻书匠人高继安，包拯据此追踪而来，高继安却已抢先逃走。但也不是全无所获，张建侯在高继安家窗下掘出凶器，得到了行凶铁证，崔良中遇刺案就此告破。即使高继安背后尚有主谋，只要捕到他本人，自然可以立即讯问明白，他不但是犯人，还是指认主谋的人证。然而，事情却突然出了意外，有贼人赶来盗走了刻刀，那应该是能追踪到主谋的关键证据。如果官府不能缉拿到高继安的话，那么也就不可能再追查到主谋。就在今晚短短几个时辰之内，干系到主谋的人证高继安和物证刻刀先后消失了，这是有意识地毁痕灭迹，这显然是主谋或是主谋派人所为。可直到今晚，包拯等人才查到高继安的线索，谁会知晓他已然暴露、及时知会他逃走？又有谁知道包拯等人连夜来了高家、并搜到了杀人凶器？这一系列的事件，发生的时间紧密相连，根本不可能是巧合。唯一的可能是，那主谋得到崔良中曾经清醒过来的消息，担心他再一次醒来后透露自己的名字，于是决意今晚杀死崔良中灭口。他能摸到兼隐院房顶而不被人觉察，自然不是普通人。然而当晚马季良与包拯等人齐聚在崔良中房中，他丝毫没有机会下手，却意外听到高继安已经暴露的消息，不由得慌了神，由此被张建侯觉察到踪迹，幸好东厢房顶上的慕容英转移了众人视线。主谋侥幸逃出崔府后，急忙赶来节字街，通知高继安逃走。以马季良的个性，势必会立即派人来捉凶，高继安听说后，不及收拾，跟随主谋飞快逃走，途中略微镇定后，才想到家中还留有杀人证据。主谋得知高继安将匕首和刻刀埋在窗下牡丹丛中后，心知要糟，忙独自赶回来，预备取走凶器，却发现包拯等人在里面。于是使了招调虎离山之计，引开众人。他既能趋翔于戒备森严的崔府，出入高继安这种普通民居自然也不在话下。

张建侯失声道："难道主谋就是那帷帽妇人？"沈周道："按照经过来看，应该是她。"

张建侯道："呀，这妇人能来去崔府如履平地，还能在我眼皮底下窃走刻刀，功夫应该相当不错，真想会会她。"

他是个武痴，碰到武功高强的人，总想着一较高下，却由此联想起一件事来，急忙扯住沈周的衣袖，道："沈大哥，你刚才说南京不可能一夜之间冒出来那么多高手，我想到了一件事，这帷帽妇人会不会就是当晚在曹府与杨文广交过手的黑衣人？"

沈周仔细想了一想，才小心翼翼地道："嗯，如果单从身手来判断，是有可能的。但小杨将军不是说与他交手的黑衣人是军人么？"包拯忽然回过头来，道："不，小杨将军也不能肯定黑衣人是不是军人，只是对手打出了火蒺藜，他才有此猜测。"

张建侯道："姑父也认为黑衣人就是主谋帷帽妇人？她的仇人还真多，当晚派高继安到知府衙门行刺崔良中，自己又赶来曹府杀曹汭，幸亏被杨文广阻止了。"

包拯道："不，如果黑衣人真是帷帽妇人的话，那么她去曹府不是为了曹汭，而是为了曹丰。曹云霄不是说曾经亲眼见到兄长在大街上跟一名帷帽妇人说话么？帷帽虽然并不少见，但南京多雨少风，尘土不扬，出门戴这种帽子的妇人并不多，这两个帷帽妇人很可能就是同一个人。"

沈周道："可是黑衣人身上有火蒺藜啊。"包拯道："有火蒺藜，并不代表他一定是军人。如果我没有猜错，高继安刻刀上的毒药也是得自帷帽妇人，也许她有法子能弄到奇毒、火蒺藜这些特别的东西。"

张建侯道："这倒也有道理。可是姑父何以能肯定帷帽妇人到曹府是为了曹丰呢？"包拯道："她是唯一一个能将所有事情联系起来的人。昨晚崔良中被刺，根据张尧封的描述，曹丰是根本不知情的，甚至已经喝醉，可到半夜，他莫名失了踪，直到现在也没有露面。他一定是被人叫醒，告知了什么消息，才会如此。而根据曹府诸多下人的说法，当晚自曹汭离开，再没有任何人进出……”

沈周道：“啊，我明白了，帷帽妇人会武艺，完全可以轻松越墙而过。是她找到曹丰，告知了什么事情，紧接着曹丰就失踪了。”

张建侯道：“我也赞同，那帷帽妇人一定就是曹丰的情妇！姑父不是推测过曹丰很可能是自己有意失踪，目的是为了保护真凶吗？他要保护的人正是他情妇，这样最合情合理啊。”

如此前后衔接起来，倒一切都说得通了——昨晚知府宴会，并没有受邀的高继安从隔壁的府学官署翻墙过来，在花园假山一带用带毒的刻刀刺中崔良中，取出崔氏的黄金匕首补了两刀，以掩饰刻刀留下的独特刀伤，随即收了凶器，将尸首拖到墙根的花丛后藏好。哪知道崔良中命大，侥幸未死，一直徘徊在知府衙门附近的帷帽妇人闻讯后很是恐慌，知道崔良中一醒就会说出凶手的名字，遂潜入曹府找情夫曹丰商议。曹丰想到崔氏与曹氏有怨，人所共知，崔良中遇刺，曹氏嫌疑最大，当即决定自己失踪，好造成畏罪潜逃的假象，以掩护情妇。他不会武艺，大概是在情妇的帮助下越墙而过，却被留宿曹汭府中的杨文广发现踪迹。情妇与杨文广一番交手后，最终仗着犀利暗器逃走，将曹丰藏了起来。高继安得知崔良中中毒未死后自然也是忧惧不已，甚至亲自到崔府门前打探消息。帷帽妇人为消除隐患，决意今晚动手杀了崔良中，结果先后被慕容英和张建侯发现，未能成事。利用混乱逃离崔府后，她便立即赶到节字街通知高继安逃走，半途得知尚有杀人证据留在高家后，又回来偷取了刻刀。

至于命案最关键的动机——高继安既是暗中为崔良中伪造交引，想来二人起了龃龉，所以高继安明明已经刻好假交引，却不肯交给崔良中，反而有意拖延。只是通常这种情况下，应该是崔良中杀高继安灭口。情况反过来的话，也许是高继安知道崔良中要杀他灭口，所以抢先下手，以求自保。而曹丰也许知情，也许不知情。其情妇则可能是为了情夫出口恶气，也有可能是为别的缘故，正好她知道高继安想对付崔良中，遂加以利用。

三人总算推测出事情的完整经过，但心头丝毫不见轻松，反而愈发沉重。

张建侯左右看了看，忍不住悄声道："其实这崔良中真不是什么好人，依仗权势做了许多坏事，居然还伪造交引。帷帽妇人派高继安杀他，其实是在为民除害，可惜没有当场杀死他，才引出来后面这么多风波。我们当真要去捉帷帽妇人么？"

沈周道："这个……我也说不好，看你姑父的意思吧。他说查就查，他说放弃就放弃。"

包拯正埋头前行，张建侯便追上去，将话重新说了一遍，虽说是向姑父索要答案，其实是赞赏那帷帽妇人的意思。包拯只是沉默以对。

他心头亦甚是困惑，觉得不该帮崔良中这样的恶人。崔良中不仅强取豪夺，鱼肉地方百姓，还大批刻印交引，扰乱朝廷经济，已经远远超出了一般的恶霸奸商范围。这样的人，实在死不足惜。自古以来，人间正义就是扶贫济弱、除暴安良，正如张建侯所言，帷帽妇人是在为民除害、伸张正义，他为什么还要追查她呢？

夜色深沉，万籁俱寂。天地间尽被无尽空濛的静谧所占据，意念愈发显得刻意。虚幻缥缈的黑暗中，渐有一种深邃妖娆的神秘力量，缓缓牵动着思绪。忽然间，他心底深处涌出一股很悲凉的感觉。其实仔细回想起来，已经很久没有什么让他感到值得欣喜的事情了。倒不是他个人生活有什么不快，妻子早逝的阴影早已从他心中消散，而是自小皇帝即位以后，刘太后垂帘听政，与中枢大臣争权不已，遂令朝中愈发多事。人立于天地之间，再洒脱随意，也难以置身于时局之外。

心事重重中，返家的路途也变得不那么远。似乎才一眨眼，就走到了崔府门外。

包拯见到崔府门槛前尚站有门仆，便走过去问道："马龙图找到真凶了么？"门仆道："没有。全府上下都细细搜过一遍，除了英娘身上那件外，没有找到沾有瓦灰的衣服。龙图官人实在累了，已经先睡下了。"包拯道："好。劳烦转告马龙图，不必再寻了，真凶就是高继安，放了那些仆人吧。”

张建侯和沈周相视一眼，会心而笑。包拯言语中没有提到帷帽妇人，又称高继安为“真凶”，显然是不打算再追查那帷帽妇人了。

进来家中，已露倦色的包拯却不回去房中，而是向仆人要了个灯笼，提着走向东边园子。

张建侯问道：“姑父要去哪里？”包拯道：“东墙。”

张建侯居然立即会意了过来——包府与崔府毗邻，那帷帽妇人能在崔家来去自如、逃脱搜捕，原来是自包家东墙出入。包府是处官邸，是官家的房子，这可是万万让人想不到了。

包令仪虽任南京留守闲职，却跟范仲淹一样，靠苦读考中进士，走的是最令人尊敬的正途。他入仕以来素有清名，累官至虞部员外郎[1]，掌管冶炼、茶叶、食盐的生产，铁、茶、盐全是官营专卖之物，是朝廷税收的重要来源，虞部员外郎则是个大大的肥缺。但包令仪为人正直，从未有任何受贿之事，极受朝野赞誉。后因不满刘太后的“白帖子”[2]，被斥逐出朝，当了南京留守的闲官。他从此变得豁达，不再多问政事，乐得落个清闲。南京士民都知道他人品高尚，不肯同流合污，很是尊敬他，路上遇到会主动让在路旁。就连崔良中也曾派人送来礼物示好，只是被包令仪婉拒，因而崔、包两家虽是邻居，却从无私下来往，遇上仅仅是点点头，客客气气，很有些君子之交淡如水的味道，谁能想到包府竟然会成为“贼人”进出崔府的垫脚石？

来到东墙根最靠近崔良中居所的地方，果见草丛歪歪倒倒，有被人踩过的痕迹，土墙上还有几处用力蹬过的脚印，显然就是“贼人”翻墙时留下的了。

[1] 宋代虞部（隶属于工部）掌山泽、苑囿、畋猎，取伐木石、薪炭、药物及金、银、铜、铁、铅、锡坑冶废置收采等事。虞部员外郎为虞部副长官，从六品上。

[2] 刘娥执政前，宫廷支付财富，需要先开列品名数目，再由内侍省合同凭由司发给“合同凭由”，交有关物库发给。而刘娥当政后，内侍只要拿着“白帖子”（内侍自行书写的文书），就可以随意支取库房物品，国家财富由此被耗费殆尽。

张建侯嚷道："啊，她居然拿我们家当进出崔家的梯子。"

虽然他赞赏帷帽妇人的正义之举，但毕竟其人是在利用包家的地利之便，还是心有不满。万一传扬开去，包家说不定还会受到牵连，被怀疑成帷帽妇人的同党。

包拯只叹了口气，道："走吧，回去睡觉。明日一早还要回书院上学呢。"

其实此时天已发亮，已然是"明日"了。弃我去者，昨日之日不可留；乱我心者，今日之日多烦忧。抽刀断水，水更流；举杯消愁，愁更愁。昨日自有昨日之无奈，明日则有明日之沉重。

包拯心头涌起一阵莫名的惆怅来，快快转身。细心的沈周却借着蒙蒙天光发现墙角的荆棘上挂着一小片黑色衣襟，很可能就是翻墙者留下的。他没有像往常那样立即告知同伴，而是等包拯和张建侯往回走出几步后，迅疾捡起衣襟，笼入自己袖中。

第四章

不辨风尘

无论生前多么骄横，拥有多少财富，他现在只是一具冰冷的尸体，再也不会有任何知觉。闹里有钱，静处安身；来如风雨，去似微尘。世人所在意的功名、钱财、利禄，终究只是生不带来、死不带走的身外之物，生前能够轻清于世、安宁淡泊，该是多么可贵。

悠悠风物四时新，苒苒山屏万古春。
多少江山人不看，却来江上看行人。

——丁谓《垂虹亭》

这一夜，是那样漫长，又是那样短促。

黎明如约到来。晶莹的露水闪烁着晨曦的微光，流连在石板街上，将青灰色的大石板滋润得温婉润泽。清风如水，空中到处弥漫着清新的气息。

城市的大街巷陌里传来了敲打铁牌子的声音——这是寄居城中的行者、头陀们开始报晓催起了。他们一边敲打着手中的片铁，一边用浑厚的嗓音大声报出当下的时辰及今日的天气，夹以“普度众生救苦难诸佛菩萨”等佛家用语。报晓的本意是教人省睡、勿失时机、起床念佛，行者、头陀们并不受官方俸禄，都是自愿起早报晓，以唤醒痴迷大众，偶尔也会接受路过的人家施舍斋饭、斋物。他们每日恪守时间，准点无误，穿行于长长短短、深深浅浅的巷陌中，成为城市的一道特色风景。

包拯和衣躺在床上，听到行者喊着阴报“天色阴晦”，但过了一会儿，又有人喊出晴报“天色晴明”，也不知道是不是倦意太浓听混了，不由得有些困惑起来。

迷迷蒙蒙中，仿若回到了庐州合肥县香花墩的家中。杨柳依依，曲水潺潺，晨曦初露时，他坐在林中水边读书，读到忘情之处，随意站起来，一步迈出去，结果掉入水中。只觉得身子陡然轻了许多，但还是止不住地往下坠。他想攀上岸边，却被水草缠住了双脚，愈是挣扎，愈是紧密。他开始恐慌，大叫道：“小游！小游救我！”

包拯蓦然从床上坐起，这才惊觉适才情形不过是南柯一梦。但却不知道梦境为什么跟曾经发生的事故如此相似，唯一不同的是，他和张小游都长大了，不再是孩童的面貌。

呆坐了一会儿，转头见外面已日上三竿，包拯这才抹了抹额头汗水，披衣起床，洗漱了出来。张建侯还在房里呼呼大睡，客房的文彦博和沈周却已经离开了，一个回了文家，一个回了应天书院。

包拯忙到堂上来拜见父母，却只有父亲包令仪。他也不问儿子大半夜地在外面忙活什么，只道："寇夫人不想见外客，所以你母亲和小游陪她到城北性善寺斋戒去了，还要为寇相公做一场法事，几日后才能回来。本来你母亲还想叫上你和建侯，听说你们忙了一夜，快早上才回来，一时没忍心。你这是要回去书院么？"包拯道："是。"

包令仪道："虽然寇夫人出了城，但毕竟算是我们家的贵客，你最近就别在书院歇宿了，办完事早些回来。得空也去性善寺看看。"包拯道："是。"正欲退出，忍不住又回身问道："父亲大人为何不问我昨晚都去了哪里？"

包令仪道："你从小就挺然独立，从不像其他的小孩子那样戏狎嬉闹，仿佛成年人一般，令人放心。现在你有范先生那样的好老师，有文彦博这样机敏聪明的同学，有沈周这样多才多艺的朋友，为父对你还有什么不放心而担忧的呢？去做你认为对的事情吧。"

包拯道："孩儿心头有一个难解的疑惑，如果有一个好人出于公义之心杀了一个坏人，那么这个好人该不该被惩罚呢？"包令仪思索了一会儿，道："我也许会关心那个坏人有多坏，到底做了些什么坏事。"

包拯便说了刻书匠高继安为崔良中伪造交引之事，道："如果不是因为崔良中被刺，谁又能想得到这位天下第一茶商不但倚仗权贵低价购买提货单，甚至还伪造交引，鱼目混珠，好骗取更多的茶叶？"

包令仪道："嗯，为父明白了。你认为那凶案主谋其实是有功之人，对吧？我想问一句，你说崔良中倚仗权贵，那权贵一定是指龙图阁直学士马季良了。那么依你看，马季良是个什么样的人呢？"包拯道："马学士？倒是跟传说中的完全不一样。"

包令仪道："所以事情有时候不是表面上看起来的那样，人也不一定就是传说中的那样，真相揭开之时，往往会令人大吃一惊。如果那主谋当真是为民除害，考虑放她一马未尝不是好事。但你能肯定她当真是出于公义之心吗？她跟高继安通谋，而高继安利用手艺和职务之便，暗中刻印交引，本身就不是什么好人。你应该先设法查清楚动机和真相，再考虑要不要放过主谋。"

包拯心头彷徨顿去，道："多谢父亲大人指教，孩儿去了。"匆忙出门，迎面遇上马季良的心腹侍从。

侍从忙道："龙图官人命小的把这张纸条交给包公子。昨天夜里，有人隔墙丢了块石头进来，外面包着的就是这张纸。龙图官人起得晚，刚刚才看到，登时脸色大变，本来打算立即过府来找公子，却又被提刑官派人叫去提刑司了。龙图官人遂命小的先将纸条送给公子，等他回来，再来找公子商议。"

包拯道："好，我知道了。你去吧。"展开那张皱巴巴的纸，上面写着四行草字："宫廷秘药，古人不扬。意欲活命，切勿声张。"一望之下，便"啊"了一声，急忙回来叫上张建侯，一起赶去宋城县衙。

张建侯尚未睡醒，一边揉眼睛一边问道："姑父也没怎么睡，难道不困么？"包拯取出纸条递过去，道："你看了这个就不会困了。"

张建侯不爱读书，仔细辨认，才念出那四行草书，登时睡意全无，道："啊，这是谁写的？是那帷帽妇人么？"包拯道："这字虽是匆匆写就，却是笔力遒劲，气势欹倾，应该是男子所书。"

张建侯道："那一定是帷帽妇人的情夫曹丰了。"包拯道："不，曹丰的字我见过，写得中规中矩，没有这般神气横溢。字如其人，这个人一定是个恣意洒脱的男子。"

张建侯道："既不是曹丰，也不是帷帽妇人，那会是谁？还有谁会阻止马龙图追查奇毒药性一事？"包拯道："我暂时还想不到是谁，但这张纸条却暴露了一条线索，表明我们昨晚的推测有可能全错了。"

张建侯道："全错了，怎么会呢？"包拯道："那好，我有几个问题问你，先不管写这字条的人是谁。这字条是夜半时分丢入崔府院中，当时我们还在高继安家中。那么，这个人是怎么知道崔良中所中奇毒是宫廷秘药的？他写这个字条，分明是警示马龙图不要张扬毒药一事，而昨晚沈周刚好建议马龙图派人回汴京寻太医谋取解药，事情会如此凑巧么？”

张建侯越听越糊涂，道：“我还是不明白。”包拯道：“等会儿见到楚县尉你就明白了。”

宋城县衙位于利字街，是南京城中最古老、最沧桑的建筑，所在之处正是昔日宋国王宫所在地。县衙大门漆成红色，为面阔三间的硬山结构建筑。两侧配有登闻鼓及一对石头狮子。县衙大门上方的黑漆大匾上写着“宋城县署”四个大字，因岁月久远，已呈斑驳之色。

到县衙门前，包拯请差役通传。等了好大一会儿，楚宏才匆匆出来，脸上尽是疲惫之色，道：“我正奉命传讯高继安的左右街坊，劳二位公子久等，抱歉。”

包拯道：“我正是为这件事来的。那在月桂树下下双陆的邻居，可具体记得帷帽妇人叫走高继安是什么时辰？”楚宏道：“刚好是亥时。他们记得很清楚，当时正好有打更的经过。”

张建侯道：“呀，昨晚亥时时分，马龙图听到更声，还抱怨道：‘怎么仵作还没有到？’话音刚落，侍从就带着冯大乱进来了。如此，就证明昨晚伏在崔良中屋顶上的人一定不是帷帽妇人了。原来姑父来找楚县尉，是要证实这一点。”

包拯点点头，道：“楚县尉先去办公事，有线索我会及时告知。”

楚宏道：“也好。”左右看了一眼，低声道：“我昨晚已将包公子搜到的两叠交引上交，吕县令连夜亲自送去应天府，听说应天府又立即派人送去提刑司。之后上头有命令下来，交代宋城县只准调查高继安行凶杀人一案，而且要暗中进行，由提刑司派人监督。”

包拯微叹一声，道：“我知道了，多谢。”拱手作别。

一离开宋城县衙，张建侯便愤愤道：“自古以来都是官官相护。那康提刑官原来也只是空有清官之名，眼下有马季良在这里，我敢打包票，他一定会包庇崔良中，假交引这件事多半会不了了之。要我说，这件事咱们不要管了，管他是谁要杀崔良中，他死了，世间倒是干净了。”

包拯道：“我不同意。凡事要有始有终，既然我们一开始就卷入进来，不管官府如何断案，不管崔良中人品如何，我们都要找出真相，给世人一个交代。”

张建侯道：“可这案子纷繁复杂，一波未平，一波又起，眼下头绪这么多，自己都乱了，还要怎么查？”包拯道：“头绪虽多，却并不乱，虽然我们昨晚的推测出了大大的偏差，但至少有两点可以肯定：第一，可以肯定高继安卷入了凶案，有凶器为证；第二，可以肯定帷帽妇人是他的同党，有节字街街坊邻居为证。”

张建侯道：“那昨晚潜入崔府的黑衣人呢？他跟高继安是一伙儿吗？”包拯沉吟半晌，才道：“这个很难讲。屋顶上的黑衣人应该就是写字条的人，他既然知道奇毒是宫廷秘药，应该跟高继安和帷帽妇人是一伙儿的。但帷帽妇人去通知高继安逃走的时候，仵作还没有到崔府，事情没有败露，没人知道凶案跟高继安有关。那时候黑衣人还伏在屋顶上，他冒险进来崔府，必是有所图谋，如果是预备杀崔良中灭口，那么高继安就没有必要逃走。所以从这点看，他又跟高继安和帷帽妇人不是同伙。”

张建侯完全糊涂了，他知道自己一时难以弄明白这之间的逻辑关系，便干脆不再理会，问道：“我们现在要去哪里？”包拯道：“先去应天书院。我向范先生请几天假，再叫上沈周和彦博。”

自南门出城时，正好见到兵马监押曹汭亲自带着一队兵士在追捕什么人，弄得大街上人仰马翻，一片狼藉，许多摊贩的摊子都被撞翻了。张建侯好奇，特意过去向守城士卒打探究竟。

那士卒也刚从同僚那里打听到经过，立即毫无保留地告知道：“那追捕的逃犯名叫王伦，原先是个盗墓贼，后来当上了京东路虎翼士卒，负责追捕盗贼。不知怎的又跟曹将军不大和睦，前年被曹将军责罚后气不过，纠集了军中数名要好的伙伴，强行冲进武器库，夺了一些武器逃走了，听说去了什么鸡公山落草当了山大王，专靠打劫盗墓为生。可不知道为什么突然回来了南京，适才他进城，正好曹将军巡视经过这里，认了出来，便亲自带人去追了。”

宋朝招募禁军不计前科，重犯也可以免死参军，一些名将如范廷召、高琼等在入伍之前均是背负血案的杀人重犯。范廷召父亲被当地恶霸杀害，范廷召当年只有十八岁，手刃杀父仇人，剖取其心祭奠父墓。之后亡命天涯，落草为寇，以勇壮闻名，后来参军，成为大宋开国名将。高琼年轻时当过剧盗，被官府捕获后判处磔刑，已经押到刑场上，结果因天降大雨而侥幸逃脱，后投奔晋王赵光义，居然一路当到殿前都指挥使的高官。正因为宋军多招募亡命之徒，常常会出现长官难以驾驭手下的局面，像曹汭、王伦这种事例并不罕见，至于军队士卒因不服管束而发生武装哗变也时有发生。

张建侯却突然想起一件事来，道："呀，会不会前晚在曹府与杨文广交手的人就是这个叫王伦的家伙？他以前是军人，还敢抢武器库，弄几个火蒺藜也不是什么难事。"

包拯道："这倒是有可能。等曹将军捕到王伦，一问就明白了。走吧，先回书院去。"

应天书院位于商丘城南南湖湖畔，南湖水质清澈，湖面多雾，对岸就是中原的动脉汴河，河中船只如梭，河岸商旅辐辏。

大宋提倡文治，自太宗皇帝以来，科举取士规模日益扩大，而官学却长期处于低迷不振的状态。士人潜心向学，苦无其所，在这种情况下，书院开始蓬勃兴起。当时最著名的有应天、白鹿、岳麓、嵩阳四大书院。其中三大书院均设在幽雅僻静、风光秀美的山林之中，独有应天书院处于繁华闹市，而其办学时间最久，名气最大，且长盛不衰，实为大宋一奇。

回到书院，正好遇到主教范仲淹执手送应天知府晏殊出来，二人神态严肃，似在交谈什么重要之事。包拯便让张建侯去教舍寻沈周和文彦博，自己静静等在一旁。

过了好大一会儿，范仲淹才松开了手，晏殊拱手辞去。他转身时一眼留意到包拯，微微扬起了头，嘴唇动了几下，最终还是什么也没有说就疾步离去。

范仲淹招手叫过包拯，道："我已听说了假交引之事，你做得很好。"包拯道："那么先生也赞成我继续追查下去么？"范仲淹道："当然。不管怎样，都要还世人一个公道。不管结果怎样，公道自在人心。你懂么？"包拯道："是，多谢先生教诲。"

范仲淹道："我还有几句话问你。你学业早有所成，完全可以去参加科考，孜孜求进，为什么还一定要留在书院呢？"包拯低下头去，沉默不应。

范仲淹叹了口气，道："听说你妻子张婉与你有表兄妹之亲，又是青梅竹马的伙伴，两情相悦，却不幸早逝，想来对你的打击很大吧？"包拯道："也不全然是因为亡妻。"

范仲淹道："那么当是令尊宦海之沉浮令你有所犹豫了。令尊包公任福建惠安知县时，革除弊病，整顿吏治，造福一方百姓；任朝散大夫时，居官而善，直言上谏，多有忠言；任虞部员外郎时，清廉简朴，端正风气，不避权贵；即使眼下身处闲职，亦是随遇而安，从无抱怨之词。豁达随性之人，我生平所见，唯你父亲一人而已。其实好男儿当如尊父，在其位时，当谋其政。不在其位，亦无所怨，一切顺其自然。你明明有出色的吏治才干，却因为心有所畏而刻意回避仕途，岂不是有违天道？我言尽于此，是否要参加科考，全在于你个人了。"

包拯目送范仲淹离开，心头若有所思，悄立原地良久，直到张建侯、沈周过来叫他，才回过神来。

张建侯道："我已经将事情告诉了沈大哥，他说他可能知道那伏在崔良中房顶的贼人是谁。"

包拯很是惊讶，道："我们才刚刚推测出潜入崔府的贼人不是帷帽妇人，你怎么会知道贼人是谁？"沈周道："因为我昨晚发现了两件怪事。"当即从袖中取出一小片黑色衣襟，正是他昨晚在包府东墙下荆棘丛中发现的。

张建侯道："这是贼人留下的么？只是很普通的布料啊。"

包拯道：“另一件怪事是什么？”沈周道：“昨晚石中立石学士来你家时，穿着一身黑色的便服，而离开你家时，身上穿着你的外袍。”

原来昨晚包拯和张建侯赶去找高继安，沈周则与文彦博回来包府歇息。到包府大门口时，正好见到石中立等人在与包令仪作别，忙过去招呼。沈周眼尖心细，一眼看到石中立换了一身衣服，身上穿的居然是包拯的外袍，很是奇怪，不由得多看了几眼。石中立当即意识到了，笑着解释道：“不好意思，我不小心在茅房里摔了一跤，将衣服弄脏了，只好临时借了件包拯的长袍穿。好在我二人身材差不多，倒也合身。”沈周听后也没太当回事。但他后来跟随包拯来到东墙下、意外在荆棘上发现一小片黑色衣襟时，登时将两件事联系了起来。

张建侯道：“哎呀，一定是石学士原来那身黑色便服上沾了许多瓦灰，他不得不将外袍脱下来扔了，然后谎称在茅房中跌倒，这样可以名正言顺地借姑父的衣服穿上。”又埋怨道：“沈大哥，既然你早发现了，为什么昨晚不早说？”

沈周道：“你和包拯都累了，我不忍心再见你们费神。再说了，我觉得怀疑贼人就是石学士实在太过匪夷所思，说出来也没人相信，很可能只是巧合。”

其实他还存了一点小小的私心，石中立称欣赏他的为人，主动替他做媒，许下许仲容之女，他少不得要心存感激。

张建侯却道：“世上哪里有那么多巧合？石学士怎么不可疑？他昨日还叫我们不要多管闲事，说崔良中是死有余辜，你们都亲耳听见的。其实，他说得也对啊，他是个好人，崔良中则是个大坏人，我们干嘛要帮坏人对付好人呢？”

沈周道：“包拯，你怎么看？”包拯便将纸条递给他，道：“这是昨晚有人扔进崔府院中的，我怀疑跟潜入崔家的黑衣人是同一人。”

沈周反复看过，道：“我没有见识过石学士的书法，不过这笔迹汪洋恣意，倒是蛮符合他的性情。”包拯道：“石学士素来性情直爽，我们就直接去找他，当面问个清楚明白。”

事情再凑巧不过，石中立正与包令仪、许仲容、竹渊夫等人站在汴河码头为庐州知州刘筠送行。包拯等人一出书院便远远瞧见，忙赶过去见礼。

许仲容和竹渊夫二人不断上下打量着沈周，分明有审视未来许家女婿的意味，倒是让他有几分不好意思起来。

刘筠呵呵笑道："我这回可是要去包公家乡了。"拱手与众人作别，这才离岸登船去了。

包令仪问道："你们是凑巧经过这里么？"包拯道："算得上是，不过孩儿是特意来寻石学士的。"包令仪听说，便道："老夫官署还有事，这就告辞了。"

石中立狐疑问道："你们几个小娃娃有事找老夫，居然连包公都赶紧避开了。到底什么事？老许、老竹二位都是老朋友，但说无妨。"

包拯道："听说昨晚石学士穿了晚生的衣服回家。"石中立道："是啊，你是来讨要衣服的么？回头老夫叫人洗干净后给你送回府上去。"又摇了摇头，道："你可真不像包公的儿子，小家子气。"

包拯道："晚生不是来讨要我自己的衣服，而是想讨要石学士原来的那身衣服。"石中立道："哪身衣服？啊，你说那件啊，没有了。"

包拯道："衣服怎么会没有了呢？"石中立道："衣服扔了当然就没有了。"

包拯道："石学士将那身衣服扔哪儿了？"石中立道："它弄脏了，老夫当然扔在粪坑里了。你难道还想让老夫带着一身秽物回家么？咦，你这个小娃娃当真奇怪，你要那身脏衣服做什么？"

张建侯听这倚老卖老的翰林学士一口一个"小娃娃"，很是气愤，道："因为我们发现了一片衣襟，是昨晚潜入崔府的人留下的。"从沈周手中取过那片衣襟，举到石中立面前，质问道："石学士，您老看清楚了，这是不是你丢掉的那件衣服上的？"

石中立愣了一愣，答道："我哪知道它是不是？你去粪坑把那件衣服捞出来，比一下不就知道了。"

张建侯干脆地道："行了，我看您老人家也是个爽快人，是石学士你要杀崔良中，对吧？”

石中立愣了一愣，这才会意过来，哈哈笑了几声，道：“老夫要杀崔良中？前晚老夫在府署花园假山那里看见他时，他还朝我挤眉弄眼地笑呢。”

包拯吃了一惊，道：“石学士在假山那里见过崔良中？”石中立道：“是啊。前晚宴会好生无聊，老夫跟刘筠一道出来聊了一会儿，他重新进去宴会厅，老夫去上茅房，结果茅房都满员了。老夫不耐烦等，就摸黑跑到花园假山下，就地撒了一泡尿。”言行粗俗豪放，丝毫不像个翰林学士。

包拯道：“那石学士是什么时候看到的？”石中立居然腼腆地撇了一下嘴角，不好意思地道：“这个说起来实在有点无聊。就在老夫撒尿的时候，听到后面有动静，转头一看，一个人站在背后不远处，吓了老夫一跳。老夫忙问道：‘谁在那里？’那人迟疑了一下，答道：‘是我，崔良中。’老夫束好裤子，走过去一看，果然是那‘天下第一茶商’崔良中，叫了老夫一声，便朝老夫笑。”

张建侯道：“然后呢？你们又说了些什么？”石中立道：“还有什么然后？老夫知道崔良中不是好人，当然不会理他，径直走了，回了宴会厅。后来你就来了，在外面跟杨文广打上了架。咦，你们这些小娃娃有正经事不做，居然跑来怀疑是老夫杀了崔良中！”

沈周忙道：“石学士别着急，崔良中还没死，称不上‘杀了’。这案子里面有许多疑点与石学士相关，不由得人不起疑心。”

他说得甚是恳切，石中立这才点点头，道：“那好，你倒是说说看，老夫哪点可疑了？”沈周道：“根据石学士适才所言，您老人家很可能就是最后一个见到崔良中的人，这本身就是一种嫌疑。这是其一；其二，前晚应天府署出事，昨晚崔府出事，石学士都在附近；其三，昨晚潜入崔府的黑衣人在房顶伏过，身上沾有大量瓦灰，而石学士凑巧丢了外衣，而且外衣跟黑衣人所穿的衣服是同一颜色。请恕晚生冒昧，但这些的确都是重大疑点。”

石中立这次倒没有着恼，转头去看老朋友，三人一起哈哈大笑了起来。

许仲容笑道：“你也知道叫石公老人家，你看他都这把年纪了，会翻墙上房顶么？”沈周道：“依情理来看，自然是不能的。”

包拯插话道：“可是断案最终要凭证据，只要验证这片衣襟就是从石学士的衣服上撕扯下来的，石学士难逃嫌疑。”

石中立登时像一个孩子般撅起了嘴，赌气道：“好啊，那你们就回去包府，将老夫扔掉的衣服从粪坑捞起来验证。”包拯道：“正要如此。几位先生，晚生告辞了。”

沈周见石中立当真生了气，本来还想从中圆缓几句，但见包拯决然掉头而起，微一迟疑，还是转身去追同伴。

走出一大截，张建侯犹自回望不已，担心地道：“这石学士嫌疑重大，他知道我们现在就要去找证据，一会儿会不会逃跑了？”包拯道：“他是翰林学士，家眷都在汴京，能跑到哪里去？再说了，我觉得他很可能说的是实话。”

张建侯道：“呀，姑父相信他的话？”包拯道：“嗯。石学士讲述他在假山遇到崔良中的情景，细节绘声绘色，十分逼真，像那个撒尿方便什么的，不像是临时编出来的。”

沈周很是疑惑，道：“既然如此，你为何适才还一再暗示石学士跟案情有关？要知道，他很可能是下科科考的知贡举[1]呢。”

包拯道：“我认为石学士说的是真话，只是我个人的直觉。就像你认为石学士不可能翻墙上房一样，同样掺杂了个人的情感在里面。然而人都有私心，判断有对有错，如果最终证实这片衣襟是从石学士衣服上扯下来的，那只能证明你我二人的直觉都错了。法令是天下之程式、万事之仪表，是国家治乱安危之所系，岂能让情大于法？只有证据才是无私公正的，最有说服力。”

沈周听了深为折服，叹道：“要是我父亲听到你这番话，一定也会击节赞赏的。”

[1] 知贡举：主持科举考试的官员，往往是考试前皇帝临时指派翰林学士、知制诰、中书舍人及六部尚书等官出任。另选派六部侍郎、给事中、台谏官一至三人为同知贡举。另设点检试卷官、参详官各若干人。

忽听得背后有人叫道："三位公子，等一等！"闻声回头，却是那文士竹渊夫追了上来。

沈周问道："竹先生有事么？"竹渊夫道："嗯，我有话对你们三位说。请随我来。"

包拯几人交换一下眼色，料想他独自追来，所言必是涉及石中立，当即跟了上去。

竹渊夫领头来到汴河岸边，叫住一名船夫，自怀中掏出一小块儿银子递过去，称要借他的小船一用。船夫掂量了一下银子，大约有二两重，彼时银价值钱，足足抵得上他两个月的收入，便爽快地答应了。

竹渊夫几步跳上船，叫道："上来吧。"

张建侯道："一定要在船上吗？这个……"竹渊夫道："什么？"张建侯道："这个……我怕水！"

竹渊夫笑道："你怕水？听说张公子武功了得，在知府宴会上大出风头，原来是只旱鸭子。我告诉你，我要说的话事关重大，非得在船上说不可。"

包拯道："不是他，是我怕水。"走到岸边，微一踌躇，鼓足勇气迈上了船。

昨日他也曾登过宋小妹的大船，但眼前却是只小舢板，摇晃得厉害，刚一脚踏上船板，便觉脚下一软，幸亏被竹渊夫及时抓住，扶他到舱中坐下。张建侯和沈周先后跳上船。竹渊夫便解开缆绳，抽走搭板，亲自打桨，将船划离岸边。

张建侯道："竹先生，真看不出你文质彬彬的模样，居然有划船的气力。"竹渊夫笑道："你想不到的事多了。"见船离岸边已有数丈，便放下双桨，钻进船舱来。

张建侯道："竹先生选了这样一个地方，想必要说的话十分机密了。"竹渊夫笑道："嗯，是那种天知、地知、你知、我知的话。"

张建侯道："先生就别卖关子了，快些说吧。"竹渊夫道："好，那我就直说了——你们都冤枉石翰林了，他就是个老顽童，除了会写文章外，其他什么都不会，像翻墙、上房这类事，他是万万做不来的。"

沈周道："嗯，这些我们也相信。可是一旦证据吻合……"

竹渊夫道："是我！昨晚从包公子府上潜入崔府的黑衣人是我！后来在节字街用调虎离山之计骗开包、张二位公子，然后潜入高继安家中偷走刻刀的人也是我！"

包拯几人一时惊愕得说不出话来，只是死死瞪着竹渊夫。如果说他自承是潜入崔府的黑衣人还有可能是为了袒护石中立，可刻刀凶器被发现后又失窃一事尚未传开，只有寥寥数人知晓，若不是他亲自所为，他又从何得知？

竹渊夫知道事已至此，不说出真实身份实难取信对方，当即叹了口气，道："实话告诉你们，竹渊夫只是我的化名，我姓许名洞，许公仲容其实就是我的生父。"

沈周道："啊，先生就是许洞？你……你不是早死了么？"许洞叹道："唉，不知死，焉知生，死也不是件容易的事。如假包换的许洞就坐在你们面前。"

许洞字洞天，吴郡苏州人氏，二十年前是名动天下的大才子，不仅文章俊逸，且擅长弓矢击刺之伎，精于兵学，文武双全，被人称为不世出的奇才。他艺高人胆大，曾亲赴辽国考察契丹地形、防备等。这样有战略眼光的人杰，本可以为朝廷重用，大有所为，然其与身份神秘的名士潘阆[1]交好，卷入诸多宫廷纷争。传说潘阆在太宗皇帝赵光义还是晋王时曾栖身晋王府，洞悉赵光义诸多秘密，后来又辅佐秦王赵廷美图谋皇位，赵廷美被贬后，潘阆也被太宗皇帝亲自点名通缉。但直到宋真宗即位后，潘阆才意外被地方官府捕获，械送京师。宋真宗亲自召见交谈后，不仅无罪开释，还任命潘阆做了一个小官。后来潘阆以诗名显达，与寇准、张咏等名臣多有唱和，其生平所为亦扑朔迷离，引来诸多猜测。许洞是咸平三年（1000年）进士，与吕蒙正之侄吕夷简同年。他本已顺利步入仕途，亦一度受到潘阆牵连，不仅被除名，还受到诸多迫害，时时被官府监视，最终郁郁病殁于家乡。

[1] 潘阆事迹见同系列小说《斧声烛影》。

许洞虽然失意于官场，但其人才华横溢，以文词称于天下，为诸多名流激赏。其人爱竹，家乡吴中居处大门前只种植了一株竹子，表示特立之操。吴人至今称之曰："许洞门前一竿竹。"新任庐州知州刘筠诗名满天下，生平最著名之诗即为《许洞归吴中》：

欲折瑶华向绿畴，风光满目尽离愁。
茂林修竹多嘉客，万壑千岩忆旧游。
汉诏已闻求泛驾，祢狂无自屈岑牟。
荆山待价何忧晚，龟手犹期裂地酬。

许洞精通《左氏春秋》，其所著五卷《春秋释幽》亦是应天书院开列的学生必读书籍之一，包拯和沈周等人均拜读过其作品，读到慷慨激昂之处，也曾为这位大才子的英年早逝而惋惜，想不到其人居然还好好活在世上，而且就坐在面前，实在令人震惊。震惊之后，倒也慢慢回过味来——许洞生平际遇非凡，他这样自负的人物，假死自然有必须假死的理由，却不知道他又为何突然抛头露面，卷入了崔良中一案？

隔了好半晌，沈周才讪讪问道："许先生为什么要杀崔良中？是跟他有仇么？"

许洞很是惊奇，自指鼻子道："我杀崔良中？怎么可能？倒是我瞧在过世的老吕和在世的小吕的分上，救了他们崔家满门呢。"

张建侯问道："老吕和小吕分别是谁？"许洞道："老吕就是过世的宰相吕蒙正，小吕就是现任宰相吕夷简啊。崔良中的侄媳妇吕茗茗，不正是吕蒙正的小女儿么？"

沈周问道："昨晚往崔府抛扔字条、警示马龙图不得追查毒药毒性的人，应该也是许先生了？"

许洞轻蔑一笑，道："马龙图？现在大字不识几个的茶商都能当龙图阁直学士了！一个妇道人家执掌天下，能做什么好事？"眼皮上挑，眉目间隐约又有几分当年激扬文字、指点江山的风采，显然是对当今太后刘娥执政极度不满。又续道："不错，是我扔的字条。我知道你们好奇，我也可以告诉你们事情经过，但有一点要事先告诉你们，这些事情极其重大，知道了未必是一件好事。我之所以隐姓埋名、佯死避祸，也与这些事有关。你们还要听么？”

张建侯毫不犹豫地道：“要听。”

包拯转头去看沈周，见他迟疑着点了头，这才自己也点了点头。

许洞道：“那好，我就将能说的尽量告诉你们。”

原来许洞自佯死后，一直浪迹名山大川，颇为自得，这次到南京，是特意赶来抚慰被逐出京的老友刘筠。前晚崔良中遇刺后，他听说崔良中昏迷并非刀伤，而是中了奇毒，连本地最厉害的医博士许希珍也查不出药性。许洞对医术一类并无研究，但其至交好友潘阆生前是天下名医。潘阆曾神秘卷入宫廷事件，一度被宋太宗赵光义亲自点名追捕。许洞曾听潘阆提过，当年太祖皇帝赵匡胤在斧声烛影的迷雾中神秘暴毙，众说纷纭，有说是醉酒而死的，有说是被斧子砍死的，其实太祖皇帝是死于一种秘药，能令人全身麻痹，慢慢失去意识，最终死状跟醉死无异。许洞听闻崔良中的症状后，感到与潘阆描述的药症十分接近。如果当真是同一种药，那么凶手一定非同小可，这可是当年某人用来毒杀大宋开国皇帝的毒药，传闻是太宗皇帝心腹谋士程德玄精心配制。当年潘阆就是因为洞悉宫廷机密而惹来杀身大祸，许洞也受牵连一度被逮捕拷问。

许洞一时起了好奇之心，决定亲自去看看崔良中的病状，但崔府这个时候被崔良中之女崔都兰控制，不允准任何人探访，连医博士许希珍也吃了闭门羹。许洞年轻时就胆大妄为，现下年纪大了，人虽然沉稳了许多，但本性不改，既然从崔府大门进不去，他便决定暗中潜入。正好昨晚石中立、刘筠等人听说故相寇准夫人宋小妹住进了南京留守包令仪府邸，决意不避嫌疑，前去拜访，他便主动跟随，目的就是为了从包府潜入崔府。

许洞生平最重要的军事思想就是用兵要用间，称“用间之道，圣人以用兵决胜，不可不用间”，间就是间谍，他本人又亲赴辽国，对暗中收集情报这一类秘密活动自然体会极深。一切都进行得很顺利。他谎称方便离开了厅堂，从包家花园潜入崔府兼隐院。对他这样身手了得、事先又准备了相关工具的人而言，攀援上房顶并非难事。他本意只要窥测崔良中的病状，不过令人想不到的是，他刚到屋顶掀开瓦片往下窥探时，马季良就带着包拯等人进来了，之后又等来了仵作冯大乱，下面一应人的对话如由伤口推测出刻书匠人高继安很可能有染凶案等，他都听得清清楚楚，对包拯几人的才智也很是佩服。但后来听到马季良要派人回东京请太医来为崔良中诊治时，不由得暗骂对方是自寻死路。如果这药确实就是当年杀死太祖皇帝的秘药，必然是出自皇宫，而这等秘药流落民间，必然涉及更多的宫廷机密。一旦当权者恐慌真相泄露，所有相关人员都会被处死，只不过手段各有不同罢了。崔良中已经是半死不活，但其家人也要受牵累，不死也会刺配牢城，或是编管[1]某偏僻之地。他与吕蒙正交好，与吕夷简又是同年，遂决意看在吕茗茗分上，警示一下马季良。

哪知道正好崔都兰婢女慕容英出来打水，无意中看见屋脊上有条人影，也顺着角房大树爬上了厢房房顶，悄悄往正房这边摸来。许洞发现后，正预备溜走，却被下面的张建侯惊觉，事情遂乱了套。幸亏慕容英添了乱子，无端吸引了众人视线，许洞趁机垂绳而下，收取绳索，翻墙回到包府。

许洞年轻时做过许多惊天动地的大事，对于从事见不得人的秘密活动极有经验。他入崔府时，不但备有飞索等工具，而且早料到屋顶会有大量积垢，他那身黑色衣服是专门请人缝制，正反两面都可以穿，而旁人看起来全是一个样子。回到包府后，他便脱下外袍，抖落浮尘，反面穿上，再不动声色地回到厅堂中，继续与包令仪、刘筠等人谈天说地。

之后众人辞别离开包府，经过崔府时，许洞又顺手将早已写好的字条裹了石头抛入崔府院内。他料想以马季良关爱结义兄弟的性格，见到纸条警示后必然不敢再张扬毒药一事，更不敢派人回东京请太医。

[1] 刺配：宋代出现的一种新刑种，是对犯人施加墨刑，将罪犯面部、臂部或其他部位刺刻标记，发配至指定地点服役。“刺”指在罪犯脸部等处刺青，“配”指押送指定场所服役，有军役、劳役两种，服军役者又称“配军”。“配”是主刑，“刺”是附加刑。牢城：宋时集中囚禁流配罪犯之所。编管：宋代官吏得罪，谪放远方州郡，编入该地户籍，并由地方官吏加以管束，谓之“编管”。此等刑罚亦有用于一般罪犯者。

但此时还有另外一个隐患——那就是包拯等人已经推测到凶案与高继安有关，一旦搜到涂毒的凶器交给医博士许希珍检验，再以文书上报，势必引发另一场轩然大波，不知道多少无辜的人可能因此而倒霉。许洞跟随父亲许仲容回家，等众人歇下后，便又携带工具翻墙而出，赶来高继安家中。

当时，包拯和张建侯在厨房发现了真假两叠交引，正在聚精会神地研究，宋城县衙的两名弓手守在院子中聊天，谈到了牡丹花丛旁的凶器。许洞便躲在暗处假意呼喊，给人造成高继安回来了又要逃走的假象，果然令人上当，不但弓手出门就追，就连包拯、张建侯二人也跟出来在大门口翘望。他遂自旁院潜入，取走了刻刀。包拯等人毫无察觉，直到宋城县尉带人来取证、记录现场，差役才发现刻刀失窃了。

这前后的一切本来做得天衣无缝，唯一不巧的是，许洞在从兼隐院跃回包府时被墙下荆棘挂住衣角，扯下一片小小的衣襟，由此露了行踪。本来许洞早已将相关证据处理掉，他自己不说，绝没有人怀疑到他身上，就算有怀疑，也没有任何证据，然而沈周几人却由那片衣襟疑心到昨晚凑巧换过衣服的翰林学士石中立身上，偏偏石中立是个老顽童的性子，一来一往误会更深。许洞不愿意看到旁人代己受过，遂决意追上包拯几人，说出真相。

张建侯道："哎呀，许先生可真是好人啊。其实你不说，我们绝猜不到是你。而且我们回去后从粪坑捞出衣服，一旦与这片衣襟对不上，石学士的嫌疑自可洗清。但你真是个敢做敢当的人。谢谢你，替我们省了捂着鼻子从大粪坑捞衣服这一幕了。"

许洞肃色道："不必谢我。不过我是个已死之人，今日对你们说过的话，希望不要再有第四人知道。"沈周道："先生请放心，我们知道轻重。多谢先生信任，肯以真相告知。"

许洞这才笑道："那好，咱们这就上岸吧。包公子，你一直在冒虚汗。要你这么个怕船怕水的人在这里听我讲了这么半天，可真是难为你了。实在抱歉。"

包拯自上船以来，一句话也没有说，只用手死死抓住舱板，显是内心依然惊惧于往昔落水的经历。直到小船靠上码头，张建侯扶他上岸，一直憋得难受的胸口才觉得舒服了些。

送走许洞，包拯几人干脆来到汴河边上的垂虹亭坐下。

这是一个充满朝气的季节，到处都洋溢着生机勃勃的味道。波光粼粼的河面上，客、货、漕、渡等各式船只载满各种货物不时驶过，舵橹搅碎了倒映的光影，仿若一幅素笔勾勒的天然图画，又好似一曲跃动的华彩乐章。有限的意象，却能带来无尽的想象。

三人一边欣赏风景，一边思忖离奇案情。

崔良中前晚遇刺后，又陆续发生了许多扑朔迷离的事，而今由于许洞的坦诚相告，一些最难解的谜题得以解开，但还是有许多疑问——高继安刻刀上的毒药从何而来？那帷帽妇人跟他是什么关系？又跟曹丰是什么关系？之前推测曹丰是自己有意失踪，好庇护凶手，可而今真相已发，他为什么还不出现呢？还有那些在高继安家中发现的交引到底是谁的？如果真是崔良中所有，那么高继安敢对崔氏对手，背后之人一定大有来头，一定是有能力处理那些交引的人，又是谁要跟"天下第一茶商"作对呢？

忽听到背后有人叫道："原来你们几个在这里，倒教我们好找。"回头一看，却是文彦博和张尧封。

包拯起身问道："有事么？"文彦博道："不是我有事，是曹府戚彤娘子想见我们几个。"

沈周忙问道："戚彤娘子有说是什么事么？"张尧封道："今早我到曹府去，发现大嫂精神很差，问她原因，她不肯说。后来云霄劝了她一阵子，她便说想见见包公子几位。"包拯道："那好，咱们这就去吧。"

张尧封悄悄拉住沈周衣袖，有意落在后头，问道："早闻沈兄多才多艺，总有许多奇妙的点子让物尽其用，不知道沈兄有没有法子将一只摔断的玉镯修补好？"沈周笑道："这可难倒我了。这南京城中就有许多手艺高明的首饰匠人，何不去找他们？"

张尧封道："不瞒沈兄，小弟已经跑过一遍了，都说修复是不可能办到的事，顶多也就是用金丝打成套子，从外面将断处胶结在一起。”一边说着，一边自怀中掏出两截断开的玉镯来。

那玉镯碧绿葱翠，光泽细腻，质地半透，沉稳古朴，是一只上好的于阗玉镯。自西域产玉大国于阗国灭亡以来[1]，中原玉价不断上涨，这只镯子宛若凝脂，晶莹可爱，在市场上当是价值不菲，却不巧断成了两截，当真十分可惜。

张尧封道：“这是云霄最心爱的一只玉镯，昨晚不小心摔断了，她很是心疼，哭了很久。我看得出这玉镯对她意义非同一般，所以想设法将它修复。当然不是要它跟以前一模一样，只要它仍然能戴就可以了。”

沈周道：“嗯，既然这样，你将镯子给我，我看能不能设法调一些树汁，从两边粘上。不过我只是尽力试一试，可不能保证什么。”张尧封大喜，忙道：“多谢沈兄。”取自己手帕包了玉镯，双手郑重奉了过来。

来到曹府时，曹丰妻子戚彤正与小姑曹云霄坐在堂中闲谈，听说有客到来，曹云霄便起身避进内堂。

包拯等人进来坐下，寒暄问候一番后，方才问道：“娘子召我等前来，可是有了曹丰曹员外的下落？”戚彤形容消瘦得厉害，神色甚是哀戚，道：“的确是关于我夫君的下落。昨晚，我不断地做着同一个噩梦，梦见夫君披头散发，浑身是血。我怀疑他已然遭了毒手，不在人世了。”

众人闻言吓了一跳。张尧封忙道：“日有所思，夜有所梦，大嫂思念担心大哥过度，才会有此噩梦。”

戚彤摇了摇头，道：“我与曹丰自小相识，青梅竹马，长大后有幸结为夫妇，夫妻连心，我对他的感应，历来是极准的。”

张建侯道：“那么娘子可知道曹丰在外面有个情妇？”文彦博忙使个眼色，赔罪道：“建侯是无心之语，娘子不要见怪。”

[1] 景德三年（1006年），信奉伊斯兰教的喀喇汗国灭掉了信奉佛教的于阗王国，部分民众东逃沙州，甚至远到今青海。在伊斯兰教东进的威胁下，敦煌莫高窟的一些寺院将重要的经卷和佛像、幡画等集中起来，藏在隐蔽的洞窟中，并将洞口封闭。之后由于当事人和知情者先后去世，藏经洞的秘密逐渐不为人所知，湮没在历史的长河中。此即后世发现的敦煌“藏经洞”的来历。

戚彤却全然不在意，道：“张公子心直口快，本是好意。你提的情妇这件事，我确实是料不到的。不过还有一件事要告诉诸位，不独我，我公公也认为夫君已经凶多吉少。”叹了口气，续道：“昨夜噩梦以后，我心中一直极为不安，本来不想将这些告诉公公和小姑，可是早上去给公公问安时，公公自己主动告诉我说，夫君很可能已经不在人世了。我问他怎么知道，他说相士王青很早就曾经预言过，崔良中崔员外和他本人都有丧子之相。但崔良中更加凄惨，他还有丧女之相，而公公满门则将因为女儿荣耀无比。”

众人面面相觑，不由得一齐转头去看张尧封。张尧封颇为尴尬，却又不知道该说什么才好。

文彦博问道：“这王青，就是曹教授前晚带去知府宴会的那名相士么？”戚彤道：“应该就是同一人。”

沈周问道：“那么王青预言丧子是在什么时候？”戚彤道：“听说在与公公初见时。不久后，崔员外独子就自杀身亡，所以公公对他的话极是信服。”

张建侯道：“世上真有这样的奇人，能预先言明祸福？”文彦博道：“世界之大，无奇不有。昔日陈抟老祖曾预言太祖皇帝必当拥有天下，后来果然开创一代基业。想来再出一个类似陈抟老祖、麻衣道者之类的奇人，也是有可能的。”想到那相士王青预言张家门客张尧封有王侯之相，他堂堂名门公子却一无所就，口中如此说，心里却并不如何服气。

张建侯却是不信邪，连声道：“我才不信，世间怎么可能有这等神人？姑父，你说呢？”

包拯摇了摇头，旁人都以为他也不相信有神人存在，他却说了句“不晓得”。

戚彤道：“听公公说，他原本也是不信的，尤其是王相士还说他有丧子之相。可后来崔员外独子崔阳死后，公公很是震惊，立即将王相士请回来奉为上宾，请他化解夫君之厄运。王相士开始也答应了，哪知道最终还是……”强忍许久，终于忍不住潸然泪下，当即举袖掩面。

沈周道：“娘子莫要悲伤。王相士所言未必是实。前晚尊夫失踪，尊府上下没有任何人见过有人出入，就算凶手身手高明，潜入府中杀害了尊夫，可凶手不可能带着尸首出门。”

文彦博道：“府中上下已被官府人搜过，既然没有发现尸首，那么一定是曹员外自己悄悄出了门。如果曹员外当真已经为人所害，那么总该有尸首。自前晚开始，南京城中警戒极严，处处有人巡逻搜索，迄今却无人报官发现尸首，可见曹员外尚在人世。”

戚彤道：“可是公公说王相士既然说过，就一定会应验。”

张建侯重重一拍桌案，怒道：“一定是这个相士王青在捣鬼！他告诉曹教授所谓的丧子预言后，先设法害了崔良中的独子崔阳，终于取信于曹教授，接着将曹丰骗出曹府，杀了或是关起来，好让他那个所谓的预言应验。因为他早说过崔、曹两家会丧子，不但没有人怀疑他杀人，还会对他的本领佩服得五体投地。”

沈周道：“可这完全说不通，王青这么做，到底有什么目的呢？仅仅是‘预言奇准’的空名，是不会让他冒险杀人的。”张建侯道：“嗯，嗯，这个……”一时语塞，情急之下，飞快地搜肠刮肚，居然当真想出了一个理由，“因为崔、曹两家都只有一个儿子，唯一的独子死了，财产当然就要落入外人之手。”

文彦博连连摇头，道：“这理由实在荒唐。照你这个想法来推测，张尧封肯定就是相士王青的同党。”

张建侯道：“对啊，你倒是提醒我了。就是因为王青的预言，曹教授才选中张尧封做女婿，现在曹教授的唯一独子曹丰也不在了，获利最大的不就是他么？”

张尧封急道：“我是刚刚才听说王青的名字，根本就不认识他，怎么会跟他合谋谋取曹家财产呢？”

包拯道：“建侯，没有证据不要瞎猜测。你说王青是为了崔、曹两家的财产才弄所谓的丧子预言，这根本站不住脚。第一，崔阳不是被人谋害。他自负茶道高手，却意外败于福建一无名文士之手，激愤之下才自杀身亡的，当时有成百上千双眼睛看见，作不得假。第二，就算曹丰已经遇害，曹家财产将来也会归曹丰员外的孩子、也就是曹教授的孙子所有。第三，尧封兄跟随文丈已有几年时间，文丈去年才到南京上任，已经是崔阳死后，也就是相士王青与曹教授谋面后了。”

张建侯前后仔细一想，果然如此，慌忙向张尧封道歉。

张尧封虽然洗脱嫌疑，仍感处境难堪，转头问道：“大嫂，你可知道那相士王青住在哪里？”戚彤道：“我虽然听公公和夫君提过此人的名字，却并没有见过，更不知道他住在哪里。”顿了顿，又道：“早上公公对我说了王相士的预言后，我也想亲自找王相士当面问个明白，为何他会称我夫君短寿。然而公公却不肯告知住处，说是他曾经对天起誓，绝不能泄露王相士的秘密，否则五雷轰顶，不得好死。我听公公这般说，只好算了。”

相士以看相算卦为生，通常要想方设法地招徕主顾，大街上不时可见的花哨招牌就是明证。可这王相士神龙见首不见尾，如此神秘，诸多事件又与他的预言有关，只能愈发惹人起疑。

张建侯道：“难道府上没有人见过么？”戚彤道：“没有听说王相士来过家中，应该是没人见过。”

包拯道：“未必。麻烦娘子将前晚跟随曹教授赴宴的侍从叫来。”

戚彤陡然醒悟，忙命婢女将前晚载过公公和夫君赴知府宴会的车夫叫来，打听那相士王青的下落。

车夫道：“唔，小的记得有这么一个人，不过跟我们一样，都是下人打扮。赴宴的时候，曹公命小的先绕到礼字街，在街口接了这人，再才改道到知府衙门。后来曹公和员外只带了他一人进去，小的还好奇这是什么人呢。不过事先曹公叮嘱小的不准多嘴，所以小的也没敢多问。”

文彦博道：“既是只带了那人一人进去，肯定就是那相士王青了。”车夫道：“是了，小的亲耳听见曹员外叫他王巡官来着。”

包拯道：“宴会结束后，那王巡官去了哪里？”车夫道：“小的倒是看见她先出来，自己一个人往东边走了。当时已经是半夜，小的还想她一妇道人家，摸黑走在大街上可能有危险，正要上前叫住她，曹公他们几位就出来了，曹公一句话没提，小的也就算了。”

众人大吃一惊。沈周追问道：“你说那王巡官是个女的？”车夫道：“的确是个妇人。到礼字街接王巡官时，天还没黑，小的看得很清楚，虽然她刻意打扮男子模样，而且将脸面涂得焦黄，但仍然可以看出来，她年轻时是个漂亮女人。就算不看外貌，听声音也是能听得出来的。”

张建侯道：“哎呀，原来相士王青是个妇人。她会不会就是传闻中曹丰的情妇？”

文彦博最是乖巧，立即道：“娘子，想不到相士王青会是个妇人。看来之前我们全想错了，曹丰员外并没有在外面包养什么情妇，他暗中提取的那些巨款，全部是用来支付给王相士的相金，所以曹教授才会充耳不闻。是我们误会曹丰员外了，也害得娘子担心。”戚彤道：“多谢。”虽然依旧保持着从容的大家风范，但还是露出了释然的神情来。

包拯道：“如今看来，相士王青是个关键人物，很可能知道一些我们不知道的事，得设法找到她。娘子，我想借曹府的车夫一用。”

戚彤道：“可是公公反复叮嘱过，让我不要说出王相士一事，尤其不能告诉官府。我私下告诉你们，已经违背了对他老人家的承诺。”包拯忙道：“娘子但请放心，我们只是想找王相士问些事情。查清楚真相后，征得娘子同意前，我们绝不会对外张扬。”戚彤犹豫许久，才道：“任凭公子吩咐便是。”

包拯便叉手告辞，走出几步，微微踌躇，最终还是回头道：“娘子，虽然我们都希望曹丰员外吉人自有天相，但你心里还是要有个准备。”

其实这是众人心中的真实想法：曹丰失踪几日，家中老父病倒，只靠妻子和妹妹支撑一个家，稍微一个有担当的男人都不会如此。而曹丰为人一贯孝顺和善，既然他迟迟不现身，多半已遭不幸，正如戚彤所预感的那样。然而之前当她说出预感曹丰很可能已不在人世时，文彦博和沈周还一再以没有发现尸首来否认，不过是想给这个柔弱可怜的妇人一点安慰。对于身处绝望中的人，心中抱有一线希望，总是好的。想不到包拯实在诚恳，最终还是忍不住说出了实话。

戚彤脸色煞白，但毕竟这也是她曾经想到过的事，勉强定了定神，颤声道：“无论我丈夫是生是死，都请包公子帮我找到他。”包拯道：“娘子放心，包某一定竭尽全力。”

离开曹府后，包拯带着车夫径直来到应天府署，找到父亲包令仪，请他根据车夫的描述画一张相士王青的肖像。

沈周万分惊奇，道："原来包丈还有这等本事。"包令仪笑道："不过是雕虫小技而已。"又道："你们几个这两天忙坏了，瞧建侯一双眼睛尽是血丝，先回去好好休息。等画像画好，我自会带回家给你们。"包拯道："是，那就有劳父亲大人。"

出来府署时，发现衙门门楼两旁张贴着缉拿高继安和帷帽妇人肖像告示。赏格是一百万钱，就是一千贯铜钱，相当于一千两白银，写明官府出一半，崔氏出一半。大宋每年输辽岁币才三十万两白银，这一百万钱对普通百姓而言，算是一笔天价大数目了。那高继安被画成一副愁眉苦脸的样子，跟他本人甚像。那帷帽妇人却只画有一顶帷帽，没有眼睛，没有面貌。告示中只提及二人合谋杀人，既没有指出涉及崔良中遇刺案，更没有提及"交引"二字。

张建侯道："我早说官官相护，有马季良出面保护崔良中，没有人会认真追查这件案子的。"文彦博道："假交引案非同小可，而今当事人高继安失踪，最大的嫌疑人崔良中又陷入昏迷，案情难以进行调查，不张扬也是对的。"张建侯道："听起来，崔良中倒是昏迷得及时了。"

沈周道："其实也不难查，只要按照交引上的籍贯人名，一一找到原主，询问他们到底将手中的交引卖给了谁，如此顺藤摸瓜，便可以反向追踪到买家，也就是伪造交引者。只是那些交引原主大多是外地人氏，要寻找起来，须得费一番时日。"

包拯道："其实还有个更简单的法子，既然涉及许多交引，买家不可能一一去寻访，定会派人守在边关或是东京榷货务这样的地方。边关是入中者领取交引的地方，东京榷货务是交引原主要去兑换茶叶提货单的地方，只要派官差微服到这两个地方打探，一定可以得到许多有用信息。"

张建侯道："话是不错，可官府愿意追查到底吗？咱们大伙儿都亲眼看到马季良对结拜兄弟的爱护，一定会拼死庇护崔良中的。"蓦地灵机一动，道："我有个主意，我们去告诉马季良，说其实不是崔良中伪造交引，是旁人有意陷害这位大茶商，这样他就不会再插手。"

包拯果断地摇了摇头，道："我不同意。"张建侯道："为什么不同意？"包拯却是不答。

文彦博道："你这是耍诈。你姑父为人你最清楚，他能同意吗？"张建侯道："可也有可能确实跟崔良中无关啊。"

文彦博笑道："这话你自己信吗？"张建侯想了想，道："不信。"文彦博道："这就对了，你都不信，马季良又怎么可能信？"

沈周道："更有甚者，马季良很可能自己就卷入其中。你还跑去告诉他事情跟崔良中无关，不是让他看笑话么？"

文彦博轻喟一声，道："交引这件案子已经移到提刑司，我们都管不了，只能看康提刑官怎么做了。他是忠良之后，人虽然武断固执了些，但却素有清名，为老百姓做了不少好事，应该不会袖手旁观。"

叹息一番，就此分手，文彦博和张尧封回去文府，包拯、沈周、张建侯三人则回来包府。几人这两天东奔西走，也确实累了，回房往床上一躺，便各自沉沉睡去。

一觉醒来，外面天色已黑。包拯急忙起来，包令仪已用过晚饭，正坐在堂上读书，见儿子出来，道："给你们留了饭菜，等小沈和建侯起来一起吃吧，我这就派人去叫醒他们。"

包拯应了一声，见桌上摆着三张相同的画像，问道："这就是相士王青的画像么？"包令仪道："嗯。"

展开一看，画中妇人三十余岁模样，瓜子脸，两道弯弯娥眉，丹凤眼，鼻梁挺而直，面貌甚是清俊。

包拯问道："父亲大人可相信相士能从面相准确预言祸福一说？"

包令仪沉思了一会儿，并没有直接回答，而是道："你可知道当今刘太后原是花鼓女出身，她还是幼童时，跟随母亲在东京樊楼以卖艺说唱为生，有奇人看见了她，断言她将来必当母仪天下，而今果然如此。"

包拯道："那么父亲是赞同相术一说了。"包令仪道："相由心生，若是心怀刚直，外表自然正气凛然，若是野心勃勃，自然霸气外露，面相之术是有很大道理的。"

正说着，沈周和张建侯进来，包令仪便命仆人摆菜上酒，为三人准备晚饭，自己回内室歇息。

张建侯道："确实是饿了。今晚我要好好大吃一顿。"

沈周仔细看过相士王青的画像，道："这妇人的确不像寻常巷陌女子，很有些贵气。"转头问道："你认为王青就是那暗助高继安逃走的帷帽妇人么？"包拯道："我觉得可能性很大。"

沈周道："可有证据？"包拯道："车夫所描述的王青的身材高矮，跟节字街百姓描述的帷帽妇人吻合。这是其一。其二，相士以相面为职业，通常要到大街上摆摊算卦，但这王青一反常态，从不露面不说，跟曹氏的交往也甚是神秘。而帷帽妇人多次到节字街找高继安，均以帷帽遮面，旁人无法窥见其庐山真面目。低调的相士，诡异的妇人，两者行事作风实是异曲同工，是同一个人的可能性极大。"

沈周道："崔良中让高继安伪造交引，论起来是大雇主的身份，高继安反过来要杀他，必定是受人怂恿。这人现在可以断定就是王青。她既然利用高继安来对付崔良中，想必是跟他有仇。所以她来到南京后，才会先结援于同样与崔氏有仇的曹氏。她既是有所图谋而来，当然不像一般相士那样抛头露面，而是低调行事，不以真面目示人。"

张建侯道："那你相信她的那些所谓预言么？"沈周道："这个……最好是等见过王青本人后再说。现下有了她的画像，要找到她就容易多了。"

包拯道："家父特意多绘了两张，正好我们每人一张，明日到礼字街一带打听，看有没有人见过王青。"

张建侯道："如果不是姑父答应了戚彤娘子不泄露王相士一事，不然可以将画像交给官府，由他们出面找人，我们就省事多了。"包拯道："就算我没有答应戚彤娘子，交给官府也不妥。现下我们还不能完全肯定王青就是帷帽妇人，也不能确定她到底在行刺案和交引案中扮演了什么角色。"

正商议明日如何寻访相士王青，还没有来得及举箸，仆人进来禀告道："有客！"引进来一看，却是翰林学士石中立和应天书院主教范仲淹。

包拯忙下堂迎接，道："家父已入内歇息了。"正要命仆人去请父亲出来，石中立一摆手道："不用费事叫包公了，老夫就是来找你们的。你们几个声称昨夜是我潜入崔府，可有从粪坑中捞出证据、对上衣襟？"

包拯这才会意他是来兴师问罪的，既不便说出许洞已坦诚告知真相，又不愿意撒谎说还没有从粪坑中捞出衣服，只得道："衣襟还没有验过。"

石中立登时跳了起来，叫道："小范，你瞧见了！幸亏你今晚进了城，被我拉到你，不然你如何能相信你手下这几个学生其实是指鹿为马、诬良为娼之辈？"

沈周忙道："石学士言重了！其实是我们另外寻到了证据，足以证明石学士无辜，不必再验那件衣服了。"石中立气呼呼地道："言重？你们当着老夫老朋友的面，没有证据，甚至没有验过证据就胡乱攀诬老夫，就为了你们自己出风头，居然还说老夫言重？"

包拯上前深深一揖，道："我们确实太过鲁莽，晚生这里给石学士赔礼了。"

石中立却是不肯甘休，道："不行。我们这就去你们包家茅房，当着你们范先生的面将衣服捞出来，与你们捡到的那片衣襟验对，要让范先生亲眼看见你们是在为了出风头而胡闹。"

范仲淹忙道："石学士何必动气？这事不能怪包拯他们，其实是我想帮曹恩师，所以命他们几个暗中调查案子。他们也是一时心急，想早些向我交差，所以冒犯了石学士，跟出风头毫无干系。"

石中立道："当真是小范你的主意？"范仲淹道："当然。今日包拯到码头找石学士之前，先回来应天书院，我还催促过他。"

石中立也是性情中人，登时释然，道："那好，看在你小范的分上，也就算了。"转头问道："那害得老夫被你们诬陷的上房大盗到底是谁？"

包拯沉吟道："这个，石学士还是不要知道的好。"沈周生怕石中立再发怒，忙道："包拯的意思是……"

石中立却是一挥手，道："算啦，老夫也没兴趣知道，反正我知道他是好人就行了。"

张建侯道："石学士怎么知道那个人是好人？"石中立道："他要对付崔良中这种坏人，难道不是好人么？"顺手拿起桌上的王青画像，一望之下，便“咦”了一声。

沈周忙问道：“石学士认得这妇人？”石中立道：“当然认识。她就是大名鼎鼎的女相士刘德妙，难道你们没有听说过她么？”

刘德妙是北汉皇族后人，自小出家为女道士，精通相术，由大宦官周怀政引荐入皇宫，言事奇准，成为后宫嫔妃及皇亲国戚中极受欢迎的人物，被尊称为“刘尊师”[1]。宰相寇准失势前，刘德妙忽然有所预感，及时投靠了参政知事丁谓。

丁谓字谓之，太宗淳化三年（992年）进士，其人机敏有谋，于文章、图画、博弈、音律无不洞晓，著名文学家王禹偁曾赞赏丁谓的文章“自唐韩愈、柳宗元之后，二百年始有此作”。寇准十分欣赏丁谓的才气，宋真宗即位之初，就向皇帝大力举荐，丁谓由此得到重用。这人也当真是有真本事，三司案牍复杂繁多，一般官吏长久难以解断，而丁谓一看案情，一言判决，众人都释然而悟。听凭满座宾客各自陈述，他从容应接，随口解答，条分缕析，统摄满座，没人能超出其意。还有一次，东京开封皇宫失火，宫阙建筑大多焚毁。宋真宗命丁谓主持修复工程。由于皇宫处于京城中心位置，取土、运料、弃废都非常不便。丁谓提出了一个独具匠心的施工方案，可以“一举而三役济”：即挖街取土，成渠引水运料，再弃废填渠还街。如此，节省费用“以亿万计”。

然丁谓有才无德，工于算计，大搞上天书活动迎合宋真宗。当上参政知事后，有一次中书省宴会，寇准在豪饮后，被菜汤沾到了胡须上。丁谓看到后，马上起身为寇准擦拭胡须。寇准不但不领情，反而十分恼火，当场讥讽丁谓说：“你身为参政，国之重臣，怎么能为长官擦拭胡须呢？”此即为典故“溜须”的来历。丁谓一时难以下台，不由得恼羞成怒，结下深怨，发誓要报复寇准。

此事也可以窥见寇准的性格——自视甚高，性情刚硬，言语尖刻，经常弄得人难以下台，这些没有必要的口舌之快导致他一生树敌甚多。比如当年签订《澶渊之盟》的曹利用原先只是个殿前侍卫，因为能言善

[1] 宋代尚方外之交，称高僧为“大士”，称道士为“尊师”。

辩及机缘巧合才得到宋真宗信用，后来担任枢密使，执掌大宋军机。寇准看不起他，认为其既无品行，又无才气。两人每每有意见分歧时，寇准总是大声训斥曹利用说："你是一介武夫，怎么能识大体？"曹利用由此恨寇准入骨，与丁谓联合起来与寇准分庭抗礼，导致党争不已。

而随着宋真宗身体状况的恶化，皇后刘娥权力越来越大，成为宋帝国实际上的统治者，其一举一动，对当时的政局，尤其是对寇准与丁谓两派之间的党争产生了决定性的影响。刘娥为了巩固自己的地位，也开始笼络自己的势力，主要是以翰林学士钱惟演和副宰相丁谓为首，因其兄长刘美娶了钱惟演之妹，而丁谓则是钱惟演的姻亲。而之前，刘娥宗族横行不法，强夺蜀地百姓盐井，被人告发。宋真宗念及刘娥，想就此不问，但寇准铁面无私，坚持要求依法惩治，由此得罪了刘娥。

不久后，寇准欲辅助太子赵祯登基，被丁谓得知后报告了皇后刘娥。刘娥立即在宋真宗面前诬陷寇准要挟太子，预备夺取朝廷大权。寇准因此被贬，与寇准交好的大宦官周怀政也因谋变被杀，而本来由周怀政引荐显名的女道士刘德妙则因避祸及时成为新宰相丁谓的座上宾，备受信任。

丁谓曾赋诗云："千金家累非良宝，一品高官是强名。"表面视千金为累赘，视高官为虚名，其本人实则名利熏心，一心擅权，宋真宗死后，宋仁宗即位，由太后刘娥辅政。按照大宋制度，皇帝每天都要临御垂拱殿，还要在文德殿正衙接见文武百官，称为"常参"；五天一次在崇德殿或者垂拱殿接见群臣，称作"起居"。大宋自立朝以来，还没有出现过太后临朝的情况，无章可循，这就给大臣们出了个难题：形式上到底怎么安排。有人建议仿照东汉故例，刘太后与仁宗皇帝五日一朝，刘太后坐左，小皇帝坐右，至承明殿垂帘听政。丁谓却想一人独揽朝政，为了不让其他重臣与闻机要政令，暗中通过宦官雷允恭请刘娥直接颁布了一道诏书："皇帝每月初一、十五两日上朝见群臣；大事由皇太后召集宰相们共同商议处置；日常军政则由雷允恭代为转奏皇太后，由皇太后签署处理意见。"这样一来，皇帝和皇太后不相联系，权柄都被丁谓和心腹雷允恭把握。

刘娥本就是野心勃勃的人，虽然一时不能觉察丁谓的动机，但终究还是慢慢回过味来了——丁谓是与雷允恭勾结，意图欺上瞒下，甚至有挟持自己的意思。很快，雷允恭被寻小过诛杀，丁谓则被罢相贬谪。女道士刘德妙受到牵累，被人告发与丁谓第三子丁玘通奸，最终被判编管均州。

刘德妙虽然曾经显赫风光，但名字只在京城达官显贵中流传，普通老百姓绝少耳闻。包拯几人虽是官宦之子，却毕竟不在中枢之位，竟然也从没有听过刘德妙这个人，却不知她如何逃出了羁管地均州，化名王青，又来了南京。

包拯等人听说相士王青原来名叫刘德妙，一度是出入皇宫的热门人物，很是惊异，但由此愈发可以肯定刘德妙就是帷帽妇人。她既然出入过皇宫多次，与内宫来往密切，又跟大宦官周怀政等诸多要人交好，得到那传说中的麻痹奇药不是什么太难的事。

包拯忙问道："石学士可有听说刘德妙跟崔良中有过恩怨？"石中立道："这个……应该是没有吧。刘德妙在京师何等炙手可热，哪会将崔良中这样的商人放在眼里？她后来被有司逮捕，也是受了丁谓牵连，编管均州只是去年之事，应该没有跟崔良中结怨的机会。"

包拯心道："宫廷奇毒何等难得，刘德妙不惜用来对付崔良中，必是有天大的仇恨，所以务必要置其于死地。既是石学士都没有听过，想来是不为人知的私人恩怨，只能慢慢寻访了。"

但就算知道刘德妙真与崔良中有不共戴天之仇，这其中仍然有许多难解的疑点——刘德妙以相士身份取信于曹诚，很可能是她需要用钱，需要曹家的财力支持，但她自己完全有机会接近崔良中，为何反倒要利用一个刻书匠人呢？如果是因为崔良中深知她的来历和真实身份，她不便出面，又无意中知道了高继安在替崔良中伪造交引，认定有利用价值，反过来要挟高氏为她办事，但揭露假交引这件事，抑或是要挟崔良中本人，岂不是对她有利得多？相比于刘德妙，崔良中财大势大，就算两人各有把柄，崔氏仍然处于绝对优势，高继安为什么肯听刘德妙摆布、反过来对付崔良中呢？高继安长在南京，刘德妙长在东京，一个是普通老百姓，职业是刻书匠，一个是北汉皇族后人，职业是相士，这两个完全不相干的人，到底是什么关系呢？

石中立性子疏淡，明日又要离开南京，动身回去汴京，对崔良中、刘德妙这类事实在不怎么关心，当即道："你们自己慢慢猜吧，老夫得先回去睡了，明早还要赶船呢。"范仲淹道："石学士先行一步，我还有话要对包拯他们说。"

石中立走出几步，又回头嘻嘻笑道："小沈，老夫回京后就会向你父亲提亲，你有空的话，也该去拜访一下你未来的岳父大人许公。老夫等着喝你和许家小娘子的喜酒呢。"

众人惊异无比，沈周登时闹了个大红脸，又不好多说什么，只得应道："是。"

范仲淹等石中立走远，这才掩了门，郑重其事地问道："事情牵涉到曹家，对么？"包拯道："是的。曹教授聘请的相士王青，原来就是石学士口中的刘德妙。且不论刘德妙现下卷入的案子，单是其逃犯的身份，曹家就已犯了包庇重罪。"

范仲淹长叹一声，一时沉吟不语，显是心中矛盾：既想为恩师求情，请包拯几人不要张扬，却又有违他一贯的原则，更难以开口要求自己的学生徇私枉法。

沈周忙道："私下收留犯人虽然有罪，却分知与不知两种情况，如果曹教授并不知道刘德妙其实是逃犯，算不上重罪。"张建侯道："如果曹教授不知道刘德妙真实身份，就不会如此神秘了，还说什么泄露秘密，就要五雷轰顶之类。"

包拯也看出范仲淹为难，想了想，道："经过我们调查，发现曹府上下只有曹教授和曹丰员外两个人知道相士王青、也就是刘德妙一事，如果曹教授肯主动向官府告发，事情尚有转机。"

范仲淹道："你们不是说曹恩师已经答应了那相士绝不泄露关于她的秘密么？如果换作你，你会说出来么？"包拯道："不会。但如果曹教授不肯主动告发的话，明日一旦我们将王青就是刘德妙一事上报官府，曹教授的处境就堪忧了。范先生，实在是抱歉，我们也想帮曹教授，可我们必须将真实情况上报。”

范仲淹叹道：“你没有错，何必道歉？这样，你们给我一天时间，我设法再找恩师谈谈。如果后日正午前你们没有得到我的消息，你们再将这件事上报官府，如何？”包拯微一犹豫，还是点了点头，应道：“自当听从范先生吩咐。”

范仲淹前脚刚走，宋城县尉楚宏又登门拜访，将张建侯的兵器还了回来。

张建侯大喜过望，道：“我还以为再也要不回来了。”楚宏道：“这次是我悄悄卖个人情给张公子。不过张公子日后外出，还是不要公然带兵器的好，毕竟有违律法。万一落在提刑司手里，不但要没收兵器，还要依律杖坐二十大板。”

沈周父亲沈英是大理寺丞，他自小耳濡目染，熟知律法，笑道：“楚县尉还说得轻了，不是杖坐二十，而是伏脊[1]二十。”

张建侯笑道：“看来日后我得去做官或是从军了，这样上街才能佩带兵器。”

沈周咋舌道：“你做官就是为了能有佩带兵器的资格？”张建侯道：“有人做官是为了名，有人是为了钱，有人是为了百姓，我则是为了正大光明地舞刀弄剑，有什么不对么？”

他说得有趣，却也在理，众人一起笑了起来。

张建侯道：“要是小游也在就好了。姑父，反正你已经答应了范先生要等他一日，不如明日我们去性善寺看望小游他们，好不好？”沈周先应道：“这主意好，我跟你们一起去。凑巧我答应了张尧封，要替他修补手镯，我顺道去性善寺采些老槐树的树汁回来。”

包拯心道：“虽然计划明日一早要去寻刘德妙，但若是曹教授当真听从范先生建议，肯主动告发刘德妙，那么事情就容易得多。也罢，寻人

[1] 杖刑（打板子）也分几种，所用刑具重量和击打部位均有不同。杖坐就是打屁股，属于杖刑中较轻的刑罚。伏脊则是打脊背，是杖刑中的重刑。

也不急在这一日。”当即应道：“好。”

楚宏又道：“还有一件事要告诉几位，今日提刑司派人来提走了高继安一案的全部卷宗，书吏检查过目证人供状时，发现了一个疑点，那就是节字街的摊贩声称曾在前晚见过高继安，说是从戌时一刻起，高继安就在他的摊子上喝酒吃菜，过了亥时，才醉醺醺地起身，站都站不直了，还是街坊扶着他回家的。”

张建侯道：“我大概是亥时两刻翻墙进的知府衙门，崔良中遇刺在这之前，短短一刻工夫，高继安即使清醒，也绝对不可能从节字街赶到知府衙门杀崔良中的。”沈周道：“那么凶手一定是……是那帷帽妇人了。”一时不敢当着楚宏的面说出刘德妙的名字。

楚宏道：“我也是这么想。虽然知府衙门戒备森严，但那妇人既能潜入崔员外府上，又能从张公子眼皮底下盗走刻刀，想必有一身高超本领，越墙出入府署也不在话下。可惜，从来没人见过她的真面目。现下只盼望早些抓到高继安，从他身上追查到帷帽妇人了。”

其实潜入崔良中房顶和盗走刻刀两件案子都是许洞所为，包拯等人见楚宏将所有事一并算在帷帽妇人头上，也不点破。

张建侯问道：“对了，曹汭曹将军亲自追捕的那名逃卒王伦，可有抓到？”楚宏道：“听说那王伦武艺很好，让他给逃了。曹将军不仅丢了面子，还弄得灰头土脸，一些摊子被打翻的商贩还联合起来，去应天府告了曹将军，说他纵兵扰民。”见包拯三人还未吃饭，便拱手告辞。

包拯三人这才安心坐下来，饱餐一顿。张建侯善饮，一瓶林酒大多落入了他的肚腹中，包拯和沈周只各饮了一杯。即使吃喝，话题仍然不离崔良中遇刺案。

虽然终于可以确认是刘德妙动手行凶，但还是有疑点，她要杀崔良中，有很多机会，为什么一定要选知府宴会下手呢？那里人多眼杂，她既不能在宴会厅中下手，也不能确定崔良中何时会出宴会厅，这实在不是一个万全的杀人时机。若选在平时，她完全可以利用高继安用假交引一事引崔良中到人少僻静之处下手，鉴于她一向行踪隐秘，绝无旁人怀疑到她，为什么反而要舍易求难呢？

高继安被列入头号疑犯后，刘德妙冒着身份败露的危险去通知他逃走，必然有一个天大的理由值得她这么做，这理由不会是交引，不然不会在离开时忘记取走交引。那叠交引虽然值一大笔财富，却需要先到东京榷货务兑换票据。她是朝廷逃亡囚犯的身份，断然是没有能力来处理这些交引的。这个理由到底是什么呢？刘德妙又是如何抢在前面得知高继安已经被怀疑呢？她是相士，会相面不足为奇，难道当真能预言未来么？既然如此，她怎么不能预料她投靠丁谓后的命运？

吃过晚饭，又各自回房睡觉，预备养精蓄锐，明日好去性善寺。但实在吃得太饱，肚腹鼓胀，是无论如何都睡不着了。

夜深人静之际，外面不知什么地方传来了一阵悠扬的清音，似笛非笛，似笙非笙，只是低沉简单的曲调，婉转呜咽，若有若无，却如同江上暮霭一般，迷茫中带着淡淡的哀愁。又仿佛把人的心肝生生提起，悬在半空，似揪非揪，似落非落。

包拯一时心有所感，不禁想起了唐代名将张巡的《闻笛》一诗：

岧峣试一临，虏骑附城阴。
不辨风尘色，安知天地心。
营开边月近，战苦阵云深。
旦夕更楼上，遥闻横笛音。

那一夜，张巡苦候援兵不至，登上城楼，极目远眺，夜色苍茫，心情无比复杂。就在这个时候，远处突然隐约传来一阵笛音，这个真性情的血性汉子心中的琴弦也被感伤拨动，忍不住热泪盈眶，挥笔写下了这首千古名诗《闻笛》。

不辨风尘色，安知天地心。在芸芸众生的乱世中，在刀光剑影的战场上，到底是守城将士不必辨认愁惨风云，也不必询问天心向背，只管拼死杀敌？还是只有像守城将士一样认识到风云的惨淡，领会到苍天考验世人的良苦用心，才能奋勇向前？张巡死守睢阳，不肯撤离，宁可在城中杀人而食，也不肯弃城投降而保全百姓性命，种种之惨烈，种种之悲壮，种种之无奈，种种之惊心，到底是对是非？

迷迷糊糊中，眼皮终于开始沉重起来。忽听得有人大力拍门，叫道：“公子，醒醒！出大事了！”

包拯一惊而起，披衣下床，鞋都来不及穿，飞奔过去开门。却是自家仆人，急道：“隔壁崔家有人来报，崔员外殁了，请包公子快些过去！他们人正等在那里呢！”

包拯忙穿好衣服鞋袜，张建侯和沈周亦闻声而起，三人一道出来内堂。

那站在堂下等待的却不是什么崔家仆人，而是崔家大姐崔都兰和她的贴身婢女慕容英。

包拯极是意外，忙上前问道：“敢问小娘子到底出了什么事？”崔都兰道：“我阿爹他……他……”脸上并不见哀戚，只有难以名状的局促不安。

慕容英忙道：“崔员外刚刚死了，我主人是想来向各位公子求助。”

张建侯道：“崔小娘子，你别怪我口直，死的人是你爹，可是我怎么看你一点儿悲伤之情也没有。”

崔都兰双眉一挑，狠狠瞪着张建侯，似要发怒，但随即她眼睛中的凶光又黯淡了下去，恨恨道：“不错，我一点儿也不难过，我恨他！恨他抛弃了我娘亲，害得她终生不快乐！恨他抛弃了我，如果不是他的宝贝儿子死了，他也绝想不到来华州寻我。可是……可是自从我来到崔家，他一直待我很好，他现在走了，我……我也不知道该怎么办才好。”

她之前在众人印象中，一直是个冰山一样冷漠的女子，对所有事都无动于衷。但此刻包拯亲眼目睹了她情感丰富的一面，短短一瞬间，她的脸上呈现出多种表情——忿恨、坚忍、悲凄、悔疚、绝望、恍然、无措——令人刻骨难忘。

那一刻，所有人都理解了她——一个卑微酒妓生下的私生女，没有父亲，又自小失去了母亲，没有关爱，无依无靠，在民间辛苦长大，忽然被认作“天下第一茶商”的女儿，富贵荣华唾手可得，是喜，是悲？不一样的身份，不一样的生活，完全陌生的父亲，要让她如何适应？而刚刚相认不久的父亲蓦然死去，她失去了在人世间的最后一点儿庇护，又该如何面对眼前的局面？

沈周为人感性，最容易被感动，忙上前道："小娘子别太难过，我们一定会尽力帮助你的。"

包拯道："小娘子不会无缘无故找上门来。英娘，你适才说的求助是什么？"慕容英迟疑了一下，道："我们……其实是我，怀疑崔员外死得不明不白。"

包拯登时全身一震，愣在那里。沈周连叫他几声都没有反应，只好道："二位小娘子且先回去，我们稍后就到。"

慕容英慌忙拜谢，这才扶着崔都兰去了。

张建侯使劲捏了一下包拯的上臂，问道："姑父，你到底想到什么了？"他力大无比，包拯吃痛之下，失声道："是我的错，我早该想到的！"

张建侯道："想到什么？"包拯道："有人要杀崔良中灭口。"

张建侯道："可是崔良中早已经中了毒，说不定是毒发身亡呢。"包拯道："这当然是可能的，但也有可能他是被人杀了灭口。"

张建侯道："高继安和刘德妙都已经暴露了，许洞许先生也没有敌意，谁还想杀崔良中灭口？"沈周道："我想到一个人，马季良。包拯，你也怀疑是他？"

包拯不置可否，拔脚便朝崔府赶去。

崔氏家人等都集中在厅堂中，除了崔都兰外，崔槐、吕茗茗夫妇也坐在那里。崔槐不停地举袖抹拭眼泪，一副六神无主的样子。吕茗茗却不怎么悲伤，一边假意劝慰丈夫，一边暗中打量着崔都兰的反应。包拯几人进来时，众人一起站了起来。

包拯道："崔员外人呢？"慕容英道："还在兼隐院内室。马龙图的手下一直把守着院子，不让我们进去。"

沈周问道："那你们是怎么知道崔员外已经去世的？"

慕容英正要回答，吕茗茗斥道："你主人都没有发话，你一个丫头抢着插什么嘴？还是我来告诉你。"

原来崔良中虽然陷入昏迷，但每日都需要人喂食、喂水，由于他大小便均无法自理，即使是身子底下铺了厚厚的尿布，也必须得有婢女定时为他更换衣物和床单被褥等物。今晚轮班的四名婢女去换床单时，意外发现崔良中身体已经冷了，摸起来只感到生硬的冰凉。几人面面相看，心中各有不祥之感。一婢女大着胆子将手伸到崔良中鼻子下，呼吸全无，人竟是死了。四女当即吓得大叫一声，飞跑出来。崔都兰、崔槐等人得讯后立即赶来兼隐院，却被马季良侍从挡住。自从马季良到来后，众人很难见到崔良中，更没有单独相处的机会，此刻听说人死了尚不能相见，不由得愤慨异常，又怀疑崔良中死得不明不白。吕茗茗立即派人去请自己的兄长宋城县令吕居简，崔都兰无所依靠，想到真凶高继安得以暴露，包拯等人功不可没，遂干脆亲自赶来向包拯求助。

包拯听说经过，道："吕县令住在宋城县衙，离得不近，等他来还得要好一阵子，不如我们先去兼隐院，问问马龙图为什么不许亲人相见。"崔都兰和吕茗茗异口同声地道："好。"

既然她二人都赞同，旁人再无异议。众人便一齐朝兼隐院而来，果然在院门口即被侍从挡住。

吕茗茗颇为气势汹汹，道："这里是我们崔家的院子，怎么反倒我们崔家人进不了门？"她是现任参政知事吕夷简的堂妹，侍从不敢回嘴，只死死挡住大门。

包拯问道："马龙图人在哪里？"侍从道："在里面。"包拯道："麻烦通禀一声，就说包拯求见。"

那侍从知道马季良对包拯甚是看重，不敢怠慢，忙进去禀报。

过了一会儿，侍从出来道："龙图官人请包公子进去。"只让包拯、沈周、张建侯三人进去。

崔都兰倒也不吵闹，只道："好，我们信得过包公子，就在这里候着便是。"包拯点了点头，昂然越过侍从迈步进来。

屋内灯火通明，马季良坐在内室的一张交椅上，眉头微蹙，眼皮稍显耷拉，表情茫然，望着床榻发呆。

崔良中静静地躺在那里，无论他生前多么骄横，无论他拥有多少财富，他现在只是一具冰冷的尸体，再也不会有任何知觉。闹里有钱，静处安身；来如风雨，去似微尘。世人所在意的功名、钱财、利禄，终究只是生不带来、死不带走的身外之物，生前能够轻清于世、安宁淡泊，该是多么可贵。

包拯叫道：“马龙图，你可有什么要解释的么？”马季良摇了摇头。

张建侯道：“崔员外人已经死了，你还不让他的亲人进来置办后事，未免很有些不近人情。”

马季良道：“暂时不能让他们进来。”他的声音听起来很疲惫，仿若沙场上厌战的士兵，内心深处再没有一丝斗志。顿了顿，又道：“这是我能为义弟做的最后一件事。”

包拯问道：“龙图为什么这么说？”马季良道：“自从我来这里，每日都要坐在床边，拉着义弟的手跟他说话。他虽然昏迷，脉象却很平稳，并无毒性加深之象。今夜突然暴毙，我怀疑是有人下的毒手。”

张建侯道：“啊，马龙图居然还怀疑别人……”

包拯生怕他说出怀疑马季良的话来，万一引发对方警觉，销毁了证据，事情就不好追查下去了，忙插口道：“可兼隐院内外都有马龙图的心腹把守，听说崔员外日常服用的汤药饮食也都事先由婢女当面尝过，旁人哪有下毒的机会？”

马季良道：“我也想不明白其中究竟。我已经派人去请医博士和仵作，等他们到了，验过义弟身子，自然一切真相大白。我不放那些人进来，就是怕他们借哭丧之机扰乱现场，破坏了证据。”

包拯等人交换了一下眼色，虽没有再多说什么，却各自颇感费解——如果崔良中的确是再遭人毒手才不幸身亡的话，按照他这几日的状况，只有马季良才有下手的机会。这也难怪崔都兰甚至沈周、包拯都立即怀疑到他身上。他虽然与崔良中是结拜兄弟，却在假交引案发后有了杀死崔氏的动机，倘若他有染假交引，杀了崔良中，便能将一切罪责推到死者身上，再也牵扯不出他来。尤其他在发现崔良中死后不让旁人进来，愈发加重了这种嫌疑。但若是从现场采证的角度来看，他如果真是杀死崔良中的凶手，崔都兰等人一拥而进，哭的哭，闹的闹，势必会破坏现场，反而对他本人有利。反过来说，既然马季良肯趋害避利，那么就只能证明他不是凶手。如果不是马季良，又会是谁呢？

室内彻底安静了下来，外面庭院中幽虫索索，“啾啾”的虫鸣声忽然显得刺耳聒噪了起来。

结庐在人境，心远地自偏。如果保持心境高远，超凡洒脱，就算身处繁华街道，也如同偏远的荒郊野巷一样。若是内心焦灼，一点儿动静也成了车水马龙。

等了大半个时辰，宋城县令吕居简、仵作冯大乱、医博士许希珍前后脚赶来。马季良便命侍从放所有人进来，当众请许希珍验毒、冯大乱验尸。

冯大乱叹息道：“想不到这次当真要来验崔员外的尸首了，到底是天意难违呀。”

马季良嘴唇微微动了动，似乎预备斥责这信口开河的仵作几句，但最终话还是没有出口，大概这几日来层出不穷的变故也将他弄得措手不及、精疲力竭了。

折腾了将近一个时辰，冯大乱终于将尸首翻腾得够了，往铜盘中洗了手，道：“崔员外胸腹中的两处刀伤已经快要愈合，除此之外，别无外伤。可以说，他身上白白净净，只有后背出了些红疹子，人天天这样躺着，肯定会这样。”

马季良道：“这不可能。义弟的饮食都事先经人尝过，不可能有毒，他一定是外伤中毒。仵作，你再好好验验。”冯大乱摊开双手道：“还要怎么验？连头皮、指缝、私处都看过了，没有外伤！”

马季良见他说得肯定，便又转向站在窗下凝思的许希珍，问道：“许大夫，你可有发现义弟有新中毒的迹象？”许希珍道：“崔员外原本就中了不知名的奇毒，许某无能，没能弄清楚毒性，而今结果还是一样，还是不能判断出毒性，所以不确定崔员外是新中了毒才致毒发身亡。”

马季良怏怏跌倒在交椅上，转头去看崔良中，眼睛中透出一股悲凉的深意来。亲眼看到那种眼神的绝大多数人，包括崔都兰和吕茗茗在内，都不再怀疑马季良是再次下毒的凶手。

吕茗茗紧紧挽住兄长手臂，问道："要怎么办？"吕居简明知妹妹是另有所指，却假意不明，及时将话头转到案情上来，大声道："崔良中崔员外遭帷帽妇人行刺，中毒甚深，不幸于今晚毒发身亡，当然是要以此结案。"

第五章

一缕深心

轻纱般的月华笼罩在性善寺这座百年古寺上，斑驳的墙壁、雕花的窗棱都沾染着乳白的宁静，显出亘古的静谧来，幽绝冷绝。清冷的夜风中浮漾着山花的馨香，淡如游丝，凉爽怡人。月白风清，如诗如画。

金釭焰短风幕斜，栖乌啼月声鸦鸦。
玉人宝瑟掩不弄，背窗红泪飘兰花。
锦机挑字相思意，欲托南风到辽水。
黄龙梦断春意劳，渺邈音容隔千里。

——许洞《诗一首》

世间人们的好奇心思恰如苔痕一般，即使不在显眼之地，却也无处不在地生长着。

崔良中遇刺中毒的案子一度轰动全城，引发了诸多猜议，但昨夜崔良中毒发身亡竟再没有激起任何涟漪。一是他中毒在先，又无药可治，死亡似乎是顺理成章之事；二来他名声不佳，对他遭遇之前遇刺昏迷，幸灾乐祸者多之，甚至不少人暗暗盼着他快些死去，现下他当真死了，只能说是老天有眼；还有更重要的第三个原因，南京城中出了远比崔良中之死更引人瞩目的消息——据说有人在忠烈祠祭拜张巡时，意外发现了一张《张公兵书》残页。

自唐代以来，张巡就是天下兵家的神话，其遗著《张公兵书》更是成为传说中的神物，无数人苦苦追寻。大宋立国后，寻找《张公兵书》的热潮才逐渐淡了下来，这自然跟传闻开国皇帝赵匡胤得到了《张公兵书》有关。但即使《张公兵书》的确作为发祥地瑞宝落入了赵匡胤之手，也从来没有任何人听皇帝亲口提过，更无人见过。现下忽然有人在忠烈祠发现了《张公兵书》残页，一时引发了狂潮，全城百姓争相赶往城南的忠烈祠，膜拜张公者有之，觊觎兵书者有之，更多的是要赶去看热闹。自十年前宋真宗车驾经过南京后，商丘已经许久没有出现如此壮观的景象——士民倾城而出，人头攒动，比肩接踵，沸腾如火。

兵马监押曹沩听说百姓蜂拥赶去忠烈祠，一个时辰内就踩平了大门的门槛，生怕惹出乱子，派出大量兵士前去弹压，又将发现《张公兵书》残页的百姓全大道拘押起来，但仍然不能浇灭人们聚堵围观的热情。一时间，《张公兵书》成了街谈巷议的热门话题。南京城中到处都是闹哄哄的，沸扬热闹之意自是无法言说。

包拯三人早上一出门，并没有直接去北城外的性善寺，而是先来到寓公许仲容家，求见竹渊夫，也就是许洞。

张建侯开玩笑道："石学士许诺将许公之女说与你为妻，论辈分，你该叫竹渊夫一声长兄了。"沈周红了脸，道："这件事还没有完全定下来，得由父母做主，别瞎说，让人听了笑话。"

正说着，许洞匆匆出来，道："你们也听到《张公兵书》的消息了？"包拯愕然道："《张公兵书》？"

许洞道："呀，看样子你还不知道，有人在忠烈祠发现了《张公兵书》残页，全城都传遍了。我得赶去忠烈祠看看。"他生平酷好兵法，《张公兵书》是他心中渴慕已久的神作，当然希望能够有缘一见。

张建侯性子急，立即应道："呀，张公可是我张家先祖，我跟先生一起去。"

许洞道："好。"又问道："你们不是为了《张公兵书》，又是为了什么来找我？"沈周道："先生还不知道吧，崔良中昨夜死了。"

许洞道："啊，崔良中死了？也不奇怪，那毒药那么厉害，他能撑这么久，已经很不容易了。"他此刻的心思全在《张公兵书》上，死一百个崔良中也不会让他多眨一下眼睛，一挥手道："我得赶紧走了，有话回头再说！张小官，你还磨蹭什么？快走！"

张建侯道："姑父，你和沈大哥先去性善寺，我去忠烈祠看一下，很快就来追你们。许先生……不，竹先生，等等我。"急不迭地去追许洞。

沈周也很是好奇，建议道："我们要不要也跟去看看？"包拯摇了摇头，道："连竹先生听到消息后都坐不住，此刻忠烈祠必定人山人海，也看不出什么来，回头向建侯打听就够了。”沈周笑道：“也是。昨晚崔良中死了，小文应该早得到了消息，今早却不来找我们，一定也是赶去忠烈祠看热闹了。”

来到大街上，不断见到有人朝南门方向赶去。平日街道岔口总是蹲有等待主顾的车马，今日却连一个人影也看不到，只得打消雇车的念头。好在性善寺不算太远，也就十来里路，走得快的话，大半个时辰就能到。

二人正要动身出发，忽见提刑官康惟一亲自率领一大批官吏、吏卒、差役穿过了街口，行色匆匆。

沈周笑道：“提刑官也是要去忠烈祠瞧热闹么？”包拯道：“他们是要往东去，一定是去曹府。”意识到发生了什么事情，急忙跟了过去。

抵达时，康惟一正下令包围曹府，喝令道：“围起来，一个也不准放过！”

包拯料想多半是曹氏父子暗通相士刘德妙一事败露，还是上前问道：“出了什么事？”康惟一瞥了他一眼，冷冷道：“包衙内不是一直在调查案子么？该对本司为什么来这里心知肚明。等本司处置完了曹府，再来追究你的知情不报之罪！来人，去叫门！”

忽有一名差役急奔而来，道：“有人往提刑司投了这封匿名信，信皮上面写着提刑官人的名字，还涂了红色。”

涂红即代表十万火急，一般用在传递军事公函上。康惟一“哼”了一声，接过信来拆开，一看之下，登时脸色大变。

此时差役已经叫开曹府大门，正预备冲进去拿人，康惟一忽道：“慢！”死死瞪着那封信，眼睛都快要喷出火来，终于还是咬牙切齿地道：“走，回去！”

属下都相当惊奇——康惟一昨晚讯问盘查案情，一夜未睡，今日一早还亲自带人来查抄曹府，原是因为曹氏是本地望族，怕有人出面说情阻挠，就跟上次应天书院主教范仲淹一样，由此可见提刑官要将曹氏绳之以法的决心。可现下已经到了曹府大门口，为什么突然打了退堂鼓？

然而康惟一为人严峻，御下严厉，属下尽管疑惑，亦不敢多问，当即回头转身，簇拥着长官离去。

沈周极是纳闷，挠头问道："康提刑官刚才还气势汹汹，怎么一眨眼就蔫得像泄了气的皮球？会不会是那封信干系着新的证据，他突然发现事情与曹府无关？"

包拯心里也是大惑不解，暗道："官府已然知道之前的头号嫌疑犯高继安没有作案时间，行凶者其实是他的同伴帷帽妇人，但应该还没有猜到帷帽妇人就是曹府暗中供养的相士王青，更不会知道王青就是逃犯刘德妙。但既然康惟一亲自带人来查封曹府，肯定是发现了直接牵连曹氏的证据。"转念想道："我们知道王青，也是从曹丰妻子戚彤处得知，也许是曹府人自己泄了密，提刑司由此推得真相。只是康惟一如此兴师动众，明明有势在必得的决心，怎么会因为一封匿名信而临时改变心意？如果说因为匿名信中揭露了新的证据，可事实明明就是曹府私藏相士王青，而王青正是行刺崔良中的凶手，难道康惟一发现的牵连曹府的证据并不是王青？"

正好戚彤迎出门来，见提刑司的人马倏忽如潮水般退去，也很是惊异，还以为是包拯和沈周的功劳，忙上前道谢。

包拯道："我二人无尺寸之功。"戚彤便将二人请进来坐下，告道："昨日傍晚时分，提刑司突然派人捕走了车夫老杨，我就意识到不妙。有好心的差役暗中告诉我，说提刑官人已经查明真凶并不是刻书匠人高继安，而是一名戴帷帽的妇人，而曾有人见到我夫君跟一名帷帽妇人在一起，怀疑她就是凶手。二位公子都知道这帷帽妇人就是相士王青了。如果老杨供出了王青之事，王青她当晚又到过知府宴会，提刑司多半就会疑心到她身上，那么我们曹府就难脱干系了。以曹府以往同崔氏的过节儿，必定会被官府认为是凶案幕后主使，而我夫君莫名失踪也愈发佐证了这一点。我将这些告知小姑后，我们都很惊慌，也想过要向范先生、包公子求助，可又想到王青之事毕竟是事实，隐瞒不住，该来的总要来的。"

包拯见她一介弱质女流，面对剧变，虽无应对良策，却能泰然处之，当真有大家风范，心中很是佩服。

戚彤又道："范先生昨晚还来过，但公公病得相当厉害，神志已然不怎么清楚，所以先生就走了。我知道范先生公事、家事繁忙，不忍令其操心，所以也没提提刑司捕走车夫老杨之事。”

沈周问道：“这么说，夫人早预料到提刑司会来捕人？”戚彤苦笑道：“康提刑官素来刚正严厉，不畏权贵，知道真相后一定会有所行动，我料定到他今早必来，所以昨夜已经将儿子送回娘亲那里安顿，只是没想到他会突然退去。”

忽有一名年轻美艳的女子自内堂冲了出来，问道：“嫂嫂，提刑司的人退了么？当真退走了么？”戚彤忙提醒道：“小姑，有客在此。”

这还是包拯第一次见到曹云霄，这位名扬南京的美人果然是国色天香，花貌惊人，难怪曹诚视其为掌上明珠。

曹云霄忙举袖掩面，道：“抱歉，是云霄鲁莽了。”斯斯文文地行了一礼，又重新退了回去。

戚彤道：“二位公子，我有几句话私下相告，请随我来。”引着包拯、沈周来到自己卧室，命婢女、仆人退下，掩好门窗，道：“下面的事会有点儿……有点儿恐怖，二位公子可要有所心理准备。”

包拯和沈周相视一眼，均感莫名其妙，全然不明所以。

戚彤走到床前，亲自移开床榻，指着床下道：“二位公子请看。”

包拯见她说得郑重其事，忙走过去。略微伏下时，便闻见一股奇怪的味道，俯下身来一看，却见床下有几大块深色的东西在蠕动着，虽然光线昏暗，但依然能辨认出那是一团一团的蚂蚁或是虫子。不由得骇然一惊，问道：“娘子是什么时候发现的？”戚彤道：“今日一早。”

曹丰初失踪时，她独立支撑曹家，时时惊悸，神思恍惚，并未留意到卧室有异样或是异味，而今预感丈夫已然遇害，又料想曹府难逃劫难，心绪反而平静下来。早上起床时，忽发现室内有苍蝇，忙挥手驱赶，由此发现了床下的诡异，大惊失色，可又不敢声张，直到此刻方鼓足勇气告知包拯、沈周二人。

沈周点了一盏灯，端到床下一照，果然蠕动的东西是幼蝇虫，而那几大块深色的东西显然就是血迹了。

戚彤凄然道：“我知道这就是我丈夫曹丰。”沈周忙道：“娘子不要乱想。这只是几摊血迹而已，并没有尸首。”

他口中安慰戚彤，心头疑云大起：这床床架宽厚，床下空间狭小，成年人只能勉强匍匐而进。房间其他地方都干干净净，只有床下有大片血迹，表明曾有尸体塞在那里。血迹尚新，也就是最近几天的事，与曹丰失踪的时间吻合。无论遇害的是不是曹丰，尸首呢？尸首去了哪里？即使被砍碎后扔在了床下，也不可能这么快烂得只剩下血迹，最起码还该有骨架。

戚彤哽咽道："你们不必再好心安慰我，我知道这就是夫君。可我不敢说出来，不敢让小姑知道，不敢让公公知道，不敢让下人知道，我……我实在……"苦捱多日，终于再也抑制不住情绪，放声哭了出来。

包拯见戚彤陡然失态，浑然不知所措。他生平交往的女子，除了母亲之外，就只有故妻张婉和内侄女张小游。张婉聪明善良，所有的事都能预先为他想到，预先为他做好，所以当她病故后，他很长时间都不能适应。张小游天真活泼，做事毛手毛脚、大大咧咧，是个男孩子的性情。两名女子都是性格坚强之人，他从未见过她们中的任何一人流泪，此时见戚彤梨花带雨，伤心欲绝，实在不知道该如何安慰。沈周也是如此。二人只好干站在一边。

戚彤哭了一通，情感宣泄了出来，自己也就慢慢止住哭声，举袖擦了擦眼泪，哽咽道："夫君已经死了，可是因为公公的病，我不能张扬。我有一件事想拜托二位公子，请二位瞧在公公的分上，设法查明是谁杀了我夫君。"

包拯道："别说曹教授是我二人恩师，就是娘子出面有所嘱托，我等亦不敢不从。只是这案子里面有诸多难解之处……"他本欲说出曹丰尸首不知所在的巨大疑点，可见到戚彤脸上哀色，一时不忍心，便改口道："我等虽然愚钝，一定会尽力而为，不负娘子所托。"

戚彤道："我也会自己在府里寻找，看是否能找到埋尸之处。"

包拯心道："这位娘子表面娇娇弱弱，当真是个聪明人，不但想到了床下无尸首的疑点，还能猜到尸首应该埋在了曹府某处。是了，凶手翻墙入曹府杀了人，总不能再扛着尸体翻墙而出。他藏起尸首，只是要造成曹丰失踪的假象，误导官府猜疑曹丰就是行刺崔良中的凶手。按照常理推断，只有真正的凶手才有此动机，也就是说，杀死曹丰并嫁祸给他的人就是相士王青，也就是女道士刘德妙。”

那么，当晚在曹府与杨文广交手的人到底是想要报复曹汭的逃卒王伦，还是杀人后被意外撞见的刘德妙呢？

出来曹府，不由得感慨万千，那相士王青当真是个心机深沉之人，前后一系列事件算计得相当周全，如若不是曹府车夫见过她的样貌，又凑巧被石中立认出她就是女道士刘德妙，她当真就逃脱了，根本不会有任何人怀疑到她头上。

沈周道：“既然曹丰几可断定已经死去，查明凶手是一件事，还有另外一件事——崔阳之死和曹丰之死都应验了那女相士刘德妙的话：‘崔良中和曹诚均有丧子之相。’她还预言过崔良中有丧女之相，那么崔都兰是不是也有危险？”

包拯蓦然醒悟过来，道：“你思虑得极是周全，我们得先赶去提醒崔都兰一声。”

如果刘德妙当真精通神奇相面之术，是从面相推断出崔良中有丧子和丧女之厄，可眼下崔良中已经死了，崔都兰却还没死，那这就不叫“丧女之厄”了，因而这一切所谓的预言只是刘德妙的杜撰。而从崔阳和曹丰先后死亡应验预言来看，这很可能是她巧妙杀人计划的一部分，预言要死的人都是她的目标，那么崔都兰就该是下一个了。无论如何，都得警示崔都兰，让她加倍小心。

说来凑巧，经过望月楼时，正好见到崔都兰的婢女慕容英，外衣上套着为主人服孝的斩衰，手里拿着一包豆干，神色匆匆。

沈周忙招手叫道：“英娘！”慕容英道：“两位公子是来望月楼吃饭么？”沈周道：“不是吃饭，是有一件重要的事要请英娘转告崔家小娘子。”

他知道贸然说出有人要杀崔都兰，实在难以取信，又因曹氏卷入其中，不能完全将真相告诉对方，遂道：“我曾听人预言，崔良中员外有丧子和丧女之相，当然，崔员外已死，崔家小娘子还安然无恙，可见预言是当不得真的。但我怀疑有人要对崔家小娘子不利，请英娘提醒她务必小心。”

慕容英极是惊奇，问道："沈公子在哪里听到的预言？”沈周道："这个……只是道听途说罢了。”见对方露出难以置信的狐疑表情，便加重语气道："这可不是开玩笑。崔家小娘子现下是崔员外万贯家产的继承人，有人虎视眈眈也不足为奇。总之，千万要小心。”

慕容英大概觉得后一条理由能够接受，当即释然而笑，道："是，多谢公子。”

包拯和沈周这才出城往性善寺而来。南京地靠汴河，官商多走河道。而北城外多是丘陵地带，人烟寥寥，与南城外车毂击、人肩摩、连衽成幕、挥汗成雨的繁茂情形相比，简直是一个天上一个地下，就连官道上也几无行人。

沈周道："官道有些绕远，我知道那边山上一条羊肠小道，不能行车走马，稍微有点儿偏，但是可以省下不少时间。”包拯道："那就走小道。”当即离开大道，爬上山坡。

性善寺一带的山势不高，却是林木葱翠，风景甚佳。墨绿色的山峦远近高低，层层叠叠，构成了一幅浓淡相宜的水墨画。上山路后不久，便能远远见到一座寺庙掩映于绿荫当中，在一线蓝天的映衬下，格外幽深隽秀，那就是有上百年历史的性善寺了。

忽听到前面有人语声。拐过土坎，并不见人。正感诧异之时，两名年轻男子狼狈地从坡下的树丛中钻了出来，居然就是曾在望月楼有过一面之缘的富家公子黄河和他的侍从杨守素。黄河不意在此遇到包拯和沈周，一时愣住。

沈周忙上前招呼，笑道："看黄兄这副模样，当是迷路了。”黄河道："嗯。”

杨守素笑道："我家公子今日一早出城游览，人生地不熟的，胡乱走着，居然不知道怎么钻进丛林中了。”

沈周笑道："黄兄要游览名胜，该去南面才对，这北城外就只有一处性善寺，我们正要去那里。”黄河道："我生平好佛，不知可否与二位仁兄一起去寺庙拜访高僧？”

包拯道：“我们是去找人。黄兄既是不认得路，不妨跟我们同行。”黄河道：“甚好，多谢。”

四人便一道往性善寺而来。

几近寺庙山门时，沈周道：“看见前面那片树林了么？那两棵华盖最大的树就是相思树。”

这两棵相思树是一处著名古迹，历史之源远流长，远胜寺庙本身。春秋时期，宋国君主康王偃残暴贪婪，听说大夫韩凭妻子何氏有倾国之色，便将韩凭下狱，将何氏抢入宫中。不久韩凭含恨自杀，何氏闻讯痛不欲生，跟随康王游青陵台时，趁人不备跳台殉夫，在衣带上留字道：“王利其生，妾利其死，愿以尸骨赐凭合葬。”要求死后与丈夫合葬。康王见字大怒，道：“寡人偏偏要让你们生不能同床，死不能同穴。”于是将韩凭和何氏分葬在性善寺一带。当时这里是寸草不生的乱坟岗。不久后，奇迹发生了，两座坟冢的坟头各长出一棵郁郁葱葱的梓树，弯曲相随，根枝交错。乱坟岗也突然生出无数花草，变得生机盎然起来。宋人认为两棵梓树是韩凭和何氏的精魂，称其为“相思树”，便是性善寺外现存的两棵梓树。此典故亦即“相思”一词的来历。

也有人称春秋时的相思树早已枯死，现存梓树是唐人所植。然而世人所关注的其实不是相思树的真伪，而是那凄美的打动人心的爱情故事。唐代大诗人白居易《长恨歌》之名句“在天愿作比翼鸟，在地愿为连理枝。天长地久有时尽，此恨绵绵无绝期”即据此而来。许多红男绿女赶来性善寺，并非真心拜佛，而是为了到寺外相思树下一许永结同心的心愿。迄今商丘犹有歌谣唱道：

长相思，终难忘。声声呼唤在睢阳。
青陵台上埋恩爱，相思树上话凄凉。
棒打鸳鸯滔天罪，千秋万代骂昏王。

黄河和杨守素二人听闻这段爱情故事，极感新奇，均道："等拜完神佛，一定要来拜拜这相思树。"

四人正要斜插走下山路时，忽听到前面相思树下传出"嘤嘤"的女子哭泣声。刚刚听完相思树的故事，便听到有女子哭泣，未免有些悚然的感觉。

黄河道："奇怪，谁在这里哭泣？守素，你过去看看。"杨守素应了一声，走入了林中。

过了一会儿，哭泣声停止了，传来"啪"的一声脆响，随即听到杨守素道："你这个小娘子好不讲理，为何一上来就打我？"一个凶巴巴的女子声音道："谁叫你在暗中偷窥我的？我打你一巴掌还是轻的。你再不走，我还要再打！"

包拯听出那女子声音正是内侄女张小游，大吃了一惊，忙赶过来叫道："小游，你在这里做什么？"

张小游乍然见到包拯，意外之极，随即醒悟自己脸上还挂着泪珠，慌忙背转身去，手扶在其中的一棵相思树上。

沈周忙道："黄兄，杨兄，我先领你们进寺上香。这边请。"当即朝包拯使个眼色，引着黄河、杨守素先去了。

包拯知道张小游是个假小子的性格，没有半分女孩儿的骄矜，却不知她受了什么委屈，竟然要躲来这里哭泣。等众人离去树林，才上前问道："出了什么事？是祖姑姑责骂你了么？"张小游道："没有。"

包拯道："那你为什么躲在这里哭？"张小游道："没有为什么。"转身抓起包拯的袖袍，往自己脸上抹了两下，恨恨甩开，赌气去了。包拯忙追了过去。

到山门口时，沈周正等在那里，叫道："小游，你还好么？"张小游却理也不理，径直进去了。

包拯道："你站在这里做什么？"沈周道："我是特意等在这里告诉你，董浩董公的女儿董平，你的未婚妻，人也在里面。"

包拯"啊"了一声，恍然有些明白过来。虽然他一直弄不大明白少女的心思，但看起来小游应该是在为这件事哭泣。可那天晚上，她听到他订婚的消息，明明是欢天喜地的呀，反倒是他自己，看到她高兴的样子后，心中很不是滋味。

沈周叹了口气，小心翼翼地说出了那句最令包拯心痛的话，道："你该明白，小游是你的侄女，这是无论如何都无法改变的事实。礼制摆在那里，又有什么法子呢？走吧。"

性善寺依山势而建，有三进院子，算不上什么大寺，最盛时也只有数十名僧人。寺内有口重约五千斤的大铁钟，钟声洪亮，悠扬飘荡，远闻数里，听之使人心旷神怡。曾有游僧来到寺中，抚钟感慨道："未扣时原是惊天动地，既扣时也只是寂天寞地。"颇见禅机。

最奇特的是，这口钟与商丘城中东大街钟楼上的大钟音律一致，可以产生共鸣，人们往往在听到性善寺钟声响起之后，又紧接着听到了钟楼上的钟声。因为钟楼方位在性善寺之西，所以民间有俗语称："东边撞钟西边响，西边撞钟东边鸣。"

包拯和沈周进来禅心院厅堂时，不独见到了包母张氏和寇准夫人宋小妹，果然董浩夫人和女儿董平也在这里。董平生得一团和气，娴雅知礼，见过礼后，只安静地站在母亲身后。

包母很是高兴，道："想不到拯儿今日会来，正好董夫人也带着千金来性善寺上香，这可是天作之合。"

董夫人也随口附和，又各自聊起一些包拯和董平小时候的事情。

包拯尴尬之极，正不知道该如何自处，张小游进来告道："外面来了几名大官人，说是来见寇夫人的。这是拜帖。"转头递给沈周，蛮横地命令道："你念给寇夫人听。"

沈周只得接过来，念道："京东路转运司转运使韩允升、京东路转运司转运副使范雍、提刑司提点刑狱公事康惟一、应天知府晏殊、南京通判文洎等联名拜会寇夫人麾下，谨祝……"

宋小妹道："不必念了。小游，你去替我打发了他们。"张小游道："是。"自沈周手中夺回拜帖，扬扬去了。

沈周忙道："怕是小游一人不行，我和包拯去帮她。"顺手扯着包拯出

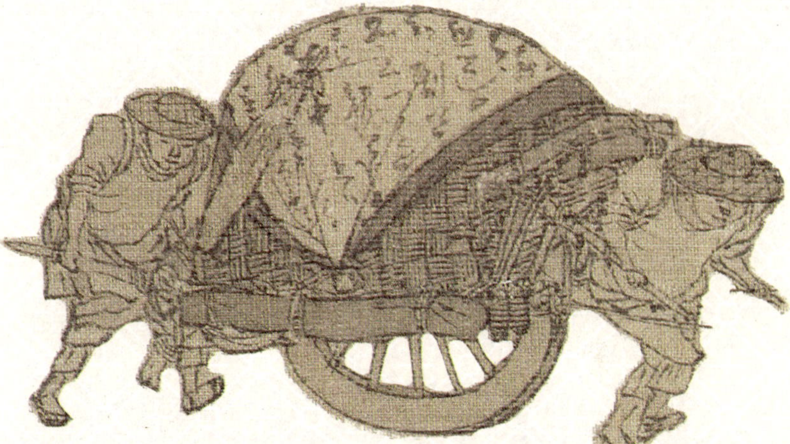

来，一直走出禅心院才放手，长吁了一口气，道："我只帮你这一次，后面的事你自己看着办吧。我得去后院割些树汁，你好好想想要怎么应付现下的局面。"

包拯不解地道："应付什么局面？"沈周道："刚才在屋里，你连你的未婚妻董平都没有看上一眼，你自己说，这叫不叫局面？"摇了摇头，取出早已准备好的竹管，寻来后院，预备割取一些老槐树的树汁。

性善寺后院的槐树是棵古树，历史比寺庙本身还要长。沈周来到树下，抚摸粗大的树干，心中略略有怀古伤今之感，只是不知道该如何下手割取树汁。

他倚靠着树干坐下，从怀中掏出那两截断镯来，琢磨着要如何修补粘接，好不负张尧封所托。

忽听得有人道："沈公子好雅致。"却是宋小妹来到了后院。沈周忙起身行礼。

宋小妹道："佛门清静之地，不必多这些俗礼。包夫人和董夫人正在商谈亲事，我便出来闲逛，不意在这里遇见公子。"一眼瞥见沈周手中的玉镯，很是好奇，问道："那是碧玉手镯么？"

沈周道："是。"见宋小妹目光异样，忙解释道："这不是我的，是府学提学曹教授的千金曹云霄的。曹云霄不小心摔断了镯子，很是心痛，她的未婚夫张尧封便拿来找我，让我想办法粘好它。"

宋小妹道："曹云霄？"沈周道："嗯，就是传闻中的南京第一美人。夫人认识她？"宋小妹道："不，不认识，不过我认得这只镯子。这是我相公当日送给我的定情信物。近二十年不见啦，想不到今日会在这里见到。"

沈周震惊得难以置信，还以为自己听错了，结结巴巴地问道："夫人说这是寇相公送的定情信物？"宋小妹微笑道："你不信么？镯子有一半是深色的绿，只在中间有一小块浅白的云状絮物。另一半是浅色的绿，中间偏右的地方有两道游丝一般的墨绿絮物。"

沈周忙将断镯拼好，仔细检视，果然一切细节均如宋小妹所言。她只是随意瞥见玉镯，并未索要近观，描述的特征却丝毫不差，当真是玉镯原主了。

沈周道："这玉镯既是信物，对夫人意义重大，如何会任其流落在外？"宋小妹叹道："不是流落，而是我主动将玉镯送给了一个人，当日相公也是在场的。"

往事历历，一起涌上心头——十余年前，寇准官任宰相，她则是宰相夫人，虽然她出身显赫，并不如何以富贵为意，但终究优雅闲适的生活还是令人舒畅惬意。那一日，寇准带着她回到家乡华州下邽省亲，华州百姓倾城而出，不绝于道，只为一睹本朝名相风采。人人争相上前，一个小女孩被挤得摔倒在路边，"哇哇"大哭起来。她从车窗望见，不知怎的，从来没有生育过子女的她忽然涌动起一股莫名的母性柔情，急忙亲自下车，扶了那女孩子起来。小女孩穿得破破烂烂，用两只脏乎乎的手抹干了眼泪后，便径直盯着她手腕上的镯子，瞧得目不转睛。她温言问道："喜欢吗？"小女孩点了点头。她又转头去看丈夫寇准，寇准也点了点头，她便毫不迟疑地褪下了那只名贵的玉镯，递给了小女孩。正当她要问对方的名字的时候，小女孩举起玉镯狡黠一笑，倏忽转身，钻进了人群中，飞快地消失了。那是她最后一次见到小女孩。尽管如此，她还是不能放心，又派人去寻找。后来有人来告诉她那小女孩姓叶，名叫都兰，是个没父没母的野孩子，专靠行骗为生，她才恍然有所明白。镯子失去了也就失去了，她和寇准都没有想过要去寻回来，只是那件事给她印象极深。她固然失去了一只贵重的玉镯，那小女孩子又失去了什么呢？她当时几乎是想要当场收养下她的。

沈周失声道："呀，夫人说那个骗走玉镯的小女孩子就是叶都兰？"

这下轮到宋小妹惊讶了，奇道："听沈公子的语气，莫非认识叶都兰？"沈周道："算是认识吧。她目下不姓叶了，她叫崔都兰，是大茶商崔良中失散多年的女儿，新近才到南京认父从亲。崔府就在包拯家隔壁。"

宋小妹不能相信天下竟有如此巧合之事，摇头道："天下总有同名同姓的人，你说的崔都兰未必就是我当年见过的叶都兰。"

沈周笑道："这个崔都兰也是华州人，肯定就是夫人遇到的那一个。"他见宋小妹目光闪动，与往日淡泊娴静的风度大不相同，猜想她对当年之事尚不能完全释怀，忙道："夫人放心，我会想办法证实这件事，无论崔都兰是不是那个人，都会给夫人一个准信。"

宋小妹道："这个……"沈周忙道："夫人放心，我会暗中调查，不会令崔都兰知道的。"

宋小妹道："即使真的就是她，事情已然过去多年，何必再重提旧事？"沈周道："夫人当年完全是出于真心关爱，自然不会在意什么。然而若是能确认崔都兰就是当年的小女孩，知道她而今认祖归宗，终于有了新家，彻底安定下来，岂不也是一种安慰？"

宋小妹这才点点头，道："那也好，就有劳沈公子了。"

忽听得前面传来喧闹嘈杂声，宋小妹不禁皱起了眉头。

沈周道："小游性子火暴，说不定是她跟官人们起了冲突。"宋小妹摇了摇头，道："实在不像话。走，我们出去看看。"

刚走到月门，便听见"乒乒乓乓"声愈来愈响。沈周道："呀，似乎出了大事！"

只见一名小沙弥跌跌撞撞奔过来，叫道："寇夫人……快走！"

沈周见他浑身是血，大吃一惊，忙上前扶住，问道："出了什么事？"小沙弥道："来了……来了……强盗……"

一语未毕，背后抢过来一名大汉，重重一推，将他和沈周一起推倒在地，举刀逼住。

宋小妹叫道："住手！你是什么人？"

那大汉这才留意到她，问道："你就是寇老西的夫人宋小妹么？"宋小妹道："是我。你是谁？"

那大汉登时露出狂喜之色，转头大叫了一声，扬刀便朝宋小妹奔来。沈周情急之下，扑上一步，抱住了大汉右脚。大汉甩了一下没能甩脱，回身举刀便往沈周背上插去。刀锋尚未贴进脊背，沈周已然感到了森森杀气，冷汗直冒，情急之下，张嘴低头，朝大汉右腿小肚子上用力咬去。大汉陡然吃痛，"啊"的一声惨叫，手上劲道略松。

包拯不知道从哪里冒了出来，及时抢上前抱住大汉手腕，意图夺下钢刀。然而那大汉身怀武艺，力气大得惊人，一甩臂膀，便将他推得一个屁墩坐倒在地，又欲举刀朝沈周背上砍去。

宋小妹道："等一下！你想杀的人是我，何必多杀一个无名小卒？"

那大汉闻言，便收住刀势，猛力往沈周腰间踹了两脚，令他一时之间再也站不起来，这才提着刀朝宋小妹逼来。

宋小妹无处可退，极是冷静，冷冷道："你要杀我，我无力抵挡，但我要知道你的名字。你不会没种到连自己的名字都不敢说出来吧？"那大汉道："告诉夫人名字也无妨，俺叫王伦。夫人，你别怨俺，俺虽跟你无冤无仇，但是为了弟兄们的饭碗……"

忽听得背后包拯大叫道："曹汭将军，你来得正好，快发火蒺藜！"

王伦是训练有素的军人，一听前上司曹汭赶到，手里还有利器火蒺藜，立即举刀护脸，往旁侧滚去。然而等他站起身来时，才发现既没有曹汭，也没有火蒺藜，不过是包拯虚晃一枪，不禁大怒，举刀便朝包拯砍去。包拯手无寸铁，难以抵挡，急退数步，后背便抵到了墙根。

王伦狞笑道："这次看有没有曹汭来救你！"举刀欲劈时，一条红影闪了过来，用单刀挑开了刀刃。

及时赶到救了包拯的人，正是张小游。她已然经历了一场恶战，头发散乱，身上多处受伤，肩头的刀口还在汩汩冒血。

包拯道："小游你……"张小游道："我来挡住他，快带寇夫人走！"

包拯不及多说，忙上前扯住宋小妹往外走。

王伦急忙去追，却被张小游持刀挡住。他认出对方手中的兵器正是同伴所有，心中怒极，脸上黑气大盛，举刀一挥，登时将单刀磕得飞了出去。张小游本已受伤，虎口剧震之下，连退数步，倚靠在一棵石榴树上，只是大口喘气，实无力再战。

王伦顾不上了结她，抬脚急追包拯、宋小妹二人，哈哈笑道："想逃走可没有那么容易！"

走出几步，却又被醒过来的沈周抱住了小腿。他生怕宋小妹就此逃走，横生变故，急忙从腰间袋囊中取出一枚黑色圆球，叫道："俺让你尝尝真正的火蒺藜！"扯燃点火索，扬手打出。那火蒺藜若流星般飞出，火星"滋滋"作响。只是飞出没多远，便有一条人影闪了过来，及时挡在了中间。

火蒺藜正射中张小游胸口，“嘭”的一声炸开，她的胸前立即现出一个焦黑大洞，哼也没哼一声，便倒地死去。

包拯惊见变故，忙舍了宋小妹回来，抱起张小游叫道：“小游！小游！”

她的眼睛还睁得大大的，然而却没有了任何生气，他只在她的瞳孔中看到了自己的影子。他仿佛被瞬间隔离起来，身体内一切流动的东西都被晕眩抽离，再也没有办法呼吸，只觉得阵阵沉闷齐刷刷地压来，憋屈得令人窒息。那一刻，他当真以为自己会就此昏厥过去。但他却没有真正瘫倒，他只是腿软站不起来，怀中的小游正在一点一点地变冷，生命中的活力正在一点一点地离他而去，一时悲上心来，泪水模糊了双眼。

忽听得有人怒道：“呀，你杀了我妹妹！我跟你拼了！”

却是张建侯到了，身后还跟着一对中年夫妇。

张建侯进寺后已经跟前院的强盗交过手，夺取了一柄钢刀，当即手臂一挥，划出一道刀光，恶狠狠地向王伦冲来。沈周急忙松开手，滚到一旁。

王伦带着同伙来洗劫性善寺，本以为寺庙里只有寥寥几名僧人，可以如入无人之境，顺利干好这一票，哪知道今日寺庙中来了几名大官人，各带有仆从。那些人虽然不会什么武艺，可个个忠心护主，拼死向前，缠住了他的人手，不得不分头行事，他和另一名同伴潘方净来后院寻找目标人物，却想不到女眷中张小游居然会武，还出其不意地杀死了潘方净，好不容易打伤摆脱了她，找到了目标人物，却又麻烦不断，总是不能如意得手。此刻对方忽然来了大援，他一见张建侯出刀，便知对方身手了得，绝非张小游女流之辈所能比拟。又听见外面同伴高叫“风紧”，怯意顿生，便且战且退，往前院而去。

与张建侯同来的中年夫妇本一左一右护住宋小妹，见王伦欲逃，那妇人右手往腰间一抹，拔出一柄剑来，竟是一柄软剑，寒光闪闪，矫若游龙。

软剑虽然也称剑，却因为剑身柔软如绢，是与硬剑完全不同的剑器，此即晋代诗人刘琨在《重赠卢湛诗》一诗中所言：“何意百炼钢，化为绕指柔。”又因力道不易掌握运用，习练时又须精、气、神高度集中，所以软剑剑术属于兵器种类中的高难型武术。即使武艺精绝者如张建侯，也是第一次亲眼见到有人使用软剑做兵器。

那妇人一亮出兵器来，登时成为全场的焦点。王伦虽曾是军人，但日常训练只以刀枪棍棒为主，哪里见过这等轻快敏捷如毒蛇般灵活的兵器，只接了一招，便被软剑穿隙而过点中了右眼，“啊”了一声，抛下钢刀，双手护住眼睛，鲜血从指缝中汩汩流出。

那妇人一击得手，便迅速收剑，轻轻一擦，一柄寒剑瞬间消失在腰际，身手干脆潇洒之极，当真如古人所云“来如雷霆收震怒，罢如江海凝青光”。

张建侯见到妹妹一动不动地躺在包拯怀中，忿怒异常，吼道：“我杀了你！”挺刀就朝王伦砍去。

沈周挣扎着站起来，急叫道：“建侯，留活口！”

可还是迟了一步。这一刀张建侯出尽全力，刀插入王伦胸口，又穿胸而过。剧痛之下，他松开了捂住眼睛的手，低下头来，用剩下的一只眼睛惊奇地看着胸口的刀柄，喉咙中“咕咕”两声，终究还是没有说出话，这才仰天倒下。魁梧的身子直挺挺地砸在甬道上，扬起一阵尘土。

张建侯余怒未消，又朝王伦踢了两脚，这才奔过去，蹲在张小游的尸首旁痛哭起来。

宋小妹心头恻然，走过去道：“小游是为救我而死，这都怪我，我……实在是抱歉了。”

她虽然看得出王伦这伙强人是为杀她而来，却不知道原因到底是什么，一时也露出茫然的神情来。

包拯抱着张小游坐在地上，始终沉默着。他似已神游天外，目光散乱，露出一副干巴巴的样子来，对外界毫无反应。

张建侯一边抹泪一边道：“这怎么能怪夫人呢？不能怪夫人，要怪就怪我，非要跑去看什么《张公兵书》，要是我跟姑父一起来性善寺，就不会让这些强盗有机可乘，小游就不会死。”

沈周劝道：“人死不能复生，还是节哀顺变吧。”

宋小妹叹了口气，道："小游为我而死，我一定会以子侄之礼待她。"又转头道："多谢两位适才援手。我姓宋，阁下是……"那中年男子忙拱手行礼，道："在下张望归，这是内子裴氏，名青羽。"

沈周道："青羽？娘子的名字是叫青羽么？"裴青羽道："是啊。我是沙州人，这次是第一次来到中原，公子应该不认得我吧。"

沈周道："不认得，娘子的名字也是晚生第一次听到。不过晚生听说西域有一对奇剑，是于阗高手匠人用昆仑山精铁铸造，雄剑名'青冥'，雌剑名'青羽'，都是世间罕见的利器。娘子刚才亮出的那柄软剑可就是传闻中的青羽剑？"裴青羽道："不错，我身上的那柄软剑正是青羽剑。公子年纪轻轻，知道的事可真不少。"

其实沈周知道的还有更多——"青羽"虽是雌剑，却是以天界物"羽"命名，而"青冥"之"冥"则是冥界物。传闻人世间若有一对男女得到这对神奇软剑，便是命中注定的情侣，可以永远在一起。但由于天界物和冥界物本身不能相容，二人的人生也会经历各种艰难险阻。那么，到底是要各执一剑，彼此相望于江湖？还是携手浪迹红尘，共面波澜人生？既然青羽剑在裴青羽手中，青冥剑是否就在张望归身上？这其实才是沈周特别想知道的，可几次三番留意张望归腰间，并没有见到与裴青羽一样的带钩，愈发令人好奇青冥剑所在。只是当此场合之下，实在不便发问，只得闷在心中。

后来，沈周将这对软剑的故事讲给儿子沈括听，沈括印象极深，特意记载在其著作《梦溪笔谈》中，称父亲亲眼见过的青羽软剑"用力屈之如钩，纵之铿然有声，复直如弦""可以屈置盒中，纵之复直"。这是后话，略过不提。

也不知道时间过了多久，只听见脚步声纷沓而至，性善寺住持和应天知府晏殊等人一齐赶了过来，见宋小妹安然无恙，这才长舒一口气。寇准虽死，盛名犹在，若是其孀妇宋小妹被强盗杀死在南京，无论有什么理由，他们这些人都免不了厄运，不被降职罢官，也会被天下人指指点点。

晏殊道："下官实在惭愧，居然让夫人遭此惊吓。性善寺暂时不能住了，请夫人移步驿馆。"

宋小妹不及回答，南京通判文洎抢着道："这些强盗人多势众，有备而来，且来势汹汹，下官等从人非死即伤，请夫人先回房歇息，等接应的人马到来，再护送夫人回城。"宋小妹道："有劳各位了。"

康惟一见包拯抱着一名红衣女子，问道："那小娘子是谁？"宋小妹道："那是包令仪包公的侄孙女张小游，她是为了救我而死。"

康惟一道："夫人放心，下官这就回城，调集人手，全力缉捕凶手。"他当真说到做到，昂然离去，只在转身时狠狠瞪了沈周一眼。

宋小妹道："各位都还有公务在身，也都请回吧。"

晏殊见宋小妹神情冷漠，料来留下来也没有什么好话说，便道："那好，下官就告辞了。下官会尽快调派人手来接夫人回城，保护夫人。"

沈周正要起身上前劝包拯放开张小游，忽见转运使韩允升有意留在后头，在朝自己招手，一时大惑不解，想不出这位位高权重又素来沉默寡言的转运使找自己做什么，忙走过去问道："韩相公是在叫我么？"韩允升点点头，道："听说你们几个在调查崔良中的案子。"

沈周心道："这件事大伙儿都知道了，难怪适才康提刑官瞪我一眼，看样子是对我们几个暗中查案不满呢。"忙解释道："我们其实只是受人之托，想找到曹丰曹员外的下落，并不是真心要查什么案子，抢提刑司的风头。"韩允升道："无妨。"

沈周道："什么无妨？"韩允升道："嗯，本使叫你过来，是要告诉你一件事——听说康提刑官已经查到崔良中一案很可能跟曹府聘请的相士王青有关。因为相士王青当晚到过宴会，所以康提刑官怀疑曹府仍然是崔良中遇刺案的背后主谋，预备逮捕曹府上下人等，不分老幼，不分主仆，一一严刑拷问。"

沈周一时不能确认韩允升所言是不是自己早上遇到过的事，忙道："是今早发生的事么？康提刑官已经这样做了么？"韩允升道："本来是预备今日一早包围曹府，一个一个点名拿人。康提刑官为人雷厉风行，如此行事并不奇怪。但怪事在后头，他亲自带着差役到了曹府大门时，忽然接到一封信，看了信的内容后，脸色大变，当即取消了逮捕曹氏计划。然后还有更怪的事，他赶来转运司官署，又派人到应天府署，邀请我和晏相公几人一起来性善寺拜会寇夫人。”

沈周道：“原来几位大官人来性善寺是康提刑官起的头，这倒是叫人想不到。”韩允升道：“还有更想不到的事情。寇夫人派人出来还回拜帖、回绝我们后，我们本来是要离开的，康提刑官却说不妨多等等，再递一次拜帖，这样才显得有诚意。结果很快就有强盗持刀闯了进来，逼住我们几个，将我们锁在一间禅房里。”

沈周呆了一呆，又仔细回味了一遍韩允升的讲述，这才低声问道：“韩相公是在怀疑什么吗？”韩允升还是那副一贯的冷然表情，摇头道：“我不知道，我只是告诉你有这么回事。万一你查到了真相，也不必来告诉我。”轻喟一声，转身去了。

张建侯不忍心看到包拯一直坐在地上，面无表情，如同石化一般，上前劝道：“姑父，你先起来。”包拯恍若未闻，动也不动。

沈周忙道：“建侯，劳烦你陪寇夫人和张先生二位去禅心院歇息，顺便看看包夫人、董夫人他们几位怎样了，这里交给我。”

张建侯只得应了，先引宋小妹、张望归夫妇走开。

裴青羽走出几步，又回转身来，走到包拯身边，道：“昔日我亦曾痛失最亲近的人，当年我才十六岁，所以包公子的椎骨之痛，我有过切身体会。小游之死固然令人难过，然而大丈夫立于天地之间，务必要立个必为圣人之心，时时刻刻，须是一棒一条痕，一掴一掌血，方能得力。若是过度沉迷于伤痛，从此茫茫荡荡度日，譬如一块死肉，打也不知道痛痒，那么真的还不如回家找条绳子上吊死了算了。”

言语甚是尖刻，却又蕴含深意。不独沈周惊讶，就连包拯也抬起头来，默默看了她一眼。但简单的一眼后，他便又恢复了原来的样子。裴青羽叹息一声，不再多说，转身离去。

沈周知道包拯疾痛攻心，很可能会就此一蹶不振，如同裴青羽所言，成为一块“死肉”，而今只有用探寻案情、查找凶手来激励他，令他的注意力不再集中在张小游之死上，便挨在身边坐了下来，道：“我知道你很难过，我也很难过，可我们还有更重要的事情要做，那就是查清害死小游的幕后主使。”见包拯木然不应，便继续自说自话地道：“王伦昨日曾经在南门露面，但我们还以为他是来找兵马监押曹汭报昔日鞭打之仇，现在看起来，完全是我们想错了。”

包拯一字一句地道：“他来这里，是为了杀寇夫人。”

沈周见他终于肯开口说话，心头暗喜，忙道：“不错，我们都亲耳听见他对寇夫人说：‘夫人，你别怨俺，俺虽跟你无冤无仇，但是为了弟兄们的饭碗……’由此可以推测，是有人出钱聘请了他来性善寺杀寇夫人，但是这里面就有矛盾之处了。”

包拯脑子还处在遭受巨大痛苦后的混沌麻木之中，一时反应不过来，随口问道：“矛盾在哪里？”

沈周道：“你想啊，王伦在鸡公山落草，而鸡公山离这里有千里之遥，即使骑乘快马，也需要五或六日时间。寇夫人大前日才到南京，前日住进了你家，昨日来到了性善寺，今日王伦就带人来寺里杀她。从时间上来说，是对不上的，除非王伦一伙人早早就到了这里。”

他有意说得极慢，好引导包拯的注意力逐渐转移到案情上来，又道：“也就是说，要杀寇夫人的主谋不是临时起意，他早早就出重金雇请了王伦，令其带人提早到南京守候，等待机会下手。那王伦等在南京，百无聊赖之时，还一度想去报复昔日上司曹汭，当晚与杨文广交手的黑衣人，一定就是他了。”

包拯如大梦初醒，皱紧了眉头。他有个习惯，越到紧要关头越能冷静地思考，张小游的死令他脑中一片空白，几欲虚幻，但沈周的循循善诱又迅即将他拉回了尘世中。他在脑海中过了一遍沈周的话，道：“你的推测固然有理，但仍然有许多解释不通的地方。”

沈周道：“有解释不通的地方？是什么？”包拯道：“寇夫人着急运寇相公棺木回家乡安葬，一路上除了必要的歇息外，极少停留，这次在南京上岸，是因为船需要修补，王伦和他的主谋不可能事先预见寇夫人会逗留在南京。”

沈周道：“也许王伦他们只是守在汴河码头，即使寇夫人不进城，码头也是必经之处，大船到了这里，必然要停靠好补充食物之类的日用品。”

包拯道：“如果真如你说的那样，是有人事先雇请了王伦守在寇夫人的必经之路上下手，那么南京绝不是一个好的选择。应天府、京东路等诸多官署均在这里，非但人烟稠密，还驻有重兵，一旦暴露行踪，逃脱的可能性极小。况且王伦为禁军时，曾驻守在南京，见过他面貌的人应该不少。他千里奔波，不惜出面杀害毫无过节儿的寇夫人，自是为了求财，但必须先保住性命，才能有用上财物的机会。选择南京作为动手之地，是下下策，他不会冒险。嗯，自商丘往东，汴河依次流经夏邑、永城、宿县、灵壁，最适合动手的地方其实是宿县，一则地方小、人口少，二则宿县一带河流纵横，很容易就能逃回鸡公山。”

沈周反而听得糊涂了，问道：“依照你的推测，王伦应该会在宿县下手，可他毕竟在南京出现了啊，他的尸体就躺在那里。依你看，这到底是怎么回事？”

包拯道：“这一点，我也想不通。”转头见到张建侯正扶着母亲过来，董夫人和董平也跟在后面，忙合上小游的眼睛，将其放下，急欲起身，才发现双脚已经麻木，竟然站不起来，还是沈周从旁拉了他一下。

强盗闯进禅房时，将包母推得跌了一跤。她摔得不轻，额头在桌案角上撞起了一个大包，腿脚也有些不方便，听说张小游死了，还是忍着剧痛一瘸一拐地赶来。

包拯抢上前扶住母亲，凄然道：“母亲，小游……她去了……”包母道：“小游……我可怜的小游……”颤颤巍巍地走到张小游身侧，泪如雨下。

包拯见母亲如此哀伤，少不得要劝慰几句，哪知转头看到小游的面容，又回想起她昔日天真稚气的样子，泪水再次涔涔而下。

过了小半个时辰，路、府、县各级官府的大批人马终于赶到。差役记录了现场情形、填写了验尸文书后，包拯等人首先要面对的最大问题，就是如何处理张小游的后事。死去的人最终获得了彻底的宁静，而活着的人在亲眼目睹了她的死亡之后，还要继续着思念和痛苦。

闻讯赶来的包令仪只是埋头坐在那里，一言不发。张小游虽是他的内侄孙女，他却历来视其为女儿，昨日一早还听到她的欢声笑语，目送她登上车子，今日便天人永隔。命运捉弄人之残酷，实在令人叹息。

包拯的两位兄长都是少年夭折，包令仪曾两次经历丧子之痛，本以为有了那样椎骨心痛的感受后，已看淡人间万事，生生死死，不过只是站立和躺着的区别。但此刻看到小游安静地躺在那里，旧日的各种情形不断浮现在脑海里，愈发恍然若失，陷入了更深的迷茫当中。

禅房中安静得可怕，最终还是张建侯抹着眼泪开了口，道："妹妹虽然姓张，却是在包家长大，她最喜欢的人是她的婉儿姑姑，当然是要把她运回庐州，葬入包家祖坟。"

事情遂由此而定，决议暂时将小游寄放在性善寺，等买来棺木装殓、请高僧做过法事后，再择日运回庐州老家。

张建侯上前握住张小游的手，信誓旦旦地道："妹妹，杀你的王伦已经被我亲手杀死。你放心，我一定会查出背后的主谋，为你报仇。"

兵马监押曹纳亲自带兵赶来性善寺，要护送宋小妹回城。宋小妹却不愿意住进驿馆，坚持住在包府，遂由包令仪夫妇陪同回城。张建侯亦在天黑前赶回城去，张罗棺木等丧事，只留下包拯在寺中守灵。尽管沈周亦主动留了下来，张建侯还是不能放心，专门请张望归夫妇多留在寺中一夜，暗中看护包拯。

一行人离开时，董平特意落在最后，停在包拯面前，温言道："包公子，请你……请你节哀顺变，保重身子。我……我会为小游娘子祈福的。"

那是她对他说的第一句话，声音极轻极柔，如清风一般。同时，他也看到了她眼睛中晶莹的泪水，他一下子被她的善良打动了。许多年之后，他依旧无法忘记当时的感觉。

时光就这样悄悄溜走了，在伤心的时候，在怀念的时候。禅房中终于只剩下了包拯和张小游两个人。她静静地躺在那里，山风穿堂而过，吹掠起她的头发，他不由自主地走近几步，叫了一声"小游"，她却没有反应，仿佛睡着了一般。

他心中空空荡荡，恍恍惚惚，便也如她一般闭上了双眼，聆听到她的声音，那声音不是来自别的地方，而是他的灵魂深处。

不知怎的，他又想起了妻子张婉病逝的那个晚上。临终前，她紧紧握住他的手，只叮嘱了两句话，一句是要好好保重自己，另一句是要照顾好小游。他泪流满面，慨然应诺。然而仔细回想起来，这几年来一直是小游在照顾他，并不是他在照顾小游。虽然她不会下厨，虽然她的女红做得乱七八糟，虽然她不肯读书，武艺也只是半吊子，但确实是她在照顾他。她还两次救了他的性命——一次是从河里；一次是从盗贼王伦手下。她固然是要救寇夫人，但她更是要救他，以火蒺藜的威力，无论打中了宋小妹还是他，火药炸裂，铁片溅射，他们两个人都会同时没命。

蓦然回想起白日她在山寺外相思树下的哭泣来——相思树，流年度，无端又被西风误。相思树底说相思，空倚相思树——那一刻，他明白了她的苦，她也应该知道他的苦，所以才会义无返顾地挡下火蒺藜，她的一缕深心，百种成牵系。登时鼻子一酸，又有了强烈的泪意。

沈周陪着宋城县尉楚宏走了进来。楚宏轻轻叫道："包公子。"

包拯急忙转过头去，用袖子往脸上抹了两下，这才勉强"嗯"了一声。

楚宏道："公子心里悲伤，不愿意旁人瞧见，楚某自然懂得。我冒昧来打扰，是有两件事情相告。"

楚宏是宋城县尉，捕盗正是其职责所在，在他的管辖区内发生如此重大事件，受到众多长官叱责还是轻的，如果不能限期侦破案子，还将面临流配充军的严厉处罚，压力相当大。他赶来性善寺后，收集物证，录取口供。根据众人的供词，大概可以推断出闯入寺中的一共有九或十名强盗，都持有凶器。现场共有十四具尸首，除去张小游、僧人、仆从共九人外，剩下的五具是强盗——其中有一人是被众仆从合力杀死；有三人被突如其来的张建侯杀死，包括首领王伦在内；还有一人则被张望归和他妻子裴青羽所杀。另外，还有一个活口，就是在禅心院被张小游刺中的贼人，名叫潘方净，跟王伦一样，原是曹汭手下的兵卒。张小游那刀劈得略略偏了一些，潘方净只是重伤昏迷，并没有死去，已经紧急送回城中救治。这样算下来，逃走的大概有三四名强盗，他们不会进城，应该是往北边逃去，兵马监押曹汭已经派出精锐轻骑追捕。

包拯道："有活口总算是好事，这是一件事，另外一件事是什么？"沈周道："你怎么也不会想到的，楚县尉认为跟我们一道进寺的富家公子黄河很可疑。"

包拯道："黄河不是一直跟住持相谈甚欢么？我在前院遇到过他们，住持特别夸赞他佛学修为极深。"沈周道："黄河也许是精通佛理，住持由此很喜欢他，但楚县尉怀疑他是因为另外一件事。"

原来自从曹府曹丰失踪后，楚宏夜间加派了弓手在曹府四周巡视。昨夜正巧他当班，巡逻到曹府后墙外时，看见一名高大伟岸的男子正骑在墙上，仰头张望，眼力所及，正是曹云霄的绣楼。他忙带人上前，用弓箭指住那男子，将其扯下来擒住。那男子自称姓黄名河，是个行商，住在望月楼。楚宏问他到曹府做什么，他倒也直率，承认是久闻曹云霄艳名，想见一见这位南京第一美人。楚宏正要命人将其押回县衙严刑讯问，绣楼上的曹云霄听见动静，派婢女下楼，隔墙喊话，告诉楚宏说曾在寺庙进香时见过这位黄河公子，不是什么坏人，况且是曹府正值多事之秋，最好不要多生事端。楚宏亦敬佩曹诚散财兴学之举，认为曹云霄之顾虑有道理，遂当场放了黄河，只警告了他几句。哪知道今日楚宏再来性善寺，居然又见到黄河在此，立即本能地怀疑起这个气度不凡的男子来。然而盗贼杀进寺庙时，黄河与住持等人一起被关在房间里，多人可以为他作证，他的供词也没有任何漏洞，楚宏只得放他走了。

包拯道："如果曹丰一案跟性善寺一案有所关联，黄河自然可疑。但目前看起来，这两件案子并没有什么本质的联系，黄河两次出现，也许只是巧合。"

他分析得一针见血，楚宏登时释然，当即拱手道："还是包公子分析得在理。那好，我先回城了，今晚应该会连夜讯问那盗贼潘方净，一旦有消息，我再来告知二位。"

楚宏离去不久，夜色便悄然降临了。黑黑沉沉的天幕与黑黑沉沉的山野刹那间抱成漆黑的一团，人眼再也无法分辨出哪里是它们的分界线。丘陵气候多变，山洼里一到夜晚，气温降得极快，即使是没有山风，也依然有一股阴森森的凉意。

千里素光，明月相照。轻纱般的月华笼罩在性善寺这座百年古寺上，斑驳的墙壁、雕花的窗棱都沾染着乳白的宁静，显出亘古的静谧来，幽绝冷绝。清冷的夜风中浮漾着山花的馨香，淡如游丝，凉爽怡人。月白风清，如诗如画。然而，浓重的哀伤气氛还是如轻烟般弥漫散开，笼罩了全寺上下，不仅张小游被杀，还有四名僧人、五名侍从亦在今日遇害。生之短暂，死则永恒，那份人世无常的宿命感萦绕在各人心头，挥之不去。

虽然有好友陪伴在身边，但莫名其妙的孤独还是纷至沓来，无论如何也拂拭不去。那无言的悲哀更像这无边无际的黑夜，紧紧地笼罩在包拯的心头。他尽量不去多想，可还是不由自主地回忆起小游的样子，想起她深情而莞尔的甜笑，带着少女的纯情及眼光闪动的灵性，他有些眩晕了。他总觉得她并不是当真死去，她还在暗处默默地注视他，偷偷地朝着他笑，不定什么时候，她就会跳着冲出来跟他斗嘴抬杠。

披衣来到院中，留宿在禅院中的张望归夫妇正在桂花树下私语着什么。见包拯出来，裴青羽微微点头，打了声招呼，便转身进房去了。

张望归道："小游娘子风华正茂，遭此不幸，实令人惋惜。然而往者已逝，来者难追，还望包公子看开些。"包拯道："多谢。"

张望归随手摘下一片树叶，卷了几下，放在唇边吹了起来。悠悠乐声陡起，在这宁静的月夜仿若天籁之音，柔和，哀怨，婉转，缠绵，飘忽，凄迷，寄托了哀思与怨愤，凝聚着离愁与别绪，倾诉出怀念与期盼，如水如泉，声声沁入人心。

一曲吹毕，聚在院外听闻乐声的僧人无不叹息而潸然泪下。

沈周亦闻声出房，问道："这是什么？"张望归道："是《牧羊吟》，又称《苏武牧羊曲》，在河西一带的汉人中很是流行。"

沈周道："不，我不是问曲子是什么，是问先生手里拿的是什么？"张望归道："树叶呀，我随手从树上摘下来的。"

沈周道："适才那《牧羊吟》就是用这个吹出来的么？"张望归道："是

啊，这在河西叫孟孟，专门用来寄情托意。吹得最好的是党项妇人，她们通常选用苇叶，吹出来的音调更要低沉浑厚些，情感也更饱满。”

沈周道：“包拯，你记不记得，我昨晚在你家听到过类似的乐音。噢，我不是说曲子相同，只是说乐音类似，当时还好奇这是什么乐器吹出来的呢，原来叫孟孟。应该是隔壁崔府传来的吧？”

张望归蓦然想到一事，道：“对了，白日在来性善寺的路上，建侯说了一件奇怪的事，说是包公子的邻居茶商崔良中昨夜中毒死了，你们怀疑他是再次被人下毒，却找不到任何外伤，也不可能是饮食中毒，对吧？”包拯道：“嗯，有过这种怀疑，但找不到任何证据。”

张望归道：“我给二位公子讲一个我们沙州人尽皆知的故事，也许对你们有所启示。”

包拯听出对方话中深有玄机，忙请张望归在树下石凳坐了，道：“先生请讲。”

张望归道：“二位公子都知道，我们沙州原本跟中原是一家。中原自安史之乱后，国力由盛转衰，外敌亦乘虚而入。从唐代宗大历五年（770年）开始，吐蕃军开始进攻沙州。当时沙州以东的唐军要塞已经全部失陷，所以沙州城处于孤立无援的状态。沙州刺史周鼎一面率军民固守，一面向唐朝廷在西域的盟友回鹘求援。然而，援军经年不至。沙州一直被围困，城中粮草将尽。周鼎主张焚毁城郭，率军民东归唐朝。但他手下部将以都知兵马使阎朝为首，都不同意，认为一旦军民东奔，沙州以后将永不复为大唐之地。”

沈周道：“这一段历史我曾读过。主要是当时沙州已经被吐蕃军重重围困，东奔回唐是不可能的事情。河西节度兵马使宋衡枉为名相宋璟之子，贪生怕死，偷偷带着二百多家眷逃出沙州，想逃回中原，结果全部做了吐蕃人的俘虏。如果不是吐蕃人仰慕宋璟大名，主动释放了宋衡等人，这群人就成了刀下亡魂了。”顿了顿，压低声音道：“张先生可知道，寇夫人其实就是宋衡的后人？”

张望归道：“啊，这件事我倒是真不知道。”顿了顿，又续道：“周鼎一心想焚城东逃，最终引发了部下不满，都知兵马使阎朝缢杀了周鼎，自己率民众抵抗吐蕃。为了解决粮草问题，阎朝贴出告示：'出绫一端，募麦一斗。'用这样的方法来征集粮草。这样，沙州这个只有四五万人的弹丸小邑一直坚持了十一年，到建中二年（781 年），沙州城终于弹尽粮绝，山穷水尽。阎朝实在无路可走，为了保全城中百姓，只得与围城的吐蕃主将绮心儿相约，以不迁徙沙州居民为条件，向吐蕃军投降。阎朝被吐蕃任命为大蕃部落使河西节度，但吐蕃人对他并不信任，害怕他谋变，于是派人偷偷将毒药放在他的靴子中，由此毒死了他。唉，阎开府[1]死后，吐蕃人背信弃义，残酷地压迫沙州百姓，丁壮者沦为奴婢，种田放牧，羸老者咸杀之，或断手凿目，弃之而去。汉人尤其受到歧视，吐蕃人规定河西各城的汉人走在大街上必须弯腰低头，不得直视吐蕃人。若非吐蕃残暴不仁，先祖张议潮张公也不会振臂一呼，即应者云集。"

沈周道："吐蕃、党项多是背信弃义之辈，他们的话信不得。倒是契丹人要好上许多。"张望归道："嗯，所以阎开府死得十分不值了。"

沈周这才会意过来，叫道："呀，吐蕃人既没有用有毒的刀刺杀阎开府，也没有往他饮食中下毒，只是将毒药洒在他的靴子中。毒药穿过袜子，从脚板的毛孔中慢慢渗入身体，一样毒死了阎开府。同样的道理，凶手可以将毒药涂在崔良中的衣服或是床单被褥上，马季良的侍从会逼婢女事先品尝饮食，但总不能让她们先试穿崔良中的衣服或是先试睡床单吧。包拯，你还记得那件作冯大乱验出崔良中后背出了许多红疹子吗？那一定就是中毒所在处。"

包拯却在思索别的事情，心道："阎朝守卫沙州，与当年张巡坚守睢阳，情形何等相像，均是困守孤城，内无粮草，外无援兵，结局却全然不同。张巡宁可吃食城中百姓，也绝不投敌，誓死战斗到最后一人。阎朝为保护百姓开城投降，结果不但自己被杀，就连百姓也受到残酷虐待，几于屠城无异。到底谁做得更对呢？"发过一回呆，直到张望归起身回房，神思才回到崔良中中毒一事上来。

沈周道："看来你一开始的直觉是对的，就是有人要杀崔良中灭口。

[1] 阎朝守卫沙州城时已位至开府仪同三司，故时称"阎开府"。

刘德妙和高继安已败露行踪，断然不是他们所为，而且崔府戒备森严，他们也进不了崔府，一定是崔府内部的人。”

目下崔府中的住客，大致可以分为三派人：崔良中的结义兄弟马季良是一派，女儿崔都兰是一派，侄子崔槐则是一派。以动机而言，自然以马季良嫌疑最大，他是崔良中在朝廷中的靠山，伪造交引这么大的事不可能不知情，现下案发，他当然是要自保，杀了崔良中，朝廷既无人证也无口供，他便可以从容置身事外。崔槐也有嫌疑，崔阳死后，他原本可以继承崔家的巨大家业，崔良中却突然开始嫌弃他，宁可找回一个冷若冰霜的陌生女儿，也不愿意相信他这个在崔家长大的侄子。现下崔良中死了，崔都兰在崔家立足未稳，他仍然有很大机会得到遗产。相比较而论，反而是看起来跟崔良中感情最疏远的崔都兰嫌疑最小。

包拯道：“崔府人人知道崔良中是中毒而死，生怕会沾染到自身，昨夜应该就将他生前穿过用过的衣物器具都烧掉了。”沈周道：“啊，难怪昨晚睡觉总觉得外面火光映天。”包拯道：“没有了物证，医博士又从尸体上查不到毒药的毒性，案子怕是再难调查下去了。”

沈周道：“其实崔良中案基本上也算是完结了，眼下最重要的是查清楚杀害小游……不，我是说王伦这伙强盗背后的主谋。”包拯道：“现下最重要的事是要找到曹丰，生要见人，死要见尸，因为我们答应了戚彤娘子。其次才是调查刺杀寇夫人的主谋。”

沈周道：“曹丰已经死了，这是确认无疑的，凶手肯定就是刘德妙。我们已经有她的画像，找起来应该不难。就怕她知道身份败露，已然逃离了南京。”

包拯道：“这妇人专程来到南京，经营有年，一定有重大图谋，应该不仅是行刺崔良中这么简单，我猜她不会轻易离开南京的。眼下还有另外一个问题，提刑司既然拘捕了曹府车夫，康提刑官又兴师动众地赶去曹府抓人，想必是推测出了崔良中遇刺一案与相士王青有关，必然也有了王青的画像。康提刑官倒也罢了，像晏知府这样久在中枢的官员，一定见过刘德妙，官府知道王青就是刘德妙是早晚之事。”

沈周道：“你是担心曹府由此难脱干系？”包拯摇了摇头，道：“我在想，那封匿名信里面到底写了什么，居然能令康提刑官当场回头，无功而返。”

沈周道：“这件事不但你我奇怪，就连韩转运使也感到奇怪。”当即说了今日转运使韩允升的一番话。

包拯呼吸立时急促了起来，道：“你觉得韩转运使是在暗示康提刑官跟今日王伦事件有关？”沈周道：“不光韩转运使，我也是这么想，时间上太过巧合，不由得人不怀疑。”

包拯站起身来，在庭院中走来走去，一边搓手一边道：“康提刑官的异常举止，一定跟那封信的内容有直接关系，我们得设法知道那封信里到底写了些什么。”

沈周道：“这样，我们明日一早回城，直接去问康提刑官。”包拯摇摇头，道：“康提刑官一定不会轻易说出来的。”

康惟一亲自带人去曹府拿人，动静不可谓不大，却又突然在众目睽睽下退去，之后没有任何解释，就连转运使韩允升都十分奇怪。既然康惟一面对上司时都没有一句解释的话，又怎么可能将那封干系重大的信的内容告诉包拯等人呢？

沈周仔细一想，也确实是这个道理，歪着脑袋苦思了一会儿，忽然灵机一动，道：“我有个主意，不如我们去找许洞许先生，请他出马，设法盗取那封信。”

包拯吓了一跳，道：“康提刑官住在提刑司官署，那里是整个京东路的治狱所在，内里有监狱，防卫森严，岂是说进就进？况且许先生是已死之人，身份绝不能败露，我们怎能让他做如此冒险之事？”

沈周不过随口一提，见他反对，也就算了，闷闷道：“那就再想办法吧。也许我可以明日回城，找小文商量一下，他也许能想出‘注水取球’之类的主意。”包拯道：“也好。”

这一夜，对许多人而言，自然是一个难眠之夜。

思君令人老，岁月忽已晚。

第六章

远钟惊梦

大宋城市之内虽然废除了汉唐以来的夜禁制度，但仍然保留有城禁。南京的开门时间定在五更一刻，这是因为性善寺的僧人每日五更一刻敲钟起床，上殿诵经，性善寺钟声响起时，南京东大街钟楼上的大钟也会应声而响，各城门士卒以此钟声为开门信号。

索索幽虫急晓风，玉绳西下露华浓。

远钟惊觉窗灯暗，依旧江山一万重。

——张方平《梦后》

次日清晨，性善寺早课的钟声早已响过，包拯和沈周尚歪在禅堂打盹，便有僧人匆忙进来道："有人从应天书院带来口信，说主教范仲淹范先生有急事叫二位公子回书院商议，人还等在寺门口呢。"

沈周道："可能是为曹教授府上的事。"又道："你还是留在这里张罗小游后事，我跑一趟吧。回头我再来找你。"

包拯本欲送沈周出去，正好住持进来商议法事一事，便止了步。正相谈时，有僧人领着全副武装的横塞军指挥使杨文广进来。

包拯很是意外，询问之下才知道前日王伦在南门露面又成功逃脱追捕后，曹汭料想此人来意不善，便行文派人送到宁陵，请杨文广前来南京协助捉拿王伦。杨文广昨日日落前到了南京，进城后听说王伦率众劫杀故相寇准夫人宋小妹一事，得知王伦已然死在了张建侯刀下，尸首还在性善寺中，遂今日一早出城，赶来辨认尸首。

包拯道："曹将军昨日已经来过，认出三具尸首是他昔日下属，包括王伦在内。另两人脸上没有刺字，应该不是逃卒，或许是王伦落草为寇后招募的亡命之徒。"杨文广道："这我已经听曹汭说过。我其实不认识王伦，来这里不是为了确认他的身份，而是来看他的体形特征，看他是不是当晚在曹府跟我交手的黑衣蒙面人。"

包拯登时醒悟，道："小杨将军心细如发，我竟全忘了这件事了。"忙引着杨文广来到停放强盗尸首的厢房，指着最边上的一人道："这就是王伦。”

杨文广一看便道："不是他。他膀大腰圆，高矮跟我差不多，那晚上的黑衣人，比我要矮上半头，身材也瘦得多。”

包拯忙问道："对方有没有可能是女子？”杨文广愣了一愣，才道："对方武艺很高，又打出了火蒺藜，我从来没有想过对方会是女子。不过包公子一提醒，我觉得也是可能的，至少从身材看起来很像。”

包拯长舒一口气，叹道："那一定就是刘德妙了。”杨文广奇道："刘德妙？怎么会是她？”

包拯更是惊异，道："小杨将军认得她？”蓦然想到刘德妙是北汉国主刘崇孙女，而杨文广之杨氏，之前其实也是姓刘的。

杨文广祖父杨业本名杨重贵，祖籍麟州新秦[1]，后移居太原，父亲杨信曾为后汉麟州刺史，以武力雄踞一方。杨重贵从小就擅长骑射，爱好打猎，曾对同伴说："我他日为将用兵，亦犹鹰犬逐雉兔尔。”因年少英武，很受当时北汉国主刘崇的看重，被收为养孙，改名为刘继业。刘继业先担任保卫指挥使，素以骁勇闻名，后以功升迁到建雄军节度使。由于刘继业战功卓著，所向无敌，北汉国人称其为“杨无敌”。太平兴国四年（979年），宋太宗赵光义挥师北伐，举兵包围了太原，宋军数十万将士用弓弩轮番向城内射击，声势惊人。北汉外绝援军，内乏粮草，国主刘继元不得不出城投降，其十州四十一县的土地为宋朝所得。刘继元献城投降后，北汉名将刘继业依旧在据城抵抗。宋太宗爱其忠勇，很想招为己用，于是派刘继元去招降刘继业。刘继业为保全城中百姓，北面再拜，这才释甲开城，迎接宋军。赵光义大喜，立即授刘继业为右领军卫大将军，并加厚赐，复姓杨，名业。之后杨业成为宋朝著名将领，史称杨令公，其与后代的事迹被演绎成各种各样的戏曲和故事，其中最有名的便是《杨家将》。

包拯略一凝思，便想明白了杨文广认识刘德妙的缘由，忙问道："那么小杨将军可知道刘德妙的事？”杨文广道："她是家祖故主孙女，听长

[1] 麟州：今陕西神木。

辈们提过，所以略微知道一点儿——听说她自小出家做了女道士，学会了相术，后来时常出入皇宫和权贵之门。我曾在汴京见过她几次，她为人有些势利，但可能因为祖上的关系，她对我还算和善，不是传说中那么倨傲无礼。”

包拯道：“小杨将军最后一次见到刘德妙是什么时候？”杨文广道：“就是她去年临难时。我当时正好在京师办公事，她因为通奸罪被判编管均州，我还特意去送了一送。包公子怎么能断定那黑衣人就是刘德妙呢？据我所知，她并不会武功。”

包拯道：“刘德妙来南京做了许多你想象不到的事，也许她一直深藏不露，只是小杨将军不知道罢了。”杨文广道：“就算她的确深藏不露，当晚她不需要对我打出火蒺藜脱身，只要亮出真面貌，别说我会立即放她走，就是今日，我也绝不会对旁人泄露她的行踪。”

包拯闻言颇为不悦，道：“小杨将军是名门之后，怎可说出这样的话？刘德妙犯下国法，知情不报，可就是庇护之罪。”

杨文广见话不投机，便拱手道：“杨某今日来性善寺的目的已经达到，言尽于此，至于那黑衣人是不是刘德妙，全由包公子自己判断。杨某还要赶去北面接应追捕逃犯的士卒，这就告辞了。”

正好文彦博进来，见杨文广脸有不豫之色，预备离去，忙招呼道：“小杨将军，你正好在这里，我有许多事要向你请教。”又向包拯道：“我们都知道性善寺的事了，范先生让我带话给你，说他一忙完书院的事，就会赶来看你。”

包拯道：“范先生不是一早就派人叫走沈周了么，又让你带话做什么？你半路没有遇见小沈么？”文彦博道：“没有啊。不过我着急来看你，雇了车子，走的是官道。小沈也许走的是山道，步行的话，那条路要近许多。”

杨文广道：“那带信的人一早就到了么？”包拯道：“比小杨将军要早上一刻工夫。”

杨文广道：“这就不对了！我一早就到了北门，尚未到开门时辰，等听到钟声响了，士卒才开启了城门，我随即策马出门赶来性善寺，因而我是第一个自北门出城的人。如果那带口信的人从应天书院来，我自北门出城时，他应该正从南门进城才对，就算他也骑马，可他还得穿过全城，无论如何都不可能比我先到的。”

大宋城市之内虽然废除了汉唐以来的夜禁制度，但仍然保留有城禁，即天黑关闭城门、天亮开启城门，城门开启时间通常定在五更以后。南京的开门时间定在五更一刻，这是因为性善寺的僧人每日五更一刻敲钟起床，上殿诵经，性善寺钟声响起时，南京东大街钟楼上的大钟也会应声而响，各城门士卒以此钟声为开门信号。而性善寺在北门外，应天书院则在南门外，正如杨文广所言，南门外的人是绝不可能比他先到的。

文彦博道：“呀，算算时间，确实对不上，除非带信的人昨晚城门关闭前就出了城，可范先生昨晚明明住在城中自己家里，我还看见他了呀，他是昨晚才知道性善寺的事情。”杨文广道：“这么看起来，那带信人是有意诓走沈周，他昨夜一定就在性善寺外。”

包拯道：“坏了，带信人很可能就是逃走的王伦的同伙！呀，我真笨呀，居然一点都没有觉察！”忙赶出来找到寺门僧，问那自称带范仲淹口信者的模样。寺门僧道：“三四十岁的样子，看样子就是个没事做的闲汉，没什么特别的。”

包拯拔脚就要赶出去寻找沈周，杨文广忙阻止道：“现下四处都在搜捕盗贼，如果真是王伦同伙冒险所为，诱走沈周一定是有所图谋，不会立即杀了他。要道上都设了关卡，他们走不远的。你们二位先留在这里，我带人去搜索这附近一带，如有发现定会立即通知你们。”

包拯只得勉强留下，但却心焦如焚，一想到王伦这伙人胆大妄为，敢大白天的公然冲进寺庙杀人，料想其党羽捕走沈周，必然不会有什么好事，沈周肯定会吃足苦头。

正忧心之时，有兵士进来告道：“杨指挥使命小的来告诉二位公子，适才有往北面追捕的士卒回报，说已经在曹县追到了四名逃走的盗贼，三人在格斗中被杀，一人跳水自杀，没有捕到活口。”

文彦博忙问道：“小杨将军人呢？”兵士道：“杨指挥使正布置人手，搜索城北一带的山区，有消息小的再来禀报。”施礼退了出去。

包拯愈发着急起来，道："呀，如果不是王伦那伙贼人抓走了沈周，还能有谁？"

文彦博仔细问了经过，道："这可奇怪了。官府刻意压制了消息，严令不准外扬性善寺之事，因而普通老百姓压根儿就不知道昨天这里曾经是刀光剑影，南京城中人人正忙着议论寻找《张公兵书》呢。知道性善寺凶案的，只有当事人和官府中人，而知道你和沈周昨夜留宿在寺内的人，应该更是少之又少。"

包拯登时明白了过来，道："这骗走沈周的人，如果不是寺中僧人，就一定是昨日来过性善寺。"

一一默念出昨日来过性善寺的人的名字，思索谁最有嫌疑。应天知府晏殊？当然不可能。转运使韩允升？也不可能。提刑司康惟一？应该也不可能。官府的人应该都不可能，僧人也应该不可能，那么就只剩下香客了，不会是自己的亲人，不会是宋小妹，也不会是董氏母女，更不会是紧急关头仗义出手的张望归夫妇，难道是那富贵公子黄河么？

文彦博道："黄河为了见曹云霄一面，居然敢半夜去爬曹家的后墙？看样子也是个性情中人。可他跟你和沈周都无过节儿，为什么要用这种方式诱捕你们呢？"

包拯道："我实在想不出来，我怀疑黄河，并不是因为他本人有嫌疑，而是实在想不出其他人有什么疑点。"文彦博道："这个不难查明，只需要派人去向北城门士卒和望月楼店家查验黄河昨晚行踪，他若是昨夜回去了望月楼睡觉，自然没有任何嫌疑，如果他没有回城，嫌疑可就大了。"

当即说到做到，招手叫了一名留守寺中的吏卒，给了他一吊钱，叮嘱几句，请他往城中跑一趟。吏卒听说不用在这里守着恶臭的尸体，又有外快可捞，立即欢天喜地地去了。

文彦博又问道："适才见小杨将军一度语气不善，是你二人起了争执么？"包拯便说了刘德妙之事。

文彦博道："这次我可要站在杨文广一边了，正如他所言，当晚与他交手的黑衣人肯定不是刘德妙。你想想看，杨文广何等身手，刘德妙若能跟他对峙打斗，武艺必然相当了得，如果她当真那么厉害，还用得着用毒药来杀崔良中么？”

包拯道：“或许这正是刘德妙深谋远虑之处，或是出于某种考虑，她必须要用毒药来杀崔良中。”

文彦博道：“这个有可能。但那刘德妙与众多权贵交往，靠相术横行京师，必是极善察言观色之辈。她这样的厉害人物，怎么会看不出杨文广是什么样的人？杨家一门忠烈，虽然早已是大宋良将，但对故主之后绝不至于无情。正如杨文广所言，刘德妙当晚既被撞见，无须思忖脱身之计，直接露出真面目便可以大摇大摆地离开。”

包拯其实也认为杨文广的看法有道理，只是这样一来就与诸多证据矛盾，而且引发出新的疑问——刘德妙是当晚知府宴会上向崔良中行凶的凶手，这是确认无疑的事实。曹丰很可能已经遇害，杀他的人应该就是凶手，也就是刘德妙，目的无非是要移花接木，转移官府侦查视线。如果说刘德妙不是当晚与杨文广交手的黑衣人，是另外一个人，那么这个人到曹府是为了什么呢？他有没有见过曹丰？跟曹丰又是什么关系？

一时难以想通其中关节。正好包令仪夫妇和张建侯带着凶肆行人赶到，同时运来了棺木及各种殡葬用品，遂先将小游盛装装殓起来。包母不胜哀伤，一见到小游的脸便哭泣不止，令人心酸。包拯强忍悲痛，少不得要劝慰几句。

裴青羽听说沈周失踪，很是惊异，问道：“听说沈公子父亲是大理寺官员，审理天下疑难狱案，会不会是有人劫了沈公子，以此来要挟沈父行枉法之事？”

文彦博道：“呀，这倒是极有可能。我得赶紧写封信送去东京，将此事告知沈丈，让他有所准备。”送信最快的方式是乘驿传，即通过官方驿路一站站传递，须得借助他父亲南京通判的官职，低声与包拯商议了几句，便先赶回城安排信件之事。

张建侯见张望归夫妇明明有要事在身，却一直陪伴在此，很是过意不去，再三道谢。张望归道：“你我本是同族，何须言谢？不过我夫妇二人也确实不能久留，这就告辞了。”在张小游灵前祭拜一通，这才携妻离去。

到了傍晚天黑时分，忽然有兵士报称找到了沈周。包拯急忙迎了出来。杨文广抱着沈周进寺，火光中，依稀可以见到沈周浑身上下都是伤痕，血迹斑斑，已浑然不省人事了。

张建侯大吃一惊，问道："沈大哥死了么？谁杀了他？"杨文广道："放心，沈公子还活着，只是受过严刑拷打，吃了不少苦。"抱着沈周进来厢房，将他放到床上，命兵士打热水来为他擦洗身子，再将僧人送来的草药捣碎了涂在伤口上。

沈周身上有刀伤、棍棒伤，伤势极重，不论旁人如何叫喊，始终昏迷不醒。

包拯问道："小杨将军在哪里发现了沈周？"杨文广道："后山上一间猎人歇息的茅屋里。"

他猜测诓走沈周的人必是有自己的目的，然而现下南京戒备森严，四处都是搜捕盗贼的官兵，诓骗者必定不会冒险带沈周进城，离开南京的水道、旱路也都被截断，都有重兵把守。那人唯一能做的，就是将沈周藏在附近，达到目的后悄然离开。城北一带都是丘陵山冈，地广人稀，虽然藏身容易，但人口少也是个突出的优点。杨文广先不急着搜山，而是召集了本地的猎户，询问有哪些可以藏人的地方，再分成数队，各由猎户带队分区搜索。如此一天下来，虽然一无所获，却将大多数能藏身的山洞、草屋都清过了一遍。

日落时分，杨文广见天色已晚，便下令先收队。走到性善寺背面的山峦时，忽然见到前面山坡有人下山，急忙追上前去，却是一名黑衣人。杨文广见对方黑衣蒙面，立即上前拦截。二人略一交手，他便认出对方即是前几日晚上在曹府与他交手之人，正要喝令弓手将其围住，那人忽道："你想救沈周么？他在山上茅屋里。快去，不然就来不及了。"

杨文广冷笑道："沈周我自然要救，这次你可别想逃走。"

他既与那人交过手，又被对方逃脱，深以为耻，这几日已反复研究回忆过敌人的招数套路，寻找破绽，早已胸有成竹，见那人举掌砍来，当即拿住其手腕，反拧了过来，预备扯脱对方肩臼，手蓦然触摸到那人胸前，只觉得软软一片，一呆之下，心中有所迟疑，没下重手。却被那人趁机挣脱，又朝包围上来的弓手打出一枚火蒺藜，趁众人忙不迭滚地闪避之时，竟就此冲下山逃走，消失在树林中。

杨文广一时追赶不及，只得带人赶来坡顶茅屋查看，当真见到了一个人——一名男子双手高举，吊在房梁下，双眼被黑布蒙住，身上伤痕累累，地上有大摊血迹。取下蒙眼黑布一看，果然就是沈周，只是人早已昏迷了过去。杨文广忙割断绳索，放他下来，因来不及回城，只得先运来性善寺救治。

包拯道："小杨将军今日在山坡上遇到绑架者，当真就是与你在曹府交过手的黑衣人？你看真切了么，身形可是一模一样？"

倒不是他有意怀疑杨文广，而是当时天光昏暗，有树木遮阴，那人又蒙了面，未必看得清楚。

张建侯道："姑父，这你就不懂了，习武之人都有自己独特的路数。小杨将军之前跟那个人交过手，不需要再看他的脸蛋身材，只要一动上手，就立即能知道是不是同一个人。"包拯道："原来如此，是我冒昧了，抱歉。"

杨文广叹了口气，道："虽然让那人侥幸逃走，但我却发现了一件事——正如包公子之前所推测的那般，对方是个女子。交手时，我无意间碰到了她的……她的胸脯……后来她跟我说话，虽然有意压低嗓音，但仍然可以听出是个女子。不过我可以肯定，她绝不是刘德妙。刘德妙的声音沙哑深沉，这女子却是相当清脆，应该年轻得多。"

包拯若有所思，半晌才道："多谢小杨将军告知。"

送走杨文广，张建侯忙问道："今早那个假借范先生名义的带信人，本来也是要连姑父一起骗去的，对吧？"包拯道："嗯，如果不是因为不忍心留下小游一个人在这里，我断然就跟沈周一同去了。"

张建侯道："那么这个人一定不知道姑父不会丢下小游不管，也就是说，他不是姑父亲近的人，不了解姑父的心思。"包拯一呆，心道："那会是谁呢？"

文彦博派去查验行踪的吏卒已然确认黄河和侍从杨守素昨日下午就

回城了，还在望月楼双泉阁子里一直待到晚上，北门士卒和望月楼店家老樊均可作证。今日黄河根本就没有离开望月楼半步，如此，他的嫌疑完全洗清。还会有谁呢？寺门僧称见到带信人是个三四十岁的闲汉，跟杨文广交手的则是个二十多岁的年轻女子，也就是说，对方至少有两个人，他们骗走沈周，如此凶残地拷打他，必然是要逼问什么事情。会不会跟曹丰失踪有关呢？那年轻女子当晚到曹府到底是做什么呢？

张建侯想得头疼，干脆懒得想了，起身道："还好沈大哥人还在，他们没有杀了他灭口。姑父，今晚你先守着沈大哥，我去灵堂替小游守灵。你放心，小游不会怪你的，她还巴不得你早些破案，好替她报仇呢。"

包拯也担心沈周伤势过重，怕有个万一，便应允道："也好。"

本以为这一夜又会是个不眠之夜，但连日的疲惫还是如同潮水袭击包围了包拯，他歪在床边，本只想打个盹儿，却就此沉沉睡去。天快亮时，早课的钟声响起，他这才惊醒过来，想要起身，竟然四肢都麻木了，一点儿一点儿挪了好久，才勉强能够动弹。

忽听到沈周呻吟一声，睁开眼睛，哼哼唧唧地道："我……我是死了么？"

包拯大喜过望，急忙倒了一碗苦茶，喂沈周饮下，道："你还没死。"沈周茫然道："可我明明听到他们说要杀了我的。"

包拯道："亏得小杨将军及时找到了你。到底是怎么回事？"沈周道："我也不知道啊。我跟着那信使回城，没走多远便觉得后脑勺一痛，人就晕了过去。"

等沈周再醒来时，只觉得手腕奇痛，扯裂欲断，睁开眼睛，却是漆黑一片，一时不知道身处何处，也不知道发生了什么事。略一挣扎，只觉得双手被什么东西紧紧扯住，竟是丝毫动弹不得。他后脑勺疼痛无比，难以集中精力思索，过了好大一会儿才会意过来，他是高举双手被人吊了起来，眼睛上则被蒙了黑布。一时间，惊愕无比，整个世界好像是虚幻的一样。正以为是一刹那的错觉时，忽听到有人开门进来，忙问道："你是什么人？捉我做什么？"

话音刚落，肚腹便重重挨了一拳，剧痛之下，呼吸为之阻塞，他登时剧烈地咳嗽起来。眼泪也随之流出，幸亏眼睛上蒙有黑布，审讯者看不见，尚不至于太丢脸。

那人冷冷道："知道厉害了吧？我问一句，你答一句，答错一个字，我就用刀子往你身上割一刀，直到你断气为止。"却是个男子的声音。他一边说，一边拔出短刀来，往沈周两条大腿上各划了一道长长的口子，示意他的言语不虚。

沈周看不见周围情形，喘息刚定，只觉得大腿上伤口如火炙一般，血滚滚流出，忍不住大声呼痛。他少年曾暗中窥测父亲沈英审案，案情到关键之处时，也会对一些犯人用刑，以严刑来取得口供。一些犯人看起来桀骜不驯，傲骨铮铮，然而一上刑具，立即如杀猪般地尖叫，什么都招认了出来。他当时瞧在眼中，还暗暗鄙视那些男子都是贪生怕死之辈，身体受一点儿痛楚就忍受不住，气概全无。此刻他自身尝到皮肉之苦，才知道刑罚的滋味实在不好受，肉体上的折磨会让人暂时将其他的一切都暂时抛开，所感受的只是疼和痛，而正是这疼痛让他觉得存在的真实。

他悬在半空中，像待宰的肥羊一样挣扎了好一会儿，力气耗尽，呻吟声也小了许多。

审问他的男子这才道："现在该老实了吧？"

沈周究竟只是个文弱书生，受此折磨，再也难以硬气起来，喘气问道："你……你想知道什么？"

那男子道："崔良中，你知道吧？"沈周道："知道，他是天下第一大茶商，刚刚死了。你是想知道是谁杀了他么？"话音刚落，便痛得叫了起来。那男子又持刀在他腹部划了一刀，喝道："你不过是阶下之囚，我问一句，你才答一句，轮得到你来发问么？"沈周道："是，是。"

那男子这才问道："你知道是谁杀了崔良中？"沈周不知对方身份，自然不能供出相士王青或刘德妙，以免牵扯进曹家，便道："听说是刻书匠人高继安。"

那男子似也不关心这件事，又故作漫不经心地问道："是谁告诉你崔良中有丧子和丧女之相的？"

劫质是要判死刑的重罪，沈周虽不知道那男子身份，但想对方千方百计绑架自己来，总是想得到什么重大之物，不是想用自己性命来要挟父亲沈英为他们办事，便是跟现下他们在查的案子有关，却没有想到对方问了这么一个问题，一时愣住。

那男子见他不答，立即毫不迟疑地往他胸划了两道，喝道："快说！快说！"

沈周听那男子语气焦灼，急于得到答案，可见这个问题对他十分重要。而且对方以如此残酷的刑罚对待自己，显然是得到答案后就会杀自己灭口，即使不杀他，任凭他吊在这里一天一夜，以他目下伤势，也会鲜血流尽而死。当即紧闭嘴唇，无论如何不肯回答。

那男子又往沈周腿上割了两刀，见他依旧强硬，倒也担心就此将他割死，收了刀子，急奔了出去，片刻后执着一根树枝进来，疯狂地朝他身上抽打，要他说出人名来。沈周几次昏死过去，又几次被凉水泼醒，痛苦不堪，恨不得快快死去。

也不知道过了多少时候，又有人走进来屋子。那拷打沈周的人忙上前禀报道："主人，他不肯说出名字。"那主人倒也干脆，道："杀了他！再杀了包拯！"

沈周以为包拯也被这些人掳来，忙叫道："等一等！我愿意说出那个人的名字，但你们不能杀包拯。"那主人道："好，我答应你。说，那人是谁？"

沈周心道："刘德妙这件事虽然牵扯到曹府，然而曹府与相士王青相通已然败露，官府知道王青就是刘德妙不过早晚之事，我不必为此而害了包拯性命。"当即道："是一个叫刘德妙的相士说的。"

那主人道："你说是那个正被官府通缉的女道士刘德妙？"沈周心道："看来官府已经发现王青就是刘德妙了。"叹了口气，应道："是她。"

那主人便不再说话，转身走了出去，从人也尽跟了出去。门外旋即传来低语声，似是这些人在商议什么事情。

沈周勉强提口气，叫道："喂，你们可以杀我，但一定要遵守诺言，不能杀包拯。"

隔了好大一会儿，那主人重新进来，沉声道："我既答应了你，当然不会再去杀包拯。"

沈周揣摩话意，失声道："原来你们并没有捉到包拯！"那主人道："当然没有，包拯人还好好地在性善寺中呢。"转头向手下下令道："杀了他，再化掉尸首，这样旁人找不到他，只以为他失踪了。"

拷打过沈周的男子应了一声，上前往沈周身上摸了一通，搜出了那两截断镯来，不禁"咦"了一声，叫道："主人，你看，这是……"

那主人本已转身走到门口，转头看见断镯，登时回来沈周面前，问道："你这只玉镯是从哪里得来的？"嗓音大变，竟似女子的声音。

沈周心道："这些人本已决意杀我，忽然又因这只玉镯而起了变化，一定有什么不寻常之处，说不定他们知道寇夫人才是这只玉镯的原主。"既认定玉镯是一线生机，当然要努力把握，坚决地摇了摇头，道："我不能告诉你。"

那主人取过树枝，狠狠抽打沈周，口中还怒骂着一些听不懂的话，直将他抽得昏死过去。

再醒来时，四周静悄悄的，屋子里似乎已经没有了人。沈周虽然昏昏沉沉，但还是很清楚自己活不长了。回想一生，虽然短暂，可也没有什么可遗憾的，也许是经历得太少、性情又疏淡吧。只是苦了那位许家娘子，大概她也知道翰林学士石中立要居中说媒，极力撮合他二人，却料不到还没有见到一面，他便莫名其妙地死于非命。

正胡思乱想之时，又有人进来，这人倒没有打他，只是推了他一下，问道："那玉镯你是从哪里得来的？"

沈周道："你问这个做什么？"那人道："因为我主人要知道。快说，是从哪个女子手中得来的？"

沈周心下大奇，暗道："玉镯明明是张尧封交给我并请我设法修补，对方为何能一口咬定原主是女子？难道因为这是女子佩戴之物么？这玉镯明明是寇夫人所有，她送给了幼年时的崔都兰，不知后来又如何辗转落入曹云霄之手，偏偏崔、曹两家是宿敌，难道这其中有所关联不成？到底是什么，竟然能暂时救得我性命？"百思不得其解。他见对面这人不似原先拷打过他的男子和其主人那么蛮横残暴，便试探问道：“这镯子对你主人很重要么？请问你家主人贵姓？”

那人呵斥道：“你好大胆，敢套我的话。”沈周道：“反正我也快要死了，你告诉又何妨？”

那人微微迟疑了一下，上前一步，低声道：“你听好了，一会儿……”

一言未毕，有人疾步进来，却是之前拷打过沈周的男子，急道：“来不及问出玉镯的消息了，那边有官兵过来，快些动手杀了他。”同伴应了一声，道：“你先走，这里交给我。”拷打过沈周的男子叮嘱道：“你小心点儿。”自出去了。

沈周看不见周围情形，只能听见声音，隐约感觉留下善后的人走到了自己背后，等了半晌，仍然不见对方动手，不禁问道：“你在做什么？”那人冷冷道：“当然是要杀你。”举起什么东西砸在他后颈上，他登时晕了过去。再醒来时，便已经是在性善寺中了。

沈周大致说完经过，他有过目不忘之能，虽然不及文彦博那般口才出众，却是一个字不漏，将记得的都说了出来，连自己软弱怕痛的心思也没有隐瞒。包拯听完，只皱眉不语。沈周也不忍心催他，忽然肚腹“咕噜”如山响，这才不好意思地道：“我……我一天未吃东西，实在好饿。”

包拯忙到寺中厨房寻找吃的，僧人们已起床早课，火头僧正忙碌为寺众做饭，盛了一大碗菜粥给他，又顺手拿刀在一大团黑红色的石头一样的东西上切下几小块来，不知道是什么食物，用木碗装了。包拯拿回房间，沈周一口气喝光半碗菜粥，这才拿起那团食物，问道：“这是什么？”包拯道：“应该是馒头之类的主食。”

沈周饿得极了，便张嘴咬了一口，蓦地张大了眼睛。包拯见他神色诡异，忙问道：“不好吃么？”

沈周却一口吞下，又连咬几口，将手中的那块吃尽，这才嚷道：“好吃，实在太好吃了，这是性善寺最有名的盘游饭啊。”

这盘游饭说是饭，其实跟大米没半分关系，就是将藕、莲、菱、土豆，荸荠、慈姑、百合等多种蔬菜混在一起上锅蒸，蒸烂后取出，稍微晾干一会儿，再倒入石臼中，捣得非常细，再拌上蜀中产的糖和蜜，重新上锅蒸熟，然后再入臼中捣烂，使得糖、蜜和各种原料搅拌均匀，再取出来，团作一团，等冷了变硬，再用干净的刀随切随吃。虽然做起来略微麻烦，但食用方便，酥脆可口，而且放多长时间都不会变质，所以寺庙僧人拿它当主食。

沈周久闻性善寺盘游饭是南京最出名的斋饭，想不到今日随意一尝，果然是名不虚传，忙道："包拯，这个确实好吃，你也尝一尝。"

包拯哪有心思品尝什么盘游饭，倒是张建侯进来，毫不客气地抓起一块塞入口中，道："这点心味道不错。沈大哥，我就知道你吉人天相，能挺过来的。到底是谁绑架了你？"沈周道："我不知道，我的眼睛一直被蒙住，看不见对方。"

包拯道："这些人既然早决意杀你，就不会怕你见到他们的容貌。之所以还要蒙住你眼睛，只有一个可能，那就是他们中间有你认识或是见过的人。"沈周道："我从声音听不出什么啊。不过仔细回想确实也有许多可疑之处，他们好像都是压着嗓子说话，尤其是那所谓的主人，气急败坏时露了真相，应该是个女子。"

包拯道："留下来善后的那人，也是个女子。小杨将军跟她交过手，可以确认这一点。"

沈周听说那最后要杀他灭口的人就是当晚在曹府跟杨文广交手的黑衣人，目瞪口呆，半晌才问道："难道是刘德妙？"包拯道："小杨将军认得刘德妙本人，认为不会是她，我信得过小杨将军的话。我怀疑这件事跟大茶商崔良中的女儿崔都兰有关。"

这些歹人用心良苦地诱捕了沈周，不惜动用私刑，先后逼问的只有两件事情：一是沈周是怎么知道崔良中有丧子和丧女之相的；二是从哪里得到的玉镯。两件事只有一个共同点，那就是都间接涉及崔都兰。

先说前一件事。崔良中有丧子、丧女之相的预言出自相士刘德妙之口，包拯和沈周则是从曹丰妻子戚彤口中听说。"子"崔阳和"父"崔良中均已死去，"女"崔都兰尚在，因为这一点，包拯和沈周怀疑这是刘德妙的连环杀人计划，下一目标就是崔都兰，所以特意在昨日委婉警示了崔都兰的心腹婢女慕容英。也就是说，由包拯和沈周二人转述的预言，只有慕容英和崔都兰知晓，而崔都兰也有想知道预言出自何人之口的强烈动机。

再说后一件事，那玉镯原是名相寇准送给妻子宋小妹的定情之物，多年前，宋小妹路遇还是孩童的崔都兰，怜悯之下，将玉镯送给了她。至于后来玉镯如何辗转流传到曹府曹云霄手上，经过不得而知，但有一点可以肯定，见到两截断镯而声音大变的人，一定是有重大干系的人，多半就是它的原主。这原主，既不可能是宋小妹，那就只能是崔都兰了。

早在刑讯者逼问预言来处时，沈周心中就隐约怀疑过崔都兰，但这念头只是一闪而过，自己很快就否认了——想那崔都兰原先只是一个流浪民间的孤女，好不容易被崔良中寻回，摇身变为大富商的女儿，穿金戴银，从此不愁荣华富贵。但她毕竟来到南京才短短几个月，哪有那么大的胆量和能耐绑架人质，尤其被绑者还是朝廷官员之子，而她想得到的仅仅是为了想要知道是谁说了崔良中丧子丧女的预言？她完全不必费任何周章，直接来向沈周和包拯询问的。况且她父亲崔良中刚刚去世，她正服热孝，丧事都忙不过来，怎么还会有精力来关注所谓的预言？基于这一点，沈周完全不能相信会是崔都兰主持策划了这一切。

包拯道："你的分析有道理，我也觉得于情、于理、于力都不可能是崔都兰。然而情感是一回事，事实则是另一回事，绑架者询问的问题，都直接牵扯到她。"

张建侯道："这不对呀。崔都兰知道是姑父和沈大哥两个人将预言告诉了慕容英，如果是她策划了这一切，他们只捕走了沈大哥，将来案发，姑父一定会怀疑到她头上的啊。"包拯道："我现下对崔都兰的怀疑，完全是基于绑架者讯问沈周的两个问题。其实绑架者从一开始就是决意要杀了沈周的，最先用刀划伤他的腿，就是为了防止他逃跑。"

沈周道："对，是这样，他们应该也会猜到我能从讯问上联系上崔都兰，仍然毫不隐讳地问了出来，自然是因为认定我必死无疑。可我还是不相信崔都兰会卷入这件事，她如果想知道是谁说了预言，直接来问你我就行了，何必要冒杀头的危险？而且讯问我的人语气冷漠，从始至终没有透露出对崔良中有半分关怀的意思，似乎对崔良中之死还有幸灾乐祸之意。而崔都兰虽然表面冷漠，但崔良中毕竟是她父亲，血浓于水，我们都曾亲眼见过她真情流露，表明她对崔良中还是有感情的。”

包拯道：“嗯。话虽如此，但这件事实在太诡异了，崔都兰无论如何难脱干系，我得亲自去找她问个清楚。”听见外面晨鸡四啼，窗前已然露白，便道：“建侯，你留在这里，方便照应沈周，我回城去趟崔府。”

沈周知道包拯耿直，生怕他在灵堂上直言说出对崔都兰的怀疑，从此结下难解之怨，忙道：“何不叫上小杨将军一起去？”包拯道：“嗯，你提醒得太及时了。如果这起绑架案的主谋真是崔都兰，那与小杨将军两次交手的女子一定就是慕容英，正好可以让小杨一试真伪。”

沈周只得直言叮嘱道：“崔家正在办丧事，你可别太直率了。你看那马季良和崔家侄媳妇吕茗茗都对崔都兰不大客气，你再当众指斥她涉嫌绑架，岂不是挑起了新的危机？万一崔都兰无辜，可就不好收场了。”包拯歪着头想了想，道：“你顾虑得有道理，我会见机行事。”

先到禅房拜见了父母，又往张小游灵前上过三炷香，这才赶去厢房叫起了杨文广。

杨文广听说究竟，道：“包公子怀疑那与我交手的女子名叫慕容英？”包拯道：“小杨将军认得她？”杨文广道：“不，不认得。只是慕容是鲜卑贵族姓氏，现今族人大多居住在河西党项之地，也有一小部分住在辽国契丹之地，中原并不常见到这个姓，略微有些奇怪，其实我亲属中也有娶慕容氏者。”

杨氏因世代边将，多与边关少数民族通婚，杨文广祖母折氏就不是汉人女子，而是出自党项大族。

包拯却陡然想起曾听到崔府夜半有人吹奏盂盂，失声道：“呀，慕容英很可能就是党项人。”杨文广道：“难怪她的武功路数有些奇怪，我之前从来没有见过。”

如果慕容英是党项人[1]，她会不会是西夏派来的奸细？西夏野心勃

[1] 河西一带，虽然吐蕃、回鹘势力相继入侵，基本上百姓还是以汉人服饰为主，包括沙州、西夏等。直到明道二年（1033年）三月，西夏国主李元昊正式颁布秃发令，要求西夏地区百姓发式区别于汉族。

勃，多次背叛大宋，夺取领土，但因为要靠通商得到宋朝的布帛和茶叶，又不得不多次求和。尤其是茶叶，直接干系到以肉食为主的党项人的健康甚至是生命，可以说是大宋遏制西夏要害的根本。崔良中是天下第一茶商，在世时能掌握大宋三成以上的茶叶，数量惊人，西夏也许盯上了他，想通过他来绕过边关贸易，直接获取关系命脉的茶叶，从此不必再受制于大宋榷场[1]。如果慕容英当真是别有用心潜伏在崔府，那么她必然有不少手下，完全有能力策划昨日绑架沈周的行动。她之前的诸多怪异行为，如发现有人潜伏在崔良中房顶后，并不声张，而是悄然上房，显然不是要捉拿潜伏者，而是想要知道对方是谁，好加以利用。现在的问题是，那数目巨大的假交引与慕容英有没有关系？崔都兰对婢女的真实身份到底是知情还是不知情？

杨文广好奇问道："听说崔都兰是个孤女，流落民间，情状极惨，怎么会收一个武艺高强的党项女子做婢女？"

包拯本来还只是怀疑慕容英的身份不简单，却由此得到了提示，忙道："快，我们得快点赶到崔府。"

入城时正好遇到宋城县尉楚宏和文彦博，欲赶去性善寺调查沈周的案子。

包拯忙道："沈周救回来了，正在寺里养伤。"又问道："那被捕的盗贼潘方净招了么？"楚宏道："潘方净强硬得很，他受伤很重，稍微一用刑就晕了过去，刑吏也不敢再下重手。包公子可有良策？"包拯道："暂时顾不上这件事。楚县尉，请你召集手下，跟我一起去崔府。"

到了崔府大门，包拯请楚宏率领弓手守住大门，不令放出一人。楚宏虽然不明所以，但对包拯却极是信任，当即应承。包拯遂与文彦博、杨文广一道进来府中。马季良、崔槐等人正在灵堂，闻讯迎了出来。

包拯不见崔都兰在其中，问道："崔家小娘子呢？"崔槐道："适才寇

[1] 榷场：指宋朝设在边关的市集，专门用来对外贸易。爆发战争时，大宋通常会关闭榷场，严禁对外通商，颇类似今经济制裁。

夫人派人过来，想请都兰过府一叙。她匆忙换了衣裳出去了，人应该正在包公子家呢。”

包拯道：“慕容英人呢？”

马季良一时想不起来，问道：“谁？”包拯道：“慕容英，崔都兰的婢女。”

马季良回头问道：“有谁见过慕容英？”吕茗茗道：“这两日一直没有看见她。她本来寸步不离都兰身边的，我还觉得奇怪呢。”

有仆人道：“早上曾看见英娘从外面进来，跟都兰小娘子说过一阵子话，后来又出去了。”

马季良道：“派人去找！”这才问道：“出了什么事？”包拯道：“马龙图，你赶紧先将崔都兰自己带来的人全部拘禁起来，不要放走一个。回头我再告诉你是怎么回事。”匆忙出来，带了楚宏和杨文广赶回自家。

到了堂前，却被宋小妹的侍从上前拦住，告道：“夫人正在会见贵客，特意交代不能被人打扰。”包拯道：“我也正要见这位贵客。”推开侍从，直闯入堂。

宋小妹正与一名白衣妇人在堂上叙话，见包拯不等通报便闯了进来，急忙站起身来，问道：“包公子有事么？”

包拯见那妇人低下头去，有意不令自己看清容貌，心中愈发有数，冷笑道：“崔家小娘子，我已经知道你的庐山真面目了，何须再遮遮掩掩？”

那妇人闻声抬起头来，却不是崔都兰，而是一名三十余岁的陌生妇人。包拯愕然愣住。

宋小妹道：“娘子请先进内堂。”招手叫过一名侍从，命他先引那妇人进去，这才不悦地问道：“这是怎么回事？”

包拯道：“这个人是谁？”宋小妹道：“是我的一位故人。”

包拯道：“崔都兰人呢？”宋小妹道：“她没有过来呀。我是派人请了她，但她没有来。”

包拯“哎呀”一声，急忙奔到大门口，道：“楚县尉，崔都兰和慕容英都是西夏奸细，你速速派人守住各大城门，发出告示，追捕这两名妇人。”

楚宏官任县尉，负责缉捕盗贼，也经历过许多大案，此刻听到“西夏奸细”四个字，那可是生平闻所未闻、想都不敢想象之事，一时愕然，完全会意不过来，只愣在那里发呆。

杨文广到底还是训练有素的军人，忙道：“怕是崔都兰知道身份即将败露，已然抢先逃出城了。楚县尉，你速将案情上报，封锁城门，搜索城内。我去找曹汭，调派轻骑出城追捕。”不待对方答应，急奔而去。

楚宏居然还愣头愣脑地道：“包公子说的可是西夏奸细？”包拯一时也解释不清楚，跺脚道：“疑犯是崔都兰和慕容英，她二人都跟假交引案有关。”

楚宏登时明白了过来，立即分派人手，赶去各官署和各城门报信。

包拯这才重新进来，向宋小妹赔罪。宋小妹道：“出了什么事？是跟崔都兰有关么？唉，这可怜的孩子。”包拯道：“隔壁那崔都兰是假的，夫人认识的真的崔都兰多半已经死了。”

真的崔都兰流浪民间多年，孤苦无依，生活必然相当窘迫。她入崔府时，身边就带有婢女慕容英，这本不合常理，但她声称慕容英是一同长大的伙伴，姊妹情深，不忍相弃，旁人遂不再多问。而据包拯观察，崔都兰对待慕容英并不如何姊妹情深，完全是主人对待奴仆的态度。既然慕容英大有来历，又有如此身手，甘居人下，只能说明那崔都兰是假的，真实身份就是她的主人。必然是西夏人盯上了崔良中，知道他在寻找亲生女儿，便抢先一步抓了或是杀了真的崔都兰，然后弄一个假的来冒名顶替，慕容英则是她的助手。

宋小妹闻言很是吃惊，凝思了好半晌，才问道：“这么说，那些闯进性善寺意图杀我的盗贼，多半也是这个假崔都兰指使的了？”包拯道：“我也是这么想。”

宋小妹道：“可我只记得小时候的崔都兰，并不知道她长大后的样子，就算这个崔都兰是假的，我也无法当面认出来呀。”文彦博道：“但这个假崔都兰未必知道。听说原先的崔都兰以行骗为生，骗子通常都好吹牛，将一件事吹得天花乱坠，好诱骗人上当。她小时候受过夫人恩惠，算是认得夫人，她将这一段故事添油加醋后讲给旁人听，或者干脆夸口称认识寇相公夫人，这也是人之常情。假崔都兰之前一定听过类似的话，以为夫人认得真的崔都兰，所以听到夫人来到南京后十分恐惧。这些西夏人如此穷心竭力安排下这个大计划，怎肯因为夫人而冒险？他们必然事先早雇请了王伦一伙盗贼，预备有所图谋，但夫人的到来打乱了他们原先的计划，假崔都兰不得已，遂让王伦到性善寺杀夫人灭口。”

如此，便也能解释假崔都兰为何要派人诱捕沈周，为何要问那个奇怪的问题了——她不知道刘德妙是相士，或许根本不相信所谓的“丧子丧女”的预言，以为是有人了解她杀了真崔都兰的真相，有意以预言散播，她图谋重大，最关键的一点就是必须要保持“天下第一茶商”之女的身份，所以她必须要找出这个表面散播预言、实则知道实情的人，好杀其灭口。这李代桃僵的计划本来天衣无缝，若不是沈周意外被杨文广救回，她讯问的奇怪问题成为重大疑点，打破脑袋也没有人会想到她崔家大姐的身份是假的。

宋小妹沉默良久，才起身道：“抱歉，想不到我的意外停留会引发这么多的事。如果不是因为我，小游也不会死，包公子，实在是抱歉。我今日就会离开南京，不及向令尊告辞，乞望恕罪。”

包拯很是意外，道：“夫人这就要走了么？其实这些事怪不到夫人头上的。”

宋小妹叹道：“宿命纠缠，因缘轮回，岁月漫漫，弹指一挥，缘起缘落，缘灭缘生，我也是其中一缘而已。包公子、文公子，来日再相会吧。”神态颇为凄凉，言毕微微颔首，飘然走了出去。

包拯一时也不及多想，忙与文彦博重新赶来崔府见马季良。

马季良尚不明白究竟，奇道：“包公子刚才来过后，我便立即命人去捉拿侍奉崔都兰的下人，奇怪的是，她的几个心腹从人全都不见了。”文彦博道：“这倒是不奇怪。”当即说了崔都兰是西夏奸细假扮之事。

马季良将眼睛瞪得滚圆，张大了嘴巴，情状与大街上的闲汉痞子无异，路人瞧见的话，无论如何都不会相信这是堂堂大宋龙图阁直学士。

包拯道：“之前我一度怀疑是马龙图杀了崔员外，现在想来，如果崔员外真的是二次中毒的话，应该是崔都兰……假崔都兰所为。”马季良道：“你怀疑我？”

包拯不顾文彦博暗扯衣袖，依旧直言不讳，道：“是的。崔员外恰好死在假交引案发后，不由得人不怀疑。”马季良道：“呀，好你个包拯，你敢怀疑我涉嫌伪造交引，我马季良是缺不少东西，可就是不缺钱，我……”脸涨得通红，显是对被怀疑一事十分愤怒。

文彦博忙道：“好在一切都水落石出。现在看起来，都是假崔都兰在暗中捣鬼，那假交引也多半是她暗中所为，跟崔员外并无干系。这妇人当真心肠歹毒，不但害得外人怀疑崔员外为人，还连累得马龙图声誉一并受损。”

他机智圆滑，深谙人心，知道马季良对待崔良中情深意重，眼下最大的心病就是人人怀疑假交引与崔良中有关，如此一说，果然马季良紧绷的脸立即舒展开来，连声说了好几个“对”字，这才问道：“包公子，你说的二次中毒是怎么回事？”包拯道：“我怀疑崔员外之所以中毒身亡，是又有人往他身上下了毒。”当即说了很可能是通过床单或是衣服染毒之事。

马季良思索了许久，才讪讪道：“可崔都兰既然是西夏奸细，必然是想要利用我义弟‘天下第一茶商’的身份，义弟死了对她全无好处。”包拯道：“是没有好处，但她更害怕真相暴露。”

崔良中第一次身中奇毒后，人虽昏迷，其实只是肢体麻木，但神志却是清醒的，之前已经有事实证明了这一点。然而在马季良来南京之前，众人并不知道，崔都兰更是不知道，她大概以为崔良中是的确晕了过去，一定跟慕容英等心腹手下在房间里商议过重要事情，后来得知崔良中尚有神志时，知道自己的许多秘密谈话都被他听见——他早已经明白自己非但不是他的女儿，反而是杀女仇人，而他一旦能再次开口说话，最先要揭穿的就是她的身份——所以她格外恐惧，不得不千方百计杀了崔良中灭口。

尤其可惊可怖的是，假崔都兰在毒杀了崔良中后，居然跑来找包拯等人，称崔良中死得不明不白，既博得了同情，又成功地将怀疑视线引到马季良身上。

马季良这才明白经过，愤然道："崔都兰这贱人居然在我眼皮底下害死了义弟，是可忍孰不可忍？我这就要亲自赶去提刑司，将一切告知提刑官知道，督促他务必缉拿到人犯。"恨恨骂了几句，这才去了。

出来崔府，包拯正色道："虽则崔都兰是西夏奸细，但不代表崔良中就是好人，如果没有他的支持，仅凭崔都兰一人，是不可能完全操控假交引的。"

文彦博道："这我自然知道，但目下最大的敌人难道不是崔都兰么？她才是害死小游的真凶。但你有没有想过，她是党项人，就算她被官府拿获，会是什么样的结局？朝廷在西夏问题上素来软弱，能和则和，崔都兰只要略略有些来历，朝廷必然不会杀她，只是用她做筹码跟西夏人讨价还价，说不定还会放她回去。我适才那么说，有意将所有罪名推到崔都兰头上，其实就是想要置她于死地，好替小游报仇啊。"

他称是崔都兰伪造假交引，由此牵累了崔良中和马季良二人，若是马季良涉入其中，必然会设法杀了崔都兰灭口，将所有罪行推到她头上。若是马季良根本不知情，也会衔恨入骨，绝不会轻易放过她。而今刘太后掌权，他是太后的亲眷兼眼前的红人，只要他一句话，便能从很大程度上左右太后的决定，起码不会让崔都兰逃脱惩罚，泰然回去西夏。

包拯却是对文彦博的手段颇不以为然，道："就算崔都兰大有来头，是党项贵族，她在我大宋国土杀人行凶，绑架人质，犯下累累罪行，朝廷岂能容她逃过国法制裁？况且马季良只是直学士，又不是有司官员，按律不能干涉司法。"

文彦博摇了摇头，暗叹包拯为人太过迂直，也不再多提，只道："我们还是去看看沈周吧。"

他之前已经写了封书信给沈周之父沈英，告知沈周被绑架一事，现下沈周得救，就不必再多此一举，徒令家人担心，忙先赶去驿馆将信追了回来，这才雇了车子，掉头往性善寺而来。

沈周、张建侯听说包拯这一趟回城，便揭穿崔都兰、慕容英西夏奸细的真实身份，不由得又是惊骇，又是羡慕。

包拯道："我这全是侥幸，幸亏小杨将军及时救回了小沈，不然我无论如何都怀疑不到崔都兰头上的。"张建侯咬牙切齿地道："原来害死小游的是崔都兰这个贱女人，我恨不得亲手杀了她。"

包拯道："崔都兰身份已经败露，即使逃出了南京，也很难逃出大宋，这件事总算可以告一段落。现下咱们要做的，除了安排好小游的后事，还有查清楚曹丰失踪的案子。"

文彦博道："既然已经能肯定当晚在曹府与小杨将军交手的是慕容英，那么一定是崔都兰派她去的，曹丰多半已经被慕容英杀了。只是不知道这件事跟崔良中遇刺有没有关系？"

沈周道："从时间上推算，慕容英潜入曹府是在崔良中遇刺被抬回崔府后。她那时当然还不知道行凶的人是刘德妙，曹氏与崔氏争斗多年，也许她只是本能地认为凶手是曹丰，所以立即派慕容英连夜赶去曹府报复。"张建侯却持不同意见，道："那崔都兰明明是假的，崔良中又不是她亲爹，她犯得着派手下去为他报仇吗？"

文彦博道："崔氏与曹氏不和已久，或许崔都兰认为这是挑起两家相斗的绝好机会，派慕容英杀掉曹丰，造成其失踪的假象，就可以让众人注意力集中到曹府身上，便于她掩护身份。"张建侯道："这倒是有几分道理。"

唯有包拯摇头道："这还是说不通。寇夫人是寇相公夫人，绝非普通妇人，她若是在南京被盗贼杀死，必然震动天下。崔都兰冒巨大风险派盗贼王伦闯入性善寺行凶，可见她不惜一切代价要保住她身份的秘密，怎么可能为了挑起崔曹两家相斗就派人去杀曹丰呢？世上没有任何一桩行凶不会留下痕迹，她多杀一个人，就多一分暴露危险。必定还有其他缘由，促使她不得不连夜派出慕容英到曹府。"

张建侯道："问题是，如果慕容英真杀了曹丰，又将他尸首藏到了哪里？为何到现在还找不到？"

沈周"啊"了一声，道："我想起来了！我昨日被绑架后，那些人要杀我灭口，有人曾说道：‘杀了他，再化掉尸首，这样旁人就找不到他，只以为他失踪了。’这会不会是……会不会是……”一时惊悸，不敢说出下面的话来。

张建侯道：“到底是什么？”沈周道：“化骨粉，传说中的化骨粉。”

文彦博道：“唐代传奇中倒是有化骨粉的记载和描述，我还以为那只是文人的杜撰，人世间当真有这种奇物么？”

张建侯道：“化骨粉是什么？”沈周道：“据书上说，化骨粉是一种奇药，只需洒一点在见血的创口上，就能一点一点地将肉体化成血水。”

众人面面相觑，虽觉得难以置信，但曹丰失踪的情形确实只有化骨粉一说才能解释——慕容英杀了曹丰，将其尸首塞到床下，然后往伤口上洒了化骨粉，曹丰最终化成一泡血水。为了消散气味，她甚至大开着门窗。但化骨粉虽然神奇，终究还是不能做到了无踪迹，残留的血水还是引来了蝇虫。

包拯叹道：“这只是我等的推测，只有等捉到崔都兰和慕容英，才能验证这一点。”

沈周道：“那我们要将这件事告诉曹丰妻子戚彤么？”包拯一时踌躇不语。

文彦博道：“还是暂时不要吧，曹府现在这种局面，你再告诉戚彤说她丈夫被化骨粉化掉了，让她情何以堪？”包拯道：“不，她有权知道真相。至少告诉了她之后，她不会再盲目四处去寻找丈夫的尸首。”

几人遂扶了沈周出来，让他坐上大车，运回城中，先到应天府署请医博士许希珍来看过。

许希珍道：“小官人身上伤虽然多，却都是皮肉外伤，不碍事，回去躺几天，等伤口愈合就没事了。”开了药方，让他按时敷药。

文彦博道：“你这样子，暂时不能回应天书院了。包家要张罗小游的丧事，也没人顾得上你，还是先住到我家吧。”沈周道：“那好，就冒昧打扰了。”又问道：“张尧封还住在府上么？”

文彦博道：“他人倒是还住在我家，不过听他说曹教授很希望见到他快些同曹云霄完婚，已经让人收拾城外的一所宅子预备给他们做新房用了。”

正好有差役到来，要带沈周和包拯到提刑司，录取沈周被人绑架一案的口供，遂一道来到提刑司官署。

包拯先行录完口供，便出来公房，与张建侯一道来大堂找提刑官康惟一。之前因为转运使韩允升的暗示，他一度怀疑过康惟一跟性善寺盗贼案有关，现下虽然已经弄明白盗贼王伦背后的主谋就是假崔都兰，王伦逃离军营时曾抢劫过武器库，夺走了许多军用武器，其下属慕容英使用过的火蒺藜肯定是得自其手，但毕竟康惟一接到的那封怪信还是个很大的疑点，若是关系到曹府，说不定会有与曹丰被害有关的线索，既然来了提刑司，当然要顺便问上一句。

康惟一正在为假交引一案厉声责问属下官吏。那属吏辩解道："马龙图亲自来官署解释，说一切都是那党项人崔都兰和手下人所为，跟马龙图和崔员外无关。”康惟一冷笑道："崔都兰来南京才两三个月，你相信她能在短时间内弄到那么多交引，再找上刻书匠人高继安么？本司瞧你自己都不信。快去查，找到那些交引原主，事情一定跟崔良中有关。”

属吏还是不动，犹豫道："可是马龙图他……”康惟一登时勃然大怒，重重一拍桌子，怒道："马龙图怎么了？他只是一个史官，干涉提刑司事务，已然有贪赃枉法之嫌。本司正要上奏朝廷弹劾他呢。”

属吏见长官发了大火，吓了一跳，忙道："下官这就去办。”正要退出，却被康惟一叫住，喝道："如此慌慌张张，缩手缩脚，能办成什么事？黄余，你不用再办这件案子，这就改去大狱当牢子吧。”又招手叫过另一名姓蔡的属吏，道："你去办假交引这件案子。”

蔡姓属吏面有难色，但又不敢当面违抗命令，只得躬身答应。那名叫黄余的官吏明明被降了职，反而如蒙大赦，长舒一口气，退了出去。

包拯和张建侯在堂下将一切经过看得一清二楚，都很佩服康惟一为人。

张建侯道："哎呀，这位康提刑官，倒真是个好官，不畏权贵，铁面无私。我们居然还怀疑过他，实在不应该。”包拯道："我们之前怀疑他，只是基于诸多事实，没有什么可内疚的。”上堂叉手行礼。

康惟一立即收敛怒色，笑道："包公子，稀客！你以个人之力破了好几起要案，于朝廷有功，本司正要好好谢谢你呢。"

包拯道："不过是学生侥幸罢了，况且也不全是我一个人出力。"他性情直率，也不愿意拐弯抹角，直接问道："康提刑官可否方便将那封信的内容告诉我？"

康惟一闻言一愣，问道："什么信？"包拯道："就是提刑官人在曹府门前接到的那封匿名信。"

康惟一道："你虽然协助官府破获了假交引和假崔都兰等大案，立下大功，但究竟只是个府学生，不该过问这个。"包拯道："学生受托寻找曹丰曹员外下落，只是想看看那封信中有没有相关线索。"

康惟一道："原来如此。不过你既知道那是匿名信，就该知道匿名告发，无论内容是真是假，都是不能被接受的，所以本司已经按例焚毁了那封信。不过，看在包公子多有功劳的分上，本官可以破例告诉你，那信中没有提及关于曹家的任何事情。"

张建侯忍不住插口道："既然跟曹家没有任何关系，提刑官当时正要冲进曹府拿人，为何突然后退了呢？"

康惟一脸色陡然阴沉了下来，声音也变得低沉，冷冷道："本司执行公务，临时有所变化，不需要特别向你、或是向任何人解释。包公子，本司感谢你为朝廷尽心尽力，会特别写一封表彰的公文送去应天书院。"

包拯见再也问不出什么，便行了一礼，携张建侯退了出来。

张建侯道："奇怪，康提刑官明明是个好官，为什么不肯说出那封信的内容呢？"包拯道："也许他有什么难言之隐吧。"

张建侯道："也许是有难言之隐，也许是信里有不可告人的秘密。"按照通常的想法，越不想让别人知道，自然越是要掩饰什么。他生性好奇，愈发动起了心思。

包拯道："算了，反正假崔都兰身份已经败露，基本上可以确认是她派慕容英杀了曹丰，知不知道那封匿名信的内容也没有什么要紧。"

出来时正好遇到文彦博扶着沈周出来，包拯道："我和建侯要去趟曹府，然后就回去性善寺了。小沈身上有伤，也别跟着我们到处跑了，让彦博带你回去，好好养伤，回头我再来看你。”遂就此作别。

包拯和张建侯来到曹府求见戚彤，曹府上下正忙着张灯结彩，筹办张尧封和曹云霄的婚礼。久病在床的曹诚居然也起来了，扶着爱女曹云霄的手站在庭院中，笑呵呵地看着众人穿进穿出，见到包拯进来，还特意告诉曹云霄说："其实为父早先也相中过包公子，不过最后还是觉得他这人太正气，实非你良配。”

曹云霄脸色一红，道："爹爹就爱说笑话。女儿扶爹爹进去歇息。”

曹诚站了半日，也确实累了，便交代儿媳妇戚彤道："好好待客。”

戚彤引着包拯、张建侯二人入厅坐下，道："看两位公子神色，大约是已经有我夫君的消息了。”张建侯一时不忍心告知曹丰多半已被化骨粉化掉，强笑道："娘子倒真是能掐会算。”

戚彤却不理会他的玩笑，直接问道："曹丰他……已经死了，对么？”包拯道："据我们几个的推测，曹丰员外应该是已经遇害，而且他的遗体……多半也不在了。”

戚彤早有心理准备，也不如何意外，只道："生能见人，死能见尸。包公子也曾说过，凶手不可能带着尸首翻墙而出，遗体怎么会不在了呢？”包拯道："这个……解释起来很怪，怕是娘子一时难以相信。”当即说了曹丰尸首很可能被奇药化骨粉化掉一事，又道："但这只是我们的推测，事实是否真的如此，只能等捕到慕容英后以口供来验证了。”

戚彤沉默许久，才道："原来如此。”起身深施了一礼，道："大恩不敢言谢，请受我一拜。”

包拯忙扶住她，连声道："不敢当，不敢当。”又道："还有一件事想请教娘子，娘子可知道云霄小娘子有一只贵重的碧玉玉镯？”戚彤道："玉镯？云霄喜欢珠宝首饰，有好几只玉镯，但却不知道包公子问的是哪一只？”

张建侯道："就是云霄小娘子最近不小心摔成两截的那只。听说她很爱那只玉镯，摔坏后很是伤心难过。张尧封为讨佳人欢心，将它拿给了沈周沈大哥，请他想个法子弥补，结果后来引出好多事情。”当即说了不但寇准夫人宋小妹认出了玉镯是其旧物，就连西夏奸细假崔都兰见到玉镯后也是神态失常。

戚彤一时难以会意过来，道：“想来那玉镯非同凡物，可是我还是想不出来这跟云霄有什么关系，她的好几件首饰，都是价值连城之物。”

包拯道：“这跟贵重与否无关，那只玉镯是个很大的疑点。”

玉镯的最先主人是寇准，他转送给了妻子宋小妹作为定情之物，后来宋小妹到陕州省亲时，又将它送给了真崔都兰。若是真崔都兰将其变卖还钱，玉镯有可能几经辗转，最后落入曹云霄之手。只不过这种情况的话，假崔都兰根本就不会知道玉镯之事，又怎么会在沈周身上搜出玉镯后而大惊失色呢？由此可以推出，假崔都兰是知道玉镯之事的，也就是说，她杀死真崔都兰后，从其身上得到了玉镯，很是珍爱，一直带在身边。

但新的疑问随之出现，假崔都兰来到南京才短短几个月，那玉镯又如何会落入曹云霄手中呢？难道是曹氏无意中得到玉镯，又知道了什么秘密，这才是假崔都兰派手下慕容英杀死曹丰并毁尸灭迹的原因？

戚彤道：“我对这些全然不知情。既然那玉镯干系如此重大，包公子还是亲自问云霄吧。”叫进来一名婢女，命她去请曹云霄过来见客。

戚彤又道：“还有一件事，可能跟云霄有些关系，但我也不能肯定。唉，事关曹府声名，我本来不想说的，可是……无论是真是假，都请二位公子不要说出去。”包拯道：“娘子放心，曹教授是我等恩师，我们知道轻重。”

戚彤道：“当日康提刑官带领大批人马来曹府抓人，临到紧要关头，却又突然退去，包公子可还记得此事？”包拯道：“当然记得，当日我和沈周都在场，可我们一直弄不明白为什么。”

戚彤道：“我也不明白。包公子和沈公子离开后，云霄从内室出来，再次向我确认提刑司是不是真的退走了。我见她喜形于色，似乎早就预料这件事会发生一样，觉得十分奇怪，便问她怎么回事。她开始尚且支支吾吾，后来经不住我反复盘问，这才说出是有人答应了她，一定会想办法救曹府。她原本也不相信，想不到那人当真办到了。”

包拯惊讶之极，想不到这件事背后还有如此曲折关节。这样看来，一定是那个应允了曹云霄的神秘人送了匿名信给康惟一，可信里到底说了什么，居然能令铁面无私的康提刑官当场掉头就走？

张建侯忙问道：“那个人是谁？”戚彤道：“我没有问，也不想问。”

包拯更是惊讶，道：“为什么？”

在他看来，神秘人以一封匿名信及时营救了曹府上下，虽然日后也能弄清曹府无辜的事实，但却可以少受许多活罪，神秘人可以说是曹府的大恩人，戚彤居然连对方的名字都不问，世间还有比这更奇怪的事吗？

戚彤道：“嗯，这个……实在是不方便问……”包拯道：“怎么会不方便呢？娘子是担心云霄小娘子不肯实言相告吗？”

张建侯见戚彤一张惨白的脸刹那间变得绯红，已然会意过来，忙扯了扯包拯衣袖，低声道：“姑父，这就是她刚才说的事关曹府声名。”

包拯仍是不解，道：“什么？”

张建侯心中暗叹姑父聪明绝顶，却浑然不解人事，只得实话告道：“那个神秘人，肯定是曹云霄的姘头或是情夫。”

包拯想不到会是这样的回答，“啊”了一声，再回看戚彤脸色，才有所醒悟。

正好婢女引着曹云霄进来，戚彤忙道：“这件事就到此为止了。云霄，你来得正好，两位公子有点儿事情想问你，是关于你那只玉镯的。”曹云霄道：“哪只玉镯？”

张建侯见包拯闷头坐在一边，不出声相应，只得代答道：“就是小娘子交给张尧封修补的那只断镯。请问小娘子是从哪里得来的？”曹云霄道：“爹爹买给我的呀。”

戚彤道：“云霄，那只镯子已然惹出了许多风波，你到底是从哪里得来的？是不是别的男子送的？”曹云霄羞得红了脸，恼恨道：“嫂嫂既然心里都清楚，还当着外人面问我做什么？”赌气进屋去了。

戚彤万般尴尬，也不知道该如何解释。还是张建侯道：“娘子无须在意，这怪不得云霄小娘子，是我等失礼了。”

包拯心中也大概明白了究竟：这曹云霄自负绝世容貌，与外面的男子有染。她既能利用情人为自己办事，很可能早已不是处子之身。这大概也是曹诚急于将她出嫁的原因。只可惜张尧封什么都不知道，还以为捡了个宝。

曹诚、戚彤竭力不让家丑外扬的原因也能理解——在这个时代，丑闻比庸碌远远更令士人厌恶。

出来曹府后，张建侯突然问出了一个令人目瞪口呆、不知该如何回答的问题："那向曹云霄许诺出手相助的神秘情郎，会不会就是康提刑官的宝贝儿子康复？"

第七章

去似朝云

煽动士卒围着长官高呼『万岁』是惯用的铲除政敌的手腕，已有先例。寇准在宋太宗时以二十九岁年纪出任枢密使，惹来天下人嫉妒。有一日骑马上街，忽然涌来一群暴民，对其下跪，大呼『万岁』。由于事件来得突然，如飘风迅雷，寇准愕然，不知该如何应对，由此被对手弹劾去职。

坠素翻红各自伤，青楼烟雨忍相忘。
将飞更作回风舞，已落犹成半面妆。
沧海客归珠有泪，章台人去骨遗香。
可能无意传双蝶，尽付芳心与蜜房。

——宋祁《落花》

朝廷对王伦等逃卒公然闯入性善寺杀人一案极为震怒，太后刘娥以仁宗皇帝的名义连下三道诏书，切责南京各级官署，上至京东路、应天府，下到宋城县及驻地禁军，无不被称为“无能之辈”，各级官员一律被罚俸三个月。这种惊动天子、太后的重大案子，理所当然会有“替罪羊”，然而却不是负责缉盗的宋城县尉楚宏，而是兵马监押曹汭。自京城赶来的使者当众宣读诏书，称是曹汭统领失道，才促使王伦等人抢劫武器库后逃走，以致生出性善寺之变，因而曹汭是祸源，免去他一切职务，令其自行返回京师候审。

王伦一案，受害者人数最多，但论性质，远远不及假交引案以及假崔都兰案那么严重。尤其是王伦一伙盗贼明目张胆地杀人，其实是受党项奸细假崔都兰指使，朝廷却避重就轻，轻描淡写，只强调王伦逃卒身份，为此而重罚曹汭，着实令人大惑不解。

更有意味的事情还在后头。曹汭交出官印、离开官署的当日，走过操场时，忽然有一伙兵卒蜂拥至马前，一齐下拜，高声叫道：“万岁！万岁！”似有哗变的意思。曹汭一时愣住，半晌回不过神来。正好横塞军指挥使杨文广来接曹汭，见状上前厉声呵斥，兵卒才就此散去。但当日在官署门口围观的民众不少，消息很快传来，曹汭人到汴河码头，还没有来得及登船，便被闻讯赶来的应天府吏卒逮捕。

最匪夷所思的是，吏卒们搜查行李时，发现了一件黄色龙袍，遂成为谋反铁证。曹汭自然不肯承认龙袍是他的，然而众人亲眼所见，实难抵赖。他被带到应天府后，由推官上官佖审问。曹汭坚决不肯承认有谋反之事。因事关重大，上官佖也不再顾念犯人是当今枢密使曹利用的亲侄子，下令动了大刑，连夜熬审。当晚，曹汭经受不住酷刑死去。朝廷得报后，认为曹汭罪行重大，下令将枭下其首级，悬挂在城门上示众，尸首也抛入汴河中喂鱼。

这件所谓的谋反案看起来证据确凿，曹汭是罪有应得，但明眼人一看就有问题，煽动士卒围着长官高呼“万岁”是惯用的铲除政敌的手腕，已有先例。寇准在宋太宗时以二十九岁年纪出任枢密使，惹来天下人嫉妒。有一日他骑马上街，忽然涌来一群暴民，对其下跪，大呼“万岁”。由于事件来得突然，如飘风迅雷，寇准愕然，不知该如何应对，由此被对手弹劾去职。而另一名臣张咏亦遭遇过类似事件，然而张咏是天下奇才，被人围在中心山呼“万岁”后，立即从容下马，面朝开封方向跪下，也大呼“万岁”，举手即将对手的构陷消灭于斯须之间。

曹汭遭遇“万岁”事件，看起来分明是寇准、张咏遭遇的重演，而那谋反的铁证黄色龙袍更是来得可疑——就算曹汭有意谋反，但他已经被免职，正要回京师受审，为何还将如此重要的证据放在行囊之中？

曹汭虽然是仗着曹利用的关系才能当上兵马监押，但自上任以来，还算尽职，并没有做过什么坏事。许多人都猜测谋反事件是有人有意在算计他，甚至有谣言说，龙图阁直学士马季良来南京就是为了策划这件事。当然，谋反事件的最终目的不是仅仅陷害一个兵马监押那么简单。曹汭被拷打致死后不久，枢密使曹利用即受牵连被罢去官职，送往著名的重囚之地房州编管。曹利用才能平庸，昔日曾与丁谓一同构陷寇准，在民间名声不好，也没有多少人为他惋惜。但许多人因此而见识了刘太后的手段，颇有微词。丁谓、曹利用先后遭贬后，朝中再无元勋重臣能与刘太后相抗，刘氏遂一手遮天，俨然有取代赵氏之势。

曹汭被逮捕的当晚，南京留守包令仪连夜草拟奏稿，预备向朝廷申诉这起所谓谋反案的种种可疑之处。次日一早，拟好的奏章还没有来得及发出，便传来了曹汭被拷打而死的消息。包令仪脸色阴沉了许久，最终举手将奏章丢入火中，又重新拟了一份请求辞官致仕的奏书。

然而，曹汭的案子并没有在南京本地引起太大风波。一是因为事情来得快、去得也快，当日曹汭被捕、连夜便被刑毙，也没有什么小道消息传出。市井百姓最乐于听闻的无非是各种花边内幕，譬如关注曹府的曹丰抛妻弃子跟情妇私奔出逃这类事，远比对军国大事要有兴趣得多；二是因为官府刻意压制了消息，民间并不知道假崔都兰之事，只听说大茶商崔良中死后，其女崔都兰也因伤心过度撒手西去，父女二人同日下葬，算是一桩奇事；三是因为南京人的注意力都还集中在《张公兵书》上。自从《张公兵书》残页横空出现在忠烈祠后，热衷于寻找兵书的人络绎不绝，不仅城南忠烈祠的门槛被踩得只剩下门框，就连城中老字街纪念张巡、许远的双庙也时时人满为患。

最先发现《张公兵书》残页的百姓全大道当日便被官府拘押，经由宋城县、应天府、京东路提刑司三级机构审讯后，终于弄明白他原先是个外地云游来的头陀，居住本地已经二十年，起初也只是跟其他行者、头陀一样，早早起床后敲着铁板在城中报晓，向左邻右舍化缘度日。后来不知如何眷恋起红尘，干脆还俗，成了一名地地道道的市井小混混，居然如鱼得水。据说这是因为他在报晓生涯中发现了许多人家隐藏有不为外人所知的秘密，靠讹诈得了不少钱财，又用这些钱财来买通地头蛇的缘故。他没念过什么书，当日偶尔到忠烈祠上香，从张巡塑像下捡到了几页纸，依稀辨认出有“张公兵法”字样，便以为是传说中的《张公兵书》，兴奋地告诉了路人，以讹传讹，遂一发不可收拾，演变成轰动全城的重大事件。

尽管应天府出面辟谣，称全大道发现的不是什么《张公兵书》，但大多数人都不怎么相信官方的说法。正好时近五月二十五日张巡生日“尪公诞”，赶往南京城寻找兵书，恰如往大漠寻找宝藏一样，成为了一时的热潮。

全大道被释放出狱时，已然是一个多月后的事了。他走出提刑司官署大门，刚想要伸展一下手脚，便被一名年轻男子抢过来扯住，叫道："跟我走。"

那人虽然年轻，却是力大无比，全大道一挣竟然没能挣脱，狐疑问道："你是谁呀？凭什么跟你走？"那男子笑道："我叫张建侯，你跟我来便是，不会是什么坏事。你看我，人生得正派，不是什么坏人。"

全大道笑道："我管你好人坏人！你找我，无非是想问《张公兵书》的事。你说你姓张，该不会也是张巡张公后人吧？"张建侯道："咦，你怎么知道我是张公后人？"

全大道大笑道："因为有许多人来大狱探我，一多半都自称姓张，是张公后人，你算是来得晚的了。"张建侯道："呀，我可是地地道道的南阳张氏，没有骗你。"

全大道道："我不管你是真的还是假的张公后人，要问我话，得先有见面礼。一贯钱回答一个问题。"张建侯愕然半晌，才道："你还真是会赚钱。"

全大道不无得意地道："谁叫我最先发现了《张公兵书》呢？这叫生财有道，奇货可居。喂，到底你有没有钱？没钱我可走了。你看那些人，肯定也是来找我的。"

张建侯转头一看，果见一些人正指指点点地走过来，迫不得已，只得道："有钱，你先跟我来。"引着全大道来到包府。

全大道道："这是南京留守包令仪包公的宅子。听说包公死了侄孙女，他很是伤心，已然上奏辞官，只等朝廷批文下来，就要回乡去了。这是官宅，很快就会改姓了。"

张建侯奇道："你人明明关在大狱里面，消息怎么这般灵通？"全大道笑道："谁叫我有本领呢，牢子、禁卒谁不认得我？"一边说着，一边撸起衣衫，道："你看，过堂时提刑官还命人对我用过大刑，我也惨叫得惊天动地，其实一点儿事儿没有。"

张建侯心道："也曾听说衙门的小吏可恶，常常作假欺上瞒下，若是犯人使钱，板子高举，落下时却是蜻蜓点水，点到即止；若是犯人没钱，那板子就能当场断筋裂骨。康提刑官倒是个好官，可惜手下一帮胥吏太过可恶。”

全大道笑道：“小官人将来若是犯了事，只管来找我，只要你出得起银子，包管在大牢里面吃香喝辣，过得舒舒服服。”

张建侯“嘿嘿”两声，也不回答，引他进来堂屋。堂内早等有一人，却不是包拯，而是许洞。

全大道笑道：“你也姓张么？”许洞道：“我姓竹。你看到的兵书残页是什么样子的？上面写了些什么？”

全大道也不答话，只笑嘻嘻地伸出手来。

许洞愕然道：“做什么？”张建侯叹道：“他要钱，一句话一贯钱。”奔进内屋，取了一块银子，拿出来交给全大道，道：“这银子有十两多重，可以顶二十贯钱了。还不快些回答竹先生的话！”

全大道道：“残页就是一张破破烂烂的纸，像一本书那么大小。至于上面的内容嘛，我识字不多，只认得少数几个字，‘张公兵法’四个字肯定是有的。”

许洞轻嗤了一声，显然并不相信。

全大道笑道：“瞧先生模样，似乎也不大相信我的话，反正我知道的全说了，信不信在你。”掂了一下银子的分量，转身便要离开。

许洞道：“等一下。”踌躇半晌，问道：“你不识字，总该记得字的样子吧？通常不识字的人，对形状之类更形象的东西总是要更敏锐一些的。”全大道道：“字的样子，嗯，应该记得吧。”

许洞道：“那好，我写几个字，你看看是不是相同的笔迹。”

全大道道：“先生可真会开玩笑，你老人家的字写得再好，也不可能跟张公的书法一样呀。”大笑声中，蓦地意识到什么，停止了发笑，吃惊地瞪着许洞，仿佛看见什么鬼魅一般，失声道：“你……难道是你？”

许洞瞪视着他，反问道：“我怎么了？”全大道道：“不是你……”随即打住话头，道：“先生请写吧。”

许洞便让张建侯取来笔墨，往纸上随意写下一行字。全大道一见之下，眼睛瞪得更大，看看笔迹，又再看看许洞，惊讶得无以复加。

许洞见对方如此神色，登时激动了起来，抓住全大道的肩膀，道：

"真的就是这笔迹，对不对？对不对？"全大道困惑地望着他，但最终还是坚决地摇了摇头，道："不是。"

许洞的手松开了，陡然换了一副愤怒的神色，将纸张团成一团，扔到地上，气愤地道："我就知道是个骗局！哼，骗局！"

全大道早骇异得呆了，再也不敢多说什么，忙道："我得赶紧回家去。"

张建侯浑然不明所以，问道："什么骗局？"许洞道："《张公兵书》就是个骗局！"挥了两下手，道："我早知道就是这么回事，不该跟着瞎起哄的。我得走了。"转头问道："咦，包拯人呢？怎么一直没有看见他？"

张建侯道："先生不知道么？今日是他和沈大哥过眼的日子，所有人都去望月楼相媳妇去了。"许洞道："噢，对，我给忘了，那沈周就快成我妹婿了。"走出几步，又回身叮嘱道："今天的事可别对别人说，先生我丢不起这个人。"

张建侯道："可先生怎么知道《张公兵书》是骗局？是因为全大道太油滑、太市侩了么？"许洞"嗯"了一声，也不置可否。

张建侯道："我刚才看他神色，似乎认得先生。会不会他认得你，知道你其实不姓竹？"许洞"哎呀"一声，道："我倒是忘了这件事。"匆忙出去，临到门槛，又回头道："今日的事，千万别告诉别人。"张建侯应道："是。"

送走许洞，张建侯便来望月楼寻找包拯等人。大街上人来人往，多了无数陌生面孔，既有闻风来寻找《张公兵书》者，也有不少是赶来参加斗茶大赛或是来看热闹的。

商丘每年有五月二十五日"尪公诞"举行斗茶大赛的传统，来自全国各地的茶道高手聚集城中，一较高下。大茶商崔良中的独子崔阳就是此道高手，已连续二年夺魁，本预备在去年来个三连冠，却意外败给了一个名叫柳三变的落魄文士，这柳三变来自崇安[1]，词写得不错，但在

[1] 崇安：今福建武夷山。中国茶叶原以今湖北一带所产绿茶为上品（宋代六大榷货务一半都在湖北），但武夷山后来居上，自唐代以来就享有大名。柳三变即大词人柳永原名。

茶道一行却是名不见经传。正因为如此，崔阳不能接受自己居然败给了一个无名小卒，激愤自杀。柳三变见出了人命，死的还是天下第一茶商之子，知道祸事临头，连赢得彩头也不敢要了，立即出城避难。崔良中得到消息后第一反应就是一面派人捉拿柳三变，一面派人告官。后来还是许多人到官府作证，称崔阳是当众自杀，与旁人无干。崔良中不肯善罢甘休，誓报杀子之仇，又请结拜兄弟马季良出面施压。朝廷调查得知柳三变是南唐降臣柳宜之子，柳氏家族多文学之士，柳宜曾是南唐名臣，声望很高。大宋灭南唐已久，然世人对太宗皇帝用牵机药毒死南唐后主李煜一事一直颇有微词，南唐故地一度人心不服，迄今仍然有怨。刘太后因新掌政权，不欲多生事端，又见柳三变确实无罪，便命不予立案。崔良中还想私下报仇，可惜一时找不到柳三变，此事才最终不了了之。

每年的这个时候，都是望月楼最热闹的时候，客房人满为患。绝大部分茶道高手本身就是富翁或是茶商，家境富裕，当然不会跟普通行商一样选择汴河边上的便宜客栈，这望月楼豪华气派，是他们的首选。

张建侯到门楼时，过眼刚刚结束，董浩夫妇和许仲容夫妇正带着各自的女儿离开。此次过眼名义上是相媳妇，其实是男女双方和双方家长的一次正式会面，亲事之前便已经定下来了。虽然彼时女子不像后世那般受礼教束缚，但毕竟是名门千金，都戴着帷帽，半遮面容。包令仪夫妇陪在一边，却是不见两名男主角包拯和沈周二人。

包拯因为小游尸骨未寒的缘故，心中颇为抗拒这次类似定亲的见面，然而也不愿意拂父母的意。一旦朝廷批准包令仪辞官，包氏全家就要扶张小游灵柩回去家乡。如果能在这之前解决婚姻大事，就能让包拯带着董氏一起返回庐州，那是最理想不过的事情，省却了日后许多千里来回奔波的麻烦。

张建侯不见包拯，心想这人会不会赌气逃婚了，忙上前问道："姑父人呢？"包令仪道："小文刚刚来了，叫了他和小沈在阁子里面说话呢。"

张建侯这才松了口气，忙进来望月楼后院，寻到三人。

文彦博道："建侯来得正好。我得到假崔都兰的消息，正告诉他们两个呢，快过来坐下。"张建侯道："啊，捉到假崔都兰了么？"

文彦博道："那倒没有，只是官府派画工画了假崔都兰的相貌，拿去陕州请人辨认，果然有见过真崔都兰的人说这是假的。真的崔都兰生不见人，死不见尸，怕是早被那群党项人用化骨粉化掉了。"张建侯道："这不是马后炮么？不算什么好消息。"

沈周端起酒杯喝了一口，叹道："想想一个月前的那些事，当真是惊心动魄。如果不是慕容英手下留情放过了我，无论如何都不会有人怀疑到假崔都兰头上。李代桃僵，这计划太厉害了。那假崔都兰看起来冷漠木讷，却想不到如此厉害，心机深不见底。"

张建侯道："崔都兰不算什么，真正厉害的人是那个神龙见首不见尾的刘德妙。你们想想看，她竟然厉害到如此地步，凡是她预言要死的人，一个个都死了，而且每一个都不是她杀的——崔阳是因为跟人斗茶失败自杀身亡，真的崔都兰因为是崔良中之女被党项人杀死，曹丰则是被假崔都兰派慕容英杀死。可惜官府没有捕到这个神秘妇人，不然我真想见见她到底是什么样子。"

沈周道："你祖姑父不是画过她的画像么？你算是见过画中的刘德妙了。"张建侯道："真人总会跟画像有所差别吧。"

包拯和文彦博同时"啊"了一声，交换了一下眼色，愣在了那里。

张建侯道："你们两个这是什么表情，怎么好像吃了只苍蝇似的？"文彦博叹道："你是没有见过刘德妙，我和包拯都亲眼见过她，当时她人就在我们面前。"

张建侯大吃一惊，道："什么时候？在哪里？"文彦博道："一个月前，在包府厅堂里。"

张建侯却是不相信，嚷道："这怎么可能呢？"转头去看包拯，他也点了点头，表示文彦博所言确有其事。

包拯这才想起来，当日他和文彦博、杨文广等人闯进自家厅堂寻找假崔都兰，正见到寇准遗孀宋小妹在与一名妇人说话，还以为那妇人就是崔都兰，哪知她抬起头来，才发现是另外一名女子，依稀有些面熟。宋小妹称那是她的故人，命人送她进了内堂。而包拯几人的心思全在假崔都兰身上，竟丝毫没有多留意到那妇人。现在回想起来，那妇人正是刘德妙。看来宋小妹之后匆忙离去，只是要替刘德妙打掩护，将其带出城去。她那么做，旁人倒也不是特别难以理解，毕竟她母亲刘氏是后汉高祖刘知远的女儿，跟出自北汉皇族的刘德妙是亲眷。可包拯心中还是忍不住有一点儿小小的失望——昔日寇准寇相公何等刚直，眼睛容不得一点儿沙子，而今他的夫人却公然庇护逃犯兼凶手，实在是有些不相衬。

张建侯道："这么说，刘德妙早就跟随寇夫人逃出南京了？可姑父不是说她有重大图谋，不会轻易离开南京么？"文彦博道："当时风声那么紧，为了搜捕刘德妙，商丘城都快被翻了个遍，之前庇护过她的曹氏自身也是岌岌可危，大概她实在无处容身，迫不得已才借助寇夫人之力逃离了南京。"

张建侯道："那刘德妙这件事到底要怎么办？"

沈周和文彦博都有心庇护宋小妹，也不答话，只一齐望着包拯。包拯决然道："刘德妙在知府宴会上向崔良中行凶，后来又救走假交引案的帮凶高继安，罪行重大，寇夫人实在不该徇私。我们应该立即去官府告发她。"

张建侯曾与宋小妹同船多日，颇有感情，忙道："不管怎么说，寇夫人曾经救过祖姑姑的性命。她又不是刘德妙的帮凶，只不过念在亲戚一场，顺便带她出城而已，不至于去告官吧。"

沈周也道："这件事还是谨慎些好。寇夫人会见刘德妙时，她的罪行已经败露，正被官府通缉，也就是说，寇夫人已经知道了她的所作所为，但还是背着我们救她，说不定另有苦衷。"

包拯想了想，道："那好，我先写封信给寇夫人，向她问明确认这件事，然后再作决断。"他既然已经决定，旁人也无异议。

刘德妙早已逃离南京，也不知道高继安是否一同出逃？那高继安其实并没有直接涉及崔良中遇刺一案，只是在他的院子里发现了凶器，多半是刘德妙自己私下埋在那里，也许是为了嫁祸，也许是因为别的原因。但高继安伪造交引是千真万确的事，是为假崔都兰也好，是为崔良中也好，是为马季良也好，虽则他只是雇主的工具，也是弃市的重罪。刘德妙跟假交引有关么？她是逃犯身份，根本没有能力处理数目如此巨大的交引，应该不会对茶叶有兴趣。可如果不是假交引，她和高继安之间的纽带又是什么呢？她明明自己有能力杀人，事实也是她亲自向崔良中动了手，为什么还要冒暴露身份的危险接近高继安、又及时通知他逃走呢？如果二人不是有特殊的关系，就是刘德妙图谋的大事多半要用上高继安。也就是说，高继安是假崔都兰等人伪造交引的工具，又是刘德妙计划某重大事宜的工具。可惜，这两人抢先逃走，未能被官府捕获，留下了诸多难解谜题。

出来望月楼时，外面下起了蒙蒙细雨。众人没有带伞，便站在屋檐下等待雨停。

雨中的古城，倒是另外一番风景——青石板的街道被雨水打湿后，光亮润泽，褪去了岁月积淀的沧桑陈旧的外衣，陡然现出明明净净的清新，仿若劫后重生的新世界。大街上的行人有未带雨具而行色匆匆的，有撑着油伞悠闲踱步的，也有许多人戴着莎草编制的斗状笠帽继续忙碌。

潜伏在回忆深处的身影，忽然被目光所触及的记忆勾引了出来。包拯又回忆在庐州的日子，小游是最喜欢看下雨的，常常打着伞蹲到河边，看那一层层碧波荡漾。往昔的点点滴滴，亦在心间泛起了涟漪，一圈一圈地划开，余波久久未能平息。

张建侯忽然留意到倚靠在门楼边的一名头戴斗笠的人，叫道："呀，那个人……你们快看那个人像不像是慕容英？"沈周道："哪里像？那人明明是男子。"

张建侯道："确实很像。"一边抢下台阶，一边叫道："慕容英！"

那斗笠人一听，立即转身就走。张建侯心中愈发能确认对方身份有鬼，大叫道："你这个西夏奸细，居然还有胆回来，我看你今天往哪里跑？"疾步追了上去。

雨势遽然大了起来，滂沱如注。狂风席卷而来，一阵一阵雾状的雨幕随风飘动。大街上的风景和行人瞬间成为了各种蒙蒙剪影，咫尺之内难以辨清。白浪滔天，一片汪洋，好一场大雨！

包拯还想赶上去帮忙，追出几步，雨水如碎石子般抽打在脸上，再也难以张开双眼。正好宋城县尉楚宏带一队弓手冒雨从眼前经过，包拯忙奔到楚宏面前，大声告知慕容英出现的消息及逃走的方向。

楚宏简短地道："包公子先等在这里，慕容英交给我。"

包拯今日因为要过眼相媳妇，特意穿了一身新衣裳，结果全身淋得通湿，狼狈不堪地回到屋檐下。

沈周道："不妨再回阁子坐上一坐，把湿衣服脱下来。"又命跑堂的拿一条干毛巾、上一壶热酒，包拯勉强整理了一番。

这场疾风骤雨来得快，去得也快。雨停时，张建侯垂头丧气地回来了，告道："没追到。不过楚县尉已经派人知会城门守卫，并开始在城中搜捕。"

沈周道："这可奇怪了。慕容英和她的主人假崔都兰身份已经暴露，她二人的相貌贴满全城大街小巷，她居然还胆敢留在这里。"文彦博道："按照包拯的说法，党项人一定有重大图谋，所以非要冒险留在这里不可。"

沈周道："党项人之前能够图谋交引茶叶之类，不过是倚仗崔良中是第一大茶商，可现在人人都知道崔都兰是假的了，她还能有什么作为？"文彦博道："或许还有别的目的。"

沈周道："但这里是南京，既不是京师汴京，又不是什么边防要塞，能有什么值得党项人冒性命危险呢？包拯，你怎么看？"

包拯却不回答，而是问了另外一个问题，道："其实你心中多少有些感激慕容英，并不希望她被当场捉到，对吧？"

沈周当日侥幸逃得性命，后来慢慢回想，已经明白当日慕容英是有意放过他。她下山时才撞见杨文广，完全有时间先杀了他甚至化掉他再从容离开，与杨文广交手后，更是出声提醒他人在山顶茅屋。虽然不明白她为什么要这么做，但的确是因为她，他才捡回了一条命。也正是由于他捡回了性命，包拯才顺藤摸瓜地怀疑到崔都兰头上，由此揭破了她实为党项奸细的身份。

沈周心中确实希望慕容英能够逃脱追捕，但看到张建侯浑身泥浆，实在不好意思当面承认，只得道："她其实也不算什么坏人，如果不是她

放了我，假崔都兰很可能现在还坐在崔府当她的小娘子呢。”

包拯道：“你我当日在望月楼门前巧遇慕容英，请她转告崔都兰多加小心。虽然是好意，却被慕容英以为你我或是那个预言人发现了崔都兰的真实身份，所以才有后来绑架之事。论起来，慕容英是罪魁祸首，后来放过了你，也多半是想到你起初的提醒完全是好意，却招来了杀身之祸，一时觉得内心有愧。她抓了你，又放了你，已经算是功过相抵，日后再遇见她，你可不能再心软。”

沈周只歪着头坐在一边，脸色严肃，也不答话。

张建侯道：“沈大哥，你生气了？其实姑父不是那个意思，慕容英多少算得上对你有恩，你投桃报李也情有可原……”

沈周回过神来，道：“啊，不，不是，我没有生气，是突然想到一件事。刚才包拯说，我们曾在望月楼门前遇到过慕容英，今日又在门楼见到她。前一次遇到还可能是巧合，而今她被通缉，居然还冒险来人多眼杂的望月楼，肯定就不是巧合了。”

文彦博道：“不错。慕容英冒险来到这里，表明这里住的一定有她的党羽。”包拯立即站了起来，道：“走，我们去向店家要一份名单。”

出来阁子时，正遇到黄河、杨守素引着张望归夫妇过来。张建侯很是惊异，上前问道：“张先生、黄公子，你们原来认识？”张望归道：“嗯，算是认识吧。”裴青羽笑道：“黄公子住望月楼，我们也住在望月楼，就是这么认识的。”

张建侯因与张望归同族，又因他是张议潮的后人，又因裴青羽武艺高强，身上的那柄青羽软剑更是兵器中的奇物，与他夫妇格外亲近，笑道：“我早请过先生住到我们包家，先生偏偏不去。”

张望归道：“我夫妇二人懒散惯了，实在不方便打扰，还是住客栈方便。”张建侯道：“那好，回头我来找你们。”

包拯几人来到柜台，提出想要一份住客名单。那店家跟望月楼主人同姓，也姓樊，为人和气，人称老樊，一摊手，为难地道：“这不好吧。”

沈周指着包拯问道：“樊翁可认得他？”老樊道：“当然认得，包衙内嘛，南京城中的大名人，人称‘小青天’。”

众人还是第一次听说包拯被人称为“小青天”，忙问道：“小青天是怎么个来历和说法？”

老樊笑道：“听说大茶商崔良中的案子大多都是包衙内的功劳，沉冤得申，重见光明，不就是拨开云雾见青天么？”又指着包拯额头的青色肉记道：“还有那个月牙肉记，也是跟天有关的标志。包衙内还年轻，当然是小青天了。大伙儿都说朝廷应该封你当一个大大的官，最好比提刑官还要大，这样你就可以替老百姓破案申冤了。”

包拯摇头道：“崔良中的案子可不是我一个人的功劳，他们几位都出了许多力。樊翁，我是的确得要一份住客名单。”

老樊道：“是不是跟什么案子有关？”包拯道：“可以这么说。”

老樊想了想，勉强道：“那好，我一会儿就抄录一份客人名单，派人送去公子府上。不过这件事有损小店名声，公子可千万不要张扬出去。”包拯道：“放心。也请樊翁不要张扬这件事。”老樊笑道：“这是当然，天知，地知，你知，我知。”

回来包府，包拯和张建侯刚刚换下湿衣服，望月楼的跑堂便送来一封信。信皮上写着：“小青天包拯包公子亲启。”众人一看便笑了。

张建侯道：“倒是真快！”跑堂道：“小的脚快，比不得各位公子金贵。客官们常打趣，说小的快赶得上急脚递[1]了。”奉上书信，笑着去了。

张建侯拆开书信，果然是老樊抄录的一份名单，略略一翻就有些泄气了，道：“名单上的人不少，百十来个呢，大多数不认识，要怎么查？”包拯道：“先找那些一个月前就已经住进来、而且现在还住在这里的。”

一齐动手，将符合条件的名字用红笔标记出来。过了一遍后，标记出来的也有十来个人。

张建侯道：“黄河，杨守素，张望归，裴青羽，这四个是咱们认识的。

[1] 宋制，每十里或二十里设邮铺，用善走铺卒递送公文，大路设马递铺。邮递速度用檄牌区分，分步递、马递、急脚递三种，金字牌（非黄金所制，以木牌朱漆黄金字）急脚递等级最高，可日行四百里。南宋名将岳飞被十二道金牌召回，即指皇帝连发十二道诏令，以金字牌急脚递发出。

咦，这些名字怎么这么奇怪，赵阿大、赵阿二、赵阿三、赵阿四，一直到八呢。”沈周道：“有些古怪。赵是国姓，最容易想到，阿大、阿二多半顺口说，肯定是化名。”

文彦博道：“这八个人多半是一伙子，但这化名也太明显了。如果真是西夏奸细或是江洋大盗什么的，哪会用这么顺口的名字，不是有意引人瞩目么？”

包拯道：“回头把这件事告诉楚县尉，让他去查一下这八个人。”又沉吟道：“黄河是来看斗茶大赛的，他和杨守素一直留在这里并不奇怪。张望归夫妇来南京是为了祭拜张巡，祭拜过了，就该尽快回去沙州，为何还滞留在这里？”沈周道：“也许他们想留下来看完迎尪公再走。”

张建侯道：“现在的迎尪公都被斗茶大赛抢占了风头，早没什么可看的了。”

包拯道：“张望归夫妇是跟随沙州使者团来大宋的，顾念先人，先后绕道南阳、南京拜祭张公，已然很不简单，再滞留在南京不走，实在于情理不通。建侯，他们是不是为了《张公兵书》而来？”

张建侯道：“这我可不知道，不过在南阳的时候，他们确实向我打听过《张公兵书》。小游死的当天，就是那个什么全大道发现兵书残页的那天，我确实是在忠烈祠外撞见他们夫妇的。”

沈周道：“张望归气度非凡，裴青羽身手了得，这二人都不是凡人，一直留在南京不走，肯定就是为了《张公兵书》了。”

张建侯道：“张望归也姓张，也是张公后人，想要兵书，没什么稀奇。我还想要兵书呢。”

包拯道：“但沙州不附中原已久，西依回鹘，东结辽国、西夏，若真让《张公兵书》落入张望归手中，后果不堪设想。”文彦博道：“包拯这话倒是提醒了我一件事，沙州生存于夹缝之中，与西夏相邻，素来关系不错，张望归会不会跟慕容英有所勾结？”

张建侯吓了一跳，道：“你说慕容英到望月楼是去找张先生？不，这不可能。”文彦博道：“但你也不能否认这种可能性呀。张望归一个月前就住进了望月楼，而且现在还住在那里，完全符合嫌犯条件。”

张建侯道："当日姑父和沈大哥在望月楼门前遇到慕容英的时候，张先生夫妇正在忠烈祠看热闹呢。"文彦博道："那也有可能是慕容英找来望月楼时并不知道张望归夫妇去了忠烈祠。"

张建侯辩不过对方，只好连连摇头，道："我不信，我不信。你弄错了。"

沈周道："好了好了，你们两个不要争了。等明日楚县尉到望月楼查那阿大到阿八时，请他顺便问一下慕容英找的人是谁不就清楚了吗？"众人这才无话。

文彦博道："查案的事，我再也帮不上忙了。明日一早，我就要随家父赶赴河东。"

他父亲南京通判文洎忽然被升迁为河东转运使，令下即刻赴任，一时来不及搬运家眷，文母又放心不下，遂令长子文彦博随行。

沈周道："令尊是河东人，熟悉风土人情，倒也是一桩美差。"文彦博道："话是这么说，终究来得太突然了，颇令人不安。等家父上任后安顿好一切，我会返回南京奉迎母亲，到时再与各位相会。"

与文洎同时调任的还有同样是河东人氏的范雍，由京东路转运副使出任泾源安抚经略使，颇令人猜疑北方是否将有大事发生。

一干好友就此依依惜别。张建侯一向与文彦博亲近，却仿佛没事人一样，他的神思完全在另外一件事上——他虽口中坚称张望归夫妇不会与西夏人勾结，心中却有所疑问，他也认为张望归是为了《张公兵书》而来。而今《张公兵书》沸沸扬扬，那发现兵书残页的全大道虽被官府拘捕一月，却已是炙手可热的红人。之前许洞让他设法将全大道带来盘问，为什么两个人的对话那么奇怪，他一句也听不懂？为什么许洞一口咬定全大道发现的兵书残页是假的？

他本不是能藏得住心事的人，越想越是迷惑，越是迷惑越想要弄清楚。晚饭桌上，包令仪夫妇忙着商议包拯的婚事，又极力向沈周称赞他的未婚妻是个博学的才女，他竟是一句也没有听进去。吃过晚饭，终于忍不住将包拯和沈周拖入自己房中，原原本本地告诉了今日曾找来全大道之事。

沈周道："呀，这可真是奇怪。不独许先生，就连全大道的反应也很奇怪。"张建侯道："我怀疑全大道认得许先生，还特意提醒了他。"

沈周道："不，那全大道就是一个嬉皮笑脸的无赖，他是看见许先生写下的字后才失色的，应该不认得许先生。你可知道许先生写的是什么？"张建侯忙将许洞扔掉的纸团取过来，道："幸好我捡起来了，要不然肯定被仆人扫走了。"

展开一看，却是张巡《闻笛》一诗中的一句："不辨风尘色，安知天地心。"

沈周道："内容没什么奇特的呀，也许是笔迹！全大道认出了许先生的笔迹！"

包拯道："不，不对。建侯，你再好好回忆一遍——全大道失色是在许先生表示要写字、但还没有动笔写前，对吧？"张建侯歪着脑袋想了想，道："是这样。但是许先生写完给全大道看过后，他的脸色愈发古怪，好像更吃惊了。我看到他的样子，还真以为许先生的笔迹跟他看到的兵书残页字迹一样呢，哪知道他却否认了。"

沈周道："许先生……"张建侯道："你别跟着许先生许先生了，你就快要娶他妹妹，他就是你大哥。"

沈周也不理会，道："许先生见闻广博，是天下奇才，他今日行为虽然古怪，但必有缘故。"张建侯道："许先生既能肯定全大道见过的兵书残页是假的，我想他肯定有什么证据吧。"

沈周道："是不是许先生见过真的兵书？所以才能模仿张公的笔迹写字，让全大道辨认，以此来判断残页真伪。包拯，你怎么看？"

包拯道："嗯，你的推测有道理。也许许先生见过的不一定是真的兵书，而是张公留下的奏章、书信一类的真迹。这些虽然也是难得之物，但相比于传说中的《张公兵书》，总是更容易些。但这件事中，最古怪的还不是许先生，而是那全大道。"

沈周道："不古怪啊，根据建侯的描述，全大道看到许先生写的这些字后，他是很惊异的表情，表明这字迹与他看到的残页相同，这是人之常情。你们想想看，他看到了传说中的圣物《张公兵书》，忽然有一个人冒出来，挥笔写出跟兵书一样的笔迹，他能不惊讶么？”

张建侯道：“姑父的意思是，全大道都认出笔迹相同了，为什么还要断然否认呢？”沈周道：“也许他本人想独占兵书，不愿意旁人知道他看到的是真迹。”

张建侯道：“这不合情理，兵书越真，人人都争相向他打听，他能捞到的好处越大。”沈周道：“可官府出面澄清那残页是假的呀，全大道否认，也许只是迫于官府的压力。”

这件事，无论如何推敲都有几点难解之处：许洞提出来要写字比较残页笔迹，全大道先是放声嘲笑，随即愣住直至失色，到底是为什么？他看到许洞笔迹后大吃一惊，显是许洞笔迹与兵书残页相符，他承认也好，否认也好，都自有理由可以解释，但他居然不好奇许洞为何能写出一手酷似张巡亲笔的书法，问都不问一句就赶快离开，实在令人费解。

张建侯道：“太费事了，想不明白！反正今天晚上铁定睡不着了，我们何不去找全大道直接问个明白？姑父，我知道你不会去，我和沈大哥去就好了。”

包拯却跟着站起身来，道：“我也要去。”

除了诸多疑问等待解释外，包拯心中尚担心另外一件事——而今兵书残页的消息早已风传四海，对其虎视眈眈者不计其数，除了许多好奇心重的朝野大众外，还有沙州张望归这等异族人士。南京城内还盘踞有西夏奸细，慕容英冒险留下，多半也是想得到《张公兵书》。这全大道侥幸得到残页，却如此张扬，公然向询问究竟者收钱，保不齐会因此惹来祸事，得适时提醒他才好。

大宋以“杯酒释兵权”为国策，宴饮享乐之风极为兴盛，上至皇帝，下到大臣，择胜燕饮，以至市楼酒肆，往往皆供帐为游息之地。流风所及，在沉迷于声色的士风中，即使是普通小民，亦时时登小小月台，安排家宴，团圆子女。虽陋巷贫窭之人，解衣市酒，浅斟低唱，不肯虚度。

夏夜凉风如水，尤其是白天新下过一场暴雨，四处弥漫着清新的气息。虽然已是晚上，大街上却比白天还要热闹，有人称扬州是“夜市千灯照碧云，高楼红袖客纷纷”，放在南京城中也毫不夸张。街道两旁凭空多出来许多摊子，挂起油灯，摆出几张桌椅，有卖酒浆的，有卖果子的，有卖肉食的，有卖豆腐脑儿的，花样繁多，各有拿手绝活儿。食者也是各取所需，趋之若鹜。

民不光以食为天，娱乐一类的摊子也纷纷走上街头，有替人算卦算命的相摊，有赢钱赌物的关扑摊，有卖字画摊、卖诗摊。还有打着牙板唱曲儿的歌妓，咿咿呀呀唱上几句，向人们讨取赏钱。

也有些个提着马头竹篮的小孩子，头上簪着各色花朵，来回穿梭于摊子间，唱着《卖花声》[1]，吟叫百端，卖力地兜售自己花篮中的鲜花。童音清脆，吟唱极有声韵，吟哦俱有不同，完全可以当做艺术景致来欣赏。时人称卖花吟唱是“清奇可听，晴帘静院，晓幕高楼，宿酒未醒，好梦初觉，闻之莫不新愁易感，幽恨悬生，最一时之佳况”。那些尚带着芬芳的鲜花在灯火中别有一番颜色，总能吸引得人望上几眼。

一名彩衣歌妓颇引人瞩目，正在清唱一支新曲，词道：

一向年光有限身，等闲离别易销魂。酒筵歌席莫辞频。

满目山河空念远，落花风雨更伤春。不如怜取眼前人。

沈周听见，一时大为倾倒——“满目”一句出自唐人李峤之名作《汾阴行》：“山川满目泪沾衣，富贵荣华能几时？”“怜取”化自唐才子元稹所著《会真记》：“还将旧来意，怜取眼前人。”虽是伤春伤别，却是以健笔写闲情，气象宏阔，意境莽苍，兼有刚柔之美。“满目山河”二语，重、拙、大三者兼而有之，极为罕见——上前询问，才知道这是应天知府晏殊之新作《浣溪沙》，一时感叹道：“天下人都以为‘无可奈何花落去，

[1]《卖花声》：唐五代曲调，为双调，平声韵，前后片各五句，共五十四字。出售商品时叫卖有声是宋代商业的一大特色，宋词人多有诗词记载。元代有人（已佚名）写有《逞风流王焕百花亭》杂剧，内中用大段篇幅记述了宋代城市市集上商贩的吟唱，足见当时商贩为推销商品而吟唱不绝再普通不过。又，《逞风流王焕百花亭》开场四句唱词即为：“教你当家不当家，及至当家乱如麻。早晨起来七件事，柴米油盐酱醋茶。”

似曾相识燕归来’是晏相公生平最得意之名句，岂不知道这句‘满目山河空念远，落花风雨更伤春’胜其十倍不止。”

张建侯笑道：“那些个文人，就爱什么销魂、伤春，有那工夫，做点有用的事不好吗？”

几人也不知道全大道住处，分头去向路边摊子打听，人人都说知道这个人，却不知道他住在哪里。

沈周道：“南京有十万人口，这样问下去，要问到什么时候？全大道被官府逮捕过，又是从提刑司大狱放出来的，那里一定留有他的住址。”

三人遂赶来提刑司官署探问全大道的地址。三名差役正忙着在门楼上张贴告示，一人提灯，一人刷糨糊，一人忙着糊纸，听到张建侯出声打听全大道住处。三人头也不回，两人开始发笑，糊纸的差役则不耐烦地道：“又一个来问全大道的！去，去，没空理你们。”

包拯上前几步，借着灯光看那告示的内容，居然是朝廷新颁布了“贴射法”[1]。具体做法是：官府不再作为茶农和茶商的中间人，不再统一收购茶叶，允许商人和茶农自行交易。但茶农必须将茶叶送到官府指定的地方出卖，茶商则向官府贴纳官买官卖应得的净利后，凭官府发给的贴纳凭证到指点地反购茶。茶叶价格一律按中等茶计算。譬如茶叶本来五十六文钱一斤，但原来朝廷要预先支付茶农二十五文本钱，贴射法实行后，官府不再预支茶户本钱，只向茶商收取其中的三十一文差额，至于茶商是花二十五文还是三十文向茶农购买茶叶，则是他们自己的事。

新法执行之日，同时废除之前的提货单和交引制度。如此，省却了官府花费人力、物力收购茶叶的成本，也给了茶农、茶商更大的交易空间，像之前所发生过伪造交引断然不可能再发生，就算大茶商崔良中在世，也无法像以前那样仗着有官府撑腰用提货单来博取暴利了，倒也是一桩好事。只是不知道这新法的飞快出笼，跟之前包拯破获的假交引案

[1] 宋仁宗颁行贴射法后，仅仅执行了一年多便因为弊端百出而被废除，又恢复了从前的茶法。茶税跟盐铁税的本质，都是官与民争利。

有无干系。

那提灯笼的差役转过身来，喝道："你们还赖在这里做什么？还不快走！"正要驱赶，刷糨糊的差役却一眼瞥见了包拯额头上的月牙肉记，忙道："先等一下！咦，你是小青天包拯？"包拯道："正是。"

提灯笼的差役立即换了一副笑脸，道："原来是包衙内。小的不认识……是没有认出您头上的小青天，多有怠慢。您找全大道，是吧？他住老字街，跟宋城县的仵作冯大乱是邻居。"包拯道："多谢几位差役大哥。"

张建侯道："姑父，你眼下是南京的大名人了！"沈周也笑道："你现在走到哪里都好使，就算别人不认得你的脸，也认识额头的青月牙。"

正打趣时，意外见到宋城县尉楚宏从提刑司官署出来。这还是包拯几人第一次看见楚宏身穿便服的样子，颇为惊讶。

张建侯道："楚县尉，这么晚了你还在提刑司做什么？"楚宏道："有点私事来找康提刑官。"又歉然道："今日实在是抱歉，都怪我属下不小心绊倒了张公子，竟然让那慕容英给逃了。"

张建侯很喜欢平易近人的楚宏，忙道："有什么好抱歉的，下那么大的雨，我也没看到楚县尉属下的弓手啊。"

楚宏道："你们这是要去哪里？"张建侯道："去找全大道。"楚宏道："噢，他住在老字街，找分路碑就对了。"又道："文公子跟我说了阿大、阿二那伙人和慕容英的事，明日一早，我就会带人去望月楼一一盘查，有消息再来告诉各位。我还有事，告辞了。"

老字街街口立有一座五楼三洞的节妇牌坊，俗称"分路碑"，是官府为表彰本地妇人汪氏贞烈守节、奉养公婆而建，旌柱上刻有"烈妇即忠臣，地道无亏；表节亦旌孝，天恩不朽"的对联，传为朝中某翰林所题，算是城中一景，也是老字街的标志，常有过往官员到此拜谒朝廷所赐旌表。上一任宋城县令曾题诗道：

三十余年别藁砧，庭兰青色又添深。

蓝溪水滞滩声恨，石桥乌鸣阜岛暗。

髡彼两髦为我特，至坚一操轹人心。

不堪风雨潇潇夜，吩咐窗前草自吟。

包拯几人赶来老字街。张建侯望见正有一名白发老翁坐在牌坊边上杂货铺的门槛上纳凉，便过去向他打听全大道住处。

那老翁姓蒋，将手中蒲扇遥遥一指，道："就在那边，一直走到头，那处新盖好的房子，看见没？那是冯大乱家。旁边的青色小房子就是全大道家。"一边挥着蒲扇驱逐蚊子，一边嘟囔道："怎么今晚这么多人来找全大道？"

张建侯道："今晚还有别人来找全大道么？"蒋翁道："是啊，刚才就有一男一女来打听过。"

全大道是第一个发现《张公兵书》残页的人，足以惊动全城，而今红得发紫，人人争相巴结，一点也不奇怪。几人毫不以为意，赶来全家大门前。

张建侯扬声叫道："全大道，我是张建侯，我又来找你了。"

无人应答。见院门虚掩，便干脆推门而入，堂门亦是大开，油灯闪动，燃得正欢。房间中有人影映窗。张建侯笑道："你不记得我了么？你还叫我犯了事就来找你……"

忽听得"砰"的一声，窗上的人影消失了。张建侯"哎哟"一声，急忙往腰间一抹，拔出一柄软剑来，直闯进堂。

堂中的方桌上摆着碗筷，有几样荷叶包着的酒菜，还有一壶林酒，菜肴才刚刚动过。进来内室一看，凌乱不堪，全大道歪倒在屋子中间。张建侯也不及查看其死活，撑开后窗，伸出头去，却是一条极窄的小巷，昏黑一片，左右一望，什么也看不见。他匆忙跃出窗去，往最近的巷口奔去。

那巷子是条后巷，堆有不少杂物，甚至还有路人进来方便的秽物，味道难闻。张建侯强行忍住，冲出巷口，却是贞字街，因靠近西门，也是个繁华所在，正有夜市开张，人来人往，颇为热闹。

张建侯走出几步，抓起路边一正蹲着吃凉粉的男子问道："有没有见到可疑的人跑过？”

那男子见他手里提着剑，吓得丢了陶碗，叫道：“妈呀，有强盗！”用力挣脱，转身就跑。

一旁更是有人大叫道：“这人有兵器！快，快去叫人来！”

张建侯见众人一齐望向自己，急忙收了软剑，离开市集，绕道重新回来全大道家。正好在大门口遇到沈周请隔壁仵作冯大乱过来，心中登时一沉，问道：“全大道死了？”

沈周点点头，道：“已经让邻居去报官了。正好冯翁住隔壁，请他先来看一眼。可有追到凶手？”张建侯沮丧地摇了摇头。

冯大乱道：“张小官去过后巷了？”张建侯道：“是啊，冯翁怎么知道？”冯大乱道：“你的鞋子上有便便，身上又一股酸臭之气，哈哈。”颇有幸灾乐祸的意味。

沈周见院子中有口井，便道：“你过去打桶水，擦洗一下。我领冯翁先进去。”

包拯正独自守在内室，蹲在全大道尸首边上，见冯大乱进来，忙让到一边。

室内一片狼藉，柜子、箱子都被掀翻，就连窗下的砖砌桌子也被人敲碎，东倒西歪得不成样子。勉强算得上完好、还没有倒塌的家具，大概就是一张木床和窗前的一只方凳了。全大道侧歪在地上，双手侧举，眼睛和嘴巴都张得老大，脑袋下有一摊血，才刚刚开始凝固。

冯大乱也不动手，先绕着尸首转了一圈，问道：“你们进来时他就是这样子吗？”包拯道：“是。”

冯大乱道：“实话说，老汉我早知道这个人会不得好死，果然如此。这屋子里这么乱，会不会是有人想找什么兵书残页？”

沈周忙道：“屋子里面虽然乱，柜子、箱子都被掀翻了，但上面都落了灰尘，可见已经有一些日子。应该是全大道被官府抓进大狱后，就有人来搜过他的家。今晚杀他的凶手，反倒没有动过这些东西，大概是认为已经找不出什么线索了。”

冯大乱道："难怪有几夜我家的狗总是半夜叫唤。"蹲了下来，翻转全大道身子，前后看了一眼，道："他是被人一刀割喉而死。身上没有其他伤口，手上也没有任何防御性伤口，应该是一下子就被人制住。"

沈周道："但全大道脖子上还有一些别的伤痕，似乎被什么带状物勒过。"

冯大乱也不回答，只凝视尸体脖颈的那道致命伤口，喃喃道："奇怪了。"沈周道："奇怪在哪里？"冯大乱道："这道伤口好长啊，几乎是全大道的前半边脖子。老汉我验了一辈子尸体，还从来没有见过这样的。"

通常凶手断人喉咙，都是从后面制住受害者，用利器往其颈中横抹。人颈是圆柱状物，无论长刃、短刃，一刀之势，所割顶多只到喉结左右一寸处。即使最极限的情况，是凶手力气极大，兵刃极利，一刀能伤到双耳之下，那么受害者前半个脖子也都快要被切下来了。可全大道的颈伤长归长，深度却仅有三分，相当正常。

冯大乱思索了一会儿，道："照我看来，全大道当时是跪在地上，凶手右手持刀，用刀子从他左耳下的地方下刀，慢慢地，一直割到右耳下。他大概是有意要多增加全大道的痛苦。"

沈周道："可割喉是何等痛苦之事，全大道又没有被绑住，吃痛之下，必然全力挣扎，怎么可能容许凶手慢慢地下刀从左耳割到右耳呢？"

冯大乱遽然转过头来，瞪着沈周。旁人满以为他要发怒，结果他却只撩撩胡须，点头道："你说得对。割喉这种事，都是快速一刀，迅若流星。"他跟沈周性情有几分相像，遇到疑难之事，总要孜孜求解。凝思了好半晌，才道："听说极北之地有个叫蒙古的部落，习惯用一种弯刀，也许能造成这种伤势。"

沈周道："不对，我见过蒙古弯刀图样，是单刃的，圆边外刃才能杀人。凶手得站在全大道面前才能动手，而且弯刀曲度太大，锋刃反而比单刀更短，造不出这种伤口。"

忽听得张建侯道："你们在谈论什么？"沈周道："兵器，凶手杀死全大道的兵器。"

一直默不作声的包拯忽然道："凶器会不会是软剑？"冯大乱愣了一

下，“哎哟”一声，道：“软剑！就是软剑！”

包拯问道：“建侯，你刚才亮出来的那柄软剑是从哪里得来的？”张建侯道：“是我自己偷偷找铁匠打造的。当然比不上裴青羽娘子的青羽剑，我使得也不算很得心应手，但最大的好处是旁人看不出我身上带着兵器，上街不会再有官府的人找麻烦了。”不无得意之色。又特意叮嘱道：“姑父可千万别让祖姑姑知道，不然又该数落我了。”

冯大乱道：“你身上就带着软剑？交出来，快些交出来！”

张建侯尚未会意过来，不明所以，但还是解下腰间软剑，递了过去，道：“冯翁小心些。这软剑要十万钱，可比寻常刀剑要贵好多呢。我贴上了这么多年积攒的所有零用钱，连小游的都挪用了，还向许先生借了四十贯才凑足数。”

无意间提到小游的名字，不由得又想到妹妹灵柩尚停在性善寺，要等包令仪辞官奏章批准后再一同返乡，方得入土为安，脸色登时黯然了下来。其实他对小游之死，远比包令仪夫妇和包拯更能释怀。他虽然莽撞，可还是多少知道些妹妹的心事——小游喜欢包拯，可又跟包拯是姑侄关系，两个人是万万不可能的。之前董氏前来为女儿向包拯提亲，包令仪夫妇也满口答应，小游表面强颜欢笑，背后却是郁郁满怀，悄悄掉过好几次眼泪。他也曾试探劝妹妹早些嫁人，离开包家，以免痛苦，但她却不愿意。也许对她而言，死反而是一种解脱。然而人生在世，并非只有“情爱”二字，如此花样年华而逝，若不是死得还算有价值、有意义，该是多么的可惜。

张建侯虽一时感伤，但毕竟性情豁达，生怕就此触动包拯，忙笑着岔开话题，道：“听说世间尚有一柄青冥剑，原本跟裴娘子的青羽剑是一对。我这软剑名金风，跟许先生的玉露剑也是一对。”

原来张建侯对裴青羽的软剑一见倾心，决意自己请人打造一柄，为此特意向许洞借钱。许洞年轻时也是仗剑江湖、快意恩仇之辈，童心未泯，听说究竟，便多出了一份钱，请工匠打了一对软剑，他和张建侯一人一柄。冯大乱还是第一次见到软剑，很是好奇，拔出来反复摆弄不已。

沈周奇道：“这对软剑剑名叫金风、玉露？”张建侯道：“是啊。我本来说不如我这柄剑叫游龙，许先生那柄叫倚天，多有气势。可许先生说那些剑名太俗，还是叫金风玉露好，镖首上还刻了剑的名字呢。”

沈周道：“这名字取得极好，意味绵长。而今有《金风玉露相逢曲》的词牌名，又名《鹊桥仙》，金风和玉露各在你和许先生之手，暗合相逢之意。”张建侯笑道：“可惜我不是女子，不然的话，倒还可以常常鹊桥相会。”

沈周心中却颇为感慨：“那对青冥、青羽取自昆仑之精，却因天界、冥界而有了分隔，即使能够在一起，也是险途不断。而这对金风、玉露分明是期待相会之意，莫非是许先生心中忘不了什么人？”

他已经与许洞亲妹许愿定亲，很快就要成为许家女婿，对许洞生平多少有了一些了解，知道他年轻时与名士潘阆交往，周游天下，却是终身未娶，耐人寻味。

忽听得冯大乱叫道：“看好了！”

只见包拯手中竖执着一个圆枕头，张建侯则将软剑环在枕头上，冯大乱一声令下，张建侯顺手一抽，枕布被划开，内里装的荞麦壳滚滚落下。

冯大乱道：“看见没有？枕头的划口跟全大道的颈伤长度差不多，凶器定然是软剑无疑了。”

众人便一齐望着张建侯。张建侯尚莫名其妙，瞬间会意过来，嚷道：“你们怀疑是我？我可是跟包拯和沈大哥一起进来的。不，我是最先进来的，可是……”一时手忙脚乱，也不知道该如何解释。

冯大乱慢条斯理地道：“没人说是你。你这柄剑还没有见过血，没有血腥味儿。”

张建侯登时转忧为喜，笑道：“还是冯翁老道，一眼就看出了端倪，鼻子也灵得很。”冯大乱摇头道：“老汉我鼻子可不灵。这老字街是出名的蚊虫蚂蚁街，你的软剑拔出来半天了，却没有过来一只苍蝇，那可是世间第一灵鼻之物，比狗鼻子还灵。既然没有被苍蝇盯上，就表明你的剑还没有沾过血，全大道不是你杀的。”

张建侯道：“姑父、沈大哥，你们也都明白，对不对？那为什么还这样看我呢？”

沈周叹了口气，却是默不作声。包拯也只是摇了摇头，露出为难之色来。

冯大乱道："怎么都不说话？还是我来告诉小官人吧。你刚才不是说了软剑是一对么？这叫金风，还有一柄玉露在什么许先生手中，那许先生是谁？”

张建侯一时愣住，他这才明白为什么沈周和包拯都不说话——他刚才夸口软剑的时候，不但如实叫出了许洞的真姓，而且明明白白地提到对方手里也有一柄软剑。难道当真是许洞杀了全大道？他有武功，有软剑，最重要的是，他还有动机。白日张建侯还特意提醒过许洞，说全大道很可能认出了他，他会不会因此而杀人灭口？

沈周即将是许洞妹婿，见张建侯窘迫，少不得要出面掩饰几句，道："许先生是建侯的一个朋友，其实并不姓许，而是号‘许先生’，是个与世无争的人。许先生也不一定就是疑犯，软剑虽然少见，可眼下南京城中就有三柄。”他本是随口辩解，却蓦然得到了提示，道："刚才邻居不是说过有一男一女来找全大道么？会不会就是张望归夫妇？”

张望归妻子裴青羽身上有青羽软剑，而且她夫妇二人志在《张公兵书》，想从见过残页的全大道身上得到线索是理所当然之事。张望归为人宽厚，裴青羽却是坚定刚强，当日她在性善寺出手击杀盗贼，均是一招制敌，虽没有立即置敌于死地，却是伤在要害之处，令对手瞬间失去反抗能力，招数之狠辣，性情之果敢，犹胜过须眉男子。若是全大道还是像白日对待张建侯那样，摆出一副无赖嘴脸，先伸手要钱，裴青羽一怒之下杀了他，也是极有可能之事。

冯大乱问道："张望归又是谁？”张建侯道："是……是我的一个同族。”

冯大乱道："我倒是觉得凶手更像那个许先生，而不是什么张望归。你们看，这里的地面上刻有一点一横，适才压在全大道腿弯处，我搬动尸体后才发现的。应该是他被迫跪在地上时，以指甲所划下的。”

众人一看，尸首边的地上果然刻有“亠”字样，全大道右手食指指甲缝中也有泥土。

冯大乱道："看全大道颈处淤痕，他死前应该是跪在地上，被人用软剑裹住了脖子逼问。他大概也料到对方不会放过他，将死之时，自然要刻下凶手名字，留给后来人做线索。根据你们刚才的说法，那对姓张的夫妇晚上才一路打听寻来老字街，可见之前并不认识全大道。就算他们找上门后主动报上了姓名，这'亠'字仍然跟弓长张相差甚远。沈小官刚才也说了，南京城中只有三柄软剑，既然不是张小官，又不是那对姓张的夫妇，自然就是那许先生了。"

沈周道："我只是说据我所知，南京城中有三柄软剑，并不是一定只有三柄软剑，也许还有我不知道的呢。而且这'亠'字，可能是许，更可能是文，那一横，都过了'丶'了。"

虽然勉强辩解，其实心中也越来越怀疑是许洞杀人，根本动机就是全大道认出了他，他身份泄露，惹来诸多祸事，遂用软剑杀人灭口。却不料全大道暗中在地上划下暗记，留下了线索。

冯大乱虽然只是个差役，却是阅人无数，一眼看出了沈周的心虚，笑道："这话怕是沈小官自己都不信吧。你想庇护那许先生，是也不是？"沈周难堪之极，道："这个……"

包拯忽道："许先生的嫌疑小，张望归夫妇的嫌疑要大得多。冯翁到底是老公门，发现了全大道留下的字迹，可以作为佐证。但这里面有两点疑问：第一，我们来这里之前，有一男一女也在路口打听了全大道的住处，时间相差不大。我们进来院子时，房间里还有人影晃动，听到建侯出声喊叫后，才紧急跳后窗逃走。换句话说，我们进来时撞见的人，从时间上推算只能是那一男一女，如果他们不是凶手，又何须跳窗逃走？再由伤口联系到软剑，由兵书联想到动机，这一男一女是张望归夫妇的可能性极大。"

他说得甚慢，冯大乱听得饶有兴趣，问道："那么第二点疑问是什么？"

包拯道："第二点，冯翁已经准确推算了全大道死前的情形，他是被人用软剑卷住脖子，背朝窗口，跪在地上，对不对？"冯大乱道："对。只有可能是这个姿势，他才有机会在地上留下印记。"

包拯道："那么问题就来了，按照全大道脖子的淤痕来看，他死前被凶手用刑催逼过什么事，就算是《张公兵书》残页的事吧。冯翁是公门中人，该知道审讯官讯问犯人时，通常是要面对犯人的。"冯大乱道："对，这样可以看到犯人脸上的表情，便于判断口供是真是假。"

包拯道："反过来推断，自背后制住全大道并负责刑讯的人不可能是审问者。也就是说，全大道被强迫面朝木床跪下时，床前的方凳上还坐着一个人，这个人才是真正的审问者。你们看，这四脚方凳落满灰尘，本放在墙角，那边还有四个腿印，却被临时搬来放在这里，上面还多出一个半圆形的干净印记，明显是有人在上面坐过。"

张建侯道："啊，我明白了，凶手杀死全大道时，至少还有一个同伙在场。许先生素来独来独往，根本不可能出现这种情况。"

包拯点点头，道："当然，这凳子上的印记也有可能是全大道自己坐的，但按照常理推断，他回家后见到一片狼藉，应该立即动手收拾，如果不愿意麻烦，也多半要坐在堂屋歇息，或是到内室睡觉，绝不会搬过来凳子坐在上面发呆。他一出狱，便敢向打听兵书消息的人索要钱财，多半也早预料到家中会有这副场面。"

冯大乱张大嘴巴，愕然半晌，才叹道："包公子心思缜密，机智过人，难怪人人称你'小青天'。你不去做官，实在可惜了，可惜了。"连连摇头。

老字街距离宋城县衙所在的利字街不远，报官的邻居已然引着差役到来。

领头差役道："今儿衙门里没人，县令、县尉、主簿等都不在。既然冯仵作已经验过尸了，这就先把人抬回去，等明日再说吧。"一边说着，一边向冯大乱使个眼色。

这差役是个明白人，猜测全大道白天才放出大狱，晚上就死在家里，必然跟《张公兵书》有关。现在南京城里来了许多寻找兵书的人，官员生怕有人趁乱滋事，下令严加戒备，他们当差的一个月来都忙得头昏脑胀，一天都不得休息，全是拜这个全大道所赐。他现在死了，对公家来说，倒也是一桩好事，希望那些个寻找兵书的闹剧也能就此消停下去。

冯大乱立即会意过来。他在仵作行当名气极大，只是因为精通本业，但世人都知道吃公门饭的人要以和为贵，这“和”指的就是同僚之间和睦相处、互帮互助。忙假意打了个呵欠，道：“困死我老汉了。唉，人老了，不顶事了，我得回去睡觉了。”当真转身走了出去。

张建侯道：“可是这全大道……”

领头差役呵斥道：“你是什么人？公家人都还没说话，你插什么嘴？”转头看见包拯，“哎哟”一声，忙赔笑道：“原来是包衙内，小的有眼不识泰山。您怎么来了这里？当真哪里有大案，哪里就少不了您。”

这话语气怪怪的，也不知道是称赞还是讥讽。包拯叉了一下手，道：“告辞了。”

张建侯忙跟出来，问道：“姑父是要赶去望月楼找张先生么？现下这么晚了，不如明日一早再去吧。”

包拯却是不听，赶来望月楼，店家老樊却说张望归夫妇天一黑就出门了，人还没有回来。

沈周道：“他们夫妇在屋里时听见了建侯的声音，应该能猜到我们很快会找到这里，多半已经抢先逃走了。”包拯摇头道：“他们不远万里，从沙州来到中原，费了这么大周折，绝不会轻易离开的。”一时踌躇要不要立即赶去应天府告发这对夫妇，让官府发出图形告示，全城缉捕。

张建侯不愿意张望归夫妇就此落入官府之手，可又找不出什么理由阻止包拯，便向沈周使个眼色。沈周颇感为难，想了想，还是道：“官府对全大道被杀漠不关心，只有我们三个和冯大乱仔细勘验过现场，兴许张望归夫妇还不知道我们已经怀疑到他们身上，不如今晚先回去，明日再来望月楼，如果仍然没有回来，再去应天府告发也不迟。”

张建侯道：“是啊是啊，况且姑父也亲眼看到官府那些人怎么办事了，之前刘德妙、高继安也是贴出告示，全城追捕，不也一个人都没抓到么？”包拯一想也对，便道：“那样也好，先回去吧。”

走出几步，又想起慕容英的事来，转身到柜台，向店家打听道：“之前有个叫慕容英的女子来过望月楼，她曾是崔都兰的婢女，樊翁可还记得？”老樊笑道：“这望月楼每日人来人往的，我连住客都不一定都能记住，更不要说食客了。”

包拯道：“嗯，那时崔良中刚刚过世，慕英容身上穿着斩衰，还在这里买了一包豆腐干。”老樊道：“啊，似乎有印象，好像长得还不错，挺标致的一个小娘子。”

张建侯忙问道：“樊翁可还记得她来望月楼做什么？”老樊道：“就是来买豆腐干吧。小店的豆腐干是南京一绝，每日都有人专门来等的。嗯，我想想看，她坐在那里等了一会儿，又起身往后院转了转，回来时正好豆腐干出锅，她拿上就走了。”

张建侯道：“她没有上楼找人？”老樊道：“没有。”

张建侯长舒一口气，这下总算可以证明张望归夫妇没有跟党项人勾结了。在他看来，杀全大道那种人不算什么大罪，与西夏勾结、对大宋图谋不轨那才是不可饶恕的重罪。

包拯一时也想不通关窍，便打听另外一件事，问道：“这里住了赵阿大到赵阿八八人，樊翁不觉得他们的名字很奇怪、从来没有起过疑心吗？”

老樊道：“奇怪吗？老汉我还见过叫阿猫、阿狗、阿猪、阿牛的呢。还有姓唐的五兄弟，分别叫唐太宗、唐高宗、唐中宗、唐睿宗、唐玄宗，妹妹则叫唐武则天。再有姓张的三兄弟，分别叫张巡甲、张巡乙、张巡丙。包衙内没开过客栈，自然不知道民间的怪名字多得很。”一口气说完，觉得意犹未尽，又四下张望了一眼，压低声音道：“没看见宫里都能用狸猫换太子吗？皇帝长到十几岁，还不知道太后不是自己亲娘吗？奇怪，哼哼，这大宋天下是无奇不有，再奇怪的事都不算奇怪。”

包拯一时愣住，居然无言以对。虽有意亲自上楼去查探那赵阿大到赵阿八，但转念想到自己终究不是公门中人，不能这样直闯上去盘问搜查，还是等明日由宋城县尉楚宏出面更为妥当。

回家的路上，沈周还是不放心，三人又特意绕道许家，假意要观赏许洞那柄玉露剑。张建侯拔剑出来，在庭院中舞了半天，也不见一只蝇虫来叮剑刃，很是高兴，嚷道：“没血，这剑还没有见过血。”

许洞站在台阶上听见，狐疑问道：“你们几个小子深更半夜来找我，就是要看我的玉露剑有没有血迹？到底出了什么事？”沈周道：“不敢有瞒许先生，全大道死了，被人用一柄软剑杀死了。”

许洞大惊失色，道：“全大道死了？哎哟，这可糟了，我还正打算明日去找他呢。”

张建侯道：“先生找他做什么？不是已经认定《张公兵书》残页是假的了么？”许洞道：“不，我当时太激动了，被全大道的谎话骗过去了。他那么吃惊，表明我的字跟他见到的残页笔迹是完全相同的，那残页一定就是张公真迹！”

第八章

且共从容

正逢莲花湖中的荷花盛开，莲叶接天，宝莲映日。荷塘种了不少品种的荷花，满塘白的、红的、粉的，开得正艳。最名贵的要数夜舒荷，也是荷花的一种，一茎四莲，均是大如海碗，其叶夜舒昼卷，此刻正在如水月光下竞相舒展，比起普通一蒂一莲的荷花，别有一番风情。

把酒祝东风，且共从容，垂杨紫陌洛城东。
总是当时携手处，游遍芳丛。

聚散苦匆匆，此恨无穷。今年花胜去年红。
可惜明年花更好，知与谁同？

——欧阳修《浪淘沙》

次日一早，包拯匆忙起床，叫醒张建侯和沈周。三人一道出门时，正好撞见了冯大乱，均感诧异。

冯大乱道："喂，上头有命令下来了，全大道是遭歹人抢劫而死，死了就死了，没什么好理的。"

沈周奇道："冯翁一大早赶来，就是要告诉我们这个么？"冯大乱道："是啊。老汉怕你们几个又自己跑出去查案，结果到最后没人理。"

张建侯道："奇怪，全大道虽然不是什么好人，可半夜死在家中，好歹也是条人命，难道是有人要庇护凶手？"冯大乱摇头道："不对，你小官人不懂官场，这全大道就是个惹是生非的东西，平时坑蒙拐骗也就罢了，可《张公兵书》这事搅得大伙儿不得安宁。这兵书的事不论是真是假，他都兜圆不了，所以他死了人人高兴，感激凶手还来不及，谁还去耐烦查？再说了，杀人肯定跟《张公兵书》有关，追查下去，不是往兵书这件事上火上浇油吗？喂，我昨晚没见过你们几个啊，你们说的话我都没听见，我说过的话也全都忘记了。"

张建侯道："喂，站住！冯翁是吃朝廷俸禄的人，怎么可以……"沈周叹道："别追了，冯翁是好心，才来提醒我们。现在最恨兵书这件事的人就是官府，生怕闹出乱子来，压住全大道的案子也是情理之中的事。”

张建侯这才明白过来，道：“原来官场上的事这么复杂，难怪祖姑父心灰意冷，都不想当官了。那我们还要查下去么？”其实心中倒有点想顺势放弃的意思，起码可以保住张望归夫妇。

包拯却道：“当然要查下去！全大道不是好人，但罪不至死。就算我们无力将凶手绳之以法，也要查明真相，给死者一个交代。”他说得斩钉截铁，大义凛然，沈周和张建侯都没有任何反驳的意念，只得跟在他身后，往望月楼而来。

到望月楼时，正遇上宋城县尉楚宏带人盘查赵阿大等人、搜查房间。然而颇令人意外的消息是，昨日包拯离开望月楼不久，张望归夫妇就回来了。酒保上楼时，夫妇二人还未起床，听说有客来访，匆忙洗漱了下来，来到后院的阁子。

张建侯歉然道：“不好意思，要不是有急事要向二位问个明白，也不会这么早来打扰。”张望归道：“无妨。”

包拯道：“不知道二位昨夜可否到过老字街全大道家里？”张望归沉吟道：“这个……”转头去望妻子。

裴青羽道：“我推测包公子一定是为这件事而来。不错，我夫妇二人昨晚到过全大道家中。不过我们进去时，他人已经死了。我一摸，尸体还是温的，很纳闷是谁抢在前头杀了他。正好这个时候，我听见了张小官在院子中呼叫全大道的名字，我夫妇自觉无颜面对各位，遂跳窗逃走。”

她的神色极是镇定，描述整个经过时丝毫不起波澜，仿佛就是在讲一件无关的事，见众人露出疑虑之色来，问道：“怎么，各位不相信我的话？”

张建侯为难地道：“我自然是相信娘子的话。只是有一点，那全大道是被软剑所杀。软剑这个事情……”

他第一次亲眼目睹了裴青羽的失色——她微张了一下嘴，蹙紧了眉头，面容因肌肉紧绷而变了形，显是极为震惊。但这只是一刹那间的事，她转头看了一眼丈夫，便起身道："抱歉，我得出去方便一下，各位稍候。"

包拯和沈周几人面面相觑，张建侯甚至怀疑裴青羽是要弃夫出逃，但也没有人出面阻拦她。反倒是张望归主动解释道："几位放心，内子只是去方便，很快就会回来。"言下之意是，有我留在这里做人质，你们还怕什么？

包拯几人也不再多说什么，点了一碟豆干，慢吞吞地嚼着。豆干尚未吃尽，裴青羽便回来了，彬彬有礼地道："实在是抱歉，让各位久等。"她解下腰间软剑，放在桌案上，道："既然各位已经找来这里，我也没什么可说的了。"

张望归瞪大眼睛，失声道："青羽你怎么……"裴青羽用力握住丈夫的手，叹了口气，道："不过这件事跟我丈夫无关，青羽剑在这里，我这就跟你们去见官，一力承担罪名。"

张建侯忙道："娘子言重了，我们来这里，不是一定要带娘子去见官，官府根本就不想理会这件案子，我们只是想弄清楚真相。对不对，沈大哥？"他有心放过这对夫妇，明知包拯一定不会答应，便有意问沈周，抢先拉取同盟。

沈周迟疑了一下，应道："是。即使娘子想投案自首，现在也不是合适的时机。"裴青羽道："无论怎样都好，事情与我丈夫无关，还望几位公子手下留情。"

包拯道："不，凶案现场有证据表明，娘子是动手行凶的人，张先生则是主谋。"

裴青羽道："什么证据？"包拯道："当时的情形，娘子用青羽剑制住全大道，充当刑吏的角色，张先生则是面朝全大道问话，充当审讯官的角色。如此，张先生不是主谋是什么？"

裴青羽一时无言以对，一旁默默地站着，眼珠却飞快地转动，显然在思索对策。

张望归素来温和，此时却一改常态，拍案而起，愤然道："既然是我妻子杀人，我理所当然就是主谋。你们想怎样处置，悉听尊便。"

裴青羽道："望归，你何必……"张望归上前握紧妻子的手，道："青羽，你不必多说，你决定做的事，我都会支持到底。”

包拯一直密切观察二人的言行举止，忙道：“建侯，你先带青羽娘子到外面逛一逛，等我叫你时，你们再进来。”

张建侯浑然糊涂了，问道：“为什么？”低声问沈周道：“姑父是暗示我偷偷放青羽娘子逃走么？”沈周道：“当然不是。应该是包拯有事要单独问张先生。”

裴青羽道：“不，我绝不离开我丈夫一步。”

包拯道：“等到见官之时，张先生和娘子会立即被分开关押，除非过堂，不然无论如何是不可能再见的，更不要说在一起了。娘子若是真心想救丈夫，就请先跟建侯出去。”

裴青羽还是不肯松手。张望归温言道：“他们三位都没有恶意的，不然你我早不能站在这里了，先出去吧。”

他夫妇二人自成亲以来，表面上是丈夫一切听妻子的，但其实无论张望归说什么，裴青羽都不会反对，她见丈夫这般说，只得应了。

包拯等裴青羽和张建侯出去，掩好阁门和窗户，道：“这就请张先生将杀人经过说一遍吧。”张望归道：“这个……嗯，当时我夫妇二人进去，青羽用软剑制住了全大道，强迫他面对我，我则问他《张公兵书》的下落。因他不肯说实话，我就让青羽杀了他。经过就是这样。”

沈周道：“这些都是刚才包拯说过的话，先生得描述得更详细些，譬如是如何制住全大道的。”张望归道：“嗯，我妻子武艺很高，用软剑缠住了全大道的脖颈，然后反拧住他手臂，我走到他面前问他兵书在哪里。他不肯说，我一怒之下就让青羽杀了他。”

沈周见他眉头紧皱，边说边想，显是费尽心思才编了这些谎话，忍不住笑了起来。

张望归愕然道：“沈公子为何发笑？”沈周道：“我笑先生实在不是个善于撒谎的人。”张望归道：“我只是杀人后有些慌乱，才会这样失态。”

包拯道：“张先生，你明明知道不是你妻子杀人，刚才为何出头要支持她，甚至不惜自承是主谋？”张望归道：“杀人是死罪，哪里有冒认杀人的道理？就是我夫妇二人杀了全大道。”

沈周又笑了起来，随即正色道："先生是名门之后，我们几个都很是敬慕，何不将事实说出来，我们一起来想办法解决。"张望归却甚是执拗，道："我说的就是实情。"

包拯缓缓道："凶手不是你们夫妇，但一定是你们认识的某个人。那个人，手中有一柄青冥剑。"

张望归陡然失色，惊道："你……你怎么会知道？"沈周亦是大吃一惊，问出了一句相同的话："你怎么会知道？"

包拯道："我本来认定是你们夫妇杀了全大道，可当二位听到他是死于软剑之下后，先生还好，青羽娘子却立即失色，显然她相当震惊。如果是她用青羽剑杀人，断不会在这个问题上如此意外震惊。然后她走了出去。我想她一定是去确认什么事情。她再进来，便爽快地承认，可见她已经确定全大道是死于软剑之下，而凶手明明不是她，她却甘认杀人罪名，那么一定是袒护真凶了。至于青冥软剑，更不难猜到，听说青羽、青冥原是一对奇剑，一旦两剑相遇，即会有事情发生。软剑本不常见，能让青羽娘子舍己救人的，一定是青冥剑的主人。"

张望归呆了好半晌，才叹道："我妻子说包公子生有异相，眉宇之间一股浩然正气，果真是大宋第一奇人。"他知道事情再也难以隐瞒下去，便老老实实说了真话，道："其实一开始我妻子对几位公子所言，就是事实。"

他夫妻二人确实是为了寻觅《张公兵书》而来。沙州虽然还算是个独立王国，可四周强敌环伺，已处于风雨飘摇、岌岌可危的境地。尤其西夏崛起后，称雄河西，更是向国力强大的大宋进攻，夺取了不少土地。而大宋自太宗皇帝赵光义失利于燕云以来，对外多采取绥靖政策，宁可牺牲部分领土和经济利益来换取和平和安全，对西夏的咄咄逼人一直姑息养奸。大宋如此软弱，沙州愈发感到危机，预料西夏早晚要攻取敦煌一带，虽然也与辽国结盟，但毕竟远水解不了近渴，沙州不得不想法自救。有人献计，说昔日唐代名将张巡能困守一城而扼天下，如果得到张巡遗留下来的兵法，以沙州的实力，必能拒西夏军于城下。因张望归本就出自南阳张氏，与张巡同族，遂被赋予寻找《张公兵书》的使命，携妻子裴青羽跟随使者团来到中原。他们去过张巡故里南阳，也到过张巡读书成长的蒲州河东[1]，最后来到张巡殉身之地商丘，但始终没有关于兵书的眉目。当然，他们也不相信兵书作为祥瑞被太祖皇帝赵匡胤得到的说法，因为大宋没有雄健之气——对契丹惨败，最后以《澶渊之盟》求和；对西夏惨败，拱手将富饶的灵州让出。这样一个王朝，不可能会以《张公兵书》作为镇国之宝。其实大宋根本就是一个白板王朝，连秦代传下来的传国玉玺都没有寻到。又重文轻武，总用文人来担任军事长官，制衡武将，连晏殊这样不通政务、军事的人都能担任枢密副使。

虽然大宋在军事上一塌糊涂，其国力却不容小觑，人口众多，幅员辽阔，经济繁荣。张望归夫妇此行辗转走了许多地方，收获颇多，唯独对真正的目标《张公兵书》一无所获，没有寻到任何线索。就在二人心灰意冷、预备动身返回沙州之际，忽然冒出了市井无赖全大道，自称在忠烈祠发现了《张公兵书》残页，瞬间传遍全城。他夫妻二人得到消息后，也即刻赶往忠烈祠，也就是在那里，遇上了同样赶来看热闹的张建侯和许洞。因为现场太乱，全大道又被官府捉走，没有什么线索。他二人便应张建侯邀请来到性善寺，原意也是想见见寇准夫人宋小妹。当日性善寺发生惨案，三人赶到后虽然合力杀退贼人，但张小游却中火蒺藜而死。

次日，夫妇二人返回城中，想从全大道身上查探线索。但官府逮捕全大道后，防范甚严，他们两个陌生人在南京又人生地不熟，没有任何门路。好不容易今日打听到全大道释放回家，遂天黑赶来寻访。到全家时，他们见院门虚掩，便直接推门进来，堂门也没有关，叫了一声，见无人应，便直接进到内室，却见全大道横躺在地上，一探鼻息，人已经死了。料想必然是因《张公兵书》遭祸，遂动手搜查全大道身上，除了几个铜钱外，别无他物。这时候，包拯几人到来，张建侯更是在院外叫喊。他夫妇二人思忖《张公兵书》毕竟是中原之物，他们私下来寻觅，很有些不光彩，而且全大道死在内室，着实难以解释，遂干脆跳窗逃走。至于包拯几人能由颈伤联系上软剑，次日即追寻来望月楼，实是大出意外。

沈周道："那么那柄青冥剑的主人是谁？"张望归道："不是我不愿意

[1] 蒲州河东：今山西永济。

相告，而是我着实不知。若不是适才听包公子的分析，我都不知道内子为何要主动揽下杀人罪名，全大道之死，实与我二人无干的。”

沈周极是惊奇，道：“张先生不知道青羽娘子为什么要承认杀人？那为何还要主动承认你自己是凶案主谋呢？”张望归道：“我只是猜想内子既然愿意承揽罪名，一定有她的理由。身为丈夫，理所当然地要支持她。我知道二位公子也许不相信，但这的确是事实。”

他对事情经过浑然不知情，却是全心全意地相信妻子，愿意与她同生共死，这是怎样一份感情，堪称惊天地、泣鬼神了。

包拯一时无语，沉思了好半晌，才道：“我信得过张先生，这就请先生去叫一声尊夫人吧，我还有几句话想问青羽娘子。”

张望归应了一声，人刚走出阁子，崔槐径直闯了进来，一进来就将阁子门关得严严实实。包拯和沈周均大感意外，不知道这位新继承了崔良中全部家业的富贵公子神色为何如此仓皇慌张。

沈周问道：“崔员外有事么？”崔槐道：“那个跟张公子在一起的妇人，委实叫裴青羽么？”沈周道：“是啊。崔员外认得她？”

崔槐点了点头，又摇了摇头，道：“不算认得，但我听过她的名字，她应该是我的小姨。”

原来崔槐因继承了叔叔崔良中的家业，开始主持崔家茶叶生意，他今日到望月楼拜访几个赶来参加斗茶大会的茶商，因尚在为叔叔服孝，不能饮酒坐乐，所以出来阁子，站在庭院中透气，正好遇见了张建侯和裴青羽。寒暄过后，张建侯为二人简略作了引见，便引着裴青羽走开了。崔槐却隐约觉得裴青羽这个名字耳熟，仔细回忆了半天，蓦然想起一个人来——他母亲名裴德淑，是前灵州知州裴济之女。裴济原配妻子姓景，生德淑一女，德谷、德基、德丰三子。另有一妾名温喜，原是个卖艺的江湖女子，因出身卑贱难以见容于裴家，裴济却对她宠爱有加，一刻也离不开她，到灵州赴任时，只带了温喜和其所生之女青羽。后来灵州被党项人攻陷，裴济死难，温喜和裴青羽亦不知所终，料来早已死于战乱之中。崔槐想不到今日还能听到青羽这个名字，对方又姓裴，来自沙州，十之八九是他从未谋面的小姨。

包拯和沈周并不知道裴青羽来历，忽听得其人很可能是名门之后，出自著名的山西闻喜裴氏，各是大出意外。从崔槐所言看来，裴青羽是裴济之女的可能性极大。当日在性善寺，包拯因张小游之死哀伤得不能自拔，裴青羽从旁劝慰时，自称十六岁时痛失最亲近的人，以她而今三十余岁的年纪看来，恰好是十多年前的事，符合裴济死难的年份。

党项攻陷灵州、知州裴济死难之时，包拯年仅三岁，见到父亲包令仪扼腕叹息、泪水长流，好奇地询问原因。包令仪将爱子抱在怀中，告之道："大宋放弃灵州，等于失去了河西，从此西北多事矣。"

灵州曾是古丝绸路上的重镇，位于黄河上游、河套以西，"大河抢流，群山环拱""北控河朔，南引庆凉，据诸路上游，扼西陲要害"，地形极为险要。而"灵武地方千里，表里山河，水深土厚，草木茂盛，真牧放耕战之地"，这里土地肥沃，地饶五谷，尤宜稻麦，水草肥美，农牧两宜，且有秦汉延、唐徕等渠引黄河水，灌溉大面积农田。灵州的西侧就是中原通往西域的要道——河西走廊，当时这一地区主要散居着回鹘部落。灵州的西南则是吐蕃部落分布地区。对李继迁来说，只要取得灵州，便能"西取秦界之群蕃，北掠回鹘之健马，长驱南牧"。对宋朝而言，灵州为西北咽喉要冲，"西陲巨屏"，不但是宋朝购买西北边区马匹必经之地，也是控制西北少数民族地区的枢纽，如果失去灵州，"则缘边诸郡皆不可保"，对宋朝的影响不可估量。是以当年灵州知州裴济咬破手指涂信，向朝廷求助，示意军情十万火急。

大宋兵制，最高军事机构为枢密院，枢密院直接对皇帝负责，宰相及其他官员不得过问。枢密使有调动军队的权力，而实际领兵作战的将领往往是临时委派，没有调动军队的权力，即"有握兵之重，而无发兵之权"。这一套对内严防的军事体系，虽然有效地防止了军队政变，却直接导致了兵不知将、将不知兵，能调动军队的不能直接带兵，能直接带兵的又不能调动军队，严重削弱了宋军的作战能力。

由于军事效率的低下，朝廷虽然派出了援兵，然而大军未至之时，党项人已经攻陷城池，可想而知裴济临死前是何等无助、何等绝望的心情。

最令灵州汉人甚至中原有志之士不能理解的是，大宋重内忧而轻外患，对内以文制武，对外妥协求和，一切苟且，竟然不图收复城池，就此承认了党项对灵州的统治。裴济及那些战死的宋军军民地下有知，实难瞑目！

灵州之失对宋朝的意义绝不是仅仅丢失了一块土地。自唐朝失去河西之地后，灵州一带便成为宋军主要的马源之地。李继迁占据灵州，宋朝从此丧失了马源，再也没有大力发展骑兵的可能，直接决定了之后与游牧民族的对抗中处于难以扭转的弱势。虽然当初包令仪叙述分析这些的时候，包拯尚不能听懂，但日后长大，已然逐渐明白过来，父亲流下的泪水，不只是为裴济掬一捧同情泪，更是为大宋的前景忧虑啊。

沈周见包拯沉默不语，若有所思，不知道他正回忆往事，便先问道："温喜只有裴青羽一个孩子么？她还有什么其他亲人？"崔槐道："这我可不知道。不仅我从未见过，就连我母亲也只见过温喜母女几面。听说是外祖父知道她们母女难以见容于裴家，特意置了外宅。"

正说着，张建侯和张望归夫妇打门进来。张建侯道："崔员外原来在这里，外面有人到处找你呢。"

崔槐很是局促，既想问裴青羽的身份来历，又觉得太过冒昧唐突，不好意思开口，便将求助的目光投向包拯。

张建侯道："你们在做什么，怎么神色都怪怪的？"

包拯轻轻咳嗽了声，道："青羽娘子，这位崔员外母亲也姓裴，出自闻喜裴氏，他想知道是否与娘子同族。"裴青羽脸上不见任何异色，只淡淡道："青羽虽然也姓裴，却是出生草泽，怎么可能与闻喜裴氏同族？"

崔槐大失所望，拱手道："是我冒昧。我还有事，先告辞了。"

沈周心道："这裴青羽明明就是崔槐的小姨，她越是平静，反而是欲盖弥彰，说明她早就知道了崔槐是自己外甥，不过是因身负特殊使命，不便相认，怕牵累崔槐而已。"见崔槐悻悻退出，于心不忍，颇想追出去告知真相，终究还是强行忍住。

裴青羽道："适才我丈夫已将包公子的推测原原本本告诉了我。包公子心思缜密，才智过人，我十分佩服。"

沈周道："那么娘子是承认在袒护凶手了？"裴青羽道："我不能否认，

也不能承认。总而言之，这件事，我夫妇二人会给几位一个交代。”

正好宋城县尉楚宏在外面叫道：“包公子在里面么？”包拯料想是为那赵阿大到阿八之事，便道：“好，我信得过娘子的话，我们会等着二位的交代。”

送走张望归夫妇，楚宏匆匆进来道：“康提刑官有急事召我去提刑司。不过这里的事办得差不多了，那赵阿大到阿八的房间都仔细搜过，并没有发现可疑。八个人都是河北商民，是同族兄弟，来南京是等着看斗茶大赛。”

包拯歉然道：“抱歉，又让楚县尉白辛苦一趟。”楚宏道：“无妨，这本是我职责所在。倒是包公子你们几位，一直为朝廷奔走尽力，不求名，不求利，好生令人佩服。”拱手去了。

沈周道：“这康提刑官是路级官员，统领整个京东路的刑狱，手下官差无数，偏偏爱使唤一个小小的县尉，怪异得很，也不合朝廷体例。”包拯道：“依我看，康提刑官和楚县尉二位应该是有些私人交情。”

张建侯道：“对对，昨晚咱们不是还撞见楚县尉穿着便服从提刑司出来吗？”又笑道：“其实康提刑官老使唤他也好，他多破些案子，升职自然快些。”

沈周道：“那么现在要怎么办？”包拯道：“先静观其变吧。张望归夫妇都是有担当的人，他们既然说要有所交代，就一定会做到。”

张建侯道：“对了姑父，适才我跟青羽娘子在外面，她对你很是赞赏，说你生有异相。我还以为她跟那刘德妙一样也学过相术，开玩笑说：‘娘子的相面结果跟那刘德妙全然不一样呢，当日知府宴会，刘德妙只看好张尧封，说他有王侯之相，旁人如我姑父等人都不在她眼里。’你们猜青羽娘子怎么回答？她说：‘我没有学过相术，但包拯气度、才智均大异常人，将来必然大有所为，成为大宋的栋梁之材。相术一道，多是用面相来预测富贵，你说的张尧封什么的，相士只是预测他将来会大富大贵，但荣华富贵跟功名作为完全是两码事。譬如张巡，终其死时，官秩也不过是个小小的县令，却能气逾霄汉，一人独挡千军万马，由此名垂青史，这才是真正的大丈夫所为。所谓的富贵，不过是一时的风光，很快就如过眼烟云。李峤说过，山川满目泪沾衣，富贵荣华能几时？不见只今汾水上，惟有年年秋雁飞。'”

包拯听了，若有所思，沉默不语。

沈周叹道："这裴青羽当真不愧是名门之后，能有此等见识，堪称女中豪杰。"

三人离开望月楼，又来到曹府探望，正好见到范仲淹扶着曹诚在庭院中散步，戚彤带着孩子，与张尧封夫妇站在一旁笑望着，看起来其乐融融，自有一番天伦之乐。

自从曹云霄与张尧封成亲后，曹诚的病情好转了许多，对那不争气的跟情妇私奔的儿子曹丰也不再以为意。刘德妙一事，出人意料地没有牵连到曹氏身上，正如当日提刑官康惟一带差役气势汹汹地来曹府捕人又骤然退走一样，其中奥妙无人能说得清楚。但曹诚却对新女婿张尧封很是满意，视其为半子，据说他正预备督促张尧封参加科考，以求金榜题名。

包拯等人行礼后便站到一边。几人心下均对戚彤很是佩服——这妇人看起来娇娇滴滴，却比男子还要坚强，为了公公的病情，她不惜隐瞒曹丰死讯，制造丈夫随同情妇私奔的谣言，而独自承受着各种流言飞语，以及丈夫早已尸骨无存的巨大痛苦。然而当此局面，任何劝慰都是多余。

曹诚对儿子曹丰下落置之不问的态度也颇耐人寻味——他曾在最伤心、最低落的时候告诉儿媳妇戚彤关于相面预言一事，说刘德妙预测过他有丧子之相。以之前发生的种种事情来看，他应该能猜到曹丰不在人世的可能性很大，可他却选择了相信儿子跟情妇私奔的流言，是真心如此希望，还是假意相信，好让家人放心？

沈周将张尧封拉在一旁，悄悄向他道歉，称被歹人绑架时不小心弄丢了玉镯。张尧封道："没事的，沈兄人好就好，反正也是只坏了的断镯。"

沈周踌躇半晌，低声问道："云霄娘子可有再提过玉镯的事？"张尧封道："没有。云霄首饰多得很，也不会特别在意一只断镯。"

沈周不好再问，只得就此作罢。

过了二刻工夫，曹诚也累了，扶了女儿和儿媳妇的手进屋歇息，范仲淹则与包拯三人辞别出来。

到路口分手时，范仲淹忽然问道："如果朝廷准许令尊包公辞官，你也要随同包公返回家乡么？"包拯道："是的。内侄小游还没有下葬，学生要亲手送她回去庐州，让她入土为安。"

范仲淹道："那好，我会写一封信给现任庐州知州刘筠，你回去家乡后，若是学业上有问题，可以去向他请教。"包拯道："范先生思虑得真是周全，多谢。"

范仲淹道："你记住我的话，你有极强的吏才，如果你始终只是潦倒于书卷文章，那么既是你个人命运的悲哀，也是我大宋的巨大损失。"叹了口气，拍了拍包拯的肩膀，转身去了。

张建侯挠挠脑袋，道："范先生的话好深奥啊！姑父，他不是明明叫你好好读书，有问题去请教刘知州，怎么又说潦倒于书卷文章是你个人的悲哀和大宋的损失呢？"包拯不答。

沈周道："因为大宋的官员大多是以文章、而不是以才能显达，打个比方，你觉得应天知府晏相公这个人怎么样？"

晏殊少年成名，是天下名士，仕途也一帆风顺，但却是典型的伴食官员[1]，除了诗词文章成就外，政治上无任何建树。虽然不是典型的趋炎附势之徒，为人也不算有骨气和节操，他与真宗皇帝有着非同寻常的私交，真宗晚年受制于皇后刘娥，苦闷无比，也没见他有任何表现。他虽对教育事业上心，也提携了不少后进，但赏识的都是诗词写的合他口味的人，譬如擅写青楼笙歌艳舞及种种红尘琐事的柳三变就因为不符合他的审美情趣，极被他厌恶。而他此次被贬出京师，名为反对刘太后任用私人张耆，可若不是那粗鄙可憎的张耆正好是他顶头上司，他也是不会公然反对刘太后的。这位大名士到应天府上任后，除了对应天书院上心，剩下的日子就全在歌舞升平的酒宴中度过，可谓碌碌无为之至。想

[1] 伴食：陪伴人家吃饭。典出《旧唐书·卢怀慎传》："开元三年，迁黄门监。怀慎与紫微令姚崇对掌枢密，怀慎自以为吏道不及崇，每事皆推让之，时人谓之'伴食宰相'。"唐代朝会结束时，宰相率百僚集尚书省都堂会餐。指身居高位而庸懦不能任事者。

想这样一个手无缚鸡之力的文人，居然一度是大宋最高军事长官，大宋军事频频失利，也就丝毫不奇怪了。

张建侯自然看不到这么远、这么深，但他仔细考量一番晏殊生平——说他是好官，他没做过任何令平民得益的事；说他是坏官，他也没做过什么损害百姓利益的事，总之就是不好也不坏，庸官一名——想了半天，才道："说不上来，只听说晏相公诗词写得好。"

沈周道："这就对了，大宋朝廷最多的就是晏相公这种会写诗吟赋、却不如何会治理国家的官员。范先生的意思，是叫包拯将来要做个有实干才能的官吏，而不是就会写写花样文章、摆摆花架子的官员[1]。"

张建侯道："我好像是明白了。不过要步入仕途当官，不还是得参加科考，得靠文章好才能金榜题名吗？"沈周笑道："所以范先生才让包拯有问题就去求学刘知州啊。"

张建侯道："为什么你们这些人个个都那么聪明？"沈周笑道："你也不错啊，年纪轻轻，就已经武艺了得，要是大宋跟唐代一样举行武举，你说不定能考个武状元。"

张建侯虽不爱读书，却也知道大宋自立国以来大力推行"以文制武"的国策，朝廷内外重文轻武，武将地位急剧下降，文官地位迅速攀升，朝廷举办武举多半是不可能发生的事，只叹了一声，道："我倒真希望能看到朝廷有重视武功的那一天[2]。"

正说着，忽听见背后有人叫喊，回过头去，却是宋城县尉楚宏，疾步赶上三人。

张建侯笑道："楚县尉刚从提刑司出来么？康提刑官又给你派了什么

[1] 范仲淹是历史上少见的文学才华与政治才干兼备的才子，其"先天下之忧而忧，后天下之乐而乐"的节操成为后世文人士大夫的光辉榜样。包拯步入仕途后，只孜孜专注于吏治，除了大量奏稿外，没有写过任何吟风赏月、应酬唱和的作品，与其好友兼同年文彦博等人的做派迥异，此即后来同时代名臣欧阳修攻击包拯学问不高、文章不好之处。欧阳修诚然有锦绣文章流传，然包拯留给后人的则是独特的清官文化和精神财富。二人之影响力，不独后世，当时已可见高下——有少数民族部落归附大宋，主动请求朝廷赐姓包，只因为仰慕包拯已久。

[2] 后来因为形势需要，宋朝廷逐步恢复了唐朝的武举制度。天圣七年（1029年）闰二月二十三日，宋仁宗赵祯下诏置武举。天圣八年（1030年），皇帝于崇政殿举行了武举殿试，张建侯技压群雄，夺得第一名，成为宋王朝建朝后的第一位武状元。这是后话。

私活儿？”楚宏道：“昨夜提刑司有飞贼闯入，提刑官发了大火了，说是南京城不是盗贼就是飞贼，现下飞贼都踩到他头上了。”

张建侯吐了下舌头，道：“提刑司出了飞贼，又不能怪楚县尉，康提刑官对你发火，实在没理由。”楚宏道：“康提刑官倒不是朝我发火，是城外汴河河道上发现了一具浮尸，排岸司不愿意接手，转到了提刑司，提刑司人手不够，康提刑官便将案子指派给了我。算了，不提这个，我来找几位，是因为我新想起来一件事，是关于那赵阿大到赵阿八的。”

张建侯道：“楚县尉不是说那八个人没什么可疑么？”楚宏道：“身份和行囊都没有查出可疑之处，但我刚才出来提刑司时，忽然从官署的房间排列上得到了提示。那赵阿几的房间位置很有些值得玩味，八个人分成四组，二人住一房，分别占据了南一、北一、南三、北三的位置。”

包拯一听便知道了奥妙所在，问道：“南二、北二分别住的是谁？”楚宏道：“南二是那个长相彪悍的年轻富家子黄河，北二是他的侍从杨守素。”

包拯“哎哟”一声，忙回头朝望月楼奔去。楚宏道：“包公子别急，我已经先派弓手去望月楼了。”

张建侯尚莫名其妙，问道：“怎么了？”沈周道：“赵阿大到赵阿八的房间正好护卫着那个叫黄河的富家子，很明显，这八个人是黄河的侍从。这个人出门带九个侍从，你觉得他是普通的富家子么？”追上包拯，问道：“当日性善寺发生血案，黄河曾在山道上出现，又跟随我们一起进入过寺院，不知道是巧合，还是他也牵涉其中？”

楚宏道：“这个可能性应该不大。我仔细调查过当日在性善寺的每个人，那个叫黄河的人的确是精通佛学、一心向佛，与住持十分谈得来，还当场捐了不少香油钱。”

不及赶到望月楼，便有弓手赶来禀报道：“那黄河、杨守素，还有八个赵阿几都已经离开了。”

楚宏惊道：“这是什么时候的事？”弓手道：“店家说就在我们撤出望月楼后不久。”张建侯道：“这是做贼心虚、不打自招了。”

弓手道：“要不要小的立即赶回去县衙，请长官发出通缉告示？”楚宏摇了摇头。

张建侯大是焦急，道：“为什么不发告示？再迟多半就来不及了！”楚宏道：“以什么罪名通缉这些人呢？不告而别？”张建侯这才无言以对。

楚宏不免很有些懊悔，道：“要是我当场发现房间位置的端倪就好了，当面盘问这些人，总会得到线索。”包拯道：“楚县尉何必自责？到望月楼去查这些人是我的主意，就算打草惊蛇也是我的错。如果不是楚县尉心细，我们还不知道黄河和这群姓赵的有干系。”

如今看来，那黄河很可能只是个化名，他应该是个很有来头的人物，隐名埋姓住在望月楼里，当然不是为了享受舒适和美食那么简单。他来南京真的是为了看斗茶大赛么？如果不是，真正的目的到底是什么？那西夏奸细慕容英两次来过望月楼，会不会跟黄河这伙人有关系？性善寺凶案当日，黄河也出现在现场，他到底有没有牵连其中呢？

张建侯猜测道：“这黄河会不会跟张望归夫妇一样，也是为了《张公兵书》而来？”沈周道：“这个可能性不大，黄河这伙人早在全大道发现兵书残页前就已经来到南京住进望月楼了。”

张建侯道：“张望归夫妇也一样啊，但他们还不是为了《张公兵书》而来。”沈周道：“张望归本身就是张公后人，迷恋于寻找祖先遗作情有可原。但即使世间真有《张公兵书》，失传已达二百多年，平常人早已经想不起来有这么一回事，又怎么会平白无故地跑来南京寻找兵书呢？”

张建侯道：“我辩不过你，反正这个黄河肯定不会是来看斗茶大赛的。”

沈周想到包拯曾推测提刑官康惟一和楚宏可能有私人交情，便假意道：“要是我们知道康提刑官为什么会赶去性善寺就好了。”

楚宏听了，果然应声回答道：“这个我倒是知道，康提刑官凑巧对我提过，我可以私下告诉几位，不过几位可不要张扬。”得到承诺后，才道：“听说提刑官当日得到一封匿名信，称性善寺将有大事发生，请他立即带人去阻止。”

包拯闻言大感意外，问道：“这封匿名信跟提刑官在曹府门前收到的匿名信是同一封么？”楚宏道：“应该不是同一封信。据差役说，第二封匿名信是提刑官回到提刑司后才收到的。因为是匿名投书，按律不能采纳，但提刑官还是放心不下，便假称要拜访寇夫人，约了韩转运使他们一道前去性善寺。几位官人怕引起寇夫人反感，都是轻骑简从，谁想到那匿名信竟是真的，当日真的发生了大事。”

张建侯大怒，道：“竟有这等事！原来康提刑官早收到了警告信，如果他早做防范，王伦那些人就无机可乘，我妹妹也就不会枉死了。”

沈周忙劝道：“这实在不能怪康提刑官。他只是按照律法办事，匿名投书实是不能采信的，采信的官员会被降级罚俸。况且，他本人也亲自去了性善寺，可见他有所重视，却没有料想事态会如此恶劣。”

张建侯虽然还是愤愤难平，但闻言也无话可说。

沈周问道：“楚县尉跟康提刑官很熟么？”楚宏道：“嗯。家父曾是康提刑官祖父康保裔康将军手下，康将军救过家父性命。虽然康将军英勇殉国，但家父一直教导我不能忘记救命之恩，要侍奉康家人如父如兄，因而我们两家一直走得很近。”沈周道：“原来如此。康将军逝去多年，令尊也算是有情有义了。”

包拯问道：“那么康提刑官后来可有派人追查那封匿名信的来历？”楚宏道：“有，可是一无所获。好在包公子很快揭穿了假崔都兰那伙人的身份，想来应该是崔府什么下人偶然知道了假崔都兰的阴谋，又不敢明目张胆地揭发，所以采取匿名投书的方式。康提刑官也是这么认为，因为那书信字迹潦倒，东倒西歪，像是不怎么识字的粗人所写。”

张建侯道：“后来假崔都兰真面目被揭穿，这个人为什么还不站出来呢？”沈周道：“他匿名投书只是好意，可性善寺终究死了那么多人，他更不能站出来了。不然会被安个知情不报的罪名。”

张建侯道：“可他明明报告官府了呀。”沈周道：“你又忘记了，按照律法，匿名投书和告发都是不能被采信的。”

正说着，忽见包府仆人匆匆赶来，道：“府里来了贵客，请几位公子速速回去。”楚宏遂道：“虽然不能发出告示缉拿黄河等人，但我会命人暗中查访，有消息再来告诉几位。我还得赶去城外瞧那具浮尸。几位，再会了。”遂拱手作别。

包拯几人回来包府时，包令仪正陪着翰林学士石中立在堂上闲话。

张建侯道："原来贵客是石学士。"石中立道："莫非你以为是瓦学士不成？老夫告诉你，石学士比瓦学士好，石头摔不烂，瓦片一摔就碎了。"众人一起笑了起来。

包令仪便起身道："石学士是来找你们几个的，你们慢慢聊。"

张建侯极是惊异，道："居然祖姑父都不愿意听了。是什么国家大事么？"石中立道："看你小子怎么理解了，嗯，算得上是国家大事吧。朝廷派了马季良和老夫来南京调查《张公兵书》的事，马季良呢，去了提刑司翻阅卷宗。石某我呢，不想做那些官样文章，就直接来找你们几个了。"

沈周奇道："朝廷不是已经公然宣称全大道发现的《张公兵书》残页是假的了吗？就算真的想深入调查，为何不派有司官员，却要派翰林学士？"石中立道："派马季良呢，你们都知道啦，他是太后的人，太后对没把握的事，通常都要派自己的亲信。之所以顺带捎上老夫，是因为只有我见过大内珍藏的张巡张公奏本真迹。"

包拯道："提刑司应该已经将全大道发现的《张公兵书》残页上交朝廷，既然石学士见过真的张公奏本，可有比照过残页？"石中立道："当然，残页是真的。即使不是真的，也伪造得很像，跟老夫见过的张公奏本一模一样。"

包拯道："石学士的话有些模棱两可，残页到底是真是假？"石中立道："老实说，老夫也不能确定，因为老夫赏阅张公奏本还是在太宗皇帝初建秘阁之时，那已经是多年前的事了。残页跟我印象中的奏本真迹很像，但这个印象嘛，时间太久远了后，往往会模糊一些的。"

张建侯道："石学士不能重新到大内秘阁看过张公奏章，再做比照吗？"石中立被质问得有些恼怒起来，道："老夫又不是傻子，如果能做到，我不会重新比照么？"

沈周道："张公奏章是不是已经毁于荣王宫那场大火了？"石中立道："还是你小子聪明。唉，八大王作孽啊，那一场大火，毁了多少珍本，毁了多少宝贝！"

荣王即是当今泾王赵元俨。他是太宗皇帝赵光义第八子，人称"八大王”。宋真宗大中祥符八年（1015年），时封荣王的赵元俨宫中起火，大火历时一天，延烧内藏、左藏库、朝元门、崇文院、秘阁。崇文院即昭文馆、史馆、集贤院三馆合称，是宋代贮藏图书的官署。秘阁建于崇文院中，宏伟壮观，在内诸司官署中首屈一指，阁下穹隆高敞，被称为“木天”。所藏不仅包括三馆真本书籍万余卷，还有大内珍藏的各种古画、墨迹。那一场大火过后，藏库中两朝所积财赋，崇文院、秘阁藏书、各种字画古迹所剩无几。真宗皇帝为此下罪己诏，命参知政事丁谓为大内修葺使，主持修复。丁谓即是在此次工程中，通过“一举而三役济”出尽风头。当时谣言纷起，称是赵元俨故意放纵侍婢为之。然而赵元俨因为是真宗之弟，未受追究，只被降为端王，迁出皇宫居住。这位八大王相貌特别，额头和下巴都特别宽，看上去极有威仪，因而民间尊称其为“八贤王”。传闻真宗皇帝临终前，以八根手指示意大臣，隐有令八大王辅政之意，赵元俨由此被刘娥猜忌，而今深居简出，装疯卖傻，不再过问朝中之事。

张建侯道：“石学士看过的张公奏本真迹珍藏在皇宫中，应该不是什么人都能轻易看到吧？”石中立道：“那是啊，要不然怎么能派老夫来调查案子？老夫是活着的唯一见过张公奏本真迹的人了。”

张建侯道：“未必。许先生就见过真迹，而且他还能模拟张公书法。”

他知道石中立与许洞交好，知其真实身份，所以也不隐瞒，说了昨日许洞见了全大道之事，又道：“石学士要是将残页拿给他看，他一定可以分辨出真伪来。”

石中立道：“许洞绝对没有入过大内，不可能见过秘阁收藏的张公奏本真迹。也许张巡有书信之类流传民间，他无意中得到了，这样才能时时习摹张公书法。嗯，倒是从来没有听他提过这件事。走，我们一起去找他去。”又问道：“小沈，老夫给你做的这个媒如何？”沈周红着脸道：“多谢石学士。他日一定请您喝喜酒。”

几人赶来许府，许洞却是不在府中，上下都称自从昨晚包拯三人来过后就再也没人见过他，也不知道他去了哪里。检查他房中，所有东西都在，唯有那柄玉露剑不见了。

众人不由得面面相觑，均知道许洞胆大妄为，做事不拘一格，曾因为好奇便潜入崔府，又曾在包拯和张建侯眼皮底下盗走凶器刻刀，也不知道他半夜携兵器出门，到底去了哪里。

张建侯道："昨晚我们几个来找许先生，他听说全大道死了，很是惊讶，说本来打算今天来找全大道的。会不会他到京师找那残页去了？既然全大道死了，那张残页就成了最后的线索，他又不知道石学士来了南京。"

包拯蓦然得到了提示，"哎呀"一声，道："不好，许先生昨夜去了提刑司。"

张建侯莫名其妙，道："我好好地说去了东京，你怎么变成提刑司了？"沈周道："全大道最初是被前兵马监押曹汭逮捕，先移交给宋城县署，后转移到应天府，最后押到京东路提刑司审讯，最后上报朝廷的卷宗也是由提刑司呈报。按照惯例，卷宗都是要抄录留底的。许先生也许猜想提刑司的卷宗中或许留存有抄摹的残页，等不及赶去东京，直接赶去提刑司。"

石中立道："不对不对，就算是有书吏抄录卷宗留底，但书吏的笔迹跟残页一定不同，冒险拿到也不能作鉴定，老许怎么会干那种傻事？"包拯道："但至少可以知道残页上的内容是什么。"

石中立呆了一呆，道："啊，你小子真是聪明，难怪来南京的路上，马季良总说得找包拯做帮手。老夫我一向看不起这个脓包马龙图，想不到这次他还蛮有眼光的。"

众人忙赶来提刑司，石中立的侍从上前报了名字。立即有门吏迎了出来，满面笑容地道："马龙图人在里面，还正要派小的去寻石学士呢。"顿了顿，又道："还指名要找这位小青天包衙内。"

石中立道："你认得包拯？"门吏道："小的不认得包衙内相貌，只认得他额头的月牙印记。大伙儿都说，那是青天标记。"石中立"啧啧"两声，道："你快成福星史阳城了。走吧，咱们进去吧。"

包拯向张建侯使了个眼色，张建侯会意，有意落在后头，向门前差役打听道："听说昨晚提刑司有飞贼闯入？"差役道："是啊，大伙儿忙前忙后闹了半天，也没抓到人。康提刑官因此而雷霆震怒，在大堂上吼人，小的们站在大门这里都能听见，多可怕！现在满提刑司的人都不敢正眼看他呢。"

张建侯问道："没人看到那飞贼的样子么？"差役道："小哥哥，那可是飞贼，飞贼是会飞檐走壁的！我们只是普通人，上个房梁还得搭梯子呢！"

张建侯半信半疑，道："有那么神奇吗？"差役道："小哥儿想想看，敢闯入提刑司的飞贼，那能是一般人吗？这满衙门的当差抓他一个人，不是连影子都没看见吗？"

张建侯道："那提刑司可有丢什么东西？"差役道："这小的可就不知道了。飞贼最初是在后署发现的，那是康提刑官的私人地方，他自己不说出来，天晓得他家里丢了什么东西。"

张建侯见再也问不出什么，便进来大堂。马季良正翻阅卷宗，问道："这全大道明明供称他不认识字，又怎么能认出那是《张公兵书》残页呢？我不记得那残页上有'张公兵书'四个字啊。"一边说着，一边命侍从取出残页来。

侍从将裱糊好的残页卷轴小心翼翼地展开。诸人听到传闻中神奇无比的《张公兵书》残页近在眼前，"哗啦"一下子全围了上去，连包拯也没有例外。

那所谓的兵书残页当真是名副其实的残页，是一张颜色发黄的破破烂烂的纸，不但残缺不全，而且染有各种水渍、油渍等，边缘的大多数字已然模糊不清，只有中间的几行楷书比较清楚，能够辨认，写着："上采孙子、李筌之要，明演其术；下摄天时人事之变，备举其占。"最左面的一行字是"巡以为用兵之道，先谋为本"，这"巡"自然就是张巡了。

沈周道："看残留字迹的字义，似乎是兵书最前面的总序。"石中立摇头道："老夫不这么认为，这应该是最后的结篇才对。"

沈周道："可是书不都是先序后篇吗？这几行字的语气，分明是序言中的话。”

石中立道：“那是你沈小官太过拘泥于书的形式了！你想啊，当日张公困守睢阳城中，预感无望生还后，决意将生平所学所得用兵之法写成一部书，造福后世，于是提笔疾书，既是匆忙之间写就，哪里还得闲像平日著述那般先序后篇的？”不待沈周反驳，举手敲了一下他的脑袋，道：“最要紧的是，这篇书法沉稳有度，明显是完成兵书后，心绪沉静下来，最后做的结篇。”洋洋洒洒地说完，颇为得意地望着包拯，大概是想听听他的品评。

包拯道：“石学士所言甚是。字如其人，这篇残页上的字确实写得冷静，不像是匆忙之间赶成的。但是有一点很奇怪，这篇纸虽然残缺，右侧却还算完整，上面没有任何装订的痕迹。张公坚守睢阳一年，创造了世间罕见的军事奇迹，生平心得绝不会是几张纸，即使只有数篇散页，为方便起见，也要装订成册。但这纸的右侧却没有穿孔的印记。”

沈周道：“不错，纸片可以残破不堪，字迹可以模糊淡化，装订的麻线也可以断掉散开，但孔是不会消失的。这边上应该有一排装订孔，可是一个都没有。”

石中立道：“呀，你们两个的意思是，这残页是假的？”

包拯和沈周尚不及回答，马季良抢先嚷了起来，道：“石学士这是什么话？你见过真的张巡奏本，不是称这残页笔迹跟张巡真迹一模一样吗？这不是真迹是什么？”

一名官吏好奇之极，忍不住插口问道：“这是全大道在忠义祠发现的残页吧？朝廷不是公布说是假的吗，马龙图为何还说这是真迹？”

马季良登时勃然大怒，喝道：“我们说话，轮得到你来插嘴么？”

正好提刑官康惟一走过来，听见后很是不满，冷冷道：“这里是提刑司大堂，不是史馆，马龙图不必在此咆哮。来人，给马龙图、石学士他们另找一间屋子办公。”

马季良道：“本官奉旨查案，征用不得你提刑司大堂么？别说你一个京东路提刑司，就是刑部、大理寺，我也照用不误。哼！”转头换了副语气，问道：“包公子，依你看，这残页到底是真是伪？”

包拯道：“我其实不是鉴定这方面的行家，不过这篇纸上没有装订孔确实显得很奇怪。”

马季良道：“会不会是发现兵书的人裁掉了边线？”石中立道：“马龙图这可是外行话。《张公兵书》是宝物，谁敢随意动一分一毫？”

应天府学刻书匠人毕升正好来送新刻印的茶法《贴射法》，亦闻声挤在人群中看热闹，忍不住插口道：“装订书册也分许多种，线装书最结实、最方便，但还有一种卷装，即每版断开的印页先粘结起来，再卷成卷而已。像眼前的这种情况，很有可能采用的是经折装，也是把每版的页子粘结起来，再叠成折子。”

登时一语惊醒梦中人。包拯急忙将毕升请到身边，详细问了经折装的特点，又郑重其事地问道：“毕司务觉得像张巡张公那种困守孤城的情况，采用哪种装订的可能性要大些？”

毕升是个小个子男子，模样淳朴，看起来只是一个乡村农夫，从外表上丝毫看不出他居然是杭州甚至天下最有名的刻书匠人。应天书院为刻书需要，花费重金才将其从杭州请来。中国古代分平民为士、农、工、商四个等级，工匠地位甚低，但宋代重视商业，连最末流的商人都可以与皇族结亲，像毕升这样行业翘楚的手艺能人更是受人尊重。但他为人憨厚老实，见包拯当众虚心求教，还是颇感受宠若惊，腼腆地答道：“这小的可不知道。小的只是个刻书匠人，贸然插口，只是想告诉各位官人，就书而言，不穿孔装订成册也是可能实现的。”

沈周道：“那么哪种方式更方便？或者说，哪种方式更利于保存呢？”

毕升认真想了想，道：“应该是线装书。多亏沈公子提醒，小的现下可以肯定真的《张公兵书》一定是线装的。”又详细解释道：“张公临时写成的书，一定是手抄本。用于书写的墨和用于印刷的墨完全不同，印刷墨更不易溶于水，而且在印刷过程中经过了一道刷印工序，不会再行沁渗，所以印刷书籍可以线装，也可以经折装。但若是手抄本采用经折装，上一页和下一页折在一起，很容易互相沾染渗透，也就是说，上页的字反印到下页，下页的字反印到上页，就很难看清楚了。这纸残页虽然看起来经历了许多风霜，但纸面上没有任何反字的印记，可见一定是线装。”

沈周笑道：“毕司务这话可就前后矛盾了。既然是线装，为何又没有穿孔呢？”毕升一时愣住，喃喃应道：“是啊，真奇怪呢。”

石中立道：“不用说了，这残页是假的！”马季良道：“不可能！你自己明明说这笔迹跟张公奏本笔迹是一样的。”

正为残页争论不休，毕升忽然又来了一记晴天霹雳，道：“各位官人，这残页上的字是明显印上去的，不是手写本。”

乱哄哄的大堂上一下子安静了下来，连一声咳嗽声也不闻。提刑官康惟一正欲走出大堂，闻声又立即退了回来，一向铁青的脸上也多了几分好奇和困惑。

包拯道：“这个……毕司务是从墨迹看出来的么？”毕升道：“是啊，这很明显。包公子请看这里的‘道’字，虽然看起来是受水渍而模糊，但如果真是沾了水，这个字早变成一团墨了。小的还可以肯定地告诉各位，这篇残页是假的，很可能就是最近才刻造的。”

马季良很是不悦，质问道：“你只是个刻书匠人，又没有见过张巡真迹，不过刚刚才看了一眼残页，怎么能肯定这是假的？”

毕升道：“官人请看，这上面能够辨认的有‘上采孙子、李筌之要，明演其术；下摄天时人事之变，备举其占’，后面还有一句‘巡以为用兵之道’，出现了三个‘之’字，两个‘其’字，相同的字没有任何差异。试问各位，哪位自认为能写出两个一模一样的字来？没有，世上绝没有两个完全一样的字。”

沈周道：“不错，世上没有完全相同的两片树叶，也没有一个人能写出两个完全相同的字，总是会有笔画长短的差别。然而印书也是一样啊，也需要人工手写、手刻，即使是最高明的刻书匠人，也不可能刻出两个完全一样的字。”

当时流行的印书技术是雕版印刷。先要写版，请善书之人将要刻印的内容按一定版式规格写在薄纸上，称版样。再取纹理细密、质地均匀、容易加工的木板，在其表面上涂一层糨糊，然后将版样纸反贴在木板上，用刷子轻拭纸背，使字迹转粘在木板板面上，待干燥后，用刷子轻轻拭去纸屑，再以芨芨草[1]打磨，使木板上的字迹或图画线条显出清晰的反文。下一步就是刻字工匠按照墨迹刻版，刻去版面的空白部分，并刻到一定的深度，保留其文字及其他需要印刷的部分，最后形成文字凸出而成反体的印版。这是印刷过程中最关键的工序，直接决定着印版的质量。不同的刻书匠人有不同的工具，用刀的手法和坡度都有所不同，像毕升习惯先在每字的周围附近刻划一刀，放松木面，再引刀在贴近笔画的边缘实刻，形成笔画一旁的内外两线。雕刻时，总是先刻竖笔画，再将木板横转，刻完横笔画，然后再依顺序雕刻撇、捺、勾、点。正因为刻书匠人各有自身的习惯，所以也令其带上了独特的个人印记。

沈周所言即是指刻版同写字其实是一个道理，既然世上没有人能挥笔写出两个完全相同的字，也不会有刻书匠刻出完全相同的字来。

毕升却道："雕版印刷自然是不行的，但小人新发明了一种活字印刷，用胶泥刻字，薄如钱唇，每字为一印。也就是说，字版是单独的。"

他知道在场大多数人全然不懂印刷之术，当即详细作了解释：传统的雕版印刷固然比人用手笔抄写图书要节省大量人力和时间，但仍然有许多缺憾：一是雕版技艺难度很大，寻常人不易掌握，不便推广普及；二是雕版过程中一旦出现错误，整个版就全废了，又得从头再来，费时费力；三是每种书都要雕刻一套版，一种大部头的书的版片往往成千上万，不但要花费大量人力、时间及木材，储存书版亦需占用许多空间。而毕升本人发明的活字印刷术是预先在泥、木或金属上雕刻或铸造单字，像许多单个的印章一样。譬如雕版印刷的一块整版上刻着"不辨风尘色，安知天地心"，活字印刷则是预先刻有"不""辨"等十个单字，再按顺序将单字组版，效果跟整版一样，但却有许多雕版印刷不具备的优点：如便于修改，一套单字造成后可以反复多次利用，大大提高了效率。

众人听完经过，心中这才疑团消释，豁然开朗——确实只有从一个模子里印出，才能造就残页上三个"之"字、两个"其"字毫无分别的

[1] 芨芨草：多年生草本植物，生于碱性草滩上。茎和叶是造纸和制人造丝的原料，亦可编织筐、篓、席等。

情况。

毕升解释了工艺，又道："小的之所以能肯定这是最近才刻造的，是因为小的今年才发明了活字印刷工艺，随即被邀请来南京。这个肯定用的是活字印刷，老实说，能在这篇看起来又古又旧的兵书残页上看到小的发明的手艺，小的自己也相当惊讶。"

包拯问道："那么除了毕司务之外，还有谁会这套技术？"毕升道："嗯，不多。各位也都知道，同行相轻嘛。小的在杭州时，只有一个同行来看过。到南京后，倒是刻书匠人高继安来工作坊学过好几次。"

沈周一听到"高继安"三个字，立即"啊"了一声，转头去看包拯。二人心中均是一般的心思：全大道死前在地上划下的"亠"字，会不会就是指高继安？难道是高继安伪造了所谓的《张公兵书》残页，又杀了全大道？如果真是这样，那么全大道一定是知情者，所谓的兵书残页就是个骗局，他为什么要这么做？仅仅是为了钱么？既然高继安牵涉其中，之前冒险救他的刘德妙多半就是其背后主使了。包拯之前一直推测刘德妙潜伏在南京必有重大图谋，绝不是毒杀大茶商崔良中那么简单，此刻方才能想到她所谋划的事情原来也跟《张公兵书》有关。

那么，刘德妙为何要利用高继安伪造一本假的兵书呢？她是北汉皇族，家国被太宗皇帝所灭，仇恨大宋是情理之中之事，可毕竟只是个女流之辈，一本《张公兵书》又能给她带来多大利益？这兵书残页虽因微不足道的漏洞而被火眼金睛的人看出破绽，但笔迹却足以以假乱真，连翰林学士石中立也不能分辨，那么是不是刘德妙已经得到了真的《张公兵书》，想刻意引发骚乱？还是她也想得到《张公兵书》，却苦于没有线索，干脆先伪造一本假兵书来引蛇出洞？如果是后者，那么她手中一定有其他的张巡真迹了。她的真迹从何而来，来自大内珍藏，还是来自民间遗珠？数年前，她人在京师，正是最最当红的风云人物，亦是八大王赵元俨座上常客，赵元俨王宫引发的那场烧毁了秘阁所有珍本的大火，会不会跟她有关？甚至根本就是她有意纵火，目的是要掩饰盗取张巡奏本真迹的痕迹？这神龙见首不见尾的神秘妇人当日随寇准夫人宋小妹逃出南京，是就此远走高飞了，还是又带着高继安重新回来这里兴风作浪？

种种困惑，种种谜题，云里雾里，令人一时难以辨清方向。

离开提刑司时，天色已然不早，包拯几人奔波了一整天，早已饿得前胸贴后背。匆匆在路边寻了个摊子，各吃了一碗面和几张焦饼。填完肚子，又赶去许家，还是没有许洞的消息。众人都大惑不解，猜测不出他人究竟去了哪里。

离开许府后，张建侯道："许先生昨夜夜闯提刑司衙门，既是没被官府的人擒住，应该尽快返回自己家里才对。"百思不得其解，歪着头想了半天，忽然道："我想到了，会不会是那个西夏奸细慕容英在捣鬼？"

沈周吓了一跳，道："什么慕容英？许先生失踪又干她什么事了？"张建侯道："上次许先生潜入崔府时，被慕容英无意中发现，还想捉住他，结果偷鸡不成反蚀一把米。这次说不定是慕容英潜入提刑司，结果被许先生发现，他失踪是因为去跟踪她了。"

他的推测完全是凭空想象，沈周不禁哑然失笑。

包拯却道："这倒是有可能。慕容英一伙人身份已经败露，再无法打大宋茶叶的主意。她已被官府画像通缉，却还冒险留在南京，多半是打《张公兵书》的主意。就像小沈说的那样，提刑司会抄录卷宗副本，多半留有残页摹本，至少有内容描述。那慕容英也许是想到这一点，所以想潜入提刑司偷窃卷宗。"

沈周笑道："这回我可不同意你包小青天的推测。老实说，我觉得慕容英根本就不会想到提刑司有卷宗留底。你我都是大宋子民，父辈又在朝为官，于各种礼仪制度多少知道一些。可那慕容英不过是个西北贫瘠之地来的党项女子，如何能知道官府办案的程序？除非她身边有什么精通中原文化的谋士还差不多。可我们跟她和她的主子假崔都兰也算打过不少交道，从来没有发现过她们身边有什么了不得的能人。如果真有高明的谋士，怕是我早就死在性善寺后山，等不及看见她们被揭穿的那一天了。"

包拯道："你说得极对！"沈周笑道："咦，我反对你，你反而赞同我了？这算不算是我说服你了？你可是我遇到的最难被说服的人。"

包拯不理会同伴的打趣，道："你说得极对！一定有人在暗中帮那假崔都兰和慕容英她们。这二人冒充中原女子来到崔家，假崔都兰更是瞒天过海当起了大茶商崔良中的女儿。崔府里的人多是精明之辈，如崔良中等，崔槐还好，他妻子吕茗茗却也不是个省油的灯，但假崔都兰却瞒过了所有人的眼睛，可见她背后一定还有能人筹划这一切。她们留在南京，是因为她们背后主谋的身份还没有暴露，还想有所作为。"

沈周道："对哟！我们都见过假崔都兰，开始就觉得这个女子为人处世很奇怪，后来知道了她是西夏奸细，仔细回想，她的怪异其实是因为她并不擅长逢场作戏，叫她扮演崔家大姐很有些勉为其难的意思。"

张建侯道："那慕容英两次跟杨文广交手，两次从他手里逃脱，可见身手了得。她这样的女子，都要听命于假崔都兰，想来假崔都兰在西夏的身份也非同一般，难道她背后还有人么？"包拯道："肯定有。"

正好经过崔府，包拯便上前招呼，求见现任主人崔槐。门仆举灯一照，认出包拯，忙道："禀报包衙内，崔员外去见客还没有回来，只有娘子在家。"包拯想了想，道："见你家娘子更好。"仆人遂引三人进来花厅坐下。

今晚月色皎洁，大如银盘，正逢莲花湖中的荷花盛开，莲叶接天，宝莲映月。崔家的荷塘种了不少品种的荷花，满塘白的、红的、粉的，开得正艳。最名贵的要数夜舒荷，也是荷花的一种，一茎四莲，均是大如海碗，其叶夜舒昼卷，此刻正在如水月光下竞相舒展，比起普通一蒂一莲的荷花，别有一番风情。

忽而风摆荷叶，一道道波痕凝翠蕴碧，一层层荡漾开去。碧波之中，莲花从水中浮起，洁净出尘，娇不可当。这还是三人头一次见到如此妍丽的荷花盛景，看取莲花净，方知不染心。花堂中飘逸着浓郁的荷花的清香，满鼻清幽，真是心旷神怡，惬意极了。

只听见环佩"叮咚"作响，脚步声细细碎碎，一群婢女簇拥着吕茗茗出来。而今她是这万贯家业的女主人，气派自然比以前大了许多。她虽然有些贪财，但毕竟还是宰相的女儿，礼仪丝毫不差，上前行礼寒暄后，请包拯三人坐下，问道："几位公子大驾光临，小妇人可有什么能效劳的地方？"

包拯道："之前假崔都兰滞留在府上时，娘子可有发现她有什么异样之处？噢，我指的是除了她身边的那些心腹外，她可常跟什么人来往？"

吕茗茗咬咬嘴唇，似笑非笑地道："我跟那假崔都兰一向不大和睦，包公子为何独独来问我呢？"

包拯也是快人快语，直截了当地道："因为据我看来，娘子是个不甘心居于人下之人。崔都兰身份未被揭露前，她的到来切切实实地威胁到了娘子丈夫的地位，我猜娘子既是痛恨这妇人，必然对其多方留意，寻其过错。"

这话理由不差，事实也不差，但却太过直白，吕茗茗[1]登时沉下脸，站起身来，预备拂袖离去。

沈周忙道："我们昨日在望月楼前见到了慕容英，可惜被她逃走了。她人既在南京，那假崔都兰必然也在附近。娘子难道不想捉住她们主仆二人以绝后患么？包拯的话是直率了些，但他完全是好意，想寻些追捕假崔都兰主仆的线索。"

吕茗茗精明之极，立即转怒为喜，道："原来如此。"想了想，道："我有一阵派心腹仆人监视过假崔都兰，她倒是很少外出，大概是人生地不熟吧。但她手下的慕容英和一个心腹小厮常常去望月楼，虽则名义是为崔都兰买豆干，但总有些可疑，因为有一次我亲眼看见崔都兰将那些豆干丢进莲花湖里。"

包拯道："崔都兰背后的主使一定就住在望月楼里。"沈周道："可惜那里人来人往，店家和跑堂很难留意一个去买豆干的人还做了些别的什么事。"

吕茗茗道："那个慕容英还做过一件奇怪的事，有一天，她一大早就出去了。跟踪她的仆人跟着她去了提刑司官署外，亲眼看见她从地上捡了一块石头，跟什么东西一起用布包了，扔进了高墙里面。"

[1] 此处情节预告：吕茗茗后来生女崔氏，成为了包拯的儿媳妇。

包拯大吃一惊，问道：“这是什么时候的事？”吕茗茗道：“嗯，这件事我记得很清楚，就是性善寺发生血案的那一天，也是那个什么全大道发现兵书残页的那一天。”

沈周问道：“后来呢？”吕茗茗道：“据仆人说，后来她去了望月楼买豆干，出来时还遇见了包公子和沈公子，跟你们二位说了一会子话，对吧？”沈周道：“对，是这样。惭愧，娘子手下在暗中监视，我们居然一无所知。”

吕茗茗微微一笑，颇有几分阴阴的味道，又道：“再后来慕容英就回来了。跟假崔都兰躲在房中说了半天话后就出去了，这次仆人腿慢没跟上，一出门就跟丢了。”

她关于慕容英行踪的消息虽然断断续续，但却有一个至关重要的讯息——

那就是性善寺血案当日，慕容英去过提刑司。她一大早赶去丢入提刑司官署的到底是什么东西？既然需要捡石头压重，必定是很轻的物件，会不会就是提刑官康惟一收到的第一封匿名信？时间上倒是完全吻合，她丢信时康惟一正带人马出门，赶去曹府，很快提刑司的吏卒捡到了那封信，飞奔赶去交给康惟一，康惟一见信后才骤然退去。姑且不论匿名信中到底写了些什么，能令铁面无私的康提刑官悚然而退，之前戚彤明明暗示过，这件事跟小姑子曹云霄的情人有关。难道曹云霄的情人就是慕容英背后的主谋？如此，倒是可以完美解释玉镯事件——

那玉镯原本是宰相寇准送给夫人宋小妹的定情之物，价值不菲，宋小妹又转送给了孤苦无依的幼年崔都兰。那真的崔都兰一定十分珍爱这只玉镯，不舍得变卖，一直带在身边。她被西夏人取代了姓名、身份后，玉镯自然归假崔都兰所有。但党项女子生性豪爽，均如男子般骑马射箭，那假崔都兰很可能嫌戴着玉镯碍事，想要丢弃，但其背后主谋却是个识货之人，自己收下玉镯。他到南京后，不知如何勾搭上了本地第一美女曹云霄，为讨佳人欢心，转手将玉镯送给了她。后来曹云霄不小心摔断了玉镯，张尧封为讨未婚妻欢心，又找到沈周修补玉镯。之后的一系列事件更是匪夷所思，沈周被慕容英一伙人绑架后严刑逼供，正要被处死时，有人从他身上搜到了断镯，由此而峰回路转，假崔都兰一眼认出玉镯，悲愤莫名。如此推测，她跟那主谋必定是一对情侣，所以才会失态至此。大约她也知道情郎处处风流，所以一见到玉镯，就质问沈周是从哪个女子手中得来的。

接下来的问题是，那假崔都兰的情郎、曹云霄的情人到底是谁呢？会不会就是刚刚销声匿迹的黄河？他不但住在望月楼，符合疑犯的种种特征，具备重大嫌疑，而且宋城县尉楚宏亲手抓到他在曹府后园翻墙，曹云霄居然还派婢女为他说情。

这些都能顺理成章地解释下来，唯一解释不通的就是那封匿名信。如果黄河真的就是党项人的首领、假崔都兰的情郎、真曹云霄的情夫，他再有来头，也不过是个身在中原腹地的党项人，有什么能令提刑官骤然退去的本事？除非他手中握有康惟一的把柄。然而堂堂康提刑官，会有什么把柄能被党项人握住？会不会是黄河派手下人绑架了康惟一的家眷，以性命来相要挟？可康惟一及家眷居住在提刑司官署中，除了兵马监押司的军营外，那里就是南京城最安全的地方了，谁有本事能从那里绑人呢？而且提刑司差役众多，康氏若是有事哪怕是一丁点儿小事，无论如何都会有风声传出。可隔了这么长时间，并没有任何关于康提刑官的小道消息。

还有曹丰之死也解释不通。若曹云霄果真和黄河有私情的话，假崔都兰派慕容英杀的应该是曹云霄而不是曹丰。会不会是慕容英前去杀曹云霄之时，摸错了房间，不得已只好将错就错，杀了曹丰灭口？可是从假崔都兰的反应来推断，她应该是看到沈周身上的断镯后才反应过来情郎在外面有女人。那么先前她到底为什么要派慕容英连夜赶去曹府杀人呢？

能将这些事情解释清楚的只有慕容英那伙人，但康惟一和曹云霄若肯吐露实情，也会对整个案情的解析有巨大帮助。包拯三人一离开崔府，便掉头赶来曹府，无论曹云霄的面子搁不搁得住，这次都要找她当面问个清楚明白。

戚彤见包拯几人神色严肃，似乎来意不善，忙告道：“云霄和尧封黄昏时出城了，要乘坐今晚的夜船去永安[1]祭祖。”

沈周跺脚道：“天色已晚，早已经过了城禁时分，无论如何都来不及阻止了。”

戚彤道：“几位找云霄有急事么？”包拯道：“很急，我们一定要知道云霄娘子的情夫是谁，要知道他有什么本事能令康提刑官退去。”

戚彤道：“那好，我明日一早就派人出城，搭乘快船去追他们二人回来。”包拯道：“多谢。”

既然一时找不到曹云霄，包拯便想直接到提刑司找康惟一。沈周忙道：“这绝对不行。我们向曹云霄晓以利害，她很可能会说出真相。但康提刑官不同于曹云霄，他果真是被党项人要挟的话，那是他仕途上的污点，无论如何他都不会说出实情的。搞不好还会让那伙党项人杀我们几个灭口。”

张建侯闻言倒是很高兴，道：“那好啊，求之不得呢，我正好想会一会他们，尤其是那个慕容英。”

沈周道：“不如我们再等一等。眼下许先生失了踪，也许真如建侯所言，他去追踪慕容英那伙人了。等他一回来，就会有新的线索。”

包拯沉吟不语，脚下却是不停，借着月光一路来到提刑司官署门前，但却也没有立即进去。心中盘桓许久，还是道：“不行，我一定要向康提刑官问个明白。”

沈周道：“我们没有任何证据，如此冒昧去找康提刑官，他不但可以矢口否认，还可以告我们诬陷，按律是要反坐的。”

张建侯道：“什么叫反坐？”沈周奇道：“这你都不知道么？”

张建侯道：“我从来没跟人打过官司，怎么会知道？”沈周道：“好吧。反坐就是将被诬告某罪应受的刑罚反加诸诬告者。打个比方，诬告他人杀人，诬告者就被反坐以杀人罪。”

[1] 永安：今河南巩县，为北宋帝陵所在地。张氏祖先原是吴越人，吴越王归宋后，被安置在永安。

张建侯道："可我们没有诬告啊。"沈周道："可你也没有证据证明你不是诬告啊。"

包拯道："我只是想找康提刑官问几句话。"他之所以如此坚持，不为别的，只为康惟一是他心目中的好官，他要弄清楚，这个好官到底是不是名副其实？走到门前，朝差役叉了一下手，郑重道："请差大哥通报一声，包拯求见康提刑官。"

差役笑道："康提刑官正忙着审讯杀人凶犯呢，怕是没空儿见包衙内。"

包拯问道："哪件案子的杀人凶犯？"差役道："全大道的案子啊。包衙内还不知道么？杀死全大道的凶犯来衙门投案自首了，一男一女，男的叫张望归，女的叫裴青羽。"

第九章

无欲则刚

汴河是人工河流，并非这一带的唯一的交通河道，沿途亦有不少河流与其交汇并行。包河发源于商丘之西，位于汴河之北。发源处有一大片浅水泥滩，长满苇草，方圆数十里，一直弥漫到汴河北岸，人称『苇草滩』，是鸟儿的世外桃源，时时有『落霞与孤鹜齐飞』的美景。

昨夜因看蜀志，笑曹操孙权刘备。
用尽机关，徒劳心力，只得三分天地。
屈指细寻思，争如共、刘伶一醉？

人世都无百岁。少痴騃、老成尫悴。
只有中间，些子少年，忍把浮名牵系？
一品与千金，问白发、如何回避？

——范仲淹《剔银灯》

张建侯听说张望归夫妇自认是杀死全大道的凶手，大吃了一惊，道："什么？明明不是他们两个……不行，我得去找康提刑官说清楚。"包拯急忙扯住他，道："先回去，再想办法。"

张望归夫妇主动投案自首，称是他们杀了全大道，如此作为对包拯等人的交代，表明他们二人宁可自己死，也不会说出真凶是谁。只有设法查出真相，才能救他们二人。

可而今案情比之前局面更为复杂，刻书匠人毕升的证词不但确认了兵书残页是伪造的，而且牵连出高继安和刘德妙。高继安涉入假交引案，刘德妙曾行刺大茶商崔良中，均被官府通缉，潜逃中的二人极可能是假兵书案的肇事者和主谋，但他们明显与裴青羽无关——高继安是土生土长的商丘人，世代以刻书为业；刘德妙则是北汉皇族，自小在京师开封长大，根本不可能跟远在沙州的裴青羽扯上关系。而且杀死全大道的凶手使的是软剑，高继安压根儿不会武功，刘德妙应该也不会使用软剑，不然她就不会用刻刀行刺崔良中了。裴青羽拼死庇护真凶，不惜搭上丈夫性命，可见凶手必定是与她关系极为密切之人，然而她久在外域生活，就连亲外甥崔槐也从未见过她，旁人对她的关系网一无所知，无从查起。唯一可行的，就是从全大道本身下手了。

张建侯道："可是全大道人已经死了呀，尸首都被官府的人抬走了。"包拯道："他人是死了，可线索还在。"

张建侯道："他家里都被人翻了个底儿朝天，还有什么线索？"包拯道："你们记不记得张望归说过，他夫妇二人进屋时发现全大道死在地上后，便动手搜他身上，只搜到几个铜钱。"沈周顿时醒悟了过来，道："对呀，这是一处极大的疑点。"

张建侯道："什么疑点，我怎么看不出来啊？喂，快些说明白，不是人人都像你们那么聪明的。"沈周道："你昨日不是还给了十两银子给全大道吗？钱呢？钱去了哪里？"张建侯愣了半晌，才讪讪道："应该是全花光了吧。我还是看不出这有什么不妥。"

沈周道："十两银子不是个小数目，抵得上小民之家半年的生活费用了。先不说这十两银子去了哪里，按全大道的行事作风来看，他应该聚敛了不少钱财，可他家中看起来只是下等人家，家里没有任何值钱的东西，这不是很怪异么？"

包拯道："现在看来，多半是刘德妙主持了假兵书事件，由她本人提供版样，由高继安负责刻造假兵书，再由全大道负责散布消息，这三个人是一伙的。当初全大道听许先生提出比照笔迹，多半误以为他跟刘德妙是一伙，所以才极是吃惊，但很快醒悟许先生并不知情。"

沈周道："的确是这样。全大道肯干这件事，应该收了不少钱，可这些钱明显不在他家里，这是一大疑点。"

张建侯道："有可能是被那些闯入他家来找兵书线索的人顺手牵羊偷走了呢。"包拯道："不会。若是全大道家中有笔不小的财富，他一出狱会直奔家中而去，不会跟你嬉皮笑脸地要钱了。"

张建侯道："你们这么说，我大概有些明白了。全大道一定还有一个秘密的家，我们只要找到它，就能找到线索，对吧？可我们要怎么去找呢？"

包拯道："我们就从你昨日给全大道的十两银子开始查起，花了也好，送人也好，他一定是到过什么地方，也许会留下什么线索。"

三人遂再度来到老字街，正好在牌坊下遇到老仵作冯大乱，手里提着个酒葫芦，似乎正打算出门买酒，便向他打听全大道。

冯大乱道："咦，官府都不想调查这件案子，你们还穷追不舍地做什么？"张建侯忙道："现在情形不同了，有无辜的人到提刑司投案自首，主动承认了杀人罪名。"大致说了张望归夫妇之事，又道："张先生跟我同族，既是张巡张公后人，又是张议潮张将军后人，请冯翁帮帮忙。"

冯大乱这才道："我可以将知道的告诉你们，但你们可不能说是听老汉我说的。全大道这个人不是什么好人，但他还真不是个爱吃喝嫖赌的人，大概跟他以前出过家当过和尚有关。听说……老汉我只是听说，没有亲眼见过啊，听说他曾好几次进过汪寡妇的门。"

沈周道："汪寡妇，就是那被朝廷立坊表彰的节妇么？"冯大乱道："嘿嘿，这条街上还有第二个汪寡妇么？还想知道别的，可以去问蒋翁，就是那边开杂货铺的，他家铺子租的就是汪寡妇的房子，后门跟她家是相通的。不过蒋翁口风很紧，别抱太高期望哟。老汉我得去打酒了，回见啊。"

包拯三人遂来到那汪寡妇门前，却见黑色大门紧闭，从门缝中望不见一丝灯光，颇有阴森鬼魅之意。

沈周道："自古以来都是寡妇门前是非多，莫非这汪寡妇耐不住空闺寂寞，跟全大道暗中私通，所以全大道将所有的钱财都交给了她保管？"

忽闻见一股异味，本能地回过头去，却见一名青衣妇人站在身后，三四十岁年纪，身材瘦削，衣袖高挽，手里提着一只漆黑马桶，怪味正是从桶里发出，显是刚刚倒完夜香。包拯三人一齐愣住，浑然不知道这妇人是谁，又何时来到了身后。

那妇人森然道："我就是汪寡妇，你们是什么人，来我这是非之地做什么？"

三人尴尬万分，不知该如何自处。还是张建侯先道："我们想打听一些全大道的事情。”汪寡妇冷冷道：“你们要寻兵书，直接去他家找不就是了？我可是什么都不知道。”径直步上台阶，推开大门，一脚跨入门槛，将马桶往地上一顿，转身便要掩门。

包拯忙叫道：“我们不是来寻兵书的，是来寻凶手的。”

汪寡妇愣了一下，重新走下台阶，上下打量了包拯一番，问道：“你就是那个小青天？”包拯道：“小青天不敢当，我叫包拯。这是我两位同伴。娘子，请你相信，我们是真心想找出杀害全大道的凶手。”

汪寡妇不无嘲讽地道：“官府都懒得追查，你们不过是一群闲得没事的富家公子哥儿，跟全大道非亲非故，有什么真心追查凶手？”张建侯道：“娘子这话可错了。我姑父包拯之前破的那些案子，没有一个当事人跟他沾亲带故，勉强算得上故的，也就曹教授是他老师，他天生就有公义之心。娘子可以不信，但南京人总不会平白无故地给他送个‘小青天’的绰号吧，大伙儿的眼睛可都是雪亮雪亮的呢。”

汪寡妇的目光稍微柔和了些，不再带有明显的挑衅意味，道：“我是寡妇，不便请几位进门。三位公子先去隔壁蒋翁铺子中少坐，我换身衣服就来。”

包拯等人遂来杂货铺中。这里卖些盐米、糖果、针线之类的日用品，兼卖铺主自己做的小吃。角落中有一张桌子，几条长凳。三人坐下来，各要了一碗浆水，几个烧饼，胡乱吃着。等了一刻工夫，汪寡妇从侧门出来，过来坐下，开门见山地问道：“几位公子预备如何找到凶手？”

包拯一直留意观察她的神色语气，推测她与全大道关系非同一般。全大道被杀，街坊邻居人人漠不关心，她大概是唯一关心的人，也很可能是唯一的线索。当即小心翼翼地道：“娘子觉得谁有可能是凶手？”汪寡妇道：“这不是几位公子想要做的事么，怎么反倒问起我来了？”

包拯道：“嗯，我们有一些线索。但娘子比我们更熟悉全大道，直觉往往也更准。”汪寡妇道：“那可能性就多了，那些想得到兵书的人，哪个不想先得到消息，再杀了他灭口？”冷笑几声，又道：“不过听说凶手使的凶器是软剑，那样的人，应该不多了。”一边说着，一边便向张建侯腰间望去。

目光寒冷尖锐如冰，张建侯被她一瞪，竟然打了个冷颤，忙道：“我虽有软剑，却不是我做的，我进去的时候全大道已经死了。”

汪寡妇反而吃了一惊，道：“你也使软剑？”张建侯更是莫名其妙，道：“娘子既然不知道我身怀软剑，如何会望向我腰间？”汪寡妇道：“三位公子中，只有你一人脚步轻巧敏捷，显是身怀武艺之人，我只是随意一看罢了。”

旁人闻言颇感骇然，这妇人虽孤门守寡多年，还是朝廷立牌表彰的节妇，却着实是个精明厉害的女人，与传统中的“节妇”形象相差甚远。

忽有一个小孩奔进铺子，连声嚷道：“蒋爷爷、蒋爷爷，我叔叔从衙门当差回来了，听他说，杀人凶手刚刚投案自首了！”

汪寡妇立即站了起来，她随即意识到自己的失态，虽然勉强重新坐下来，还是不由自主地转过头去。

蒋翁忙打开糖罐子，抓出几块糖果，问道：“你叔叔说的杀人凶手，是指全大道的案子吗？”小孩子笑道：“除了全和尚，还能有谁？”

蒋翁道：“凶手是谁？”小孩子道：“叔叔没说，说上面人发了话，不让说。”

蒋翁见汪寡妇没有任何表示，便将糖果递给小孩子。他道了谢，开开心心地去了。

汪寡妇道：“三位公子一点儿也不意外，看来是早知道了这件事。”包拯道：“不错，我们不是有意要对娘子隐瞒，而是那投案的凶手根本就不是真凶。”汪寡妇点点头，道：“这我也料到了。”

包拯几人大吃一惊。张建侯忙问道：“娘子又不认识投案的人，怎么知道他们不是真凶？”汪寡妇道：“杀死全大道的人，一定是为了《张公兵书》，哪有兵书全本未现，就先投案自首的道理呢？”

包拯心念一动，问道：“娘子说的兵书全本是什么意思？”汪寡妇道：“全大道发现的既只是兵书残页，当然还有全本了。”

包拯道：“全大道可有跟娘子提过兵书这件事？”

沈周见汪寡妇目光闪动，颇有疑忌之色，忙道：“我们只想查出凶手，对全大道的个人生活全然没有兴趣。”

他也猜到这汪寡妇和全大道多半有私，寡妇偷情本不是什么特别丢人的事，可偏偏她是一个朝廷立了牌坊表彰的节妇，这可就干系大了。沈周刻意只提全大道的名字，显是顾及她的面子了。

汪寡妇想了想，道："好，我们来做笔交易，我将我知道的告诉你们，你们也要将知道的都告诉我。"包拯道："好。娘子快人快语，我们自当坦诚相见。"

汪寡妇道："为表诚意，我先说。全大道的确跟我提过兵书的事，他说有人给了他几页《张公兵书》，让他设法散布出去。"

包拯道："这么说，全大道一开始就知道兵书是假的了？"汪寡妇道："当然知道。但对方自称这兵书虽是假的，却造得极真，连神仙也看不出来是伪造的。我曾劝过全大道不要做这件事，《张公兵书》传了几百年，都快成了神物了，去弄什么假兵书，少不得会惹来大祸。但全大道说对方出价很高，做完这件事就可以下辈子衣食无忧了。"

她脸上渐现红晕，不禁回想起往事来——全大道将她搂在怀中，柔声道："有了这笔黄金，我就可以带你远走高飞，你再不用被贞节牌坊锁在这里一辈子了。"他也知道做这事冒险之极，但他却愿意冒险，只因为他全心全意地爱她，一心想让她过上好日子呀。

包拯问道："全大道可有提过对方是谁？"汪寡妇回过神来，摇了摇头，道："他没有说，说那些人都非善茬儿，我还是不知道这些事的好。"

沈周道："那么对方到底要让全大道如何散布《张公兵书》呢？"汪寡妇道："就跟你们看到的那样，让全大道到与张公有关的地方假意发现兵书。只是想不到他刚按约定抛出一张残页，就被官府捉去，关了一个多月。他昨日来过我家，看上去不怎么高兴，说是找不到雇主，多半是已经逃了。我问他雇主是谁，是不是假兵书一事已然败露？他说不是，那两人还卷入了别的案子，正被官府通缉，大概风声太紧，不得不逃离南京。麻烦的是，他这次莫名吃了一个多月的牢饭，许给那些当差的许多好处，怕是从前的积蓄都要扫荡干净了。"

包拯几人虽早推算到雇请全大道的是刘德妙和高继安，但此刻听到汪寡妇的转述，方能正式确认，也由此能够断定全大道被杀只是兵书残页之事的余波，跟刘德妙和高继安并无干系。

包拯道：“虽然雇主逃走了，但想必全大道手中还有伪造的兵书，那些残页现下可在娘子手中？”汪寡妇道：“不在。”

沈周道：“全大道可有提过要如何解决后面的事？”汪寡妇道：“他说他来想法子，我不用多管，然后给了我二十两银子就走了。”一想到昨日一会竟是最后一面，声音竟有些哽咽了起来。忙喝了一口浆水，略微安定下来，举袖拂拭了两边眼角，这才正色道：“我知道的我都说了，现在轮到我来问几位公子了。”

包拯道：“娘子请问。”

汪寡妇道：“你们怎么会知道投案自首的人不是真凶？”包拯道：“我们几个昨晚到过全大道家中，亲眼看到冯件作勘验了现场，得到许多有用的证据。”

他既事先答应了汪寡妇，也不再有任何隐瞒，当即详细描述了调查过程。

汪寡妇道：“这么说来，今日到衙门投案自首的张望归夫妇，本来是你们心目中的头号疑凶？”包拯道：“是的。但后来我们发现他二人根本就不知道全大道其实是死在软剑之下，由此断定他们不是凶手。”

汪寡妇听了经过，很是恼怒，道：“那姓裴的妇人明明知道真凶是谁，却宁死不肯说出来么？”沈周叹道：“若是她肯说，我们就不会来找娘子寻找线索了。”

汪寡妇沉默了下来，将浆水一口一口地啜完，忽然道：“我有一个问题，你们说那裴青羽听到全大道是死在软剑下后，便立即起身出了阁子，对吧？她再回来时，便坦然承认了罪名。这期间，她一定是去找过什么人，好确认软剑这件事，那个人，难道不是嫌疑重大么？就算他不是凶手，也一定知道那柄什么青冥软剑在谁手中。”

沈周道：“对啊，我们竟然全然没有想到！那个人，一定也住在望月楼中。会不会就是黄河？”

汪寡妇道：“黄河是谁？”沈周道：“一个神秘的富家公子，我们怀疑他是党项人，是那群西夏奸细的头目。可惜他们已经逃了，也没有证据来证明这一点。”

张建侯道：“这不可能吧？我不是说黄河不可能是党项人，他十之八九就是西夏奸细。我是说张望归和裴青羽都是汉人，怎么可能跟党项人是亲戚？张望归来中原寻《张公兵书》，目的就是要未雨绸缪，防范西夏，裴青羽怎么可能牺牲自己、庇护对手呢？”

几人一时想不通究竟。包拯见夜色已深，便起身告辞。临别之际，汪寡妇居然一个字都没有再说，一拧腰肢，转身进了内堂。

次日一早，包拯居然是饿醒了，于是仓促起床，洗漱后赶来厨下，盛了一碗粥喝下。

包母正好进来看见，心疼地抚摸着儿子的肩头，无比痛心地道：“瘦了，又瘦了！我的孩儿啊，你到底在怎样忙啊？”

在母亲关爱的眼中，孩子始终是脆弱的，似乎只要稍不留神，便会消失得无影无踪。

包拯忙道：“是孩儿不好，令母亲担心了。”包母道：“唉，娘亲倒是不担心，你从小就是个让人放心的孩子。只是，你太辛苦了。你父亲当初给你取名‘拯’，说是希望你将来成人后拯弊、拯世、拯物，而今你还没有功名在身，已如此操劳，日后可要累成什么样子！”又叹道：“要是小游还在，她可不会让你这样子吃冷粥。唉，小游，我可怜的孩子。”

小游，张小游，包拯忘不了这个名字。虽然它乍然听起来有些遥远，但此刻从母亲口中说出来，好似一道闪电击中了头顶，令他一下子从昏昏沉沉中警惕起来。

记忆犹如潮水一般涌入了他的脑海，肆无忌惮地翻腾着。他想到小游走得那么突然，不声不响，那一刻即成为永别。直到她不在了，他才发现自己竟如此依赖那个平日里朝夕相处的人，才发现各种各样的习惯已经悄然累积成深厚的感情，以致在她离开后的很长时间内都无法释怀。

是的，小游不在了，他表面上已经从伤痛中缓和过来，但内心深处其实仍然放不下。他的心里，总有一块地方是留给小游的。他知道她希望他记住她，却并不愿意他悲伤。她的死始终沉沉地压着他，促使他四处奔波，不知疲倦地查案，他要还她一个公道，捉住那些西夏奸细，他要还天下所有受害者一份正义，让他们知道人间尚有真心关心其遭遇之人。这到底是他追寻正道的禀性使然，还是小游的死催化了他立志帮助弱者之心？

包母叹道："若是你能早日将董家娘子迎娶进门，为娘倒也可以安心了。"

包拯一时愣住。正好沈周也来厨下寻吃的，包母便不再多说，亲自下厨，给他和包拯煮了一大锅面。二人匆匆吃了，先回了趟应天书院，一是想要再告几天假查案；二来也要向范仲淹禀报曹云霄的秘密情人很可能就是黄河，而黄河很可能就是西夏奸细首领。

范仲淹听完后久久无言。沈周试探问道："这件事若是属实，云霄娘子自然会被官府逮捕判刑，虽不至于处死，但多半要被流配牢房，终生为奴。曹府上下也难以置身事外，从此身败名裂。先生是不希望我们张扬么？"

范仲淹没有直接回答，而是问包拯道："如果真有其事，你要如何处置？"包拯道："学生……学生也很是彷徨，拿不定主意。"

范仲淹道："当年孔子正向弟子讲课，忽然停下来，忍不住感叹道：'我这辈子还没有见过真正刚强不屈的人。'弟子们都很奇怪，他们认为像子路、申枨等都是性情刚强的人。尤其是申枨，虽然年纪很轻，可是每次在和别人辩论时，总是不肯轻易让步。即使在面对长辈或师兄时，也毫不隐藏，总是摆出一副强硬的姿态，大家都对他退让三分。于是有弟子说：'如果要论刚强，申枨应该可以当之无愧。'孔子却说：'申枨这个人欲望多，怎么可以称得上是刚强呢？'弟子们更加不明白了，申枨并不是个贪爱钱财的人，孔子怎么会说他欲望多呢？孔子解释道：'其实所谓的欲望，并不见得就是指贪爱钱财、美色等。简单地说，凡是没有明辨是非，就一味和别人争、想胜过别人的私心就算是欲。申枨虽然为人正直，但却好逞强争胜，往往流于感情用事，这就是一种欲。像他这样的人，是不可以称得上刚强不屈的。'弟子便请教什么是真正的'刚'？孔子回答道：'所谓的刚，并不是指逞强好胜，而是指公道原则，是顺其天

道自然的一种正义，也是顺其自然的一种坚持，更是一种克制自己的功夫。能够克制住自己的欲望，无论在任何环境中，都不违背天理，而且始终如一，不轻易改变，这才算是真正的刚。'”

他讲完这则故事，包拯和沈周只是默然思索。

正好有学生来找范仲淹，他便道："你们先去吧。记住我的话，无欲则刚，只要没有世俗的欲望，就能达到大义凛然的境界。你们能做得到的。"

出来应天书院，一路无语。还是沈周先打破了沉默，叫道："那……那不是小杨将军么？"

包拯转头一看，果见一身便服的杨文广正从书院边上的一处民居中出来。最令人惊讶的是杨文广看到二人后的反应，居然立即举袖掩面，转身重新进了民居。

沈周道："搞什么鬼？"

他和包拯连月为各种案子奔波，早熏陶得颇有警惕之心，一见杨文广神色异样，便扯着包拯赶了过去。

刚到栅栏边，便有老妇抢过来拦住，问道："两位公子找谁？这里只有老身一人。"

沈周愈发起疑，也不理会，闪身绕过老妇，径直闯入房中——却见杨文广正坐在床边，神情尴尬。床上躺着什么人，用被单遮了面孔，瞧不大清楚是男是女。

沈周道："小杨将军，你不在城中官署坐班当差，在这里做什么？"

曹汭因"万岁事件"受刑而死后，杨文广接任了他的兵马监押职务，常驻南京城中。

杨文广道："这个……我来探望一位病人。"沈周问道："是谁？"杨文广忙挺身挡住，道："病人得的是麻风病，不方便见外人。"

沈周正色道："小杨将军，你自己难道不知道么？你其实是个很不擅说谎的人。你越这样，我反倒越要看了。除非你动武，不然无论如何是挡不住我的。"

上前几步，揭开病人脸上的床单，却是慕容英。不过她人正在昏迷中，双目紧闭，脸色惨白，额头不断有虚汗冒出，显是受了重伤。

沈周嚷道："啊，你……你……"却始终说不出下面的话来。

包拯摆脱了老妇的纠缠，进来看到眼前情形，也愣然愣住。

杨文广长叹一声，道："她受了伤，需要静养，有话请到外面说。"在院中树荫下摆了木桌木凳，请二人出来坐下。

沈周道："小杨将军身为朝廷命官，知法犯法，窝藏重犯，没有什么要解释的话么？"杨文广道："我自知罪名不轻，不敢指望日后还能有虚食朝廷俸禄的机会，这件事后，我会去自首领罪。但在这之前，我有一件事，想恳请二位公子答应。"

沈周道："你想让我们不举报慕容英？这可不行。"杨文广道："不不，我只是想请二位暂时隐瞒消息，等她伤好一些再说。"

沈周大惑不解，道："且不说慕容英罪孽深重，之前她两次与将军交手，两次打出火蒺藜，分明想置将军于死地，将军为何还对她如此宽厚？"杨文广嗫嚅道："我只是觉得她很可怜。"

包拯正色道："杨将军，你是名门之后，世代忠良。那慕容英是西夏奸细，你不将她逮捕送交官府，反而贪其美色，将她藏匿在这里养伤，你可知大大触犯了国法？这是通敌叛国之罪！你这就自行去领罪吧。想为慕容英求情，万万不能！"

杨文广脸上青一阵，白一阵，阴晴变化，终于长叹一声，道："包公子教训得是！"起身解下腰间长剑，放在木桌上，正要离去，沈周忙道："先等一下！小杨将军，你是怎么发现慕容英的？如果你能就此追捕到假崔都兰，还有将功赎罪的希望。"

杨文广道："事实俱在眼前，二位公子还肯听我辩解么？"沈周道："当然。包拯生气发怒，也是因为怒将军不爱惜杨家忠义声名，他的本意是好的。"

杨文广重新坐下，道："这完全是意外。我昨日听说汴河上发现了无头浮尸，生怕是曹汭尸首，我想果真是他的话，至少可以做到让他入土为安，所以我换了便服独自出城，雇了船只往下游寻去。船行了老远老远，看到宋城县尉楚宏正带着差役在打捞浮尸，我便假意是到郊外访友经过这里，靠过去查看。捞起来一看，那无头尸首比曹汭矮得很，而且双手有很厚的茧子，明显是摇橹的船夫。人也还没有腐烂，只是被水泡得发肿，也就是这两天才遇害的。我怕楚宏起疑，又回到小船，往下游而去。”

汴河是人工河流，主引黄河之水，但并非这一带的唯一的交通河道，沿途亦有不少河流与其交汇并行，在商丘以西有睢水、包河等。包河发源于商丘之西，位于汴河之北。发源处有一大片浅水泥滩，长满苇草，方圆数十里，一直弥漫到汴河北岸，人称“苇草滩”，是鸟儿的世外桃源，时时有“落霞与孤鹜齐飞”的美景。

杨文广乘船到达苇草滩后，便命船夫掉头。船夫却意外发现北岸边的水草中有一什么东西在上下浮动，还好奇地猜测道：“会不会是那无头尸首的脑袋？”船划过去一看，却是一个大麻袋，缠在水草中。杨文广和船夫合力将麻袋捞上来，打开一看，里面装的正是慕容英。

杨文广道：“我发现她时，也是大吃了一惊，她不仅被装在麻袋里，而且肚腹中了一刀，手脚均被绳索捆住，嘴里塞满马粪，模样极惨，人也早是九死一生。”

包拯和沈周极为意外。沈周道：“原来将军发现慕容英时，她竟被人抛在河中。”

杨文广道：“据船夫说，她多半是在上游不远的地方被人装入麻袋丢入河中，顺流漂下来，如果不是那些水草凑巧缠住了麻袋，她早就沉入水底了。我一时想不明白她为什么会被弄得这么惨，当时已经日暮，来不及返回城中，遂带她来到温媪这里。温媪刚为她换好干净衣裳，她竟然醒了过来，说道：‘野利裙，你好狠。’”

沈周道：“野利氏是西夏大族，莫非那假崔都兰名叫野利裙？”杨文广道：“这我可不知道。我听到温媪叫喊后，急忙赶进来。慕容英一眼就认出了我，道：‘杨文广，是你！快些杀了我，我宁死也不要落入你们宋人手里。’还挣扎着想去拔我的佩剑，终因伤势太重，晕厥了过去。我见她一心求死，心想交给官府也没有多大用处，她多半是被西夏同伙所害，我若暗中设法照料她，抑或能套出一些真相。是以一早进城，买了些药送来这里，哪知道刚要返回城中时，就被二位公子撞见了。”

沈周忙道：“如此说来，小杨将军做得也不算太错。包拯，你适才的指责如叛国通敌之类，实在太重了。”

包拯道：“好，是我一时性急。小杨将军，我同意给你几天时间，等到你真能从慕容英口中套问出西夏人的下落，我再正式向你赔罪。小沈，你懂些医术，何不暂时留下来照顾伤者？”沈周微一迟疑，应道：“好。”

杨文广知道包拯留下沈周隐有监视慕容英之意，然而事已至此，再无回旋余地，只得叮嘱了温媪几句，将沈周介绍给她认识，再跟包拯一起回来城中。

还未进城门，便见到路人奔走相告、议论纷纷，杨文广上前一问，才知道南京城中又出了大事。不过满城疯传的并不是杀死全大道的凶手向官府自首，而是另外两件事——

第一件是宋城县衙门首的老牌匾昨天半夜忽被歹人砸了，牌匾中掉出了东西，砸匾的歹人捡了东西就跑。等到差役闻声开门出来，早不见了踪影，门前只剩下满地的碎匾。

第二件事更是令人匪夷所思，昨夜有路人经过全大道家，发现院门虚掩，堂中有灯光透出，大着胆子推门进去，却见堂上方桌上放着几张旧纸。那路人识得些字，拿起来略略一读，惊得目瞪口呆，竟是另外几篇《张公兵书》残页。那路人最信鬼神之说，登时吓得魂飞魄散，丢了残页就跑了出去，一路大叫：“全大道鬼魂回来了！”遂引发老字街整条街轰动，随即全城轰动。

杨文广既是武官，亦对传说中的《张公兵书》很是向往，忙问道：“那些新发现的兵书残页呢？”路人嚷道：“不知道呢！当时乱得很，好多人蜂拥上前抢。官府今早才派人去，早就片纸不存了。”

正好有士卒寻来，叫道：“杨将军原来在这里，叫人好一番找！宋城县楚县尉昨夜在城外发现了西夏奸细踪迹，已连夜带人一路追下去了，他手下人一早进城，请求将军调兵前去增援。可是没有将军大印，旁人不敢擅自发兵，只好四处找寻。”

杨文广闻讯，一时不知道是惊是喜，呆呆地看了包拯一眼，才道：“我这就回营点兵。”

包拯遂独自赶来老字街，正好在牌坊处遇见张建侯，问道：“你是听到兵书残页的消息赶来的么？”

张建侯道：“是啊，我猜应该能在这里遇到姑父。沈大哥人呢？”包拯道：“他在城外。”大致说了早上遇到杨文广的经历。

张建侯道：“啊，慕容英！我一直想会会这个女人！我们不正好有好多事可以问她吗？”包拯道：“她伤得很重，一时半刻醒不了。我们先简单处理一下城中的事，再去接替小沈。”径直进来街口的杂货铺，叫道：“蒋翁，我们想见一下汪娘子，烦请叫她一声。”

蒋翁只默默看了二人一眼，便转身进了侧门。过了一会儿，果然引着汪寡妇出来。

汪寡妇问道：“你们已经找到凶手了么？”包拯道：“应该很快就有消息。官府发现了党项人的踪迹，已然去追捕了，娘子放心。我今日来，是想问问昨晚全大道家中的那些把戏，是不是娘子所为？”

汪寡妇道：“我不明白包公子的意思。”包拯道：“娘子何须再隐瞒？我猜你那么做，也不是什么恶意，只是痛恨官府对全大道被杀一案轻描淡写，所以将剩余的假兵书残页散了出去，好引发更大的轰动，对吧？”

汪寡妇一直紧绷的脸忽而舒展开来，笑道：“当真是什么也瞒不过包公子。不错，是我做的，你们昨晚看见我提着马桶，其实正是我往全大道家丢完兵书回来。你说得对，全大道死了没人关心，官府置之不问，我只不过想引起官府的足够重视，派人调查是谁杀了他。不过我当时还没有遇见你们，要不然也许不会那么做。”

张建侯道：“我姑父问你手中是否还有伪造的兵书残页，你还撒谎说没有。”汪寡妇道：“包公子的问题是：‘那些残页现下可在娘子手中？’当时确实不在我手中了呀，我回答‘不在’有什么不对？”

张建侯道：“好，那我现在问你，可还有什么事瞒着我们？”汪寡妇道："再也没有了。"

张建侯道："你明知道兵书残页是假，却有意散布开去，引发全城骚动，官府查明真相后，一定饶不了你。"汪寡妇的嘴角泛起一丝轻蔑的笑容，道："这就不劳公子操心了。公子没看见外面的贞节牌坊么？那可是前任皇帝亲下诏书修建的，困了我一辈子，只要我不犯什么谋逆大罪，自然也能保护我一辈子。"

她的脸忽然变得空洞起来，皮肤散发着一种少有的光泽，像是鱼鳞上的看不清的暗光。那一刻，她仿佛多老了十岁。甚至，有一股绝望而腐朽的气息自她身上悄悄弥漫开来。她再也无力改变自己的命运，只能孤苦伶仃地将生命苍白地延续下去。

包拯摇了摇头，与张建侯一起退了出来。刚走到牌坊门楼下，便有一群差役围了上来。

为首一人问道："你就是张建侯么？"张建侯道："是啊，你们是哪个衙门的？是提刑司的么？"

为首差役道："不错。听说张小官人有一柄软剑，可否让我们开开眼。"

张建侯见对方剑拔弩张的架势，明知道他们不是专门来观剑的，但在包拯目光示意下，还是解下腰间软剑递了过去。

那差役握住剑柄略微一拔，念道："金风，就是它了！"随即收了软剑，道："这就请张小官人跟我们走一趟吧。"一挥手，几名差役绕到张建侯身后，形成包抄之势，显是防他逃跑。

张建侯莫名其妙，问道："我犯了什么事？"为首差役道："到了大堂自然就知道了。瞧在包衙内面子上，就不给小官人戴刑具了，但小官人自己也要老实些。"

包拯也不明所以，不知道提刑司为何兴师动众派人来捉拿张建侯，但既然差役先看软剑，或许跟全大道一案有关，便道："我跟你们一起去。"

来到提刑司，正撞到翰林学士石中立，上前一把扯住包拯，道："包拯，我正要去找你，你自己倒送上门来了！快跟我来！"

包拯道："建侯卷入了官司，我得跟去看看。"石中立道："他一时半会儿又不会死，先不用替他操心。我这事更急！”不由分说，拉着包拯来到办公之所。

厅堂中摆有一张巨大的长方形案桌，正有一批书吏各站在自己的位置，伏在桌上拼接着碎纸片。龙图阁直学士马季良在一旁踱来踱去，神色甚是焦急，见到石中立扯着包拯进来，忙迎上来道："包公子，你快来看看这些兵书残页是真是假。"

包拯问道："这些都是百姓昨晚在全大道家中发现的残页？"马季良道："对，不过都撕碎了，我正要叫人设法拼起来。"包拯道："不必白费人力了，这些都是假的，是老字街的汪寡妇有意散布的，都是之前全大道存放在她那里的。"

石中立道："汪寡妇？是那个节妇么？"包拯道："是。"

马季良问明究竟，登时勃然大怒，道："什么狗屁节妇，原来是个私通汉子的淫荡妇人！"连声叫道："来人，来人，快去将那个汪寡妇捉来，重重拷打！"

石中立道："小马，别说我不提醒你，那汪寡妇可是真宗皇帝亲自下诏立牌表彰的节妇，你是要指责先帝看走了眼么？"

马季良当即愣住。侍从上前小声问道："还要派人去拿汪寡妇么？"

马季良悻悻地挥了挥手，显然只能就此算了。

包拯一时颇为感慨，那汪寡妇虽是女流之辈，品行也未必端庄，看人看物却是惊人的准确。可她说那贞节牌坊困了她一生，该不会她为夫守节并非出于本心？

马季良叫道："包公子，那汪寡妇虽然可恶，但东西既然是全大道留下的，她也不知道来历。你再过来好好看看这些残片，看有没有可能是真迹。"

包拯道："毕升毕司务才是这方面的行家，马龙图没有请他过来么？"马季良道："毕升刚刚来看过了，他说这里面有些是刻印的，但有些是手写的，而且墨迹陈旧，应该是真迹。"

石中立道："小包，你过来！你看这残页碎片上的字，'用兵之道，以计为首'。哎，我告诉你，我记得我看过的张巡奏本原稿上有这句话，这应该是真的吧？如果是假的，这造假者也太高明了，仿得太逼真了。就是之前从全大道手中搜到的那张更完整的残页，如果不是刻书匠人毕升发现了复字的漏洞，以及你发现的装订孔的漏洞，老夫也多半会认为真迹。”

包拯道：“石学士看过的张公奏本真迹上有这句‘用兵之道，以计为首’？”石中立道：“对，当时安史之乱爆发，张巡上此奏本，除了请求朝廷派重兵镇守睢阳外，还有一小段谈到用兵——‘用兵之道，以计为首。未战之时，先料将之贤愚，敌之强弱，兵之众寡，地之险易，粮之虚实。计断已审，然后出兵，无有不胜。’嗯，我记得原话是这么说的。”

包拯道：“毕司务看过这张碎片后怎么说？”石中立道：“他说这张是真迹。难道这一堆碎片里面，真的混迹有《张公兵书》？”

包拯道：“不，这些全是假的。石学士手中的碎片虽然是张公真迹，但却不是真的《张公兵书》。”

他已然明白了整件事情的前后经过——刘德妙早在当红京师时，就已经开始筹划伪造《张公兵书》这件事。不管她到底出于什么目的，她设法从秘阁偷取到了张巡奏本真迹，又放了一把火烧毁了崇文馆和秘阁，旁人以为张巡奏本早已化为灰烬，却不知早落入了她手中。她既有真迹在手，完全可以请擅长临摹的高手模仿张巡笔迹编造一本兵书，却不知道为何选择了刻印的方式，大约是想用张巡真迹做版，如此从笔迹上看不出任何差异，万无一失。她得高继安这样的刻字技艺高超的匠人相助，更又兼有毕升新发明的那奇妙的活字印刷术，兵书伪造得像模像样，为常人所不及。唯一的难度是她要事先编造几句煞有其事的兵法，还要从真迹中寻到相关的字，至于纸页看起来发黄、破旧、染有水渍等，只是古玩行家惯用的做旧手法，不算什么难事。

马季良惊道：“包公子是说刘德妙很可能跟当年八贤王王宫的大火有关？那八贤王他……”他没有继续说下去，旁人也没有再接口。

包拯道：“不管怎样，这兵书一定是假的，至于刘德妙为什么要这么做，以及大火是否真是她所为，只能逮到她后靠口供验证了。”

他已写信寄给宋小妹，质问当日是否是她带刘德妙出城，料来很快就会有回信，心中犹自挂念张建侯，忙辞了出来。

来到大堂时，提刑官康惟一正在审讯张建侯。原来昨晚宋城县衙的老牌匾被砸毁，歹人虽然逃走，却在现场落下了兵器，是一柄断成了两截的软剑，镮首上刻有“玉露”二字。官府根据剑上印记寻到打造软剑的铁匠铺，得知剑主名叫张建侯，总共打造了一对软剑，分别取名“金风”“玉露”，由此得到线索，追寻到张建侯身上。幸亏因为包拯的缘故，康惟一尚没有立即派差役搜捕包府。

张建侯当然不能泄露许洞身份，也不能说出他才是玉露剑的真正主人，可又无法为自己澄清，只能干着急，见到包拯进来，忙叫道：“姑父，快来救我。”

包拯忙问道：“宋城县署除了牌匾毁坏外，还丢了什么东西？”康惟一道：“路人见到牌匾后面掉出了东西，被歹人捡走了，但宋城县署没有人知道那是什么东西。”

包拯道：“路人见到有几名歹人？”康惟一道：“两三名吧。”

包拯道：“那么康提刑官相信是张建侯所为么？”康惟一道：“当然不信，不然他哪里还能好好地站在这里说话？只要他说出他将玉露剑送给了谁，本司就可以立即释放他，可他就是不说。包公子，你可知道玉露剑的真正主人是谁？”

包拯道：“嗯，这个……怕是有些难度。提刑官，烦请你将证物玉露剑借我看一下。”

康惟一叫了一声，便有差役奉上了两截短剑。那剑断处甚是齐整，或许是被什么利刃所断，剑刃上有多处缺口，显是经历了一场激战。

包拯道：“提刑官，这剑既是昨夜歹人落在现场，应该是他随身所带兵器，对吧？”康惟一道：“不错，所以本司才要你们说出剑主，也就是歹人的名字。”

包拯道：“这剑既然已断成两截，不能再用，歹人为何还要带在身上呢？”康惟一道：“这剑是歹人用来砍宋城县署牌匾时才断成两截的呀。”

张建侯哈哈大笑了起来，笑了好一阵子，才道：“康提刑官，你为人其实是很不错的，也要谢谢你的信任，相信我不会是歹人。可这个软剑不同于一般兵刃，是不可能有人拿它来砍牌匾的。这种兵器，完全不能用砍招，刺招也需要极强的内力，世上没几人能办得到，最常见的招数也就是拉势、点势。我知道提刑官不会武功，解释起来有点困难，这么说吧，你看裴青羽对付盗贼王伦，用的就是点势，用剑尖点中了他的眼睛。那杀死全大道的凶手，用的就是拉势，轻轻一带，就割断了他的脖子。”

康惟一面色一沉，道："我不管什么招数，你快些交代出玉露剑剑主的名字！且不说是不是这人昨晚砍了宋城县衙牌匾，指证张望归夫妇的最大证据是全大道死在软剑之下，既然这人身怀软剑，也一样有嫌疑！"

张建侯登时又惊又喜，道："康提刑官也疑心张望归夫妇不是杀死全大道的真凶？"康惟一道："他们承认得太过痛快，本司还没有见过这么合作的杀人犯，完全不合情理。"张建侯："是啊，他们本来就不是凶手。"

康惟一狐疑道："你知道凶手是谁？"张建侯道："不知道。"

包拯忽然插口道："如果康提刑官让我们见一见张望归夫妇，也许我们能说服他二人交代出真相。"

康惟一犹豫良久，终于还是点头同意。

包拯又道："麻烦借玉露剑一用。"康惟一道："这可不行，准你们入狱探访重犯已是破例，要携带兵器，万万不能。"

包拯只好放开玉露剑，跟张建侯一道随差役进来提刑司大狱。

提刑司主管京东路刑狱，关押的犯人极多，每一间牢房都密密麻麻塞满了囚犯，各按罪行轻重戴着不同重量的刑具。大多数人席坐在地上，也有扶着栏杆望着外面的，目光呆滞。

张望归夫妇因是沙州人氏，两人没有按宋律分开关押，而是囚禁在一处小牢房里。也没有吃太多苦，不像别的杀人重犯那样背负着十斤重的束颈盘枷，只手足上了镣铐。

夫妇二人本依偎着坐在墙角，见到包拯、张建侯进来，便一起站了起来。那牢房极小，四人面对面站立，便再无回身余地。

张望归道："包公子，想不到还能在这里见到你。"包拯道："事情紧急，我就直说了，建侯新打造了一对软剑，他手上的是金风，另一柄玉露送给了一位朋友。但眼下这位朋友失了踪，他的玉露剑断成了两截，昨夜被人刻意丢在了宋城县署门口。"

裴青羽道："包公子是什么意思？是觉得这件事跟我夫妇二人有关么？"包拯道："不，跟尊夫妇没有关系。但那两截残剑上伤痕累累，断处则是齐整如切，如果我猜得不错，一定是为青冥剑所断。"

张建侯惊讶之极，"啊"了一声，张口欲问，又随即用手捂住嘴巴。他事先得包拯嘱咐，到狱中后不能轻易开口说话，只好强行忍住。

张望归与妻子对视一眼，道："青羽、青冥虽是利器，但也只是称雄于软剑之中。中原有许多硬质宝剑，如湛卢、纯钧、胜邪、鱼肠、巨阙、太阿等。包公子仅从断口齐整便判断是青冥剑所为，实在是有些武断了。"

包拯道："那么为何有人刻意要将两截断剑留在官衙门口呢？青羽娘子，你还不愿意说实话么？娘子想救青冥剑的主人，不惜自承杀人罪名。青冥剑的主人也一样想救娘子，所以杀了或是擒了我的朋友，然后将他的兵器抛在官衙门口，好让官府起疑，认为杀全大道的另有其人。"

张建侯惊道："啊，许先生死了？姑父，你怎么不早……"被包拯瞪了一眼，这才闭了口。

裴青羽道："包公子，我不想浪费你的时间，我可以明明白白地告诉你，我绝对不会告诉你你想知道的事。"

包拯道："娘子愿意为他人牺牲自己，我很是佩服。可而今事态变得复杂，对方也想营救娘子，甚至不惜牺牲无辜的人，娘子难道也任凭这一切发生么？"裴青羽道："恕我夫妇实难如包公子所愿。包公子，你来回奔走，劳心费力，不为私利，我夫妇二人极是敬佩。我也要告诉你，我一力庇护凶手，不是因为他是我什么人，而是为了整个沙州。公子这就请回吧，不必再来了。"

包拯却仿佛醍醐灌顶一般，蓦然醒悟了过来，道："你们……你们跟党项人达成了协议！"

他得到提示，瞬间想通了一切究竟——沙州的大敌就是西夏，张望归夫妇来中原寻找《张公兵书》就是为了抵御西夏将来可能的入侵。既然裴青羽称她承认罪名是为了沙州，那么一定是与西夏有了协议了。如此可以推算出，杀死全大道的就是党项人，也就是一直住在望月楼的黄河那伙子人，他们中的一个人身怀青冥剑，跟裴青羽关系非同一般。张望归夫妇当晚虽然去过全大道家，却并不知道到底发生了什么事，也不知道是谁杀了他，直到从包拯口中得知他死于软剑后，裴青羽立即猜到是那个跟她关系亲密的人所为。她即刻出去寻到那个人，确认无疑后，便提出愿意自己承担杀人罪名，但条件是西夏此后不能进犯沙州。既然她肯牺牲自己的性命，那么那个人身份非同小可，一定有能力承诺协议。对沙州而言，一个协议远远比一本《张公兵书》更有价值，能够不战而息人之兵。

那么，那个人是不是就是那富贵公子黄河？还是黄河的侍从杨守素？如果是黄河，他既是首领，有能力承诺不再进犯沙州，又跟裴青羽有亲密关系，张望归夫妇又何须万里迢迢来寻兵书？倒是那杨守素名字听起来像是汉人，有名门子弟风范，很可能跟裴青羽是亲眷。

包拯失声说了那句话，张望归夫妇震撼得难以形容。张望归道："包公子，这件事……"却被裴青羽及时打断了话头，道："无论包公子再说什么，我夫妇二人都不会再吐露一个字。"

包拯道："是杨守素，对不对？他就是青冥剑的主人。"

裴青羽全身一震，但也不再多看包拯一眼，只扯着丈夫重新坐回墙角。

事情果真如包拯猜测的那样——裴青羽是故灵州知州裴济之女，与党项人杨守素是同母异父的姊弟。当年灵州被党项首领李继迁率众攻陷，裴济死难，其妾温喜带着女儿裴青羽藏在百姓家中，躲过一劫。裴青羽时年十六岁，她恨大宋懦弱无能，不但不及时发兵援救，反而承认了党项对灵州的统治，让她父亲之死变得毫无意义，也不肯跟随母亲温喜逃回大宋投奔裴氏族人，只独自留在灵州，立志为父报仇。没想到没等她动手，李继迁便在征战中中箭身亡。而温喜则早在逃回大宋的半途被党项人捕获，押回灵州后赏赐给汉人大臣杨襄为奴。可叹的是，温喜不但做了杨襄的侍妾，还为他生下一子，取名杨守素。裴青羽无意中发现母亲以身侍奉仇人后，悲愤交加，既在灵州无处容身，又不愿意回去大宋，遂辗转来到了沙州，嫁给了沙州大族张氏之子张望归。然而西夏日益势大，又有狼子野心，张望归夫妇为了保全沙州，遂来中原寻找兵书。他二人本是秘密行事，对西夏派了奸细潜伏在南京一事一无所知，直到当日在性善寺撞见黄河，才恍然明白了过来。然而黄河当场威胁道："张望归，你我井水不犯河水。你敢坏我的大事，我回去西夏就立即发兵灭了你们沙州。"张望归夫妇遂对西夏人的作为不闻不问，只继续寻找兵书。全大道一案后，裴青羽猜到是黄河和杨守素杀人灭口，遂赶去找到黄河，表示愿以自己承认罪名的代价来换取沙州平安。而黄河因为兵书一事尚无着落，担心官府全力追查全大道一案而坏了己方大事，也表示同意。至于包拯从蛛丝马迹中发现了疑点、又从裴青羽的只言片语中领悟到真相，那就是大大出人意料之事了。

出来大狱，张建侯十分沮丧，道："就算知道了真凶，也没有任何证据。许先生多半已经遭了那伙人的毒手，唉，全怪我，非要打造什么软剑。"包拯道："这事跟你无关。我们得赶紧设法找到黄河那伙人。"

张建侯道："对对，如果许先生还没死，还有救回他的希望。"又问道："姑父觉得许先生活着的希望还有多大？"包拯本想宽慰内侄，可还是不愿意说谎话，道："几乎没有。"

差役还想要带张建侯回去大堂，一名书吏奔过来道："马龙图和石学士联名为张公子作保，提刑官准他离开了。"

张建侯道："咦，想不到我能得到两位学士的联名担保。姑父，这应该是沾了你的光了。正好，我跟你一起去找那些党项人。"

到提刑司大门处，正遇见一名弓手埋头进来。包拯认出他是宋城县尉楚宏手下，又见他风尘仆仆，一脸倦色，公服上尽染血迹，忙问道："你是新从城外回来么？"那弓手道："呀，是包公子。有好消息告诉公子，我们捕到那假崔都兰了！"

包拯、张建侯均是又惊又喜。张建侯道："太好了！假崔都兰人呢？

人在哪里？”弓手道：“楚县尉正带人押解她回城，人还在路上。楚县尉命小的先快马回城，禀报各位官人。”

包拯忙问道：“你们可有见到杨文广？”弓手道：“当然有。要不是杨将军及时赶到，我们还无法将那假崔都兰捉住呢。”

原来假崔都兰身边尚有四名护卫，被楚宏带领弓手包围后，奋力死战。其中一人身中数箭居然还挥刀杀敌，另一人肠子都从肚腹中流了出来，还能舞刀如飞，像疯子一样，有好几名弓手都死在他们刀下，现场情状极为惨烈。党项人素以勇悍闻名，这还是众人第一次亲眼得见。那四名护卫拼死搏斗，挡住楚宏等人，呼喊假崔都兰快些逃走。假崔都兰本已冲出包围圈，正好杨文广率兵赶到，才将其一举擒获。四名护卫则有三人被杀，一人伤重，走到半途就死了。

包拯道：“那杨文广人呢？”弓手道：“杨将军应该还在城外，跟楚县尉一起押送假崔都兰回来。”抹了一把脸上的汗水，乐滋滋地去了。

包拯道：“不好，我们快走！”

张建侯不解地道：“这么着急去哪里？等在这里不好么？一会儿假崔都兰就被五花大绑地押回来了。”包拯道：“我们得先去找小沈。”

赶来应天书院外的民居时，正见到一身戎服的杨文广背着慕容英从屋里出来。

张建侯惊讶地道：“呀，你们在做什么？”包拯道：“建侯，拦住他们两个，一个都不准放走！”

张建侯尚不明所以，还是应道：“好。”居然还本能地往腰间去拔剑，这才想起金风剑已经被官府收了。

包拯进来内室，却见沈周歪在床榻边，人已经晕了过去，忙上前拍他的脸，叫道：“沈周！沈周！”

原来杨文广见宋城县尉楚宏捕捉到了慕容英的主人假崔都兰，心中不知道什么滋味儿。犹豫了许久后，终于赶来民居，打晕了沈周，叫醒慕容英，道：“你的主人已经被官府擒获，而今你不能再留在这里了，我得先送你走。”慕容英既意外又感动，道：“可是包拯他们已经知道你收留过我，若是我人不见了，你也会受牵累。”杨文广道：“管不了这么多，先救了你再说。”遂背负了慕容英出来，哪知正好被包拯堵在院子里。

沈周被杨文广打晕了过去，但对方下手并不重，被包拯一叫，便悠悠醒转了过来，问道：“他们……逃跑了么？”包拯道：“放心，还没有。”扶着沈周出来。

杨文广已将慕容英放到树下凳子上。张建侯见沈周一脸苦相，不断用手抚摸后脑勺，这才明白过来，不由得很是痛心疾首，道：“小杨将军，你是将门虎子，怎可为了一个党项女子舍弃前程？”

杨文广却拔出剑来，道：“我本无话可说，也愿任凭各位处置，但今日我一定要先救她离开这里。”

张建侯愕然道：“小杨将军这是打算要与我动手么？”杨文广道：“我……”一时答不出来。他暗中庇护慕容英是一回事，但若是跟张建侯动手，那就是公然反叛朝廷了，这是灭门重罪，不由得他不踌躇。

慕容英扶着木桌慢慢站起来，握住杨文广握剑的手，道：“不要为了我动刀动剑，我……我愿意投降大宋。”

杨文广垂下长剑，低声道：“事已至此，你何必为了我为难自己？”慕容英勉强一笑，道：“你不也为了我为难自己么？”提高声音，道：“只要各位不再提起杨文广救我之事，我愿意坦白交代一切。”

张建侯恼恨党项人害死了妹妹，忍不住嘲讽道：“你还不知道吧，假崔都兰已经被捕，就算你不坦白，我们也能从她口中得知一切。”慕容英道：“我知道，杨文广已经告诉了我。她真名叫野利裙，是党项贵族。但我是西夏王宫女官，掌管文书，所知道的机密远远比不识字的野利裙要多得多，愿意以这些来换取各位对杨文广的谅解。”

张建侯道：“你想说你们背后还有主谋？我姑父也猜到了，是住在望月楼的黄河，对不对？”慕容英道：“他不叫黄河，他叫李元昊，是西夏太子。野利裙则是他的正妃，西夏的太子妃，所以就算你们捕到了她，她不会说一个字，你们的官府也绝不敢动她分毫，顶多就是将她扣在汴京作人质。”

众人大吃一惊。杨文广结结巴巴地问道：“你是说，西夏太子来了南京城？”慕容英道：“是的。”

杨文广道：“久闻西夏太子李元昊酷好微服出游，甚至常常化装到大宋边关市集，亲自购买物品，想不到这次他居然敢深入中原腹地。”

李元昊即现任西夏王李德明之子。他自小胸怀大志，生平好游历天下，甚至常常亲自化装成商人到宋边关打探军情。宋军将领打听到他有这一喜好后，一度派人到边关市集埋伏，想寻机捕获他，但因对方机警异常，始终未能如愿。李元昊不但到过大宋，还乔装打扮到过辽国、回鹘、沙州等地。他极度崇佛，在西夏修建了许多庙宇，以致党项民间有谚语称：“饰庙富兆，佛像常修。山上建庙，树下铺席。”而沙州敦煌地区佛教发达，是佛教徒心中的圣地，李元昊曾多次到敦煌拜访高僧、观赏壁画。有一次意外被知道他真实身份的回鹘商人认出，报告了沙州守将张望归。张望归亲自证实后，又报告了首领曹贤顺。但因西夏势大，曹贤顺不敢扣留李元昊，只佯作不知。但张望归由此与李元昊相识，当日在性善寺遇见，立即各自认出了对方。

慕容英道：“包公子，怎么样，你答不答应我的条件？”包拯微一沉吟，即道：“好，只要英娘肯原原本本地交代一切，再向官府自首，今日的事就当没有发生过。旁人问起，杨将军大可说是亲手捕获了英娘，或者说是英娘自行向杨将军投案。”

慕容英道：“一言为定。那我就从头说起，其实这次来南京，主事的并不是野利裙，而是西夏太子李元昊。我们起初也不是为了大茶商崔良中而来，是元昊太子听说中原最神奇的兵法当数《张公兵书》，连沙州的那伙汉人都派了最得力人手前去寻找，他一时心动，又想亲眼看看中原的花花世界，遂决意来南京寻找兵书。野利裙是太子正妃，她知道元昊太子风流好色，中原又多美女，放心不下，坚持跟来。我本是王宫女官，西夏王怕太子妃出行不便，临时指定我做她的贴身女官，跟随在她身边。”

还有一点她没提到的是，野利裙姿色平庸，又骄横嫉妒，李元昊并不如何喜欢，只不过野利氏是党项大族，即使是西夏王李德明也要尽心笼络，李元昊娶野利裙为妃是典型的政治婚姻。这次来中原途中，李元昊反倒看上了英姿飒爽的慕容英，几次想要勾搭上手，有一次色迷迷地牵她的手时还被野利裙看见，野利裙自此开始猜忌慕容英，没有给过好脸色。

包拯道："你们是怎么遇到真崔都兰的？"慕容英道："就在来南京的途中，我们路过一处山林，正好见到山贼劫了一名年轻女子，压在身下，欲行不轨。太子妃最见不得霸王硬上弓这种事，立即命我上前杀了山贼，救下那女子。那女子得保清白之身，自然感激涕零，当即将一切经过都说了出来。原来她真名叫叶都兰，是大茶商崔良中的私生女儿，流落在外许多年，听说生父正派人四处寻她，要她到南京继承家产，所以要赶去南京与父亲相认。"

西夏一直有狼子野心，多年来没少往大宋派遣间谍，在京师和边关要地都建有秘密据点，然而像南京这样的地方，地处中原腹地，对西夏没有任何军事价值，是以完全是一片空白。李元昊一行人需要一处落脚之地，所以谋士杨守素提议杀了崔都兰，由己方派人假扮她的身份，反正崔良中也从来没有见过亲生女儿的相貌。事情进行得很顺利，野利裙扮演了崔都兰，顺利与崔良中相认。虽然她本人很不情愿扮演这个角色，但发展到后来，李元昊愈发觉得可以利用崔良中第一茶商的身份来为西夏谋取最重要的生活物资——茶叶，遂令野利裙无论如何都要保住崔家大姐的身份。

野利裙虽然相貌普通，没有读过书，大字[1]不认识一个，没有文化，也不懂礼仪，但由于是党项大族野利氏的独生爱女，骄横无比，连西夏王李德明都对她敬让三分，平时颐指气使惯了，要她扮作别人，一百个不愿意，所以勉强上阵后，也是一副冷若冰霜的表情。后来眼见包拯等人对她起了疑心，才不得不掩饰。

[1] 西夏当时还没有自己的文字，书面记录用汉文。直到1036年，"元昊自制蕃书，命野利仁荣演绎之，成十二卷，字形体方整类八分，而画颇重复"（《宋史·夏国传》）。八分是古汉字一种书体的名称，又称楷隶，指东汉中期出现的新体隶书。字体似隶而体势多波磔。关于八分的命名，历来说法不一，或以为二分似隶，八分似篆，故称八分；或以为汉隶的波磔，向左右分开，"渐若八字分散"，故名八分。

最可笑的是崔槐和吕茗茗不知道野利裙身份，还有要跟她明争暗斗的意思。按她的本意，早就该杀了这对夫妇，免得碍手碍脚。杨守素因为崔槐的母亲裴德淑是母亲的前夫裴济的女儿，多少算是有点干系，遂从中阻挠，反复劝说。他是李元昊最信任的心腹，野利裙也有所忌惮，才没有动手，不然那崔槐夫妇早死好几回了。

包拯问道："是你杀了曹丰，再用化骨粉化去了尸首，对么？"慕容英很是惊奇，道："包公子居然能猜到化骨粉，着实不简单。"当即讲述了原因。

原来崔良中自以为寻回了亲生女儿，乐不可支，最大的心愿就是要为爱女招一个好夫婿。野利裙很是心烦意乱，几次三番向李元昊抱怨过，李元昊承诺他会设法解决，所以当晚崔良中遇刺未死被抬回家后，野利裙的第一反应，以为是李元昊下的手，生怕崔良中醒来后说出真相。然而官府对崔良中遇刺一案极为重视，还派了宋城县尉楚宏带弓手寸步不离地守在崔良中房前，她无法再对崔良中下手。又听医博士许希珍说崔良中中了毒，可能醒不过来了，才略略放心，但还是担心会祸及李元昊。又想到崔氏跟曹氏一向不和，遂连夜派慕容英前去曹府杀死曹丰，化掉其尸体，造成失踪的假象，好嫁祸给曹氏。然而次日即得知事情跟李元昊无关，野利裙实际上是多此一举，反而慕容英在当晚离开曹府时被杨文广发现，二人交上了手。虽然她最终逃脱，但毕竟暴露了行迹，留下后患。幸亏杨文广到提刑司报案后，没有得到足够重视，他本人次日又必须返回宁陵军营，才算没有酿成祸事。

本来崔良中中毒在床后，野利裙摆出强硬的姿态，以亲生女儿的身份掌管了崔府一切，还下令守住崔良中房间，不令外人相见。正打算逐步夺取崔家大权时，马季良的突然到来完全打乱了她的计划。最可怕的是，崔良中居然一度清醒过来，还说出了一句话。野利裙感到万分恐惧，因为她和慕容英等心腹曾在崔良中病榻前议论各种秘事，于是杀崔良中灭口遂成为当务之急。马季良虽然防范极严，野利裙还是想到将毒药涂在床单上的法子，最终毒死了崔良中。

沈周问道："王伦那伙盗贼是你们招来的么？"慕容英道："对，这也是杨守素想到的主意。我们这次来中原，为了避免引人注目，只有十几个人，人手不够。杨守素说中原人贪利，可以用金钱买通盗贼来做杀人放火的事，即使事发，也是大宋人所为，不会有人怀疑到西夏头上。”

包拯道：“性善寺血案当日，你往提刑司官署丢的是什么？是信件么？”慕容英睁大了眼睛，似是很惊讶包拯居然会知道这件事，迟疑了一下，才道：“不错，是一封信。”

沈周道：“信里到底说了什么，能令康提刑官到了曹府门前又自动退去？”慕容英道：“这个我就不清楚了。我曾听元昊太子和杨守素两人议论过康惟一，但具体是什么事我也不知道。”

又解释了党项人要杀宋小妹的原因，果然就是真崔都兰曾对野利裙提过：她认识宰相夫人宋小妹。其实那只是崔都兰的夸口之词，她与寇准同乡，寇准曾携带家眷回乡省亲，宋小妹见她可怜，便褪下了手腕上的镯子，随手送给了她。崔都兰将这一段故事添油加醋后讲给了野利裙等人听，借以抬高自己身份。野利裙却以为她真的认识宋小妹，宋小妹也认识她，当听说宋小妹来了南京，就住在隔壁包府时，不由得十分恐惧，决意杀了宋小妹。

论起来，宋小妹的亡夫寇准和李元昊的祖父李继迁还有一段旧怨。宋太宗时，李继迁起兵叛宋，母亲罔氏在交战中被宋军俘虏，并被作为人质来胁迫李继迁投降，李继迁始终不为所动。后来李继迁与宋战火炙热之时，担任参政知事的寇准为人强硬，请求将罔氏押送到保安军，于北门外当众斩首，“以儆凶逆”，想以此来狠狠打击李继迁的傲气。宋太宗赵光义也同意了。宰相吕端得知后，立即让寇准将斩首的时间延后，赶到宫中劝阻宋太宗说：“当年项羽捉到了刘太公，想将他烹杀以警告刘邦，但刘邦却说：‘希望分我一杯羹。’想做大事的人常顾不得自己的亲眷，何况李继迁是悖逆、凶暴之辈？陛下今日杀了李母，难道明日李继迁就会束手就擒？如果不能，杀了李母，只会结怨，并加深对方叛逆的意图。”宋太宗听了觉得有理，问道：“既然如此，又该如何处理李母呢？”吕端道：“以臣愚见，应将李母安置在延州，派人善加照顾，藉以招徕李继迁，即使他不愿投降，也可以牵制他，李母生死大权终究是在我方手里。”宋太宗采纳了吕端的计策，将李母安置在延州。虽然李母最终病死在延州，但李继迁仍然深恨寇准。想不到机缘巧合，几十年后，李继迁的孙媳妇野利裙居然与寇准夫人宋小妹相遇，再结仇怨。

李元昊起初不同意野利裙的计划，认为宋小妹丈夫是大名鼎鼎的寇老西儿，娘家在朝中也很有势力，她死在南京，势必引来大宋瞩目，那样会破坏他的寻找兵书大计。野利裙只让人带给李元昊一句话："兵书重要，还是茶叶重要？"对李元昊而言，自然是兵书重要，得到神奇的《张公兵书》，他便可以一统河西，进而与辽国、大宋争锋，雄霸天下。然而西北蔬菜不足，士兵不喝茶叶就会生病，他再用兵如神，手下无兵可用，也是巧妇难为无米之炊，不得不咬咬牙，道："好，选茶叶。"

选茶叶就意味着得保住野利裙在崔家的地位，就得除去宋小妹。为了这次计划，党项人动用了重金聘请王伦一伙人。当日李元昊到南城外山上，实际上是想远观性善寺的情况，却不料遇到包拯等人，遂干脆一同进来寺中。而当日应天知府晏殊、提刑官康惟一等官员也赶来拜会宋小妹，加上武功高强的张建侯和裴青羽的意外出现，王伦一伙终究未能成事。

慕容英又解释了那只玉镯，原是真崔都兰随身佩戴之物，野利裙不喜欢这硬邦邦的首饰，被李元昊收去。等到在沈周身上发现后，野利裙推测丈夫一定又将镯子送给了什么女人，格外生气。

沈周道："放过我的人是英娘吧？"慕容英道："是。我本是留下来善后之人，该杀了沈公子，再用化骨粉化掉尸首。我们族人有谚语称：'朋友诚智，日月亲近。'我想到沈公子原是好意，才会告知预言及崔都兰有危险之事，却不料因此招来杀身之祸，颇于心不忍。犹豫很久，终于还是决定放过你。"顿了顿，又补充道："我其实不是什么心狠手辣的女子，我做过的那些坏事，都只是奉命行事。"

然而当晚慕容英逃脱后错过了入城时间，直到第二日一早才赶回崔府向野利裙禀报经过。野利裙质问她是不是有意放走沈周，她也承认不讳。野利裙遂大怒道："包拯那伙人聪明伶俐，沈周一旦得救，我还在南京有立足之地么？"然而事已至此，保命为上，只得决定放弃好不容易得来的崔家大姐身份。正好宋小妹派人来请她过去包府相见，她便以此理由率慕容英及心腹从人离开了崔府。

野利裙一行虽然离开了南京，但还是滞留在城外。他们摸上停靠在下游的一条大船，杀了船上所有人，将尸首扔在舱底，用化骨粉化掉，暂时躲在船上。只是这些党项人全是旱鸭子，船上生活多有不便，化骨粉已然用完，还有两具尸体没有化掉，尸臭熏天，又因为汴河人船如织，不敢随意抛尸。野利裙脾气变得暴躁，几次派人催促李元昊。李元昊只叫人带话，让她先离开，却不肯出城来看她一眼。野利裙愈发怒火冲天，但还是舍不得抛弃丈夫就此离开。

昨日刚好有个橹夫寻上船来找活儿，撞上了出舱透气的野利裙，被她一刀杀死，砍下首级，一齐抛入河中。慕容英上前劝了两句，说汴河来往船只极多，河岸上总有排岸司的巡逻士卒定时经过，如此抛尸，必然会被人发现，后患无穷。她知道野利裙性情急躁，还特意用党项民谚劝慰道："米里的石头煮一百年也煮不熟，心情激愤做事万件一事无成。"哪知道野利裙余怒未歇，竟拔刀砍了慕英容一刀，又令手下人绑了她手脚，用干马粪塞口，再把她塞入麻袋，丢入河中。至于慕容英机缘巧合下为杨文广所救，则完全是运气了。

包拯等人闻听慕容英遭难仅是一言之劝，无不骇然。连张建侯都道："这野利裙不过是个妇人，心肠却如此歹毒，真该将她也塞入麻袋丢进河中，让她尝尝溺水的滋味。"

慕容英叹道："太子妃不为太子所喜，久有怨恨，不过是凑巧发泄在我身上。也许是我命中注定有此一劫。"

包拯道："野利裙已然就擒，她多半会自亮西夏太子妃的身份，以避免受刑罚之苦。先不去管她，英娘可知道杨守素身上有一柄软剑？"慕容英道："对，叫青冥剑，听说是他母亲传给他的。杨守素很珍惜那柄剑，极少亮出来示人。"

张建侯道："那你们或者是西夏太子那伙人有没有捕到一名四十多岁的男子？"慕容英道："据我所知，没有。"

张建侯道："那你知不知道西夏太子那伙人藏在什么地方？"慕容英

道："不是在望月楼么？"

包拯道："昨日一早官府去查过望月楼，之后不久李元昊一伙就离开了。他们既然还没有出城跟野利裙会合，必然还留在城中。"

慕容英道："我只有前日到过城中，还没有见到元昊太子就被你们撞见，幸亏下大雨才得以逃出城去。昨日我被太子妃莫名砍了一刀，然后就被杨文广救来了这里，完全不知道城中发生了什么事。"

张建侯道："难道除了望月楼外，西夏太子再没有其他藏身之处么？"慕容英道："原本是要通过太子妃的假身份弄一处合适的宅子或是店铺，但崔员外的侄媳妇太讨厌，每每太子妃要做点儿什么，她便跟过来问东问西。加上元昊太子贪恋望月楼的美食，又说最利于藏身之处就是酒楼，所以还没有来得及置办其他藏身之处。如果有，也是元昊太子背着太子妃做的，我们都不知道。"

包拯道："那些假交引跟你们有关么？"慕容英一愣，问道："交引？那是什么？"

众人见她对交引一物毫不知情，料想党项人不熟悉大宋的经济和制度，多半想不出这种更改交引面额的主意。可惜崔良中已死，高继安在逃，也不知道这主谋到底是崔良中，还是另有其人。

慕容英受伤极重，说了这一番话，已经是满头大汗，上气不接下气。包拯便让张建侯去雇了辆大车，扶她上车。几人一道回城，先将慕容英安置在城南的兵马监押司中，杨文广自己赶去提刑司禀报。

城内城外正疯传官府捉住了西夏奸细，还是个女人。还有人说那相貌难看的女人是大茶商崔良中的女儿崔都兰，不久前传出的崔都兰因父丧伤痛而死的消息是假的。一时间，谣言满天飞。城中再现热潮，人们争相赶去提刑司看热闹。

张建侯道："我们不跟小杨将军一起去提刑司么？也许可以从野利裙口中问到西夏太子下落。"

包拯摇摇头，道："慕容英说得对，野利裙不会吐露一个字的，她只要亮出西夏太子妃身份，无人敢动她分毫，只能上报朝廷后等待指示。

而朝廷……”

自李继迁起兵反宋以来，宋朝对党项人一直是采取笼络为主的态度，甚至还幻想其能主动归附，这种没有前瞻性的战略直接导致了宋军屡屡失去斩草除根的良机。真宗皇帝在位时，西夏已多次公然进攻大宋，夺去宋土及子民，但宋真宗采取“姑务羁縻，以缓争战”的政策，对西夏占领的土地予以默认，以妥协姑息的态度求得边境和平。除了皇帝本人性情软弱外，还因为昔日太宗皇帝赵光义曾谆谆告诫子孙道：“国家若无外忧，必有内患，外忧不过边事，皆可预防，惟奸邪无状，若为内患，深可惧也。”宋真宗深以为然，奉若真谛，外事力求“化干戈为玉帛”。

仁宗皇帝即位后，刘太后亦继续奉行“守内虚外”“强干弱枝”的国策，对外极力讨好，派遣使者带着圣旨到西夏，封西夏王李德明为尚书令，赏赐白银万两、绢万匹、钱三万贯、茶两万斤等大批财物。李德明接受了物质上的好处，对大宋赐封的尚书令官职却不置可否，当时辽国已封李德明为夏国王，显然他内心深处看不上这个所谓的尚书令。

使者回报朝廷后，刘太后决意倾心笼络，先是封李德明为西平王，后又加封为夏王。李德明愈发觉得大宋不过是孤儿寡母执政，软弱可欺，起了建国称帝的欲望，违制在鏊子山[1]大起宫室，绵亘二十余里，亭榭台池，金碧相间，辉耀日月，极其壮丽。出行时大兴仪仗，俨然与宋朝皇帝相仿，还公然追封其父李继迁为“应运法天神智仁圣至道广德光孝皇帝”，庙号“武宗”。除了在政治上造势外，军事上也是厉兵秣马，积极扩张，如在省嵬山[2]西南山麓抢修了一座城池。这个地方土地肥沃，牧草丰盛，历来就是吐蕃部落樵采、放牧之地，西夏抢修城池，明显是为了控制吐蕃诸部，以缓解后顾之忧。一旦西面的威胁解决，西夏很可能就会转而对付东面的大宋了。

而今大宋和西夏的关系实是面松内紧，正处于一个极度敏感时期。以大宋一贯的立场，这次也绝不会主动挑起争端，像西夏奸细这样的事，

[1] 鏊子山：今陕西延安西北。
[2] 省嵬山：今宁夏石嘴山东。

多半也是大事化小、小事化了，这些都是可以预见的事，只可惜了那些被野利裙等人无辜杀死的大宋子民。包拯并未说完下面的话，只深深叹息一声，道：“天色不早，我们先回家去。”

张建侯道：“为什么不设法去找西夏太子和许先生？”包拯道：“小杨将军已经下令封城，稍后就会在全城展开大搜索，我们再也做不了什么。至于许先生，唉。”不由得长叹一声。在他看来，许洞很可能已经不在人世，而且尸骨无存——

因为许洞失踪是在前夜，如果他就是那闯入提刑司官署的飞贼，落入党项人手中多半发生在飞贼事件之后。可当时李元昊等人尚住在望月楼，如果擒住了他，又将他藏在了哪里？万无一失的法子，就是当场杀死他，再将他的尸骨化去。

沈周道：“你认为砸毁宋城县署牌匾的那伙人的头目就是杨守素，他在现场留下了玉露断剑是为了嫁祸许先生？”

包拯道：“对，而且这件事一定跟全大道有关。全大道是被杨守素杀死，他死前曾被逼供，肯定是关于兵书残页之事。全大道知道那残页是假的，却不能说实话，不然必死无疑。我们虽然不知道他最终对李元昊说了些什么，但对方肯定是问出了话才会下手杀他灭口，而次日即发生了宋城县署牌匾被砸一事。如果我猜得不错，杨守素取得牌匾后的物件是主要目的，丢下玉露断剑嫁祸许先生，不过是顺手而为。”

沈周道：“可是这不对啊。我是说前面的都对，嫁祸这件事不对。”包拯道：“怎么不对？愿闻其详。”

沈周道：“第一，许先生是前夜失踪，是在我们告诉他全大道被杀后，就算他夜闯提刑司后又落入了党项人之手，尸体被化掉，党项人为什么要留下他的断剑？第二，死者死于软剑的事情只有我们几个知道，当时我们只是怀疑张望归夫妇，还去过望月楼一趟。杨守素不可能提前知道我们会怀疑到他头上，当时他还住在望月楼，更不大可能预先留下许先生的玉露剑，作为日后嫁祸的证据。”

张建侯道：“我也有个大大的疑问，看许先生的断剑，应该是经过一场激战后才落入党项人之手的。他闯入提刑司时已然露了行踪，闹得鸡飞狗跳，又会和党项人在哪里交手，以致打得天翻地覆也没有人发现呢？”

包拯“啊”了一声，道：“你们两个提醒得极对，一定还有什么事情，是我们忽略了，或是不知道的。”

第十章

沧浪濯缨

她干瘦的脸上明显流露出幸灾乐祸的表情，阴霾的双眼中闪耀着冷酷的光芒，然而当她转过身去，留给众人的却是一个落寞的背影。她只是个小人物，既有小人物的脆弱，又有小人物的坚强；既有小人物的粗鄙，又有小人物的不凡。

塞草烟光阔，渭水波声咽。
春朝雨霁，轻尘歇、征鞍发。
指青青杨柳，又是轻攀折。
动黯然，知有后会甚时节。

更尽一杯酒，歌一阕。
叹人生，最难欢聚易离别。
且莫辞沉醉，听取阳关彻。
念故人，千里自此共明月。

——寇准《阳关引》

喧嚣浮华的背后，该遗忘的都被人刻意地抹去了。

本该是南京一大盛事的斗茶大赛因种种缘故最后只在平平无奇中谢幕，全大道的案子也终于了结。按照官方公布的案情，凶手是沙州人氏张望归夫妇。他二人本为寻《张公兵书》来到中原，当晚赶去全大道家中，用刑逼问兵书残页情形。全大道被迫招供出兵书是假的，是他为了生财而伪造的，张望归夫妇一怒之下便杀了他。

令人唏嘘不已的是那张望归的身份，不独与张巡同宗同族，还是唐代名将张议潮的直系子孙。他夫妇二人因非大宋子民，兼有沙州使者的身份，提刑司不敢擅断，只将案情上报朝廷。

寻找《张公兵书》的热潮终于淡了下来，代替它的是西夏奸细的话题。大茶商崔良中也再度成为街谈巷议的热门人物，因为他千辛万苦寻回的女儿崔都兰竟是西夏太子妃野利裙。龙图阁直学士马季良虽然不愿意义弟家丑外扬，可为了平息兵书风波，不得不作出少许牺牲。于是，假崔都兰的事被一再夸大，洋洋洒洒，添枝加叶，演绎出许多生动的故事来，揭破西夏奸细的功劳也全算在马龙图身上。但城中也有传闻说，这件事其实全是小青天包拯的功劳。

最令人津津乐道的是野利裙被绑到提刑司大堂上后的第一句话：“哼，你敢对我动刑，你可知道我是谁？我是西夏太子妃野利裙。你敢对我无礼，明日大宋皇帝就灭你满门！”于是，一向铁面无私的提刑官康惟一为之束手，恭恭敬敬地下堂，亲手为野利裙解开了绑绳。

野利裙虽然没有成为提刑司的座上宾，却也没有沦为阶下囚，只被软禁在官署的一间空房中。她未来的命运，已经不能由康惟一等官员决定，而要由大宋皇帝、皇太后来主宰。

慕容英因主动投降大宋，亦没有享受镣铐加身的待遇，先暂时安置在兵马监押司军营中，一边养伤，一边等待朝廷发落。

而对包拯等人而言，真相远非这些。但官府加派人手，以搜捕野利裙余党的名义四下搜寻李元昊、杨守素等人，竟始终没有任何发现。

经历许洞失踪一事，包拯虽然仍然怀疑提刑官康惟一，但却不再有当面向他质问的想法。还是沈周说得对，证据，最要紧的是证据。

然而另一个不幸的消息是，曹府戚彤派出的仆人并没有追到张尧封夫妇，他们乘坐的夜船离开南京后不久就遇到水盗，连同人带财都不知道被劫到哪里去了。若是能寻回曹云霄，她肯承认情人即是李元昊的话，那么就可以证明李元昊要挟康惟一一事属实，然而证人凭空消失，一切成为了梦幻泡影。应天府学曹诚得知爱女和女婿被水盗劫走，人财两失，急怒攻心，吐血晕倒，当晚就撒手归西。

文彦博居然在这个时候回来了南京，带来了更加令人不安的消息——西北发生了羌人之乱，朝廷正设法平乱，他父亲文洎调任河东转运使也与这次事件有关。

原来西北边界地区住着许多少数民族部落，称为“熟户”[1]。这些羌人虽然归顺大宋，却常常被自高自大的大宋官员欺凌侮辱。环州知州崔继恩因需要大批粮草，强行摊派给辖区熟户，不断派人催督。负责催督的宋朝官吏欺骗羌人不知具体数量，加倍征收，羌人稍不如意，他们便大打出手，引发羌人部落不满，人心思乱。之前泾州蕃部首领厮铎论因犯罪而逃亡，正好在这个时候回来了故乡，泾原路钤辖周文质与部署王谦、史崇信三人共同商议要诛杀厮铎论，预备逮住他后当众凌迟处死。羌人疑忌顿生，决意铤而走险，互相传箭联合起来，举兵包围了平远、定边、合道、石昌等宋军驻扎的城寨。[2]周文质等人又擅自做主，调动兵马，准备动用武力镇压羌人的反抗斗争，局面遂一发不可收拾，羌族各部落群起响应，联合起来，共同对付宋朝军队，形成了严重的边境骚乱。

包拯闻听事变经过，不由得皱眉道：“为何朝廷任用的边将总是些粗鄙无能之辈？本来无事，偏要好端端地催生出一场事变，而今西夏又要借机生事了。”文彦博道：“这也是朝廷最担心之事，听说羌人已经派人向西夏求援，预备两方联兵，共犯大宋。”

送走文彦博，沈周道：“看来朝廷多半要将野利裙当谈判的筹码了。可惜没有捕到李元昊，不然筹码更重。”张建侯道：“这么说，野利裙根本就不会受到惩罚了？那些被她害死的人岂不是都枉死了？”

沈周道：“就算没有西羌之乱，野利裙也不会受到大宋国法惩处，现下她更可以全身而退了。”张建侯一时默然。

正好有仆人进来告道：“几位公子还在家里做什么？外面的人都赶着说，朝廷下了旨，要押那西夏太子妃进京了。她就快要出提刑司了，公子们不去看热闹么？”

包拯几人闻言，愈发意兴阑珊，干脆各自回房，读书的读书，午睡

[1] 熟户：指归顺的或发展程度较高的少数民族。宋苏舜钦《庆州败》诗：“屠杀熟户烧障堡，十万驰骋山岳倾。”《宋史·兵志五》：“西北边羌戎，种落不相统一，保塞者谓之熟户，余谓之生户。”

[2] 环州：今甘肃环县。泾州：今甘肃泾川。石昌：今陕西通远。

的午睡。

刚翻了数页书，便有仆人来叫包拯出房见客。包拯来到堂中，却见父母双亲和未来的岳父董浩都在，料想是要商议自己的婚事。哪知道包令仪却先告知朝廷已经批准了他辞官回乡，近日移交官署事务后，便要预备返乡之事了。

包拯闻言，心中无喜无悲。他当然希望留在南京，毕竟这里有最好的书院、最好的老师、最好的同学，但他也希望早日送小游回家，希望父母远离是非之地，安心颐养天年。无论如何，总算是有归期可待了。

包母道："离开南京前，我们和亲家公都希望能将你和董平的婚事办了。"董浩道："是啊，你们尽快成亲，平儿就可以跟你一道返乡，沿途照料公公、公婆，免得日后来回奔波了。"他毕竟爱惜女儿，想到从此与爱女远隔千里，再难见上一面，眼角竟是湿润了。

包拯见到董浩老泪纵横的样子，心中很是感动，忙躬身道："一切但凭父母大人和岳父大人做主。"遂坐下来一道商议具体日子和安排。

婚礼虽是大喜之事，但操办起来却尽是琐琐碎碎的细节，这一谈竟是大半个时辰。忽然瞟见张建侯自外面进来，包母忙叫道："建侯，董公在此，还不快来见客。"

张建侯道："嗯，这个……董丈好。姑父，你先出来一下，我有话对你说。"

包拯见他神色局促不安，料想发生了大事，忙几步跨出门槛，来到庭院桂树下，才问道："出了什么事？"

张建侯不及回答，便有仆人闯进来，连声叫嚷道："西夏太子妃被杀了！哈哈，大伙儿都拍手称快呢！"

包拯大吃一惊，问道："你要说的就是这件事？"张建侯点点头，又摇摇头，道："不是我。"

包拯惊道："你背着我自己去了汴河码头？你……你想杀她？"这个"她"自然就是西夏太子妃野利裙了。

张建侯道："不错，我是气不过！我曾发誓要为妹妹报仇，这个西夏太子妃是害死妹妹的凶手，我是想要杀她为小游报仇，但还没等我动手，就有人抢先杀了她。”

包拯见他激动之下声音颇大，生怕堂中人听见，忙拉着他来到沈周房中。

沈周刚刚午睡起床，睡眼惺忪，问道：“是野利裙被杀了么？”

张建侯惊讶异常，道：“你不是一直在房中睡觉么？怎么会知道这件事？”沈周道：“那野利裙到中原后害死了不少人，且不说崔良中父女和曹丰了，就是性善寺中死的十条人命，都该算到她头上，还有她在城外杀死了大船上的一家十余口，可谓双手染满鲜血。可她却能若无其事，不受大宋法律的制裁，这如何能让人心服？商丘本是民风勇悍之地，出那么一个大侠客，行侠仗义，替天行道，出手杀死这害人精，根本不足为奇啊。”他一番话洋洋洒洒地说完，才蓦然回过神来，问道：“建侯，不会是你做的吧？”

张建侯道：“我本来是想要去杀她的，但有人抢在前面动了手。”

沈周道：“你没看清是谁么？”张建侯道：“没有。你们人不在场，完全想象不到，当时的局面有多混乱！”

原来赶去看野利裙出城的人多如牛毛，从南门通往汴河码头的道路两旁，人如潮涌，熙熙攘攘。押解队伍中最前面的是两辆囚车，里面分别装载着张望归和裴青羽。夫妇二人是杀人重犯，虽有沙州使者身份，还是按律上了重枷重镣，各自一身赭色囚衣，颇为狼狈地坐在囚车中，低头不语。但围观者对这二人丝毫不感兴趣，人人争相仰头，盼望看到后面的西夏太子妃——居然并没有看到！野利裙果然享受了太子妃待遇，坐在一辆马车中，四周围了厚厚的青灰色幔布，根本看不到内中情形。人群陡然有些愤怒起来，不满的情绪处处滋生。

马车缓缓穿过人流，到了码头边。此刻，张望归夫妇已经被押上官船，马车只能停在囚车之后，无法靠近船板。有禁婆上前打起帘子，扶着只戴了一副手梏的野利裙下车。她虽是囚徒身份，却有恃无恐地微笑着，愈发引来众人愤怒。

忽听得“扑通”一声，随即有声音高嚷道：“落水了！有人落水了！”正在众人一愣神间，又有人喊道：“打死这西夏女人！”

局面就在一刹那间失控了，一大群人争相围上来，有朝野利裙扔石头的，有吐口水的，有推攘不休的，还有拳打脚踢的。大批兵士蜂拥过来阻止，情形愈发混乱，许多人都被挤得掉进了河中，“救命”之声不绝于耳。等到负责押送囚犯的杨文广赶上前来，好不容易弹压住场面，那野利裙已经倒在地上，胸口插着一柄解腕尖刀。人群愣了片刻后，登时爆发出雷鸣般的掌声，争相为这个恶贯满盈的党项女人被杀而叫好。

张建侯道：“从南门开始，我就一直跟在马车边上，心中揣摩着要杀野利裙，等她下车登船，那时是最好的时机。当我看到禁婆扶她下车，便要上前，但人群忽然骚动起来，我被夹在人流中，进退不得。好不容易挤到野利裙边上，正看到她胸口插着一把刀，她双手扶住刀柄，瞪大眼睛望着我，口中喃喃有声，似是想向我求救。我还来不及理会，就又被一股人流带走。后来我看到小杨将军到了，就转身离开了。”

沈周道：“这个凶手很厉害，时机把握得极好，一定不是普通人。”张建侯道：“这个人为民除害，我要知道他是谁，可要当面感谢他。”

包拯道：“杨文广看见了你么？”张建侯道：“看见了啊，我还朝他点了下头呢。姑父，你就别因为那件事再怪小杨将军了。你看慕容英投靠了朝廷，而今留在军营中，帮助改进火蒺藜等火器的造法，不也是造福于大宋么？”

包拯道：“不是那件事。眼下麻烦大了，民众认为野利裙是罪有应得，死有余辜，但她是西夏太子妃，死在南京，大宋无法向西夏交代，必然全力追查此案，找到凶手后，即使不即刻处死，也会捆送给西夏。”

张建侯大怒，举拳重重砸在窗框上，连声道：“无耻！无耻！”

沈周叹道：“对外邦交本就是十分复杂之事，有时候甚至顾不上是非曲直。野利裙在这个时候遇害，使得局面更为复杂。”

张建侯冷笑道：“朝廷愿意瞎忙，就去忙活吧。刚才情形那么乱，在场的至少有成千上万人，如何能查到凶手？”包拯摇了摇头，道：“官府最先想到的就是那些被野利裙直接或间接害死者的亲属，他们动机最强，嫌疑最大。建侯，你有麻烦上身了。”

话音刚落，便有仆人匆匆拍门，告道：“外面来了许多官兵，不是官府的人，是穿军服的赤老[1]，手里都拿着长枪呢！指名要张公子出去。”

张建侯“啊”了一声，道：“姑父，这下我可更佩服你了。”

赶出来一看，堂前果然站满武装兵士，为首的却是兵马监押杨文广。

张建侯道：“小杨将军是奉命来拿我的么？”杨文广道：“这个案子而今没有官署肯接手，我是负责押送野利裙进京的官员，只好暂时由我代管。张公子，我也知道令妹死得无辜，然而杨某职责所在，请你谅解。”令兵士上前执住张建侯手臂，亲自搜他身上，却搜出一柄解腕尖刀来，是他出门前临时从厨房取得，上面还粘有菜叶。

杨文广道：“张公子，这就跟我走一趟吧。”又道：“包公子和沈公子若是愿意在公堂上为张公子申辩，也请随我一起来。”

包拯便进去跟父母打了声招呼，跟杨文广一行出来。经过崔府时，正见到崔槐也正被兵士带出来。

张建侯道：“崔员外也是嫌犯么？”杨文广点点头，道：“守城士卒在南门见过他。”

沈周道：“如果小杨将军判断嫌犯的根据是动机的话，那么其实还有一些人是有嫌疑的。譬如应天府晏知府、转运司韩转运使等，他们都有家仆在性善寺被杀。而今应天府和提刑司都不肯接野利裙的案子，这不是很可疑么？还有围捕野利裙时被格杀的弓手，他们都是本地人，都有亲眷在此，也可能有人出头报仇。”

杨文广道：“好，我会让书吏记下沈公子的话，然后一一调查清楚。”

来到兵马监押官署，野利裙的尸首已被用门板抬到堂下。她双目圆睁，怒气凛然如生，双手仍然保持着临死前的姿势，紧紧扶在胸口刀柄上，那刀已直没入胸，只剩下木柄在外。

正好有兵士将仵作冯大乱带进来。冯大乱很是不满，一进来就嚷道：“老汉我是宋城县署的差人，又不是军人，小杨将军不经我上司允准就派

[1] 赤老：民间百姓对禁军的鄙称，因北宋时士兵都穿红色的军装。

人强行将老汉我带来这里，可是不合规矩。”

杨文广道：“抱歉，实是因为军营中没有仵作，不得不冒昧请冯翁前来相助。吕县令那边，我自会派人去打招呼。”

冯大乱见他谦和有礼，这才勉强上前，将野利裙已然僵硬的双手扒开，露出崭新的木质刀柄来。又招手叫道：“张小官，你过来帮手。”

张建侯应了一声，包拯忙道：“建侯现下也是疑犯，不如我来帮冯翁拔刀。”上前弯腰，右手握住刀柄，一下竟未能拔出。双手握了上去，使尽吃奶的气力才将那柄尖刀拔了出来，刀尖上犹在滴血。

冯大乱是有名的仵作，生平验过的尸首有数十具之多，有男有女，也不以死者是妇人为忌讳，掀起野利裙衣襟，验过伤口，才道：“你们都亲眼看到了，包公子这样一名年轻男子，都要用尽全身之力才能拔出刀来。再看这柄凶器，这就是市集上最普通的尖刀，虽然新开了刃，但不算锋利，刀质也一般。”

杨文广道：“冯翁的意思是，凶手要么力气惊人，要么身怀武艺？”冯大乱道：“嗯。”

杨文广便命人放了崔槐。崔槐居然感到受到了侮辱，愤然道：“你们都觉得我力气小么？”

张建侯笑道：“力气小也有好处啊，不用当嫌犯。”崔槐“哼”了一声，悻悻离去。

杨文广道：“张公子，眼下以你的嫌疑最大，你身手了得，大伙儿都知道。我也亲眼看到你从野利裙身边离开，你还有什么话好说？”张建侯道：“不错，我是到过……”

沈周生怕张建侯说出本来是要去杀野利裙的话来，起意杀人，即使未能成行，也是有罪，忙咳嗽了声，打断道：“这柄凶器明显是凶手临时从市集上买的，杨将军不妨派人拿着刀到市集上，比照刀样找到卖刀的铺子，向铺主查问买主是谁。”

包拯却摇头道：“这条路行不通。野利裙被杀，人人拍手称快，可见人心所向。铺主即使不心向凶手，也会迫于舆论压力，绝不会吐露买刀人的姓名，他只需推诿不记得就行。杨将军，我不妨实言告诉你，建侯确实是要去杀野利裙，只不过有人抢了先，你从他身上搜到的厨刀就是证据。”

杨文广道：“我早猜到会是这样。唉，当时现场乱极了，这可要如何查起？”

张建侯道：“应天府和提刑司都不肯接这件案子，可见是个烫手山芋。小杨将军也是个正派人，为什么一定要抓住凶手呢？他也算是做了一件好事呀。”

杨文广摇摇头，道：“这件事不是那么简单，如果不尽快查出真凶，只会牵累更多的无辜百姓。”转头问道：“包公子，你聪明绝顶，之前屡破奇案，可有什么好法子？我真的不是贪图自己立功，而是……”

包拯道：“我明白，而今的局面，必须找到凶手。”想了半天，也没有什么好法子。

冯大乱道：“我该做的事都做完了，得赶紧走了。”杨文广不便强留，忙命人送他回去。

忽有兵士进来禀报道：“慕容娘子求见。”

杨文广料想她是听到野利裙被刺的消息，想来看看故主，便命人让她进来。慕容英伤势虽然好转了不少，但行动仍是迟缓不便，扶着拐杖慢慢踱了进来，与众人见礼，这才走到野利裙的尸体旁，叹了口气，目光中颇见复杂意味。

杨文广道：“英娘伤还没有完全好，先过来坐下。”亲自扶着慕容英，神情间颇为殷切。

慕容英道：“是谁杀了她？”

张建侯一直忌恨党项人害死了妹妹，闻言忍不住讥讽道：“怎么，英娘还想为故主复仇？”

慕容英道：“我是西夏王宫女官，并不是太子妃属下，这次是临时受命才跟随于她，她无故滥用私刑杀我，于天道不合。我们党项人恩怨分明，既是结下怨仇，必须要设法报复。有谚语称：‘若不复仇，谷麦不收，男女秃癞，六畜死，蛇入帐。’若不是我重伤未复，不等旁人动手，我一定会亲自索她性命。我问杀她的人是谁，是想好好感谢他。”

西夏人喜爱谚语[1]，常常举办谚语竞赛，有话云：“谚语不熟不善谈话，牛马太少就吃不饱。”又有话云：“贤妇穿粗毛布衣也很受看，君子用谚语辩胜人思要点。”言谈中引用谚语是司空见惯之事。但包拯等人听在耳中，未免有些怪异。尤其慕容英背叛怨恨旧主，众人心中均觉得不是滋味，然而转念想到野利裙心狠手辣，对待己方的女官如此残忍，慕容英心灰意冷之下，转而效力大宋也是情理之中的事。

张建侯尤其觉得喜出望外，道：“对，我也想好好谢谢这个杀死野利裙的人，可惜……”

包拯忙道：“建侯，这种话不可再说。”又正色道：“我也劝英娘别再随意说这种话。你既已投靠大宋，朝廷利益当高于个人利益，切莫以私仇为念。眼下野利裙在南京城外遇刺身亡是一桩天大的麻烦事，必须得尽快找到凶手。”

慕容英沉默许久，才道：“包公子说得极是。既然你们难以从物证追踪凶手，我有个法子，也许可以让凶手自投罗网。”

众人正苦无良策，忽听慕容英说她有办法，不由得半信半疑，急忙催她快说。

慕容英道：“那凶手在众目睽睽下刺杀西夏太子妃，其实冒险之至，可见这人心中有极大的勇气和担当。百姓们鼓掌为他喝彩，自然是因为他有惩奸除恶的意味。这样一个人，应该是个有正义感的人。如果杨将军就此将张公子扣下，称他就是凶手——他身怀武艺，又有动机，完全符合凶手的特征，旁人都会相信，但只有凶手知道他不是真凶。然后再放出消息，说张公子宁死不肯承认罪名，遭到严刑拷打，几近垂死。那真凶必定良心难安，说不定会就此主动投案，以洗清无辜者的嫌疑。”

杨文广道：“这倒是个值得一试的法子，然而能否起作用全在于那凶手是否有一念之仁。”沈周道：“既然也没有别的法子，不如试上一试。”

[1] 西夏谚语是西夏文学中的宝贵遗产，涉及西夏政治军事、社会生活、风尚习俗、宗教信仰、伦理道德等各方面，寓意深刻，富有哲理，具有浓郁的民族特点。本小说中引用的西夏谚语均选自传世谚语集，即西夏仁宗乾祐七年至十八年（1176 年—1187 年）先后由梁德养、王仁持收集整理刊印的西夏文《新集锦合道理》。

杨文广道："好，那我们就尽量逼真些。张公子，只是要委屈你了，我得下令将你绑起来。"

张建侯其实很不愿意那凶手就擒，然而刚才听到包拯晓以利害，便不得不应承下来，道："只要能捉住凶手，你当真命人打我几下也没问题，反正我皮糙肉厚，受得起。"

慕容英道："若要凶手信以为真，光绑起张公子还不行，将军还应该带人去搜查张公子的住处，也就是包府，如此才能煞有其事。"

张建侯忙道："这可不行。我祖姑父、祖姑姑年纪大了，哪受得起这个惊吓？况且包府上下正筹备姑父和董家娘子的婚事，这样派人大大闹上一场，成何体统？"

沈周道："建侯被捕的消息迟早要传入包丈和伯母耳中，他们肯定会因此而担心。不如先告诉他们真相，一起配合杨将军来演一场戏。"

包拯虽觉得无端将父母卷入其中不甚妥当，但当此境遇，没有别的选择，遂无异议。

哪知道包拯回家到内堂跟父母一说，包母并不同意，道："你成亲在即，还要为这些不干己事的案子操心倒也罢了，若是传扬开去，亲家那边知道建侯惹了官司了会怎么想？还会不会将独生爱女嫁给你？"

包拯道："如果董丈因为建侯卷入官司就不肯嫁女的话，那么这桩亲事不成也罢。"

包母闻言更是生气，斥道："那个西夏太子妃是害死小游的主谋之一，有人杀了她，是伸张正义，你不好好感谢人家为小游报了仇，反而要设圈套诱捕恩公，可能会连自己的亲事都要赔上，这是什么道理？"

包拯从未见过母亲发这么大火，便跪了下来，道："孩儿多有不是，然而这件事已然至此，建侯被扣在军营的消息已经放出，杨将军的人马很快就要来到，请娘亲权且通融一下。"

包令仪忙劝妻子道："算啦，拯儿也是为了大局着想。那西夏太子妃死在南京，西夏能善罢甘休么？朝廷正担心西羌与西夏联合，能不为此担心么？必然会大张旗鼓地追查凶手，甚至会不惜牺牲无辜百姓来取悦西夏。拯儿能放下私怨，为天下苍生考虑，未雨绸缪，实在是可喜可贺之事啊。日后亲家公知道，只会赞赏他识大体，绝不会怪他的。”一边劝着，一边扶着妻子进去内室。片刻后出来，亲手扶起儿子，道：“你母亲只是一时心急你的婚事，其实她心中始终认为你是个好孩子。快些去办你的事吧。”

包拯道：“是。办完这件事，孩儿自会向母亲请罪。”

出来外堂，正跟沈周谈及细节之事，便有仆人惊慌地奔进来嚷道：“公子，不好了，杨将军带着许多人马包围了这里。”

张建侯被捕刑讯及包拯、沈周也被兵马监押杨文广带走讯问的消息不到天黑前就传遍了全城，许多市民自发赶来包府慰问，有敬佩张建侯出手锄恶的，有仰慕包拯为人的。包府却始终紧闭大门，连闻讯赶来的亲家董浩都吃了闭门羹。于是人们纷纷安慰董浩道：“董公寻了个好女婿。包公子人称‘小青天’，一定不会有事的。”

也有人大骂杨文广，说他枉为名将之后，居然为了一个西夏太子妃反倒对付起忠良来了。总之，人声鼎沸，喧攘堪比市集。直到夜深，人群才逐渐散去。

张建侯被反吊在兵马监押署的一处空房中，挨了不少鞭子，衣衫都被抽烂。到半夜时，两名负责看守的兵士也是昏昏欲睡，各自伏在案桌上打盹儿。

忽有一名武官走进来，喝道：“你们好大胆子，居然偷懒，让犯人逃走了。”两名兵士一惊，不及起身，忙转头去看张建侯，却先后颈着了重重一记敲打，重新伏在桌上，这次却是晕了过去。

那武官走到张建侯面前，轻轻叫道：“张公子！张公子！”

张建侯在兵士被打晕时便即惊醒，强忍着不作声，听到那武官声音十分熟悉，再借着火光一看，不由吃了一惊，道：“楚县尉？怎么是你？”

那武官正是宋城县尉楚宏，他上前扶住张建侯双肩，诚恳地道：“张公子，我很抱歉，是我连累你受苦了。可惜我还不能就此投案自首，好洗脱你的罪名。不是我贪生怕死，而是我得为了我的恩人着想，请你原谅我另有苦衷。”

张建侯道：“你……原来是你！唉，你快走！”楚宏道：“我冒险来这里见你，就是要告诉你一句话，你一定要坚持住，我会设法救你。”

张建侯急道：“我不要你救！你快走！”楚宏愈发内疚，道：“唉，我真没想到事情会成这样，我恨不得以身代你。”

张建侯道：“哎呀，你怎么那么笨啊！快走！快走！”

房中蓦然灯光大亮，许多兵士举着火把抢了进来。有人在背后道：“楚县尉人既然已经来了，何不就此投案自首呢？”

楚宏本能地去拔兵器，但见到包拯、沈周、文彦博和杨文广并排站在一起，便垂下手来，怅然道：“原来这是你们设下的圈套。”任凭兵士缴去兵刃，给自己手足上了枷锁，丝毫不加反抗。

杨文广命人解下张建侯，扶他到一旁坐下，走到楚宏面前，道：“多亏文公子机警，料到凶手也许会冒险来救人。不过楚县尉，我真想不到来的人会是你。”

原来文彦博听到张建侯被捕及包拯被带走的消息，便立即赶来兵马监押司。得知真相后，这位自小就有“神童”之称的名门公子当即道：“凶手不一定会投案自首，也许会设法营救建侯。”沈周不以为然地道：“这里可是兵马监押司官署，是南京军营所在，到处是全副武装的军士，谁敢冒险来这里救人？”文彦博道：“如果凶手不是普通人，而是大有来头，可以名正言顺地进来官署呢？那把杀死野利裙的尖刀，虽则普通，却是崭新，并不如何锋锐，一定是凶手临时去买的。大凡立志复仇之人，都会事先准备一把利刃，或是用趁手的随身兵刃，这个人反其道而行，除了对自己的武功相当自信外，还有一个很重要的原因，那就是他要掩饰本来的身份。”一番分析，旁人深以为然，杨文广遂作了周密安排，想不到果然一举奏效。

楚宏见事情已经败露，便干脆地承认道：“不错，是我杀了西夏太子妃野利裙。”不待讯问，主动叙述了经过——

他头天在市集上买了一把剔肉的解腕尖刀，次日一早便身着便服来到汴河码头，混入等着看热闹的人群中。野利裙下车后，现场忽然发生

骚乱，他便趁机上前，一刀刺进野利裙胸口，随后挤出人群，离开了现场。

包拯道："楚县尉自然有杀人的能力，可你的动机是什么？你为什么要杀野利裙？"楚宏道："我只是觉得她作恶多端，不能放任她逃脱制裁。况且她的手下杀了我好几名下属，我有责任为他们报仇，好向死去弓手的家属交代。"

张建侯活动着被绑得发麻的手腕，叹道："其实楚县尉不动手，我也要动手的。唉，如果早知道凶手是你，我就不会同意跟杨将军他们一起演这场戏。"

包拯却不相信楚宏的说法，道："听说早在围捕野利裙之时，她手下就喊出了她的太子妃身份，当时楚县尉就该知道以她的身份，大宋是不会对她怎样的，为何不当场动手杀她？"沈周道："是啊，如此还可以瞒天过海，说你不知道对方身份，对方是在拒捕格斗中被杀。"

楚宏道："我可没有几位这么聪明，能想这么远，我以为大宋国法会制裁她。况且当时杨将军已然赶到，我怎能再随意杀人？"

包拯道："既然如此，你就该投案自首，为何还要对建侯说为了你的恩人着想之类的话？你的恩人是谁？"

楚宏官任宋城县尉，负责治安捕盗，也常常审问犯人，知道言多必失，干脆闭了口，以沉默应对。

杨文广道："是不是你顶头上司宋城县令吕居简？他的妹妹吕茗茗和妹夫崔槐心中也是极盼望野利裙死的。"楚宏只是三缄其口。

包拯道："我倒是觉得提刑官康惟一的可能性更大些。"

楚宏身子明显一震，犹豫了一下，还是开口辩解道："包公子请不要随意猜测。我确实和康提刑官有私交，但这件事跟他无关。"

包拯道："我怀疑康提刑官跟这件事有关，并不仅仅是因为你跟他有私交，而是有种种迹象表明，康提刑官受过党项人的挟制，他很可能是要杀野利裙灭口。"当即说了之前康惟一从曹府门前退走，是因为接到了慕容英送去的威胁信。

楚宏连声道："没有的事，没有的事。包公子这些全是臆测，慕容英自己都不知道信里面写了什么，没有确实的人证、物证，如何让人心服口服？”

沈周道：“物证只有那封信，多半已经被康提刑官销毁。人证只有曹云霄和李元昊，二人都失了踪。楚县尉，就算没有人证、物证，这前后的事情联系起来，你还不清楚究竟么？”

楚宏道：“反正不论你们再说什么，我都不会再说一个字。”

文彦博道：“那好啊，我们就专心来找你口中的恩人到底是谁？其实要验证这件事一点也不难。杨将军，你先秘密将楚县尉扣押起来，不要张扬，对外仍然称张建侯是凶手，正在严刑拷问口供。再派一批人悄悄埋伏在楚县尉家里。他莫名失踪，有心人自然会来找他，来一个，抓一个。保管三天之内，便可见分晓。”

楚宏脸上登时大现焦色，大声道：“我既然已经认罪，各位为何还要苦苦相逼？”

杨文广见此计大妙，几有立竿见影之效果，便命人将楚宏收押，严加看管，再安排得力下属，换上便服潜进楚宏家中埋伏。

忽有兵士进来禀报道：“抓住了两名可疑的女子。一直在官署大门附近张望徘徊，都快一个时辰了。”带进来一看，却是包拯的未婚妻董平和她的婢女小透。

包拯大吃一惊，忙上前问道：“平娘怎么深夜来了这里？”

董平脸色通红，只垂首不语。还是小透心直口快，用脆生生的嗓音道：“我家小娘子听说公子被官兵带走，担心得吃不下饭、睡不着觉，非要我来打听消息。可这大半夜的，我也不敢一个人出来，她就干脆跟我一起来了。”

包拯闻言很是感动，道：“我没事，让你担心了。不过我现在还不方便离开这里，我请彦博送你们回去。”文彦博嘻嘻一笑，道：“乐意效劳。”

董平走出几步，又回过头来，似有话要说，但四周都是男子，终究还是害羞，默默跟文彦博去了。

文彦博的计策果真奇妙，埋伏在楚宏家中的便装兵士当真捉住了不少人。

大清早第一个来的是个铁匠，推门进来，在院子中叫喊。有兵士在屋内假意应了一声，道："我正睡觉呢，你有什么事？"

那铁匠憨直可爱，居然隔着窗子道："我猜是官人前日在我那里买尖刀是为了……那个吧？官人放心，就算官府由尖刀追查我那里，我也绝不会说出官人的名字。"话音刚落，便被涌出的兵士反剪起来捆上双手，用毛巾堵了嘴巴，拖进屋子。

过了一会儿，又有一名十来岁的少年进来找楚宏，一样被捕获，却是提刑官康惟一的僮仆。

上午时，有宋城县的差役来找楚宏，但却只在门外喊了两声，见无人应就自行离开了。

那差役离开后不久，埋伏的兵士又捕获了一名四五十岁的老者，盘问身份，是提刑官康惟一的心腹家仆，跟前面那少年僮仆一样，都是奉主人之命来寻楚宏的。事情遂显而易见。杨文广命人将这三人带到楚宏面前，与他对质。楚宏只道："我一人做事一人当。"再无话说。

杨文广见他态度强硬，始终不肯牵连康惟一，一时也无计可施。沈周道："不如放了铁匠，将余下三人转押到提刑司，看康提刑官如何处置。"

正议论是否可行之时，忽有兵士进来禀报道："门前有人来投案，自称是杀死西夏太子妃的凶手。"

众人大吃一惊。张建侯叹道："世上真有许多舍生取义的仁士啊！我真不该帮你们演这场戏来诱捕这些好人。"

杨文广忙命人将楚宏一行人押下，又请张建侯先行回避，这才喝令带那自首者进来，却是转运使韩允升的车夫韩均。

韩均一进大厅，二话不说，从怀中掏出一柄匕首扔在面前青砖上，道："这就是杀人的凶器了。"

兵士忙捡起匕首，奉给杨文广。杨文广拔出来一看，刃如霜雪，寒光闪耀，当真是一柄难得的利器，不由得赞叹一声。又想起文彦博关于复仇兵器的那番理论，一时感慨，问道："你是如何杀了野利裙？"

韩均道："还能怎么杀？当然是趁人多大乱之时，挤到她后面，一刀刺进她后腰间。"

众人闻言，面面相觑。杨文广忙命人先将韩均关押起来，再与包拯等人重新赶来停放尸首的房间，一时也顾不得男女之忌，将野利裙身子翻转过来，掀起衣衫，果见她后腰正中有一处刀伤，正符合匕首的尺寸。由于那匕首锋利无比，出手者又快又狠又准，刀伤细如痕缝，竟只沁出一丝血迹，是以旁人均没有发现她身后还有伤处。

令人骇然的不仅是这处后腰处的刀伤，细心的沈周还在腰侧发现一个极小的伤口，伤处呈现紫黑色，显是凶器上淬了剧毒，伤状则似曾相识，与之前大茶商崔良中身上的刻刀伤处极为类似。

再次验尸的结果，这是一起三重谋杀案，也就是说，昨日有三个人先后对西夏太子妃野利裙动手——宋城县尉楚宏用新买的解腕尖刀刺中了她胸口；车夫韩均用匕首刺入她后腰；另有一名不知名者用带毒的刻刀刺中了她腰侧。

杨文广道："这使用刻刀的凶手，入刃不深，劲力不强，多半是女子。"包拯道："嗯。"

杨文广道："包公子的口气，似是知道她是谁。"包拯道："我也不能肯定，只是猜测。"

沈周道："这个人，我和包拯都能猜到她是谁，但她的情况反而是最简单的。"杨文广道："这话怎么说？"沈周道："我们推测那个人是老字街的汪寡妇，如果真是她，她只是简单地要为全大道复仇，因为她知道是党项人杀了全大道，而不是张望归夫妇。"

杨文广道："原来如此。楚宏杀人可能是受命于人，韩均应该只是为了替死在性善寺的同伴报仇吧？"

包拯反问道："杨将军是识货之人，一眼就能看出那柄匕首绝非凡器，情不自禁地赞叹出声，韩均只是一名车夫，手上怎么会有这样的利器？"

杨文广道："包公子的意思是，韩均也是受令杀人？可是以转运使韩相公的性格，断然不会卷入这样的事的。"

沈周道："现在最麻烦的倒不是这件事，而是明明知道康提刑官有问题，却没有证据来指认他。"杨文广道："楚宏肯定是不会招供出康提刑官的，还有那韩均也一样。我看得出来，他们两个都抱了必死之心。就算当真押他们到提刑司，怕是也不会有什么结果。”

包拯道：“这样，杨将军还是先将这些人扣在这里，我和沈周还有建侯去见一次康提刑官，看他有什么话说。”

离开兵马监押司后，包拯三人先顺道来了一趟老字街，找到汪寡妇。

汪寡妇一见到张建侯便讶然道：“咦，外面不是传你杀了西夏太子妃，被官兵抓起来了吗？”张建侯笑道：“我没杀她，是你杀了她。娘子，你可真叫人刮目相看呢。”

汪寡妇先是一怔，随即冷笑道：“你说我杀人，有什么证据？凶器呢？证人呢？一样都没有，还是请快些走开吧。”

张建侯道：“是不是就算我被官府拷打致死，娘子也不肯站出来为冤者说话？”汪寡妇道：“嗯，应该是吧。”又自我解嘲道：“谁让我只是个又自私又可怜的寡妇呢。”

她干瘦的脸上明显流露出幸灾乐祸的表情，阴霾的双眼中闪耀着冷酷的光芒，然而当她转过身去，留给众人的却是一个落寞的背影。她只是个小人物，既有小人物的脆弱，又有小人物的坚强；既有小人物的粗鄙，又有小人物的不凡。失意于红尘，却又离不开红尘。

来到提刑司大门，包拯请差役先行通报。差役道：“提刑官生了病，今日请假不办公。”张建侯道：“我们正好是来送药的。”

差役道：“啊，张公子不是被捉进兵马监押司了吗，你被放出来了？”张建侯道：“嗯，这就烦请差役大哥进去通禀一声。我担保康提刑官一听到我的名字，会立即请我进去。”

等了一会儿，果见差役引着一名家仆模样的人快步出来。那家仆道：“提刑官身体不适，正在后衙修养，三位公子请随小的往这边走。”

提刑司官署不及应天府大，但后衙却远远胜过其规模，也就是说，提刑官的住宿条件比应天知府强多了。

康惟一一身便服，正在花厅中来回逡巡，有焦虑之色，却无病容。

果然，见到众人后的第一句话便是问张建侯道："你不是杀死了西夏太子妃，被杨文广抓起来了么？"张建侯道："我没有杀野利裙，杀她的是楚宏，他已经被杨将军逮捕，正押在兵马监押司刑讯。"

康惟一仿若挨了一记重锤，"啊"了一声，随即掩饰失态道："想不到是楚宏！"

包拯正色道："康提刑官，我以前一直很敬慕你的为人，但现下有许多事实表明你实际上并不清白。楚县尉为什么要杀野利裙，你自己心中应该最清楚不过，又何须再惺惺作态！"

康惟一先是愕然，随即忿然，死死瞪视着包拯，眼珠子如死鱼一般翻白鼓出，恨不得都快要掉出来。正当旁人以为他要发怒之时，他的脸色旋即又转成了黯然，拊掌叹道："自从你得了小青天的外号，我就知道这件事早晚会被你揭穿。"

包拯道："这么说，康提刑官承认是受过党项人挟持了？"康惟一却不置可否，道："我知道你们帮杨文广追查这件事，是担心朝廷为了奉迎西夏而大肆牵连无辜，我愿意出一计策来平息这件事，以弥补我之前的过错。然后用一个人的性命，来换取你们的一个诺言。"

沈周问道："提刑官说的计策是要牺牲楚宏么？"康惟一道："我的计策保证不会有任何人因此受牵连，包括楚宏在内。"

张建侯本就闷闷不乐，总觉得是自己害得楚宏落入官兵之手，闻言不禁大喜，催道："快说，快说，到底是什么？"

包拯道："康提刑官若肯以诚相见，不妨从头说起。"康惟一叹了口气道："不错，我之前的确是受了党项人的挟持。当日我亲自带人去查封曹府，忽然接到一封匿名信，信中声称知道我们康家祖先的一个大秘密，如果我敢对付曹氏，他就会把那个秘密公布于世。为了祖先的名誉，我只好就此退去。不过当时我根本不知道写信的人是谁，又如何会知道我康家的秘密，也派心腹暗中查过，一点儿线索也没有。但后来，那个人居然自己出现了。"

包拯道："是因为全大道声称发现了兵书残页，结果被官府逮捕，人和残页都在提刑司这里，那人想要一份残页的副本，所以主动找上了康提刑官，对吧？”康惟一道：“包公子当真是聪明绝顶之人，这些事情经过并未亲眼见到，却能推算得分毫不差。”

包拯摇头道：“其实我算不上聪明，小文和小沈都比我聪明。我只是脑子里一直有这些事，关心着、琢磨着，自然就想明白了。”

康惟一道：“不错。当日有个叫杨守素的人主动找上我，说想要残页副本。这个人我曾经在性善寺里见过，当时还不知道他和他的主人黄河，也就是西夏太子李元昊跟那假崔都兰是一伙儿的，只是觉得此人敢拿我祖先名誉来要挟我，肯定不是普通人。但我不愿意没完没了地受他们挟制，于是我们击掌为誓，我只为他们做三件事，抄录兵书残页是第一件事。”

沈周道：“第二件事是什么？”康惟一道：“全大道被释放当日的晚上，李元昊和杨守素忽然来到提刑司找我，我才知道他二人刚刚赶去老字街杀了全大道。他们说离开时见到你们几个正在街口打听全大道住址，担心你们太过聪明追查到真相，要我出面为他们掩饰这件案子，这是第二件事。”

张建侯道：“呀，提刑官，亏我之前还拿你当清官，原来你早知道真凶是谁，居然还装腔作势了半天。”康惟一道：“也不全然是装腔作势。我当日派人拘禁张公子到提刑司审讯，其实也是真心想知道那玉露剑的主人是谁。”

包拯道：“当晚黄河和杨守素到提刑司来找提刑官，具体是什么时辰？”康惟一道：“他们到的时候，我正在堂上办公，差役不肯为他们禀报，所以他们在外面等了许久。总之，夜很深了。”

包拯道：“那么提刑司有飞贼闯入时，他二人还在后衙么？”康惟一道：“在。”

包拯道：“我总算知道党项人为什么一定要追杀飞贼了，因为怕他听到了他们跟提刑官你的谈话。”张建侯忍不住道：“飞贼不就是许先生吗？”康惟一道：“原来他姓许！”

包拯道：“这件事回头再说。是康提刑官帮助李元昊一伙儿逃出南京的，对吧？”康惟一道：“不，这件事我没有帮忙。我看到慕容英的供状，才知道李元昊的真实身份是西夏太子，大惊失色。偏偏这时候他再次找上门来，提出要我做第三件事。当时野利裙已然被捕，我以为他是要我营救他妻子，或者助他和手下人逃出南京城去，结果都不是。”

张建侯道：“到底是什么？提刑官做都做了，还这么吞吞吐吐的！”康惟一道：“要我设法杀了野利裙。”

张建侯一呆，道：“野利裙不是李元昊的正妃吗？他要旁人去杀了他自己的妻子？”康惟一道：“当初我听到时也觉得是不是听错了？结果他很坚决地说他要他妻子死。”

包拯道：“所以提刑官就安排了楚宏去做这件事？”康惟一道：“我没有强逼楚宏，我只是告诉他我为什么必须这样做，他自己选择了接受。”

沈周道：“现在野利裙已经死了，楚宏也已然被捕，全城闹得沸沸扬扬，康提刑官预备以何良策收场？”康惟一道：“之前不好收场，是因为大家都以为是宋人杀了西夏太子妃，朝廷怕因此激怒西夏，但既然真正想杀野利裙的是李元昊，何不利用这一点呢？”

沈周道：“那么提刑官说想要用一个人的性命换一个承诺，那个人是谁？承诺又是什么？是想让我们承诺不揭发你么？”康惟一摇头道：“这件事后，我自会辞官归隐，揭不揭发我根本就无所谓。我所要求的，就是你们能够保守住我康家祖先的秘密。”

包拯道：“这正是我们想要知道的，西夏人拿来要挟你的大秘密是什么？”康惟一道：“只要几位公子肯承诺保守这个秘密，我这就带你们去见那个人，他自会告诉你们一切。”

张建侯道：“如果我们不同意呢？”康惟一道：“那么你们一样不知道这个大秘密是什么，你们顶多也只能做到举报我、告发我。而那个人，也会在暗无天日中默默死去。”

张建侯和沈周便一起去望包拯，等他拿主意。

包拯心中疑惑甚多，愈想愈惊，但他自幼养成了安详镇定的气质，讲究的是临事从容不迫，虽然心中嘀咕，表面却依旧镇定自若，坦然道：“对提刑官来说，康家的秘密最重要，但人命关乎于天，岂能罔顾？好，我答应你。这就请提刑官带我们去见那个人吧。”

康惟一便引着几人往提刑司大狱而来。狱官见提刑官亲自到来，忙赶过来巴结。一行人走到关押重犯牢房的最里间，狱官从衣袖中取出钥匙开了门，便知趣地退开。康惟一推开沉重的铁门，道："请进，人就在里面。"

那牢房不大，正中放着一张长方形木匣似的床，四面棂栏，状如鸟笼。一名犯人躺在床中，情形恐怖之极——头发被拴在揪头环中，口中塞有木丸，颈项有夹项销，胸前绕有拦胸铁索，腹上有压腹梁。两手手腕套在铁钮中，脚踝腿部有短索铁钉，脚踝则被铁镣锁于匣栏上。不仅镣铐缠身，手足不得屈伸，肩背不得辗转，被禁锢得动弹不得，人体上部还盖有一块床盖，称"天板"，板上钉满三寸铁钉，密如猬刺，利如狼牙。由于床盖钉尖朝下，逼近犯人躯体，所以睡在里面非但不能翻动身子，就是稍许想抬一下也是不可能的，当真是四体如僵。

更令人诧异的是，那被当做江洋大盗一般锁得严严实实的犯人不是旁人，正是失踪多日的许洞。

原来那晚闯入提刑司的飞贼当真就是许洞本人，如包拯所预料的那样，他很想看看残页上写的是什么，料想提刑司的卷宗必会提及，是以冒险潜入。哪知道还没有找到卷宗房，先意外看到有神秘客人来拜访提刑官康惟一，这神秘客人就是李元昊和杨守素。许洞并不认识李元昊，但一见到他，就感到他身上有股强烈的虎狼之气，一时好奇，跟去了后衙。结果大大出人意料，偷听到的内容令人可惊可怖，那李元昊不仅刚刚杀死了全大道，还利用康家的大秘密要挟康惟一为他办事。不幸的是，许洞行踪意外被杨守素发现，两人一番交手，他的软剑剑法本不娴熟，玉露剑又不及杨守素的青冥剑锋利，很快被绞断，失去兵刃，中剑被擒，随即被打晕后藏入内室。康惟一为掩饰动静，向闻声赶来的差役称有飞贼闯入后逃走。李元昊并不认识许洞，也不关心他什么来历，只让康惟一快些杀了他。倒是那杨守素很好奇南京居然还有人会使软剑，带走了那柄玉露断剑，大概是想由此追查许洞的来历。李元昊离开后，康惟一并未按照他嘱咐的那般杀了许洞灭口，只是让心腹将他绑起来，秘密拷问其来历。许洞宁死不吐一字，康惟一遂派人将他关入提刑司大狱的死牢，锁在匣床中，以留作后用。

包拯、张建侯、沈周几人以为许洞早已死去，连尸体也被党项人化掉，此时乍然在提刑司大狱见到他，虽然被锁得动弹不得，但还是又惊又喜，忙上前为他一一松开匣床束缚。

许洞口中木丸刚被取出，便破口大骂道："你这个不要脸的康惟一，你爷爷康保裔投降了契丹，你则甘心做歹人的走狗，你们康家就没有一个好东西！"

张建侯道："许先生说康保裔投降了契丹？"许洞道："不错，这就是那些歹人拿来要挟他办事的大秘密！"

康保裔是宋初名将，战功卓著，宋真宗咸平年间在瀛州一战中英勇战死，自此成为举国称颂的民族英雄，先后被封为"康公""康王"，许多地方都修有专庙祭祀。但实际上真实的故事是——这位在大宋朝野间赢得了巨大声誉的康公其实是个贪生怕死的软骨头，在瀛州大战中被辽军俘虏，随即倒戈投降了辽国[1]。他后来得知大宋对自己身后事极尽隆重之能事，亦心中惭愧，遂请求辽国不要声张。不久后，辽国与大宋结成《澶渊之盟》，两国从此不再兵戎相见。康保裔失去了利用价值，隐姓埋名，在辽国默默度过残生。西夏太子李元昊曾到辽国游历，无意中得知了这段故事，一直记在心中，心想康保裔的子孙均是大宋官员，更有不乏担任高官要职者，日后也许可以加以利用，这次来南京果然就派上了用场。

而康惟一一直视祖父康保裔为康家至高无上的荣耀，忽然收到一封匿名信，声称祖父早投降了辽国，虽然根本不信，却隐约觉得对方不会平白无故地来威胁自己，反复权衡利弊之下，终于还是从曹府门前退走。到后来写匿名信的杨守素找上门来，言之凿凿，举出种种铁证，证实康保裔确实降敌。他人生中的擎天柱陡然崩溃，天塌地陷不说，还要面临

[1] 康保裔是否降敌是著名宋史疑案。《宋史·忠义传》记录他于咸平年间在与辽军决战中以身殉国，《续资治通鉴长编》《东都事略》诸史中均采纳此说法。然而《宋史·路振传》却说他于咸平年间被契丹军俘获，《辽史·圣宗纪》中也有辽军擒俘康保裔的记载。总之，有关记载互相矛盾，漏洞百出。

歹人的讹诈。痛定思痛之后，他当然只能选择屈从于挟制，以维护先人声誉。

至于楚宏，则是因为康家对他父亲有恩，康保裔曾是楚家的救命恩人，在这件事上，他理所当然地支持康惟一，为保护康保裔的声誉不惜一切代价。更何况他也不希望看到野利裙就此逃脱惩罚，是以毫不迟疑地杀了她。然而他毕竟是心怀正义之士，听说张建侯被当做凶手逮捕，遭到了严刑拷问，于心不忍，但又怕投案后牵连出康惟一，是以装扮成武官，冒险潜入兵马监押司探访张建侯，却不料因此而中了诱捕的圈套。

包拯等人这才彻底明白究竟，一时心中百感交集。

康惟一亦脸有愧色，道："几位已知道详细经过，想必也多少能体谅到我的难处。望包公子遵守诺言，能保守秘密。"

包拯尚不及回答，许洞已然怒骂道："你以为你不说出去，你祖父降敌就不是事实么？自欺欺人，却欺骗不了天地人心！"康惟一面色一沉，道："你以为宣扬出去又能怎样？哼，我并不是唯一一个想隐瞒真相的人，朝廷比我更想隐瞒事实！你敢宣扬，最后倒霉的还是你自己！"

他说得不错。大宋对外作战屡战屡败，没有一员拿得出手的良将，所以朝廷格外需要树立一个英雄人物来鼓舞军民士气。好不容易出了个英勇战死的康保裔，享誉朝野二十年，哪知道真实面目却是叛国投敌的懦夫，所谓的"忠义康王"原来是一场闹剧。最丢脸的还不是康氏家族，而是大宋朝廷，所以执政者得知后肯定会千方百计地隐瞒，如若包拯等人上书告发，最终只能是祸及自身，朝廷会将所有知道真相者监管起来，不是流配充军，就是编管异地。

包拯道："提刑官放心，我既然答应了你，自然信守诺言。再会吧。"当即上前扶住许洞，道："我们先带先生离开这里。"

许洞被锁日久，气血不畅，手足僵硬，暂时无法行走。张建侯便将他背在身上，一行人离开了大狱。

许洞问道："你们是为了救我，才答应康惟一隐瞒这件事么？你们实在不该为了我这样做。"沈周道："其实康提刑官说得对，就算我们告发了这件事，也没有什么好处。"他知道许洞心中纠结，忙将话题转开，道：

“新近又发生了许多事，怕是先生知道后，要大大吃上一惊了。”

本以为许洞会极度震撼李元昊和野利裙的真实身份，不料他只急切地问道：“全大道发现的《张公兵书》残页是假的？”

沈周道：“嗯，虽然不知道杨守素从宋城县衙牌匾后取走的是什么，但可以肯定，全大道手中的兵书残页都是有人刻意伪造的，刻版用的写本就是张巡张公的奏稿。”许洞道：“难怪！难怪！”又叹道：“其实我早知道世上根本就没有《张公兵书》，只是心底里总还存有那么一线希望。”

沈周道：“先生能模仿张公笔迹，一定见过张公真迹了，到底是什么？”许洞叹了口气，悠悠道：“这件事，我本来是打算永远不说出去的。”

他越这般神秘，众人愈发好奇，干脆就近找了家饭馆坐下，听对方娓娓道来。

许洞道：“不瞒你们说，我年轻时酷好兵法，一度执著于寻找传说中的《张公兵书》，想看看它有多么神奇。功夫不负有心人，老天爷当真让我寻到了《张公兵书》。你们别问我是怎么找到的，总之不怎么光彩，但经过名家验证后，确认那是张巡手迹。”

众人大吃一惊。张建侯道：“原来先生早在二十年前就寻到了真正的《张公兵书》！”

许洞摇头道：“都怪我的吴中口音。我寻到的是《张公殡书》，出殡的殡，并不是兵器的兵。那本书，里面记载的全是人名。后来经过我多方查询，才知道那些是在睢阳之战中被唐军将士吃掉的百姓的名字，排在首位的吉人，就是张巡的侍妾[1]。”

众人心中的震撼难以形容！张巡生前竭忠尽义，死时大义凛然，死后极尽尊崇，堪称人间忠臣的完美楷模。原来这位“不辨风尘色，安知天地心”的大丈夫心中最后放不下的不是兵法兵书，而是那些为了守城

[1] 清人王渔洋《池北偶谈》一书记载：张巡在安史之乱中被围困，城中无粮食，遂杀一妾，以肉分食诸军士。后张巡一直转世为名臣，其妾冤魂终于在等待一千年后，杀了张巡转世的后身徐蔼。原文为：徐蔼，字吉人，会稽诸生。年二十五，得瘕疾，痛不可忍，年余，瘕能作人言。濒死时，见一白衣少妇问曰：“君识张睢阳杀妾事乎？君前生为睢阳，吾即睢阳之妾也。君为忠臣，吾有何罪？杀之以飨士卒。吾寻君已十三世矣，君世为名臣，不能报复，今甫得雪吾恨。”言讫，妇不见，蔼亦随逝。

被唐军将士吃掉的老幼妇孺！

苍苍蒸民，谁无父母？提携捧负，畏其不寿。谁无兄弟？如足如手。谁无夫妇？如宾如友。生也何恩？杀之何咎？其存其没，家莫闻知。人或有言，将信将疑。悁悁心目，寤寐见之。布奠倾觞，哭望天涯。天地为愁，草木凄悲。吊祭不至，精魂何依？必有凶年，人其流离。呜呼噫嘻，时耶？命耶？

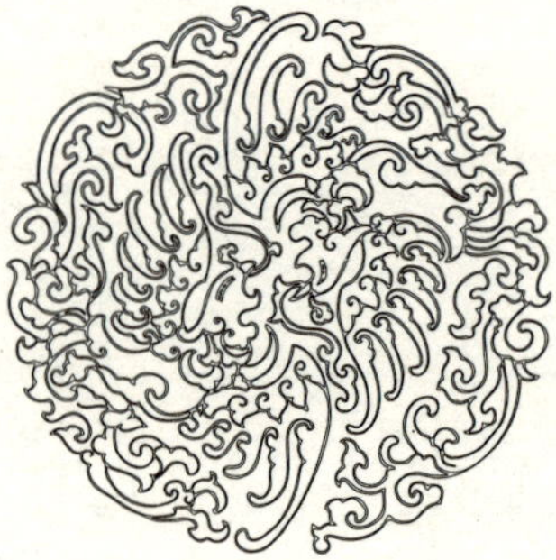

尾声

河道上是川流不息的船只，河岸上是络绎不绝的行人，尘世总是因为灵动而充满活力。浑黄的江水汹涌着、奔腾着，卷起无数的浪花，夹带着永生不灭的激情驶向远方。

仁宗小皇帝即位后，改年号为天圣。天圣者，上天所赐之圣贤、圣品也。然而，上天并没有赐下什么圣贤，刘太后垂帘听政后，经常不把小皇帝放在眼里，独揽大权，为所欲为，一些宦官和外戚趁机揽权，干预朝政。大宋时局陷入了从所未有的混乱时期。

然而，对南京人而言，天圣着实是个很不寻常的年号，这一年，发生了许多轰动全城的大案，如大茶商崔良中遇刺身亡、佛门净地性善寺惨案、伪《张公兵书》等，嗟叹者有之，感怀者有之，哀伤者有之，唯有最后谢幕的西夏太子妃一案令人啼笑皆非。

西夏太子妃野利裙被擒又被杀，成为震动朝野的惊天大案。然而，就在众人为先后遭逮捕的楚宏、韩均、汪寡妇三人痛惜时，忽然有消息传出，那西夏太子妃竟是假冒的，西夏太子李元昊和太子妃野利裙都在西夏境内游猎呢。南京城中登时热议再起——有人说那假西夏太子妃是辽国奸细，是特意来挑拨大宋和西夏关系的；也有人说西夏太子妃是真的，不过是大宋难以下台，所以对外谎称其身份是假冒的，而西夏怕承担间谍的罪名，居然也认可了这种说法。

无论真相如何，好消息是楚宏、韩均、汪寡妇均被无罪释放，因为他们杀的是一个意图挑拨大宋和西夏关系的大反贼，非但无过，反而有功。韩均、汪寡妇受到了官府奖励，楚宏却被削职为民。

西北前方也传来了好消息——西夏不但拒绝了西羌的求援，还向宋朝请和。宋朝喜出望外，遂派遣大军镇压羌人反抗，最终平定叛乱。事态平息后，引发叛乱的周文质等大宋官员仅被处以罚金。

自称杀死全大道的沙州人氏张望归夫妇也被驱逐出宋境。二人回到沙州之时，正值西夏太子李元昊率兵围攻甘州。回鹘可汗夜落隔分别派人向大宋和沙州曹氏求救，大宋置之不理，沙州首领曹贤顺因为张望归夫妇私下与李元昊达成协议，亦拒绝出兵援救。甘州很快被李元昊攻占，夜落隔被迫出逃。紧接着，回鹘控制的西凉府亦落入西夏之手，[1] 沙州

[1] 甘州：今甘肃张掖。西凉府：今甘肃武威。

遂成一座孤岛，李元昊本可乘胜追击，一举攻下沙州，但他终究还是遵从了诺言，于城下退兵。

沙州的巍然独立还是改变不了河西尽为西夏势力的局面。古人曾说："欲保关中，必固陇右；欲保秦陇，必固河西；欲固河西，必斥西域。"极言河西对中原具有重要的军事意义，河西不稳，秦陇必危，关中有虞。如果说燕云十六州是中原北部的重要战略区，那么河西诸州便是中原西北安危所系的形胜之地，二者地位大致等同，均与中原王朝的命运紧密相连。西夏占领河西之地后，举国兵不解甲，大宋终有西顾之忧。

对于平头小民而言，国家大事始终不如世俗场景更引得人关心瞩目，大宋南京城中新近流传的是两桩喜事：一是有"小青天"之称的包拯新娶了董家小娘子董平，且即将举家迁回庐州故里；第二件则更令人惊叹，兵马监押杨文广奉刘太后亲笔懿旨，娶了党项女子慕容英[1]为夫人。

据说这慕容英原来是西夏王宫女官，文武双全，洞悉许多党项机密，遂为大宋朝廷重视。但她终究是女儿之身，参议军事多有不便之处。有人开玩笑提议不如将她嫁给杨文广为妻，登时有重臣极力反对，认为慕容英出身番族，身份低贱，怎可配杨氏名门公子。但太后刘娥本人是花鼓女出身，最反感"低贱"二字，闻言立即道："慕容英巾帼不让须眉，与杨文广郎才女貌，正是天作之合。"遂亲自下诏赐婚。

这一晚，杨文广送走宾客，进来临时布置的婚房，却见新婚妻子正坐在床沿上发呆，神色凝重，甚是古怪。

杨文广走过去坐下，握起慕容英的手，道："在想什么？是在思念故乡么？"慕容英摇了摇头，道："你不嫌我是个蠢笨的外番女子么？"

杨文广笑道："外番女子有什么不好？你又不是不知道，我祖母就是党项人。"慕容英道："可是我始终觉得自己配不上你。"

杨文广将她轻轻搂入怀中，道："你我已是夫妻，何须再说如此见外

[1] 慕容英即演义中穆桂英之原型。杨氏祖上多与党项大族通婚，譬如杨业妻子（即演义中佘太君原型）折氏即出自党项大族折氏。根据文献及出土墓志记载，不独杨文广本人，其堂兄亦娶慕容氏为妻。

的话？你既已别无亲人在世，从此以后，我就是你最亲的亲人，你我自成一体。”

慕容英问道：“当初你我先后两次交手，我都有意置你于死地，向你发射火蒺藜，你为什么还要对我这么好？”杨文广道：“我本来也一心想要杀你或是捉住你。但是那一天，我将你从河里救上来，看到你昏迷不醒的样子，不知道怎的，我的心就软了下来。”

慕容英道：“当日我从昏迷中醒来，看到你彻夜守护着我，倚靠在床榻边打盹，我也很感动，一时忍不住……”杨文广笑道：“我知道，你伸手摸了我的脸。”慕容英羞道：“呀，原来你在装睡。”她虽然性情豪爽大方，但回忆当时情形，还是忍不住满脸红晕。

二人甜蜜地依偎了许久，慕容英忽然道：“夫君待我这般好，我实在不忍心再骗你。实话告诉你，我虽然在西夏出生长大，但其实不是党项人，而是契丹人。”

西夏自李继迁开始，便采取联辽反宋的策略，主动向辽国称臣纳贡，并请求通婚。起初因为之前党项一直帮助宋朝抗辽，辽圣宗耶律隆绪尚犹豫不决，辽国大臣韩德威道：“河西向来是中国右臂，之前正因为府州折氏与银、夏[1]共抗北汉刘氏，助中国一臂之力，才导致我契丹大军援应无功。现在李氏来归，正是大利于我国。”辽圣宗这才改变主意，封李继迁为“夏国王”，又封宗室耶律襄之女耶律汀为义成公主，嫁给李继迁为妻，并赠马三千匹作为嫁妆。

辽国笼络西夏，始终只是以其为右臂，达到有效牵制大宋的目的。两国联姻，也是出于政治需要，并不是什么真正的盟友，仍然往对方国境派有大量奸细间谍。慕容英之父原是陪嫁义成公主的侍卫，后娶党项女子为妻，接受西夏官职，但其真实身份是辽国派在西夏的奸细首领。

后来辽国与大宋议和，达成《澶渊之盟》，但依旧扶持西夏。然而西夏日益势大，俨然有西北雄主之势，辽国也感到了巨大威胁。两年前，辽圣宗曾亲自带兵攻打西夏，却被李德明打得大败而归。虽然最终在义

[1] 府州折氏：党项大族。银、夏：党项族故地，指代西夏。

成公主的斡旋下，两国又重新和好，但关系明显恶化。

杨文广悚然而惊，将怀中的慕容英推开。他这才恍然明白了过来——难怪慕容英当时不惜冒暴露西夏太子妃身份的危险放过了沈周，原来目的就是要引得包拯等人怀疑野利裙。难怪她当着包拯等人的面站在望月楼门前，原来目的就是要引他们去查李元昊。那么当日通知提刑官康惟一说性善寺即将有大事发生的匿名投书人也是她了，可惜康惟一既未完全会意，又有把柄握在他人手中，不敢轻举妄动，仅仅是怂恿晏殊一帮人赶去性善寺。而后来野利裙之所以对慕容英痛下毒手后沉河，多半也是因为发现了她辽国奸细的真实身份。

慕容英叹道："我知道，如果我是党项人，你是不会嫌弃我的。可我偏偏是契丹人，是你的杀祖仇人。"

杨文广祖父杨业降宋后为宋大将，在雍熙三年（986 年）宋军攻辽战役中被辽军俘虏，在押赴辽国途中，绝食三天而死。辽国大将耶律色珍砍下了杨业的首级，献给辽主报功。

杨文广听到慕容英自承是契丹人时，脑子便是"嗡"的一声，却不愿意多想，想就此混沌下去。然而此刻"杀祖仇人"四个字却清晰无比地传入耳中，再次给了他重重一震。他茫然而失神地凝视着新婚妻子，仿佛在看一个完全陌生的路人。

世事错综复杂，纵然它有千百般变化，最终也只是一声叹息。这一对俊男美女经历了种种艰辛，传奇般地走到一起，最终所面对的，不过是彼此眼光中的失望和怀疑。

终于到了包氏一家离开南京的日子。包拯跟亲朋好友一一惜别，正要登船之时，忽有一名大汉护着一名白衣妇人赶来码头。那妇人正是宋小妹，道："我说过，会以子侄之礼对待小游，星夜赶来，只为与你一道送她回乡。"

包拯正有许多疑问要向宋小妹查证，当即请她登船同行。

河道上是川流不息的船只，河岸上是络绎不绝的行人，尘世总是因为灵动而充满活力。浑黄的江水汹涌着、奔腾着，卷起无数的浪花，夹带着永生不灭的激情驶向远方。往事不管是欢愉还是苦痛，都已渐行渐远。依稀还有一些人站在码头边远远地挥手，他们的身影是这样的熟悉。大船则随波逐流，在河水的节奏中摇曳向前，向前，再向前。

宋小妹走到包拯身边，道："包公子的信我早已收到，之所以没有及时回复，就是期待着今日能当面告诉你。"包拯点点头，道："我等着听夫人的解释。"

宋小妹道："我先告诉你一件别的事。"指着身后的大汉侍从，道："他叫宋操，是我兄长的心腹，西夏太子妃背心那一刀，是他下的手。"

包拯先是讶然，随即醒悟过来——小游是为救宋小妹而死，宋小妹决意为她复仇，派宋操赶来南京杀死野利裙。之后张建侯被官兵逮捕拷问，宋操自然不愿意看到小游的兄长承担杀人罪名，但他本人亦不能出面自首，否则会直接牵连出宋小妹，遂去向转运使韩允升求助。不论怎样，韩允升伯父韩崇训的妻子是宋小妹的亲姊，两家算是亲眷。韩允升最终答应出手相助，遂派自己的车夫韩均冒充杀人凶手，来兵马监押司投案，好换取张建侯获释。虽则野利裙一案极为复杂，同时出现了三名凶手，好在结局还算圆满，死者被指为骗子，凶手则成了英雄，戏剧般地收场。

宋小妹道："这一节你已经明白了，下面我要解释刘德妙之事。你有什么问题，尽管问吧。"

包拯道："夫人同意带刘德妙出城时，可知道她就是行刺大茶商崔良中的凶手？"宋小妹道："当然知道，她亲口向我讲述了一切前因后果。"

原来刘德妙的确就是当晚在应天府宴会上行刺大茶商崔良中的人。她听说崔良中中毒后未死，自然惊慌异常，本来预备立即离开南京。但她在南京苦心经营的时间不短，不忍让一切努力付诸流水，得知崔良中昏迷不醒后，便决意冒险留下来。她当晚用带毒的刻刀刺中崔良中时，与其照过正面，崔良中一旦醒来，她的死期也就到了。要想继续安全地待在南京，最好的法子是杀死崔良中灭口。而此刻她已经没有曹家势力可倚靠，完全只能靠自己。她浪迹江湖时亦学过一些简单的武艺防身，入道后还练过轻身提气之术，遂决意铤而走险。

当晚，刘德妙赶去崔府时，意外见到崔府仆人引着老仵作冯大乱进去。她亦听过冯大乱的一些事，猜想他在这个时候被请进崔府，如果不是崔良中已死，就是有人发现了伤口的端倪，既然崔府毫无丧事痕迹，那么一定是后者了。她早知道高继安一直暗中帮崔良中伪造交引，担心官府很快会由刻刀伤处追查到高继安身上，所以也不及再去杀崔良中灭口，而是赶去节字街通知高继安，抢先将他藏了起来。至于包拯等人在高家院子中发现的金匕首和刻刀，则是她刻意埋在那里，目的是要让官府认定高继安就是行刺崔良中的凶手。这样高继安沦落为杀人疑凶，再没有任何退路，只能任凭她摆布。

然而后来包拯等人还是从蛛丝马迹中追查到刘德妙本人身上，她知道南京已然待不住了，便设法见到宋小妹，表明了真实身份，请求救助。宋小妹亦听过刘德妙名字，知道她与自己沾亲带故。听了经过后，倒不是真心想帮她，只是觉得她可怜，觉得自己也可怜，凡是跟皇族沾边的女人都可怜，一时生了怜悯之心，便同意带她出城。以宋小妹的身份，既是皇亲国戚，又是寇准遗孀，谁敢查她，刘德妙和高继安二人由此顺利逃脱。

宋小妹道："你想知道我为什么救刘德妙吗？因为她对我讲述了杀人的理由，她要杀的对象其实并不是茶商崔良中，而是翰林学士石中立。"

当年大宋攻灭北汉时，为求胜利而不择手段，先后采取水淹火攻的方式，令北汉人民生命财产损失无数。甚至在北汉投降后，太宗皇帝赵光义因忌惮太原城有"龙城"之称，下令放火焚城，使得地跨汾河两岸极为繁荣的太原城彻底毁灭，无数人死于大火中，而出主意和具体执行放火任务的人，就是时任枢密副使的石熙载，也就是石中立的父亲。刘德妙本人有许多亲族都死在那场大火中，当晚她在应天府宴会上意外见到石中立时，不知怎的对他厌恶之极，一心想杀了他。她是逃犯身份，随时带着淬毒刻刀做防身之用，便暗中寻找机会。

当石中立在府署假山一带撒尿时，一直留意他行踪的刘德妙尾随了过来，从袖中取出涂了毒药的刻刀，拔出刀刃，正欲上前动手时，忽觉察到背后有人，回头一看，却是大茶商崔良中。

原来崔良中买通了曹诚身边的心腹仆人，知道曹氏花重金聘请了一名极有能耐的高人相士，专门为他的女儿曹云霄选婿。崔良中素来对面相之说甚信，当晚便刻意留意曹诚的言行举止，推测他身后仆人打扮的人就是相士，瞩目其一举一动，所以才会出现宴会上的尴尬局面——他见到相士朝一方向指了指，曹诚便赶去找南京通判文洎，以为相士相中的是文洎之子文彦博，等曹诚走开，也慌忙赶过来与文洎套近乎，想为自己的女儿崔都兰求亲。文洎对其中缘由毫不知情，自然莫名其妙。崔良中精明过人，见文洎神态，料想自己也许搞错了，转头见到相士正起身出去，遂干脆直接跟出来，预备直接当面询问相士。

崔良中一路跟着相士刘德妙到花园假山一带，正好见到她走到石中立背后、拔出刻刀的一幕，尚在懵懂之中，根本未会意过来，只愣在那里。正好此时石中立解完手，刘德妙急忙朝崔良中打了个手势，自行躲到一边大树后。崔良中不明所以，但石中立已提着裤子走过来，见到他也很惊讶。崔良中便打了声招呼，石中立也不怎么理睬，自行去了。

此刻，崔良中方才有些明白了，笑道："助教，请出来吧。崔某正有事请教。"

刘德妙从暗处出来，见左右无人，便径直用笼在袖中的刻刀刺入崔良中胸腹，等他倒下，又将他拖到墙根花丛后藏好。正要离开时，见崔良中腰间有一柄黄金匕首，灵机一动，拔出匕首往他伤处又补了两刀，这才带着匕首神态自若地离开。

包拯至此方知道刘德妙行刺崔良中的真正缘由，一时感慨不已。

张建侯在一旁听见，问道："夫人可知道刘德妙还参与了伪造《张公兵书》一事？"

宋小妹道："《张公兵书》原来跟她有关？"张建侯道："嗯。据我姑父推测，她早有预谋，当年八贤王王宫的那场大火也多半与她有关。"

宋小妹听了经过，道："这些事我全然不知，不过我想我大概能猜到刘德妙为什么要这么做。当年太原被毁，是因为当地有龙气。而南京是大宋的发祥地，《张公兵书》又是传说中的祥瑞之物，她也许想要以牙还牙地报复，以假兵书来引发事端。"又叹道："可世人又怎会知道张巡张公留下的其实不是一部真正的兵书，而是一本记满人名的殡书呢？”

尽管洞悉了诸多事情的前因后果，包拯心底深处还是有几处谜题没有解开，心里的石头也始终无法落地，问道：“夫人可知道刘德妙人在哪里？”宋小妹道：“我不知道。我们到东京后便就此分手，各自东西，约定从此再不见面。”顿了顿，又道：“不过据我暗中观察推测，她应该去了八贤王府上。”

北宋年号表

年号	庙号	名字	即位时间	即位年龄	在位年数	死时年龄	世系	备注
建隆、乾德、开宝	太祖	赵匡胤	960年	34	17	50	父赵弘殷	仕后周，以军功累至殿前都点检，掌禁军。恭帝显德七年（960年）一月，领兵到陈桥驿，与部将策动兵变，被拥立为皇帝，国号宋
太平兴国、雍熙、端拱、淳化、至道	太宗	赵光义	976年	38	22	59	太祖弟	即位前任开封府尹、中书令，加封晋王，位在宰相之上。太祖卒，嗣位
咸平、景德、大中祥符、天禧、乾兴	真宗	赵恒	998年	30	26	55	太宗第三子	以皇太子嗣位
天圣、明道、景祐、宝元、康定、庆历、皇祐、至和、嘉祐	仁宗	赵祯	1023年	13	42	54	真宗第六子	以皇太子嗣位
治平	英宗	赵曙	1064年	32	5	36	赵允让第十三子	年四岁，由仁宗养于宫中，后立为皇太子，以皇太子嗣位
熙宁、元丰	神宗	赵顼	1068年	20	19	38	英宗长子	以皇太子嗣位
元祐、绍圣、元符	哲宗	赵煦	1086年	9	16	24	神宗第六子	以皇太子嗣位
建中靖国、崇宁、大观、政和、重和、宣和	徽宗	赵佶	1101年	19	26	54	神宗第十一子	即位前封端王。哲宗死，嗣位。靖康二年（1127年）被金兵虏归，后死于五国城
靖康	钦宗	赵桓	1126年	27	2	62	徽宗长子	政和五年（1115年），立为皇太子。宣和七年（1125年）十二月，受父禅即帝位。靖康元年（1126年）十一月，金兵攻破汴京；明年二月，金废钦宗及太上皇徽宗为庶人，虏诣金国，北宋亡。帝在位一年又四个月

后　　记

——关于《包青天》小说

包拯是中国历史上的著名人物。他在世时已经是妇孺皆知，有口皆碑，去世后更是号称“杲杲清名，万古不磨”，形成了奇特的包公文化。后人有诗云：“千古包家有陂泽，更无人说宋山河。”纵观中国历史，还没有哪一位官吏能像包公这样深入人心，赢得人们发自内心的尊敬和爱戴。

包拯少年老成，早在少年时期就胸怀大志，“公幼则挺然若成人，不为戏狎，长弥勖厉操守”，立志学习前贤，尽忠报国。他曾自述道：“生于草茅，早从官学，尽信前书之载，窃慕古人之为，知事君行己之方，有竭忠死义之分，确以素守，期以勉循。”他待人处事严肃认真，在日后的仕宦生涯中一直秉承了这种端正持重的天性。

本书讲述的是包拯“早从官学”时期的一段故事。我个人的写作习惯，动笔之前不写故事大纲，只是脑海中大概有个计划，当故事展开后，情节都是顺势而为。在原先的计划中，是要在一本书中写尽包拯一生，平分为四个部分：从父官游、汴京科考、庐州尽孝及重入仕途。“官游”在计划中就是重头戏，因为当时的包拯风华正茂，随父亲包令仪来到南京（河南商丘），而南京交通发达，学风浓厚，晏殊、范仲淹等名士执教于天下第一学府应天书院中，日后崛起于历史舞台的名臣如文彦博、张方平、宋祁兄弟都于这一段时期在书院读书，在这样的历史背景下，势必有许多精彩故事发生。然而故事的复杂程度最终超过了作者本人的预期，仅是“官游”一部分，便占据了一本大书的篇幅。为了不影响到后面的写作计划，只得忍痛终结于包父辞官回乡之处。但从根本上来说，本书是一个完全独立的故事，有可能会有续集，会在我完成手头的写作计划后再作决定。

最初在写作的时候，作者极想将包拯写成一个仪表潇洒、性情随意的公子，因遭逢变故才改变性格，如此更曲折，更富有戏剧冲突。然而经过反复考虑后，最终还是决定完整还原一个历史上最真实的包拯，以表示对这位青天的尊重。

小说中许多言语、观点，都是出自包拯本人的文稿、奏章。与包拯相关的亲朋好友，都是根据墓志及文献考据而来。情节中所涉及的茶税、交引、雕版印刷、活字印刷术等带有鲜明时代特征的事物，在真实历史上的确发生于这一时期。个别案子为包拯真实经历，个别案子灵感得自《包龙图判百家公案》（明人安遇时编纂）。因故事背景宏大复杂，小说情节所涉及的历史常识会有重复交代。但要说明的是，本书是一本历史小说，必然有艺术加工的成分，请读者不要将其当成一本北宋历史论文集，勿以学究的眼光来看待。

书中的称呼呈现多样化，如称呼年轻时未入仕途的包拯，有人称“包衙内”，有人称“包公子”，也有人称“包小官”，有书面语，也有口语，根据说话者不同身份而有所差异。

特意有此段说明，是因为曾有读者指出小说《孔雀胆》中称呼混乱，如大理诸人称呼段功“信苴”，而梁王则称“段平章”。事实上，大理称呼首领均是“信苴”，有诸多史籍和出土墓碑为证。而“平章”是段功所接受的元朝封官，梁王与这位女婿并不和睦，却又畏惧他的实力，因而直接称呼官名最合情合理，这一点，一样有诸多史籍为证。文章千古事，得失寸心知，作者并不期待小说中所有的妙处都能被理解，但是请相信，作者在写作每一本书时都是全力以赴，说是呕心沥血也不为过。远离混乱，珍惜自我，珍惜每一部作品。

关于本书，再多谈一点小小的花絮——早在《包青天》动笔前，20世纪福斯电影公司（20th Century Fox）就已经先行预定买下电影版权。由于这一层关系，在写作过程中，尤其是在刻画人物的时候，我常常会不由自主地想象角色最终会由谁来演。之前曾有电影公司追问我个人最中意谁来演韩熙载和秦蒻兰，认真想了许久，脑子中也没有明确的概念，《包青天》也是如此，不过算是写作生活中的一点儿调剂吧。

在此，要特别感谢台北书展基金会和台湾好读出版社的牵线搭桥，他们在促进文学作品影像化方面付出了大量心血和努力，目光之远大，胸襟之开阔，着实令人钦佩。感谢福斯（FOX）的信任，在《包青天》尚未正式开始写作前就决定买下改编版权，我很荣幸，也期待凭借福斯（FOX）全球影响力的东风，能有越来越多的人喜爱中国历史和文化。感谢嘉莉、米琦、文晶及各位律师，为最终达成合作协议做了大量精细的工作。

《包青天》与之前出版的《鱼玄机》《韩熙载夜宴》《孔雀胆》《大唐游侠》《璇玑图》《斧声烛影》《大汉公主》《和氏璧》《明宫奇案》共同组成了作者正在构思创作的“中国古代大案探奇录系列丛书”。感谢杨瑞雪女士，感谢中国民主法制出版社肖启明社长、刘海涛先生及所有的工作人员。感谢读者长久以来的支持，你们是作者努力前行的最大动力，我爱你们。

吴 蔚

2012 年 8 月 30 日

于北京